世事如冰，心魂永燃

管平潮 著

燃魂传

1 侠烈无疆

南方出版传媒 花城出版社
中国·广州

图书在版编目（ＣＩＰ）数据

燃魂传. 1, 侠烈无疆 / 管平潮著. -- 广州 ：花城
出版社，2018.8
ISBN 978-7-5360-8705-7

Ⅰ. ①燃… Ⅱ. ①管… Ⅲ. ①长篇小说－中国－当代
Ⅳ. ①I247.5

中国版本图书馆CIP数据核字(2018)第144728号

出　版　人：詹秀敏
策　　　划：程士庆
特 邀 策 划：夏　烈　付晨舟
营 销 统 筹：蔡　彬　罗磊戈
责 任 编 辑：黎　萍　夏显夫　蔡　宇
技 术 编 辑：凌春梅
封面·漫画：翻翻动漫·巴布
装 帧 设 计：周伟伟

书　　名　燃魂传1　侠烈无疆
　　　　　RAN HUN ZHUAN 1 XIA LIE WU JIANG
出版发行　花城出版社
　　　　　（广州市环市东路水荫路11 号）
经　　销　全国新华书店
印　　刷　佛山市迎高彩印有限公司
　　　　　（佛山市顺德区陈村镇广隆工业区兴业七路9 号）
开　　本　787 毫米×1092 毫米　16 开
印　　张　28　1 插页
字　　数　420,000 字
版　　次　2018 年8 月第1 版　2018 年8 月第1 次印刷
定　　价　54.00 元

如发现印装质量问题，请直接与印刷厂联系调换。
购书热线：020 –37604658　37602954
花城出版社网站：http://www.fcph.com.cn

目录

太初上古，神、魔二族大战，两败俱伤。

魔族的奴仆，号称"异神"的伽陀摩罗族趁机反噬。

他们的极度残忍和邪恶，让世界濒临奔溃。

天地危亡时刻——

来自异域龙渊列岛的龙族突然出击——

将伽陀摩罗族囚于悖乱海渊的深处。

那个地方……

可能是错觉吧……

少年剑未配妥，出门已是江湖。

第一章　白衣渡海，愁归东华神侠

东海大洋，浩荡无涯，越至深处，风涛凶烈如魔狱。

这一日，在东海深处的巨浪怒涛中，有一白衣翩翩佳公子，足踏一叶扁舟，在浪涛中上下穿行，如履平地。

苍蓝的海涛，在狂风的吹荡下，如有千万猛兽狂奔怒吼而来，好似转眼就能将一人一舟吞噬。

如果这位公子是个正常人，此时就该惊慌失措，赶紧掉转船头，往那最近的岛屿逃生去。

但他没有。

不仅没有，相反他的反应还很奇怪。

看他的神色，如果身边浪涛稍稍平息，他便剑眉微蹙，显得很不高兴；但一旦周围涛立如山，浪嘶如雷，诡若九幽地狱，他却喜动神色，催动小舟朝巨浪最凶猛处疾驰。

就这么来看，这位仁兄不是疯子，就是傻子。

但如此"疯傻"的白衣公子，却拥有着世间罕见的气质和容颜。

他俊朗如美玉，潇洒似晨风，神如日月，眸似星辰，给人的感觉就好像琼花倚玉树，皎日分轻云，可以说一举手一投足，都好像是人间最潇洒、最动人的姿势——

这是足以让世间的女子只看一眼，便产生"爱情"的姿势！

外貌已经如此完美，如果实在要找个碴儿的话，那就是这位白衣公子的眉宇之间，好似隐隐萦绕着一股子郁气。

这股郁气，并不像整天发愁后才变成这样，倒更像是一种过于长久的执着之后，眉宇间自然而然产生的一种执拗之意。

这不，现在他的表现，就极为执拗，连人带舟，专挑着最凶险的浪涛奔去，好像今天不淹死在这儿，就不肯罢休。

当然，这位白衣公子，显然身具莫大法力。

身外巨浪轰天，自身却不动如山。这一动一静，近乎极致。

不知是否这份执着，打动了冥冥中某种神秘的力量。突然之间，嘶吼的巨浪一齐平息，狂暴的大海忽然安静，就在白衣公子的船头前方，袒露出一片奇特的海域。

和周围苍蓝色的海水不同，这处海洋呈现出一种晦暗的颜色。

奇诡的阴影，恍惚其中，仿佛无数诡秘的海妖在海面下游移。

潇洒不凡的白衣公子，这时却屏住了呼吸，无比紧张地凝视。

这时周围的温度骤然降低，仿佛一下子进入三九寒冬，海面上甚至飘起了洁白的雪花。

风乘雪舞，冰雪绕身，但白衣公子不为所动，全神贯注地凝视。

渐渐地，在他的视野里，晦暗的海水好似全都消失，海面下群魔乱舞的魅影，袒露无遗地呈现在他的眼里。

粗蠢，丑陋，凶残，诡异，视线中若隐若现的，全是充满负面气息的恐怖生灵。

渐渐地，它们身后的建筑，也显出了奇诡的轮廓。

沉于海渊之下的遗迹，古老，陈腐，枯寂，大多是断壁残垣，上面布满了诡秘的爪痕，好似神圣与恐怖交织的图腾。

腐败而凶险的气息，四处弥漫。

海底遗迹静谧得可怕，却又仿佛在无声地疯狂地尖啸和嘶喊。

无论如何，就算是神秘的上古遗迹，也不过是一堆建筑死物而已。但谁知就是这样的死物，却流露出一种极不寻常的气息。

遗迹的形状、线条、组合和顺序，这些应该再寻常不过的建筑形态，却处处透露出浓重的邪恶气息，竟然能压得人喘不过气来。

能深入此地的白衣公子，自然拥有常人难以企及的强大心志。

但这时候，当他看到海渊倒影中的魅影和遗迹时，却忽然如同做起了最可怕的噩梦，只在刹那之间，便想起了自己这一生最痛苦的那些事。

以他之能，这时依然浑身战栗，表情痛苦，跟可怖的幻觉死命对抗；这时候如果换成一般人，光看到这些海渊遗迹的样子，毫不夸张地说，会立刻疯癫而死！

但白衣公子这时候不仅坚持了下来，还在满含痛楚的表情中，流露出一丝笑容，拼尽全力地和诡异的海渊对视。

美玉仙葩般的绝世佳公子，与丑陋凶烈的海渊遗迹，正形成一种鲜明而诡异的对比。

而他脸上流露出的笑容，绝非神志错乱，而是发乎内心，并且，他笑得越来越畅快。

终于，就在那密布魅影的诡秘遗迹中，忽然从四面八方涌出了可怕的猩红鲜血时，白衣公子猛然间欣喜若狂！

他猛然仰天大笑，然后毫不犹豫、一刻都不留恋地，狂笑着冲入了群魔乱舞的邪恶海渊，很快便和它融为一体……

深沉的大海，仿佛在这一时愣了片刻，才重新掀起了滔天巨浪。

乌黑而苦涩的浪花，高高地抛起，飞入了苍穹的阴云，仿佛融入一种阴险的预谋。

这时漫天的黑云稍稍裂出一条缝隙，便仿佛苍天在无声地狞笑……

投身怒海的白衣公子，风华绝代，看着也一身正气，但怎会对邪恶的海渊如此渴求？

那欣然赴约的欢喜姿态，倒好像一偿多年的夙愿。

虽然此刻无人旁观，但这样的奇事毕竟给这方无言的天地，留下了一个难解的谜团。

这边留下谜团，那边却正发生一件惊天大事：

东华国万民敬仰的光明神侠，失踪了！

原来在华夏神州东南千里之外的大海中，正有一片大洲，名为东华洲。

东华洲乃海中大洲，方圆有十万多里，物产丰茂，人杰地灵，正有人族建立的东华国。

东华国定都东华城，国姓东方，当今皇帝名为东方明，自君臣至百姓，举国皆为华夏衣冠。

东华之名，来自于上古大神东华帝君，也就是神州《楚辞》中所提到的那位东皇太一大神。

东华帝君为传说中男神的领袖，不仅东华国的人族，就连偏远蛮荒中的妖灵之族，都认为东华帝君是这片土地的始祖，是他老人家的神力一直庇佑着这片土地。

本来东华洲富饶祥和，没想到更东方千里之外，有寒渊大洲，其上魔族建立了寒渊帝国，定都寒渊城。

魔族是这个世界上很特殊的一个种族。

他们天生怪力，容貌古怪，肤色奇特，有些还头生双角，两耳尖细，看起来很像妖，但整体的形体却又和人族极其类似。

并且，魔族并非一味靠蛮力，灵智也很超常。

他们的智慧超过妖族不说，其创造的文明甚至盖过了大部分人族王国的水平。

为什么会有这样的优越性？

有一种说法，便是和人族为古神造物、妖族为神禽魔兽遗脉不同，魔族直接就是上古魔族的血裔。

如果这个来历是真的，便可以看出，魔族的起点要比人、妖二族高得多。

魔族本身，也因为天生灵力和上古传承的不同，分为形形色色上百种。

对东华洲的军民来说，很不走运的是，他们东边对面的邻居寒渊帝国，不仅善使冰雪法术，还是魔族建立的众多王国中，最强大的那一个。

寒渊魔族生性残忍嗜杀，侵略性极强，当今寒渊帝国的皇帝傲湃霆，更是罕见的野心勃勃。

别说区区一个东华洲了，他的目标，竟是吞并整个天下！

当然，作为这个世界中最大的陆地，神州大陆肯定是他最重要的侵略目标。

为了实现这个目标，寒渊魔帝傲湃霆，便先定下了一个"小目标"：

夺取东华洲！

在他的眼里，东华洲正是神州大陆的东南门户；要想侵攻神州大陆，必先取下东华洲。

事实上，寒渊帝国对物产丰富的近邻东华洲的侵袭，世代都未停止。不过当魔帝傲湃霆定下"天下布武"的伟业宏图后，就在十年前，他派遣最强大的魔族元帅罂陀诺和最狡猾的女魔将珐汐娜，对东华洲发动了强度极大的进攻。

傲湃霆，魔族语"灿烂辉煌"之意；罂陀诺，魔族语"雷音怒吼"之意；珐汐娜，魔族语"迷惑、施展妖术"之意。

人如其名，当傲湃霆制定了豪迈恢宏的目标后，罂陀诺就以雷霆怒吼的声势，按照珐汐娜精心拟定的奇诡战略，开始了对东华洲的侵略。

这一来，曾经相对安定的东华洲，开始陷入苦难中。

作为东华洲最强大的势力，东华国当仁不让地成为东华洲抵抗联盟的领袖。

不过这样的领袖，可不好当。

在凶猛的魔族侵略军面前，东华国承受了极大的伤害。

内外交困之下，东华王朝便设立了一个特殊衙门，名为"神侠卫"，直属于皇帝东方明。

简单说，神侠卫就是个维稳部门。

因为连年和寒渊帝国作战，东华国已经变得民生凋敝，人心不稳。

为了维稳，东华皇帝特设神侠卫，封其首脑为"光明神侠"，手握国宝东华神剑，专平天下不平之事，以侠义之行，稳天下之心。

还别说，老百姓就吃这一套，相比相信衙门，他们更相信侠义贤明的神侠。

就算乱世之中，再是困苦艰难，只要有光明神侠的存在，专行惩恶扬善之事，就能给苦难中的百姓一线希望。

就和名号一样，这光明神侠，在许多东华国民的心中，还真的如黑暗乱世中的一线光明。

毫无疑问，能成为光明神侠，绝对都是惊才绝艳之人。

东华国每一任光明神侠，都由举国之力从东华洲中发掘；一旦选定，无一不是武力、文才、人品、颜值都顶尖之人。

简单说，光明神侠，就是文武盖世的完美天才！

和东华皇帝一样，光明神侠也是终身制；虽然都是终身制，道理却不太相同。

　　东华皇帝那是君权神授，所以终身；光明神侠的终身任期，却是因为，如此乱世，要惩奸除恶，几乎都处于刀山火海、风口浪尖，职业风险太大，死亡率极高，所以没必要限定任期，否则还有伤感情。

　　正因为选拔条件严苛，又是风口浪尖万众瞩目，因此一旦光明神侠被选出，他便成了整个东华国的象征，受到整个王国的景仰和呵护。

　　甚至，不用说一般的仪式了，就连东华皇帝祭奠祖庙时，都会邀请光明神侠，一同向东华帝君和皇族祖灵祈祷；而在东华国最隆重的东皇节上，更是在仪典中扮演仅次于皇帝的角色，这样的待遇，何等荣耀！

　　所以，经过几任之后，现在这光明神侠，已经真正成为王国的象征，可谓"东华即神侠，神侠即东华"。

　　只是，在如此珍而重之的情况下，最近，东华国的光明神侠，却失踪了！

　　失踪的这位现任神侠，名为风惊雨。

　　风惊雨惊才绝艳，喜穿白衣，无论人品相貌，还是战技才华，都被公认为历届光明神侠中，最杰出的那一位。

　　不仅如此，这位风惊雨风神侠，更是集万千宠爱于一身，受到东华皇帝东方明的喜爱。

　　没想到，就是这样万众拥戴的光明神侠，不知道怎么回事，竟一声不吭地离开了东华洲，乘扁舟一叶，往那茫茫大海深处去了。

　　当时神侠卫之人还以为光明神侠只是偶然出游；没想到等了好几天，却依然没有等到神侠归来。

　　不过即使这样，神侠卫的大统领，即俗称的神侠卫大总管郁愁归，还是没着急。

　　只是，当他发现即使用最高等级的特殊法术，都无法与光明神侠联络时，他便真的着急了。

　　要知道，光明神侠制度实施至今，历任光明神侠只有英勇惨烈地战死，还从来没有说会悄无声息地失了踪。

　　所以，即使神侠卫各种规章制度十分健全，就是没有一条告诉郁愁归，光明神侠忽然失了踪该怎么办。

神侠卫大总管郁愁归，年纪并不大，看起来才二十五六岁。

虽然他的脸色有点苍白，面容还很英俊，但却总是给人一种阴郁沉闷的感觉。

比如郁愁归的身形也十分修长，放在别人身上，那就是玉树临风，但配上他这副忧郁沉闷的尊容，就让人觉得他的浑身上下，都透露出一股子阴柔劲。

郁愁归算是老神侠卫人了。

和东华王朝中许多官职一样，他家是世袭的神侠卫大总管。

开始他们只把这当成一个铁饭碗，但几代之后，他们郁家就和这神侠卫分不开了。

最后，他们家中祖训变成："神侠卫兴，老郁家兴；神侠卫亡，老郁家亡。"

家风如此，耳濡目染之下，沉郁阴柔的郁愁归，便觉得自己人生唯一的意义，便是经营好神侠卫。

所以，当这一天，他发现光明神侠风惊雨，竟然失踪了。一瞬间，他好像感觉整个世界都崩塌了。

神思恍惚中，他甚至产生了幻觉，看到了东华洲根深蒂固的世家大族老郁家，只因为他的缘故，便灰飞烟灭，顷刻消亡……

浑身冷汗直冒之下，他也苦思应对之策。

他不是没有广派人手前去寻找，但全无结果；也不能一直拖，因为作为东华洲民心象征的光明神侠，是要时不时露面，就算不给人平事，也得接受万民瞻仰的。

所以"拖"绝对不是个好办法。

情急之下，倒是也让他想出了个暂时过关的办法。

只是这办法，一经想出来，还没来得及高兴，郁愁归自己就先惊出了一身冷汗！

第二章　义匪飞云，贫贱十字街头

郁愁归不敢自专，赶紧利用神侠卫的特殊权限，紧急进宫觐见皇上。

进去时愁容满面，等重新从皇宫中出来时，他已变得十分轻松。

心头的一块大石头搬去，换了旁人就该手舞足蹈、喜形于色，但郁愁归却依旧神色阴郁，脚步轻巧，用和往常毫无二致的姿态，从宫中慢慢地走出。

最多，他看着西天上已经落在城楼的落日，轻轻地对自己说了一句：

"嗯，要快点找个替身了。"

本来作为东华国的都城，东华城在和魔国交战期间，有颇多禁制，不允许军民随便上街游乐。

但就在三月初的那一天，就是在郁愁归进宫请旨的第二天，朝廷却忽然下令，前所未有地放开东华城的禁制，允许军民欢庆半月。

压抑已久的禁令一旦放开，东华城中的热闹可想而知，什么花车、舞龙、灯会、庙会、杂耍、游艺，种种取乐之方从早到晚闹个不停。

从这一天起，东华城中除了军营和皇宫附近，几乎所有的街头巷尾都人声鼎沸，笑语喧天。

不过，有一点比较奇怪，这样的解禁谕令，却只在东华城中施行。

这样一来，东华国四面八方的人都拥向了京城，让本就热闹非凡的东华京师，变得热闹了十倍都不止。

当然，几乎没人知道，从进城门开始，暗中就有许多双眼睛，在细致而迅速地观察着这些远方的来客。

这一天，一个二十出头的年轻人，也随着人流，涌入了东华城的西城门。

这个年轻人，身形修长挺拔，但一身装束比较寒酸。

他身上穿着短打布衫，本来应是深蓝颜色，但不知经过了多少遍漂洗，现在已经成了淡蓝，个别地方几乎变得灰白。

布衣之上，有几处还打着补丁，不过幸好大多缝在里面，不为人知，并且年轻人走动之时，有意用手臂的姿势，很好地遮挡住补丁针脚，避免了在京师人面前丢脸。

只是补丁犹可遮掩，但他脚上穿的那双草鞋，却毫无办法地暴露了主人财政状况的真相。

如果只看装束，定然会觉得这年轻人就是个普通穷汉；但如果有人见过诡秘海渊中那位白衣公子的风采，这时候一看年轻穷汉的相貌身形，便会大吃一惊，脱口惊呼："你不是扑入海渊了吗？怎么这时候来了东华城?！"

原来，这位随人流入城的年轻穷汉，竟然长得和那位风采过人的白衣公子，几乎一模一样！

要说这世上，确实有很多人长得比较相似；但若较真的话，也只有真正的双胞胎，才可能长得别无二致，若是毫无血缘的两个人，要长得跟一个模子出来的，绝无可能。

但现在就是这么奇怪，一个连布鞋都穿不起的穷汉，长得却跟那个华贵无比、天潢贵胄的白衣公子，几乎一样！

当然，这也只是第一眼的印象。

如果仔细打量，便会发现，这位英俊的年轻人，和那位白衣公子气质明显不同。

他的举手投足间，显得十分粗豪磊落，根本不像白衣公子那般优雅高贵。这样的差别，就好像，如果说白衣公子是冰，那他就是火；白衣公子是优雅不群的鸾鹤，他就是奔腾山野的虎豹；白衣公子是天生的神俊，那他更像是人间的烟火。

这位人间烟火、山林虎豹般的英俊年轻人，名叫云翻海。

还别说，有着巧合长相的云翻海，还真的颇有一番来历。

别看他年纪轻轻，竟是东华城西北三百多里外，一座有名山寨的寨主

——没错，这位衣着寒酸的年轻人，正是一位山大王！

云翻海，正是飞云山的寨主，手下统领着五百号人，是当地闻名遐迩的飞云山草寇。

身为一寨之主，云翻海心气儿自然很高。这不，一进东华城，他便掖一掖破旧的衣襟，豪气干云地想道："想我云翻海，毕竟是飞云山的大寨主，手下统领着五百个好汉，要来这开禁的东华城中混一番事业，还不是轻而易举的事？"

他想得倒挺美，但不幸的是，很快他就发现，"心比天高，命比纸薄"，很可能说的就是他这次东华城之行。

云翻海本来仗着自己一身武艺，想来东华城中大展拳脚，没想到很快就发现，自己在东华城中的竞争力，竟然还不如那些街头打把式卖艺的。

他这一身武艺，或跟围剿官兵真刀真枪，以命相搏；或在山涧密林间跟虎豹搏斗，打猎取肉。

结果他发现，到了这东华街头上，自己这身真本事，根本打动不了观众。如果说以杀人之技论，他比那些街头卖艺的把式不知高明了多少倍，但要论舞台感和表现力，他又被那些江湖人给甩了不知道多少条街去。

雪上加霜的是，按照市场规律，东华城开了禁，他这样的山大王能混进来，也意味着四里八乡、三教九流的什么人都能混进来。

于是，这东华城中讨生活的人数量急剧膨胀，很多外乡人进城，导致就业岗位急剧减少，上岗竞争压力极大，而且连薪资都被压得极低。

对市场规律的残酷性，云翻海很快就有了深刻的体会。

因为身份尴尬，他刚开始只想寻僻静角落划个场子卖艺，没想到不仅僻静场子难寻，卖艺也根本及不上那些江湖人。

不过云翻海也是胸怀磊落，这样不行，他便硬着头皮，决定瞎编个假身份，去那些高宅大院的大户人家，找个看家护院的活计。

谁知道，现在东华城的护院工资也一落千丈，被拉低到一天五文钱就不说了，连这样几乎不赚钱的岗位，一个位置都有十来个人抢啊！

不过云翻海对这样的活儿，倒不是毫无竞争力。

溜达了一整天，他倒是碰到东街口有个员外家，愿意用每日十文钱的"巨额"工资来聘请他。

这样的低价，以云翻海之前来时的心气，是绝不愿意干的；但经过一两天的碰壁，他的心理底线已经降到极低，这样的薪资，已经让他喜出望外了。

但最终，这个活儿云翻海还是没有接。

因为他看到，主张给他这个工作的，是员外家的大夫人，一个五十多岁的肥丑妇人。

虽然，云翻海的内心，很感激女主人有一双能识他这样英才的慧眼，但犹豫了片刻之后，他还是觉得，做人的底线固然可以无限低，但起码还是要有啊！

于是，他毅然决然地，在女主人火辣辣的眼神和舌头舔嘴唇的动作中，怅然地离开了……

立在十字街头，看着人来人往、欢声笑语，云翻海却神情黯淡，心中五味杂陈。

"唉，想我飞云山寨，可有五百号人马呢，"他心中黯然想道，"但这五百号人马中，老弱病残的就有四百七十人，个个都等着我去养活。

"我飞云山出名是出名，出的却是个笑话的名；别以为我不知道，方圆五百里的大小山寨，全都觉得我这飞云山寨开成了善堂，简直就是个怪胎呢。

"怪胎就怪胎吧，又能怎么样呢？谁叫我云家祖训，便是做个义匪呢？"

"唉！"想到这里，云翻海发自内心地长叹一声，悲伤地想，"这一切，都怪我爷爷啊。为什么您年轻的时候，要年轻气盛，替人出头，结果打死个混混，弄得官府通缉，落草为寇？

"落草为寇就落草为寇吧，值此乱世，做个尽职尽责的山大王，也是很有前途的，但为什么您偏偏要做个劫富济贫的义匪？

"劫富济贫也就罢了，您把劫富而来的钱财，分发给那些贫苦百姓也就罢了，为什么还要立下家训，说看到实在贫病不能存活的可怜人，一定要接到山寨上？

"唉，您倒是做了好人，结果当初十几个人的精干队伍，现在居然膨胀到五百人，其中九成多都是老弱病残，搞得我飞云山寨成了匪徒界的笑话不说，这四百多号的老弱病残，光靠在山里刨地种菜，怎么能养活自己？

“而且现在年景真的很差，以前一年到头还有十几笔劫富济贫的活儿开张，可现在魔国侵攻，有钱人日子也不好过，横行霸道的恶霸更是怕成了光明神侠的靶子，坏人根本越来越少——爷爷啊，爹爹啊，你们的在天之灵告诉我，这劫富济贫、赡养贫弱的飞云山寨，该怎么维系啊？

“唉，如果你们真有在天之灵，就赶紧睁睁眼保佑保佑我吧。你们的宝贝孙子、儿子，现在为了山寨的活路，想借京城开禁之机，大展拳脚，多赚点钱，好回去养活山寨，可赚钱为什么这么难呢？

“不是说东华城受东华帝君大神保佑，又是京师福地，遍地黄金吗？怎么我到现在找的活儿，最贵的才十文一天，连茶饭钱都快不够，就这样还要牺牲色相！

“天呐！爷爷爹爹、东华帝君、诸天神灵，快开开眼，保佑保佑你们可怜的子孙和信徒吧！你们不会眼睁睁地看着我‘破云龙’云翻海，到京城连个像样的活儿都找不到吧?!”

飞云山寨的义盗侠寇云翻海，就在人海茫茫的东华街头，唉声叹气，悲苦莫名。

当然，虽然悲苦，心里也大加埋怨，但云翻海对那四百多个山寨老弱妇孺，感情却如同一家人一样。

别看他继承了祖业，成为飞云山寨的头领，但他照顾的那些人，大多都是他的长辈，都是看着他长大的。

对那些人而言，云翻海便如子侄辈一样。同样，对云翻海来说，这些刚才抱怨来抱怨去的“累赘”，在他的内心里，就是长辈和家人，简直如同自己的精神家园，永远也不可能割舍、不可能嫌弃。

如果不是这样，他也不会在还顶着官府通缉令的情况下，孤身冒险混入东华国的心脏地带。

所有这一切，他只为在艰难的世道下，来到这最发达的城池，找到赚大钱的办法，来养活飞云山那一帮人……

但毕竟他只是个年轻人，几番碰壁下，心情郁闷无比。如果不是立在这人来人往的京城街头，他几乎想和以往一样，傲立苍山，仰天长啸，一抒心中的闷气。

就在这时，云翻海忽然看到，远处人群突然骚动起来，紧接着就有许多人此起彼伏地叫喊："抛绣球招亲了！抛绣球招亲了！去看去看！"

"啥？"云翻海几乎还没听清那些人喊的是什么，忽然一阵人潮涌来，不由分说便推着他朝一个方向拥去。

人潮人海中，一旦拥挤起来，即使云翻海这样一身武艺的山大王，也完全没法自主。

云翻海只好暂时放下求职的心情，随波逐流而去。

被挤着跑了一阵，他也听清了身边的闲人喊的是什么。

以他现在的状态，对这样的绣球招亲，肯定没心情。不过四处碰壁后，他现在的心态有点像破罐子破摔，对自己说那就先去看看热闹，玩耍一番再说。

很快，他就被人群拥挤着带到了一座三层高的楼阁前。

这楼阁雕梁画栋，到处刷着朱红之漆，倒是显得精美而喜气。

"这是哪里？"作为外乡人，云翻海对京城风物两眼一抹黑，到了这红楼之前，一脸茫然地朝楼上胡乱打量。

他却不知道，自己东张西望之时，那红楼之上的粉绿纱帐后，却有一双眼睛，正在朝楼下拥挤的人群观望。

刚开始还没什么，但当纱帐后那对目光，看到了人群中漫不经心的云翻海时，便陡然一亮！

第三章　横财天降，干大事而惜身

　　从这一刻开始，刚才还四下扫射的目光，便一瞬不瞬地死死盯着年轻的飞云山寨寨主；就算云翻海被汹涌的人群忽挤到东，又挤到西，这双神光湛然的眼睛，也一刻不歇地紧紧追随。

　　很快，红楼的三楼上，出来一位娇滴滴的红裙小娘子，十七八岁年纪。虽然离得远看不太清，但云翻海看得出，这女孩儿还颇有几分姿色。

　　这红裙小娘子的手里，正捧着一个空心绣球，朝楼下的人群不停地瞻望。

　　等她一出来，楼下本就挤来挤去的人群，顿时如海涛遇上了风暴，拥挤得更加厉害，还伴随着高昂的狂呼乱喊声。

　　云翻海发现，就算自己一身武艺，两膀两腿都有一股子力气，但这时候却全不管用，依旧被人群挤得东倒西歪。

　　不仅身形稳不住，而且那震天的喊叫欢呼声几乎震破耳膜，一股子酸臭的汗味更是扑面而来，就算云翻海出身山寨，也几乎扛不住。

　　这时候，依旧支撑着他留在人群中的，是这么个想法："若走运被抛中绣球，我能不能给主家商议，亲就不结了，把这番红运折现，给我点现银就得了？"

　　心里这般想时，他眼角的余光便看见，楼上那红裙小娘子，终于高高举起绣球，准备朝下面抛了。

　　"砸我砸我砸我！"这时人群中所有人都在这般喊叫。被这气氛一激，连云翻海也不由自主地跟着喊了起来。

只是喊了还没一两声，暗中却忽然有什么人，伸过手来拉住他。

云翻海顿时一惊，第一反应便是遇上了偷东西的小贼。

他立即不怒反笑，暗自想道："好个不开眼的小毛贼，居然偷到你飞云山爷爷头上来了——难道你不知道老子我四处求工不成，已经身无分文？还来偷我?!"

不过很快他便察觉，这人并非小偷；因为以他丰富的道上经验，任何小偷都是恨不得主家不知情，怎么可能像现在这位，大力拉住他的衣襟，差点把他拉了一个趔趄。

"松手！松手！"云翻海立即大惊失色喊道，"有话好好说，别扯坏了我的华服。"

说话之间，他已经反手一扭，扭住了那人手腕。

正待他发力之时，却听到对面那人叫道："且休动手！这位兄台，正有好事便宜你！"

"好事？"云翻海顿时一愣，"哎呀，莫非这抛绣球招亲有黑幕？唉，果然不愧是京城，水太深。"

暗自发了声感慨，他又哀叹道："唉，难道我真的要靠女人？但我还没想好要不要献身入赘，牺牲自己的终身幸福，用彩礼来解决飞云山的经济危机啊！"

这一迟疑间，他便被不速之客拉到了旁边一条僻静的小巷中。

临入巷前，云翻海还回头望望，正看见那红裙小娘子，还在装模作样地准备抛绣球。

等到了巷子里，云翻海还没顾得上看清来人，便叫道："大丈夫在世，卖艺不卖身——"

还没等他下一句"如果价钱合适也可以考虑"说出口时，对面那人却扑哧一笑，说道："什么卖艺、卖身？乱七八糟的。告诉你，不是卖艺，也不是卖身，是来给人做替身！"

"替身？"云翻海一愣，这时才回过神来，仔细打量了一下来人。

他看到，忽然拉他出人群的这人，身形修长，脸色苍白，虽然相貌清俊，年纪不大，却始终让人觉得他老气横秋、冷淡阴柔。

毕竟是混山头的一寨之主，虽然云翻海也就二十出头，可这看人的本事非同小可。

一看眼前人这样子，他便认定，这人绝对不是善茬。

虽然，站在他眼前的这人，一身淡青色的书生袍，一手还拿着把折扇，但云翻海知道，若说这人是书生，还不如将他想成屠夫和杀手，更加接近真相。

一旦察觉这点，云翻海顿时遍体生寒。

不过他脸上丝毫没表现出来，反而乐呵呵笑了一声，道了句"你认错人了吧"，转身便要走。

谁知道，他才一转身，那人已鬼魅般闪身向前，根本没看出他怎么出手的，手中那把折扇便已经搭在云翻海的肩头。

折扇一搭到肩头，云翻海便猛然感觉好似一块烧红的烙铁，滚烫地压了下来，还死沉沉的，简直重若千钧，将自己压在原地，动弹不得。

其实以云翻海的功夫和气力，这时候要缩个肩、滑个步、卸个劲，也不是不可能。但他瞬间便反应过来，丝毫不用任何力道灵力，反而嘴里叽里呱啦地不断喊痛呻吟。

"嘿，本座怎会认错人？"见他如此，阴柔青年冷笑一声，悠悠说道，"我要找的人，就是你！"

"完了，我的事犯了！"云翻海心中顿时哀叫，"唉！真是'人为财死，鸟为食亡'，如果不是为了解决山寨那批兄弟家人的口粮问题，我何苦来京城？谁不知道京城是天子脚下，我们这等人最容易出事？

"唉，虽然我迄今未做什么恶行，从来劫富济贫，还养活了这么一大帮子老弱妇孺，但到了京城的衙门里，怎说得清？

"而这些官府之人最是可恶，没罪的也要屈打成招，好让他们加官晋爵；现在逮到我这个江湖上挂着名号的山大王，还不往死里捏我的罪名？

"完了完了！云翻海啊云翻海，你真的终年二十有一，要遭狗官迫害，英年早逝了！"

正满心哀叹，苦思脱身之计时，阴柔青年看着他这副悲苦惨淡的神色，不由得一笑，道："小兄弟，且莫慌，不是什么坏事。说不定，还正能解你心头困厄呢。"

"是吗？"云翻海随口应和，心中道："莫非此人有什么特赦的路子，要我打点门路？可老子其他都好说，就是没钱。"

"先自我介绍一下，"阴柔青年对云翻海闪烁的眼神视而不见，悠然说道，"在下姓郁，名愁归。"

"哦。"云翻海闻言想道，"怎么有人叫这个名字？仇龟？仇恨乌龟？小时候被乌龟咬了？"

胡思乱想时，只听对方继续说道："在下不才，正是神侠卫之大统领，也俗称为神侠卫大总管。"

"啊?!"刚才还散漫听着的山贼青年，听到这里，心里猛然大吃一惊！

虽说他们飞云山把山贼窝开成了善堂，但毕竟也是道上混的，对东华国朝廷势力，怎会不知？

更别说多年以来，那个光明神侠名震天下，真可谓闻名遐迩，和自己那些山贼同行自封的"天下闻名"，完全不可同日而语。

可以想见，一听说对面这人竟然是神侠卫的大总管，云翻海的内心，该何等震惊。

到这时，他已经不敢想任何好事，甚至不敢想如何脱身，而是紧张地思索，今日该如何保命。

不过惊恐之时，却听那郁愁归继续说道："小兄弟不必惊慌。今日冒昧请你过来，实是有一桩好事要便宜你。"

"哦。啥好事?"面色惨白的云翻海，不抱任何希望地随口问道。

"说起来，还是要请你帮个忙呢。"郁愁归压低声音道，"也不瞒你，光明神侠大人你应该知道。

"最近他老人家有事远游，一时回不来，但东华城这边，还有诸多大事等着他出面呢，所以急切间，我就想找小兄弟你当一下神侠大人的替身。"

说起来，遇上叵测之人时，最怕是他云里雾里，言辞总在外围打转；反倒是提及了具体的事情，便显得没那么可怕了。

这不，刚才心里还要死要活的云翻海，一听郁愁归说到原来只是想找自己当个替身，原本沉重的心情一下子便轻松了。

不过他很快就想到一个问题，脱口问道："怎么，难道我跟神侠大人长得很像吗？"

"当然，当然。"郁愁归微笑道，"如果不细看，简直是一个模子出来的。"

"哎呀!"云翻海欣喜叫道,"早闻光明神侠一表人才,乃是天下一等一的美男子,没想到我——"

还没等他高兴完,郁愁归就截住话头道:"不过呢,样子看着像,但经不住细看。仔细一看,你的气质神采,比之神侠大人,却是一个地下、一个天上!"

"喂!"云翻海闻言恼道,"就算我气质粗豪,也不必说得这般不堪吧。"

"呵,见谅见谅。"郁愁归歉意道,"小兄弟切莫动气,在下也不过实话实说而已。"

听到这样道歉的话,云翻海气得翻了个白眼。

不过,气过之后,云翻海却猛然心中一凛。

"哎呀!"他在心里怪自己道,"云翻海啊云翻海,你究竟在想什么?还有时间计较别人损你?忘了你眼前之人是谁,而你自己又是谁?还敢杵在这儿惹官家啊!

"更何况惹的还是这么大的事,竟然要我去伪装那个神侠,我看你这个山大王,是不想活过这个月了?"

想通此节,云翻海心中顿时充满了恐惧。

正待直接拒绝,但他很快便又意识到对面这位是什么人。

于是,他临出口的话儿,又咽了回去,然后赔笑道:"郁大人,您老人家嘱托的事,小的一介平民百姓,当然不好拒绝。

"但是您可能不知道,小人生性怠懒,于'钱'之一道最是着紧。所以呢,一贯以来,就算天王老子来,想要我帮他做事,我要价也很吓人的。"

"有多吓人?"郁愁归微笑着,不动声色地看着他。

"郁大人真要听?"云翻海故意摆出一副怠懒模样,翻着眼道,"您这事,不小呢,所以呢,小的想要的价是:五百两足秤纹银!"

这样的价码喊出后,连云翻海自己也吃了一惊。

他也有点暗恨自己无耻,喊出这样无耻的价格,简直有损他义匪的原则;不过他转念又一想,觉得事急从权,保命要紧,要不要脸这种事,就先放在一边吧。

正暗自得计时,他便听到郁愁归淡淡道:"这就是你吓人的价格?等我好好考虑一下……

"五百两、五百两……唔，好了，我给你八百两，成交！恭喜恭喜，今后一段日子，咱俩就是一块做事的同僚了！"

说着话的郁愁归就走上前，热情地伸手握住云翻海的手掌，不停地摇晃。

对郁愁归的恭贺，云翻海却恍若不闻，面如土色。

不过，惊归惊，很快他也反应过来了。

"啥？啥？"他在心中连连惊呼，"八百两，八百两啊！够咱山寨这帮人，开销两三年了！

"再拿出点银子做点小本生意，不至于坐吃山空，还能去更远的地方劫富济贫。这么一算，简直够咱山寨撑个五六年啊！这……这也太好了吧！"

刚才还满心恐惧，但云翻海一听这活儿竟然能拿到八百两白银，心思顿时就活了！

这时候他的眼前，好似浮现出飞云山寨那些面黄肌瘦、嗷嗷待哺的老弱病残，同时也浮现出刚才找工四处碰壁，最多只拿到一天十文的薪酬。

"吓！"想到这里，他心中猛然吼道，"怕啥？人头落地碗大个疤，八百两呐！我就应了，以后的事以后再说吧！"

心里这般想时，他口中便道："郁大人，您都这么有诚意了，这活儿，我接了！"

"好，好好好！"郁愁归连赞几声。这时候云翻海忽觉手中一松，这才醒悟过来，刚才郁愁归上来跟自己热情握手，恐怕不仅仅是恭喜这么简单。

云翻海再怎么说，也不是粗蠢之人。

注意到这个不起眼的细节，他忽然浑身一激灵，之前消散的恐惧，好像又回来了不少。

他也是机灵之人，想想还是不踏实，便故意道："郁大人，其实有件事，小的还是想跟您说清楚。"

"什么事？"郁愁归看着他。

"刚才也说了，我这人生性怠懒，却不想在怠懒之外，小的还很好勇斗狠呢，因此，便曾惹上个官司。"云翻海神色忸怩地道。

"哦，是什么官司？"郁愁归问道。

"是……"云翻海眼珠一转，神色踌躇地道，"是……是人命官司呢……"

"哦，人命官司啊。"郁愁归道，"没关系的，现在有更多的人命需要你呢。快点跟我走吧。"

说罢，他一转身，便要往这巷子之外走。

"哎，等等！"刚刚听了郁愁归的回答，呆若木鸡的云翻海见他要走，如梦初醒，连忙叫道，"郁大人，不是兄弟信不过您，只是那八百两银子，啥时候给我？"

"很多时候。"郁愁归回头幽幽一笑，"你不知道，我们神侠卫付账的规矩，是分期付款！"

第四章 人情如梦，豪侠认假成真

"完了。"云翻海心中立即哀叹，"还想把银票拿到手就卷款逃跑，这下看来不成了。"

云翻海的性子也很光棍，见一时不得脱身，心也镇定了下来。

心情放松之下，在跟着郁愁归往巷外走时，云翻海心有不甘，便说风凉话道："唉，刚才抛绣球招亲，我正在那红楼下等待，说不定能被那如花似玉的大家闺秀拿球砸中。没想到最后却被您这个大老爷拉过来，接了这么个冒认他人的尴尬活儿。"

"你弄错了。"在前面走的郁愁归，淡淡说道，"那个红楼，可不是什么大家闺秀的绣楼。那正是本地有名的青楼'怡红楼'，所谓的抛绣球，只是个青楼闹气氛的余兴节目。

"如果你被抛中，最多只能跟那妓女春风一度，还要交一大笔银子，作为所谓的聘礼钱呢。"

"啊？"一听要交大笔银子，云翻海顿时一惊，急急跟上郁愁归的步伐，诚恳说道，"刚才我只是玩笑话儿哩，还是您这事情好，关系到天下苍生呢！"

"嗯。"郁愁归道。

此后这两人，便一前一后，往东华城东街的神侠卫所走去。

在长街上行走时，云翻海依旧东张西望，恨不得把京城所有景儿尽收眼底。

郁愁归则目不斜视地向前，心中真是百感交集。

他心中想："唉，风大人啊，您究竟去了哪里？现在正是多事之秋，有多少事需要您出场。只望您办完事情，早日归来。

"属下虽然给您找了个替身，可这厮只是外貌相像，其举止粗鄙不堪，心性更是怠懒狡猾，一心只钻在钱眼里。

"而且他的格局也太小，既然一心为财，才敢喊出区区五百两银子的价格，一看就不是做大事的人。

"唉，我老郁家掌管神侠卫这么多年，不是说没经过风雨，只是今天这样的事儿，叫什么事儿啊……"

郁愁归感慨之时，云翻海看着他的背影，却也在心中想道："咦？好像前面这位郁大人，到现在都还没问我叫啥名字呢。"

如果这时候让咱的山寨主知道，他泼出胆子喊出的五百两"高价"，在郁愁归心中还被狠狠鄙视了，那可能他的心情，会比刚才在十字街头无人问津时，更加悲苦吧。

这时候，他们正好路过一处茶肆，店中有个说书先生，在抑扬顿挫地说着书。

如果让这样的说书先生，来描述今日云翻海和郁愁归的相遇，估计会说成"命运的相逢"吧。

只是此时两人毫无所觉，闷头分开人群，各怀心事，只朝前面走去。

就在他们经过时，那说书先生正说道："各位尊客，你们都说寒渊帝国强大，却不知他们魔族现在，比上古魔族可差远了。

"如果不是上古时候神魔大战，神仙们把古魔族打得元气大伤，咱们今儿哪还有机会坐在这里吃茶听书？早成魔国的奴仆啦。

"说起奴仆，光是古魔族的奴仆伽陀摩罗族，就了不得。

"虽是仆从，但他们在神魔大战中，可为古魔族出了不少力。

"不过后来不知怎么了，神魔大战结束后不久，伽陀摩罗族就被关到了远海大洋的海渊中，从此昏天黑地，千万年不见天日。

"可笑那古魔族有功不酬，过河拆桥，恐就因此遭了报应。

"为啥今时今日的魔族这么弱？据说就是那伽陀摩罗族，临被陷害前，偷了法宝无数的'魔皇武库'，导致后世的魔族一蹶不振。

"唉，正所谓'善恶终有报，天道好轮回。不信抬头看，苍天饶过谁'

……好了好了，别吵了，老儿继续讲那神州华夏的《三国英雄志》！话说常山赵子龙……"

说书先生的闲言碎语，随着三月的飘荡春风，很快就散入东华城的街谈巷议，不被任何人注意……

说实话，云翻海对这份工作毫无概念。

等到了光明神侠所居的神侠府中，堂堂的飞云山首领，就被郁愁归安排的人呼来喝去，如同牵线木偶一样，折腾了大半天。

他换上了新衣，是一件华光湛然的白袍。

虽然远看就是一袭白袍，但这白袍若靠近看，会发现雪白的袍服上，用淡粉嫩白的各种浅色丝线，绣着无数的花鸟云山之纹，还有一团云龙绕剑的徽记，正是神侠卫的徽纹。

这样细密繁复的精美花纹，虽然远看根本看不出来，但也让这件白袍看起来更有肌理感。

虽然云翻海没啥审美水准，但他也看得出，光这件白袍，别说价钱不菲，拿出去哪里是件衣服，简直就是件艺术品，能当传家宝。

这样一来，身披白袍的飞云山寨寨主，就极不自在，开始怀念刚才那身寒酸的补丁布衣。

这样一怀念，他就有些伤感，因为刚才自己那身衣服，已经被人当成垃圾，忙不迭地扔掉了……

郁愁归也派人带他看了他的卧室。

一瞅那房间，云翻海就有些恍惚，因为一直以来，他也时不时幻想将来自己娶媳妇时，那洞房该怎么布置。

但是就算他再怎么狂想幻想，也根本想不到，人间竟然还能有像神侠住的这样华美的居所。

在他眼里，这简直就是仙家洞府啊！

那些摆设古玩，哪一件拿出去，不是价值千金？

想到这一点，云翻海的眼睛都红了。

他联想到以前好不容易劫到个土豪恶霸，他们所有身家，加起来还不如这间屋子的摆设。

云翻海心动了。

不过心念刚一起，他一转身，就吓了一跳：

刚才不知去哪儿了的郁大总管，正立在他身后，冷冷地看着他。

郁愁归的目光冷，话语更冷："你以前，就算杀过人都不要紧；但只要你偷走这屋子里的一件东西，我就叫你失去你在这世界上所有在意的东西。"

郁愁归这话说得很不友善，云翻海有心发作，但一时又有些心虚。

"真是见鬼了！"他心道，"这什么跟乌龟有仇的家伙，难道会读心术？我才起了个不良之意，他居然就跟我说这些，难道他真能猜透别人心里想什么？"

想到这里，他看着郁愁归苍白的面容，心中暗自警告自己："云翻海，你可别犯浑。你知道自己是什么身份，到了这神侠卫，就老老实实的。

"这儿就算不是龙潭虎穴，也差不离，别贪个便宜，弄得性命不保，那样飞云山的老少爷儿们就都饿死了。"

想到这里，他就双目凝视郁愁归，朗声说道："我云翻海大好男儿，行得端坐得正，哪会贪这种小便宜？"

"哦，"郁愁归不动声色道，"那今日，你就在这里歇下。明日一早，我会来找你。"

这天晚上，云翻海就在原先正牌神侠风惊雨的房中睡下。

虽睡在锦绣房中，身上身下都是绫罗绸缎，但云翻海却翻来覆去，怎么也睡不着。

今天发生了很多事，一桩桩一件件，都在他眼前如走马灯般闪过。

虽然很多事都让他印象深刻，但当夜色渐渐深沉，如水的月光照到床前时，云翻海的脑海中，却只剩下了一句话，还在反反复复地盘旋：

"只要你偷走这屋子里的一件东西，我就叫你失去你在这世界上所有在意的东西。"

郁愁归的这句话，如同魔咒一样，在云翻海的心中反复回荡。

"在这世界上所有在意的东西啊……那我在意的，是什么呢？"

心里这般想着，云翻海的眼前，便浮现出飞云山寨中，那些虽然面黄肌瘦但神情亲切的亲人来。

半梦半醒之间，在憨厚亲切的人群后，有个娇憨可爱的小女娃，扎着两个总角小辫，仿佛正在夜色中，朝他蹦蹦跳跳而来。

"云哥哥，云哥哥，"小女娃手里举着一束野花，两眼渴望地望着他，患得患失地问道，"你看，你看，小草儿摘的这几枝野花，好看吗？"

"不好看。"自己的声音，在朦胧的月色中响起。

"为什么呀？"小女娃有点难过地问。

这时委屈的泪水，已经在她的眼眶边缘打转，仿若此时窗外莹洁的月光。

"因为呀，它们本来挺好看，可不该和咱们的小草儿妹妹在一起。这一比，就变得不好看了。"

"呀！真的吗？"小女娃又惊又喜，眼中闪着喜悦的光芒，小脸蛋儿因为兴奋，也变得红扑扑的。

"当然。我从来不骗小孩。"云翻海道。

"我才不是小孩！"小女娃抗议道，"人家都已经十岁了！叔叔婶婶们说，再过四年，我就能当新娘了。

"云哥哥，你不是经常跟那些被你抓的人说，你缺个压寨夫人吗？云哥哥，你以后不要这么吓唬他们了，小草儿妹妹可以当你的压寨夫人呀……啊，哥哥哥哥，你笑什么呀？还笑得这么大声……怎么，小草儿妹妹说错话了吗？……"

幼稚可笑的话语，在心间回荡，渐渐地，已经疲累了一天的飞云山大王，不知不觉便滑入了梦乡……

本来作为"山贼盗匪"，深入朝廷官府，云翻海怎么都睡不着。但当那个娇美可爱的小妹妹在心头浮现后，他忽然变得无所畏惧。

因为，他忽然发现，虽然身处陌生险地，但他却有自己的精神家园。

为了这个精神家园，他可以无所畏惧。

第二天一大早，神侠卫对云翻海模仿光明神侠的特训课程，便开始了。

用平民冒充神侠，此事对神侠卫来说，也属高度机密，因此整个培训过程，也只不过郁愁归和他的副手关山明两人参与而已。

郁愁归是神侠卫大统领，关山明便是副统领，习惯也称为神侠卫小总管。

和郁愁归这样的世家子弟不同，关山明是实打实的平民子弟，靠投军之后的军功一路升到今天的地位。

出身军伍，看多了尸山血海、生离死别，关山明就格外珍惜神侠卫副统领这个相对安稳的职业，平时在神侠卫中，除了任劳任怨之外，也是与人为善，从不树敌。

和郁愁归阴柔苍白、少年老成的面容不同，关山明的样貌在云翻海的眼里，明显更像好人。

关山明的面皮虽然也十分白净，但生就一副方脸膛，放到江湖上，那就是典型的侠义正直脸。

并且他的眉眼长得比较开，按云翻海以前听过的相面之说，像这种长相的人，待人会更加亲切，也没什么城府。

事实上，和郁愁归对云翻海不疼不痒的态度来比，关山明明显热情亲切多了。

所以从第一印象上来说，云翻海觉得这位关副统领，可比郁愁归顺眼多了。

有了这样的观感，云翻海浮想联翩，心想道："差不多同样比较顺眼的相貌，为什么会有这么大的差别？

"莫非是因为郁大总管的名字里有个'愁'字，所以从小到大，心理暗示，潜移默化，便相由心生，才长成这样的气质？"

到这时，他也已经弄清了，原来郁总管叫"郁愁归"，而不是"郁仇龟"。

想到这里，他便暗生警惕，决定将来自己的子女出生后，一定要好好取名——比如，名字里一定要带上"金银富贵"之类的字……

培训开始后，刚开始看在钱的分上，云翻海还老老实实地听从安排。不过训练了一个多时辰后，云翻海终于忍不住了。

他冲郁愁归埋怨道："郁总管啊，男子汉大丈夫的，为什么行事要这般扭扭捏捏？

"有话就直接说，有事就直接做，为什么还要那么多弯弯绕绕？

"看这说辞，拿腔捏调，看这应对，一波三折，碰到混蛋不应该直接揍他丫的吗？

"为啥还要啰啰唆唆，先劝人行善然后才下手？人不是常说'先下手为强'吗?"

"哦,"云翻海连珠炮般说了那么多,郁愁归却看着他,淡淡道,"这样,才优雅呀。"

"这!"云翻海一滞,一时间无言以对。

第五章 蝶舞花飞，初见明心如雪

"哎，老子现在终于明白了，"云翻海恍然想道，"为啥光明神侠待遇这么好，原来要做这么磨人的事啊！那难怪了，工钱不多点，谁愿意干啊！"

正胡思乱想时，忽听那郁愁归问道："你，原来是做什么的？"

"我？无非就是开山工和护林工了。"云翻海大大咧咧地答道。

"嗯？"郁愁归闻言一愣，一时没反应过来。

"哈哈！"云翻海看他这样子，放声大笑起来，"开山工和护林工，不就是'此山是我开，此树是我栽'咯？"

大笑说出这话时，云翻海心里却叹道："唉！这活儿，总觉得还是不踏实。我便试探他，看他知道我是山贼后，会不会就此将我革除驱逐了。

"嗯，反正谅他也不敢抓我，我可知道他们想拿人冒充神侠的不法事儿呢。"

云翻海这也是算无遗策了，却没想到，紧接着他便听郁愁归只是淡淡地"哦"了一声，便再也没有了下文。

这算是云翻海和郁愁归暗中交锋的第一个回合，结果是咱们的飞云山大寨主败下阵来。

除了些云翻海看不上的繁文缛节，到了下午，郁愁归还亲自带他参观了神侠府。

神侠所居的府邸，就在整个神侠卫所的后方，相当于其后院，但占地非常广大。

这种前衙后院的格局，倒是和时下不少府衙官邸相似。所以在东华城老百姓的心目中，也不分什么神侠卫和神侠府，经常混在一起说，哪个都行。

等到地方一看，云翻海便发现，这神侠府清净、幽雅、整洁，院子里像大花园，屋子里则更像是书房。

即使云翻海没怎么开过眼界，但毕竟见过不少南来北往的江湖人，所以他看了一圈后，便明白，这神侠府的陈设，档次非常高。

比如，各处房中的古董摆设，固然看起来价值不菲，但风格大多清新朴拙，绝不似民间暴富之家那样，到处堆着绫罗绸缎，恨不得连茅坑门头也镶着金、裹着银。

本来参观神侠府邸，对正常人来说，是梦寐以求的大好机会，但可惜云翻海云大寨主，却不算是正常人。

他在参观中，内心就极度纠结和痛苦："哎呀，五百年的古瓶——唉！我带不走；啊？什么？八百年的古画？唉，我只能看看……"

郁愁归可能万万想不到，刚才训练之中百般不配合的云翻海，其实这会儿，内心的毅力和忍耐力倒成倍地增长。

到了神侠府的前厅，云翻海的目光，立即落在了主人桌案上那些茶具上。

他顿时便两眼放光，心想道："啊呀！这些瓷杯晶莹剔透，说出去哪信是白瓷烧就？简直就是传说中的水晶琉璃盏啊！"

正看得出神时，忽听郁愁归道："神侠大人，请你拿起案上的瓷杯。"

"哈?！"云翻海又惊又喜，心想道，"难道终于开了窍，这位郁总管想送我俩宝贝瓷杯？"

他立即以迅雷不及掩耳之势，快步上前，既迅疾又小心地握起一只白瓷杯。

"郁总管，您这是要送——"云翻海话还没说完，郁愁归就截住他话头道："现在，你握着这只茶杯，往地下摔。"

"啥?"云翻海还以为自己耳朵出毛病听错了。

"没错，现在就要训练你如何发怒摔茶杯。"郁愁归不动声色道。

"混蛋！"云翻海在心中大骂，然后又无奈又心疼地，举起了闪耀着水晶之光的罕见白瓷杯，"咔嚓"一下就猛摔在地上。

"不错，不错。"郁愁归拍手赞道，"没想到你还不是一无是处，这摔起杯子来，倒像是无师自通。"

"废话。"云翻海再也忍不住了，不客气道，"这摔杯子，有什么难的？还要训练，郁总管啊，你可不要把我当傻子！"

"属下怎么敢把神侠大人当傻子呢？"这时的郁愁归，已经一口一个神侠地叫云翻海了。

说完这句话，他就闭上了眼睛。

"难道他困了？"云翻海疑道。

"还是有改进的地方。"郁愁归又忽然睁眼，认真说道，"方才摔杯姿势，乍看不错，但细节还有商榷处。

"比如扬起手臂的速度，要先慢后快；摔杯前那一刻，也要悠然向上一扬，然后同样先慢后快地往下摔，这样才有冲击力、有节奏感。"

"啥？"云翻海听得一愣一愣的。

"没关系，一时不懂，多练练也就会了。"郁愁归耐心地说道。

"好吧。"云翻海心里滴着血，就去桌案上，随手又拿起了一只瓷杯。

谁知道，才一拿起，便听得郁愁归叫道："放下！"

"嗯？"云翻海怪道，"不是你叫我多练练吗？"

"你误会了，"郁愁归一边从他手里拿下瓷杯，一边说道，"神侠大人，这张茶桌上，那些瓷器，有珍品，也有赝品。"

"刚才你第一次摔的，不过是赝品而已；你现在拿的，却是产自神州西方灵洲之上的雪羽瓷，一只价值百两纹银呢，你切不可摔了，否则只能从你那八百两的报酬里，一次性扣了。"

"……"本来大大咧咧的飞云山寨寨主，忽然间汗流浃背，只觉得自己一直以来最恐惧的噩梦，终于发生了：

他被官府伏击了，包围了，坑了！

以前他不太能理解那些跟官府死命对抗的同行，但现在，他有点理解了。

比如，眼前这郁愁归，简直坑死人不偿命；尤其可恶的是，他想要拿八百两报酬，就得分期收款；现在摔错一个杯子，却要被一次性扣光！

"天呐！官府果然太黑啦！"

于是接下来半个多时辰里，他都在冷汗淋漓中度过。不过他甄别真假瓷器的本领，倒是意外地突飞猛进。

当日影西斜，黄昏将至时，郁愁归将云翻海带到了神侠府的后花园里。

夕阳的余晖，鲜红而柔和，将花园里的花草湖亭，涂抹上一层鲜亮的彤红颜色。

神侠卫大总管郁愁归手中轻摇折扇，不疾不徐地往花园中间那处池塘走去。

云翻海随着他走时，看见那池塘边，正有一处假山石，草木簇拥着，在夕阳里倒也显得沟壑玲珑。

偶然看见假山石，云翻海心里一动，忽然有些想念起那个荒僻的飞云山野来。

"我问你，"正有些出神时，郁愁归柔和的声音在前面响起，"如果你以神侠的身份，做了侠义的事情，那些受益的百姓都称赞你，你该怎么回应？"

"折现？"云翻海脱口答道。

"错！"郁愁归一合手中折扇，立即侧身昂首，斜仰看天，双目炯炯，半晌无语。

"咦？"云翻海见状惊奇，连忙也朝天上看去，"天上有什么？哦……真的有一团云四脚伸展，很像乌龟……啊呀！原来你真的'仇龟'！"

刚说到这里，郁愁归却忽然开口，声音浑厚深沉无比地说道："你应该像我这样侧身昂首看天，然后深吸一口气，说："世事如冰，但心和魂永燃！'"

"哦……我明白了。"云翻海翻了个白眼，便仿着郁愁归的模样，也故作深沉，说出"世事如冰，但心和魂永燃"这句话。

"学得倒还快。"见他像模像样，郁愁归难得地赞赏道，"没想到你言行粗鄙，但学起神侠大人宣誓之语，倒是比本座想象的还要快捷。"

"嗯，这也多亏你生得这副好皮囊，如此表面功夫，你总归不会太差。对了，说出这句话，你有什么感觉？"

"感觉？"云翻海一愣，道，"感觉有点恶心。"

"……"这一次，轮到郁愁归无语了。

后花园的气氛，一时有点尴尬。

僵持的气氛中，云翻海忽然想到，眼前这人，理论上来说还是自己的老板呢，可不敢太得罪了。

想到这一点，他便连忙没话找话道："郁大人，什么'世事如冰，但心和魂永燃'，虽然说起来有点别扭，但还别说，听着还真有点特别呢。

"不过呢，你也知道，我只是个山野粗人，哪懂这些话的意思啊，所以不知能否劳烦大人你解释解释？"

"解释……"郁愁归闻言，一时竟是有些神思悠然。

静默了良久，云翻海都快等得不耐烦了，才听他忽然开口，幽幽说道："你应知晓：是繁花，总要凋零；是树叶，总要枯落；是时辰，总在流逝；是烛火，总将熄灭。我等天地灵长，只有心和魂永不言弃，如火长明，才可能在世间永恒照耀。"

说完这句话，郁愁归朝云翻海点了点头，便一转身，在繁花春水之间，飘然而去……

就这样训练了几日，这一天，郁愁归忽然对云翻海说："神侠大人，几日辛勤苦训，已颇肖似，连声音也十分相像了。那今日无事，我便带你去见一个人。"

"谁？"云翻海立即警惕问道，"要见什么人？是官兵捕快，还是达官贵人？"

"你见了就知道。"郁愁归神秘地一笑，并不多言。

郁愁归带云翻海去的地方，是东华城南郊的一个花圃，名为妙香园。

妙香园占地广大，其建筑乃神州江南水乡风格，白墙黑瓦，青石铺路，颇有清幽之意。

现在正值春日，花草繁盛，妙香园中百花盛开，与白墙黑瓦相映成趣。

妙香园中百花争艳，但最多的还是桃树。

在这里，一千多株桃树茂盛生长，品种各异，正在春日里绽放着五色的花朵。

其实单株的桃花，也有赏玩之处，但毕竟单薄；真正值得欣赏的桃树，还须千百株簇拥在一起，五色花开，争奇斗艳，灿若云霞，这才是真正壮丽动人的绝景。

严格说来，云翻海的见识并不太多。毕竟他只是穷乡僻壤的山寨之主，顶着不法的身份，能去多远？所以虽然来自山野，但像这种阵势的桃花，他何曾见过？

东华城南郊的桃花林，在这个春日，铺天盖地、无边无际地，展现在这个山野年轻人的面前。

面对如此梦幻丽景，云翻海几乎都看呆了。

见他呆立无言，郁愁归一笑，指点前方道："你看，今日带你来见之人，就在那里。"

云翻海听了，木木愣愣地，朝他指点的方向看去。

明媚春光里，云翻海正看见，那里的桃花林开着粉红的花朵，绚烂宛如云霞。

才看得一眼，恰巧清风徐来，于是花瓣漫天飞舞，落英缤纷，其中又有彩蝶翩跹飞舞，一时竟辨不出哪里是花落，哪里是蝶舞。

蝶舞花飞中，云翻海忽然看见，有一位妙龄的少女，身着雪白衣裙，正背对着自己。

虽然看不清脸面，但这背影的体态，已是无比婀娜多姿，亭亭立于漫天飞花中时，宛如白云坠地，又好似凌霄仙子从九天下凡，绕身云蒸霞蔚，花落花飞，场面真个是如梦如幻，无比唯美。

乍见这少女，云翻海不争气地咽了咽口水。

"我知道了！"呆看片刻，他忽然如梦初醒般，转头对郁愁归道，"你今日一定是训练我去保护弱女子！

"啊呀！郁大人啊，真有你的，做戏做全套啊，还请来这么好身材的女孩儿来扮演！"

"呃！"郁愁归动了动嘴唇，刚要说话，却被云翻海截住话头："郁大人，你不用说了，知道知道！都有剧本的，这是神侠大英雄拯救妇孺的戏码——不好意思，这戏我最熟！当年在……倒是常年收容身世凄凉的可怜女子。"

说到这里时，还不等郁愁归反应过来，云翻海已经身形如电，蹿了出去。

几个纵跃，掀起一路的落花，云翻海很快就来到那云裳女子的背后。

"姑娘！"他双手叉腰，大叫道，"本神侠知道你刚才被流氓使劲调戏，惨绝人寰，不过不要紧，今天有我光明神侠在，不仅会护卫你周全，还会为你讨回公道!"

说罢,他便转过头去,东张西望,口里不住嚷嚷道:"流氓在哪里?色狼在何处?"

才这么嚷了两三声,十分卖力的飞云山寨寨主,猛然感觉有一道冰冷寒气,带着尖啸之音,急速扑向自己的后脖颈处!

第六章　一剑惊魂，愁对如花美眷

　　云翻海虽然武艺不算高强，但实战经验十分丰富，一听风声不对，他半刻都不犹豫，完全凭着身体的本能，猛地朝前一扑，用一种猪打滚、狗啃泥的姿势，躲过了背后这一次致命袭击。

　　不得不说，他这保命的措施，及时而有效，但无奈姿势实在不美妙，直白点说简直猥琐狼狈到极点。

　　他这模样，更添袭击者的厌恶。

　　"谁？谁要杀我？"云翻海反应也很快，躲过了袭击，立即翻身站起，一边摆出战斗姿势，一边寻找敌人。

　　这敌人，并不难找，提示太明显了，因为云翻海正看到，一位绝色少女正满脸通红，眼含怒火，在漫天花雨中挥剑凌空扑来，雪亮的剑锋直指自己的咽喉！

　　见此情景，云翻海忽然呆住了。

　　一瞬间，他心中惊惶想道："完了！原来不是什么拯救妇孺，而是训练我如何发现和对付女杀手！

　　"完蛋了完蛋了！那郁大人说得没错，应该多听多问，不能急，要优雅！

　　"哎呀，我的郁大总管，你在哪儿？救命啊！"

　　最后这声呼唤，已经被他脱口说出，不仅紧张急迫，还情真意切，简直发自肺腑。

　　这时候，那锋利的剑芒，已经离云翻海的咽喉，只有寸许的距离。

　　千钧一发之时，桃花林中忽然一道乌光飒然闪过，便听得"当"的一声，那少女势在必得的含愤一击，被破空而来的乌光横扫开去。

在剑锋被荡开的那一刹那，有一片飞舞的花瓣，被剑风所激，"啪"的一声，正贴在云翻海的喉头——

那瞬间的寒凉，简直让他魂飞魄散，那脱口"啊"的一声惨呼，响遏行云，直惊得桃花林中的鸟雀纷纷飞蹿……

一时间，鸟飞花落，正是混乱无比！

这时，那云裳少女，已经收剑立定。见此情景，她心中顿时更增鄙夷。

"谁？你是谁？"云翻海惊魂甫定，手指着少女惊问的声音，正带着几分惊恐和战栗。

"我？哼！"那少女一脸傲然，微微扭过脸去，只看着不远处一枝桃花，显然完全不把云翻海放在眼里。

这一刻，人面桃花，相映娇容。

女孩儿雪白嫩洁的脸颊，映上一抹粉红的花光，便冲淡了本来的寒傲冷淡之气，让其平添几分娇艳。

而少女莹洁如玉的面庞，惊心动魄的美丽，本身便如有光辉，即使在万花丛中也光彩照人，让人不敢直视。

"误会了，误会了。"郁愁归的声音忽然响起，"我来给大家介绍一下，这位就是'光明神侠'大人。"

"哼。"少女一脸鄙夷的神情，便让云翻海知道，她是知道真相的。

郁愁归又指着少女，对云翻海道："'神侠大人'，难道您忘了？这位就是您的未婚妻、天河神女明心雪呀！"

"啥？！"云翻海一愣，骤然睁大眼睛，口吃道，"不……不会吧？"

"有何不会？"郁愁归道，"明姑娘乃是东华城明氏家族的掌上明珠，乃是光明神侠的恋人，是经过吾皇陛下钦点的您的未婚妻！"

"这……这……"云翻海更加茫然。

"又不是和他。"明心雪没好气地说道。

"下官知道，当然不是和他，只是……"郁愁归忽然压低了声音，朝明心雪道，"只是从此以后，直到风大人回来，您还真得和这个面貌相似的小兄弟，继续假扮鸳鸯侠侣。"

说到这里，郁愁归已感觉到眼前少女正酝酿蓬勃的怒气，便又不慌不忙道："明姑娘蕙质兰心，应知道您和风大人这一对鸳鸯侠侣，对稳定民心、教化世人的重要意义。您也别忘了，这个决定，可是皇帝陛下亲自首肯的。"

听得郁愁归这么说，明心雪的怒气稍稍下去了一些。

不过她斜眼瞅了旁边的云翻海一眼，便气不打一处来，朝郁愁归讽刺道："郁大人还真厉害，口口声声都是吾皇陛下下令；可是这些主意，还不都是郁大人您想出来的?"

"对，对，"郁愁归平和道，"为民请命，为主分忧，实在是卑职分内之事。"

"哼……"见郁愁归这副不温不火的样子，明心雪一时也失去了讽刺挖苦的兴趣。

不过停了片刻，她忽然想起一事，便眼睛一亮，说道："郁总管，别说我没提醒你，这个云翻海，我已经查到他的底。难道你不知，他竟是飞云山的山贼头领?"

"我知道。"郁愁归波澜不惊道，"他的身份，是有些不法。不过事急从权，只要他不是大奸大恶之人，又有何妨? 谁叫咱东华城开禁这么多天，也只见得他一个绝似风神侠之人? 明姑娘，大局为重啊!"

本来郁愁归的语气始终平和淡定，但最后这句话，尤其"大局为重"几个字，他罕见地加重了语气，几乎一字一顿地说出来。

听着他凝重的语调，看着他脸上严肃的神情，本来少女还有许多话想说出，这时候还是都咽了回去。

"喂! 你——"见说不动郁愁归，明心雪就把气撒在云翻海的头上。

"叫我?"云翻海看看左右，然后一指自己，朝明心雪茫然问道。

"就是你!"明心雪冷笑道，"看，别说刚才躲我剑芒，反应太慢，狼狈不堪，就算我这时叫你，都反应迟钝，唉，还学人当假货呢，冒充得来吗!"

说实话，听得她这话，云翻海是非常生气的。

不过呢，他现在心态非常好，心说这不就是桩生意吗? "赚钱三分低"，为了那白花花的纹银，别说明心雪这夹枪带棒的讽刺了，就算再难听的骂娘的话，他不也得受着?

云翻海心说，只要好好地干完这一票，带上白花花的八百两纹银回去，从此便海阔天空，不仅能养活山寨的食口，说不定还能以此为本，做点生意，之后财运滚滚，也未可知。

所以，听得明心雪此言，他只是一笑，竟表现出之前郁愁归对他求之不得的优雅风度，对着明心雪，微微躬身，拱一拱手，温润如玉地说道："明姑娘，您说得对，这一点在下确实欠缺。不过请您相信，以后在下一定努力改正。"

"错了，错了。"还不等明心雪答话，旁边的郁愁归忽然开口。

"什么错了？"云翻海转脸看向他，茫然问道。

"当然错了。"郁愁归严肃道，"你二人，刚才那番误会，就算不打不相识。但从现在起，你二人便是世人欣羡仰慕的神侠鸳侣了。所以，为何还称'明姑娘'？你应该叫她'心雪'啊！"

"哦，是的是的！"云翻海一拍额头，恍然大悟般转向明心雪道，"心雪，以后多多关照！"

"……"这一次，明心雪没有勃然大怒。

看着云翻海有些急切的表现，女孩儿的心里忽然一动。

"唔……就像风哥哥常说，'世事如冰'，我切不可太过天真了。"明心雪心中转念道，"这个小贼，出身草莽，还是山贼的头领，难道真的会像之前表现的那样，痴痴傻傻？

"看似巧合，被郁总管选中，但天下真有那么多巧合的事情吗？会不会……他竟是为了谋夺天下，便霸占神侠之位？

"又或者，听过了我的名声，便处心积虑，来霸占我明心雪？

"还真有这种可能！瞧他刚才一见我的样子，张口结舌地说不出话来，恐怕还真是以貌取人的好色之徒呢。"

女孩儿的联想力，一般来说是更加丰富。

心中想到这里，明心雪忽然意识到，云翻海这厮，可是个如假包换的山贼啊！自己曾听过的戏文里，什么江洋大盗谋害书生，从而谋财图色的故事，还少吗？

从这一点来说，忽然失踪的风惊雨，说不定还就是这人和他背后的势力谋害的呢！

想到这一点，明心雪都被自己这个想法给吓坏了。

她的身躯，一时微微颤抖。

不过也就是片刻之间了，想到这种最坏的可能，却反而很快让她冷静了下来。

能成为朝廷钦定的光明神侠的"官配"，明心雪又岂是一般人？

于是心中已经把云翻海想成了十恶不赦之徒，她表面上却反而没那么拒人于千里之外，竟还在飞花拂面之中，对云翻海嫣然一笑。

"太……太美了！"云翻海见状受宠若惊，心中赞美千遍。

旁边的郁愁归见状，则是折扇轻摇，心中欣慰，心说明心雪果然不愧为大家世族的千金，知道以大局为重，这么快便进入了角色。

这时候，他们两个大男人都不知道，面前这位绝色美人，在一时平静甚至友好之下，转动的却是截然相反的念头。

她的目光，越过了眼前的两人，看到了远方的白云青空。

恍惚间，她仿佛看见了爱人神俊温润的面容，在万里云天中悠然浮现。

"风哥哥，你放心！"面对着朝思暮想的面容，明心雪暗自攥拳，在心中发誓道，"风哥哥，你的心雪一定努力，揭穿这个山贼的阴谋，将你安然拯救回来！"

这时候，一阵风来，卷起地上片片落红，在明心雪身边环绕，倒让她心中更添悲壮。

当然，她也是个明智的女孩。清风一吹，冷静下来，她忽然又想到，以风哥哥的绝世才智武技，像云翻海这样的山野恶人，如何能害得了他？

所以，这件事并不像看起来这么简单，背后一定还有强大的势力支持。

隐含的势力固然可怕，但明心雪的心里还是觉得，云翻海这厮本身已经太可恶了，实在忍不了他，所以自己一定要加把劲，争取把这个恶心的家伙从自己身边早日踢开，不让这样的"人渣"实现他本来的愿望。

显然，明心雪心中"人渣的本愿"，就是谋害爱郎、霸占她这个秀色可餐的妙龄少女啦。

当云翻海跟着郁愁归离开妙香园后，归途中云翻海便忍不住道："郁大人，我终于知道为什么风惊雨要失踪了。"

"为什么？"郁愁归道。

"因为任谁摊上这么个老婆，都想远遁深山，毅然出家啊！"云翻海感叹道。

“呵呵，难道你觉得明姑娘她不好吗？”郁愁归笑道。

“还好？”云翻海叫了起来，“她也就是生得好看点，但性子太勇悍，神侠大人也不知哪辈子没积德，竟摊上这样的媳妇。”

“还不是媳妇，”郁愁归纠正道，“是情侣，是未婚妻。”

“那也差不多。”云翻海大大咧咧道。

“嘿，”郁愁归忽然古怪地一笑，说道，“这还是我头一回听人说明心雪的不好。”

第七章　灯市骤变，奇袭妖女如蛇

"那你是认识的人太少了吧。"云翻海道。

"不是。"郁愁归笑道，"看来云老弟还真是尘外之人，连明心雪的大名都没听过。

"你方才也看到，明姑娘那样貌，真似天帝之女下凡，风姿绰约，妩丽可人，有春花之媚，又有冬雪之纯。

"等你在城中待得久了，便知我东华城之人，公认她为东华国五百年难得一遇的美人呢。

"模样如此卓绝，出身更为高贵，她那明氏家族，简直仅次于东方皇族和冷氏家族，出身极为高贵。

"尤为可贵的是，明心雪并未倚仗身世，而是悉心研习才艺，磨砺武技，简直才貌双绝、书剑双绝。

"那一把家传的天河洗月剑，更是使得出神入化，全力舞动起来几乎如银河倒挂，又似月宫落雪。

"所以她在'天河神女'名号外，更有'天河女侠'之名。本官可知道，这东华城中仰慕她的男子不计其数，暗中颠倒二字，称她为'天河女神'的人，也大有人在。

"比她剑术更卓绝的，还是她的魂火'紫霄神鸾'。按赤橙黄绿青蓝紫来排，这已是顶级魂火，一旦使出，宛如神鸾降世、紫电盘空，威力无穷！

"嘿，说真的，如果她不是生就女子之身，恐怕风惊雨大人要坐上神侠之位，还很困难。

"所以啊，咱们的神侠大人到了年纪，需要有个配偶时，明心雪便众望所归，被皇帝陛下钦点，成为风大人的未婚妻。"

"哦，原来如此。"云翻海听了这一番介绍，若有所思道，"郁大人，你跟我说这么多明心雪的好话，简直像是推销相亲，到底为啥？

"哦！我明白了，你怕我讨厌她，就不能和她配合，好好演戏吧？"

"正是此意。你明白就好。"郁愁归一口承认，丝毫不以为耻。

"不对啊，"云翻海叫道，"我倒是想好好演戏，可刚才你也看到了，那娘们一句话都没说，挺剑就要来杀我。

"你现在光叫我配合她，那我好心劝劝你，还不如早改戏码，把什么真假神侠，改成明心雪如何守寡吧！"

"呵，守寡？这样啊……"郁愁归闻言，还一本正经地考虑了一下，这才慢条斯理说道，"虽然风大人一时远游，毕竟生死未知，守寡这戏码，以后再说吧。不过你的担心也不无道理，稍后我会去明姑娘那边安排妥当，你无须多虑。

"再说了，就像刚才，即使千钧一发，天河洗月剑又是如此犀利，还不是被本统领的'黑霜玄铁爪'给荡开？放心，云老弟啊，我会保护你的。"

"嘿嘿，那就好，有郁大人出马，还有什么可担心的？"云翻海一脸嬉笑地奉承道，"不过郁大人，您也看到，我这么懂事，就算刚才差点被杀，都没动摇。要不，看在我这么有职业道德的分上，您能不能把第一笔款子，给咱结了？"

"唔……好，"郁愁归点点头，"等今日回去，就先把一百两银票，交付与你吧。"

"太好了！多谢多谢，郁老板您真敞亮！"云翻海喜出望外，没口子地称谢。

接下来的几天，平淡无奇。

不过惯于奔走山野的年轻人，忽然被关在神侠府中，训练和自己本性截然相反的习惯，这股子憋闷劲儿可想而知。

于是这一晚，云翻海实在忍不住，用过晚饭后，瞅了个空当，便乔装改扮，穿了一身神侠府中下人才穿的衣服，青衣小帽地翻墙而出，去灯火通明的东华街道上逍遥去也。

此时东华城中的灯市还未结束，满大街都是华光四射、造型别致的花灯，把整座东华城装点得像光明界、不夜城。

虽然刚开始入城的那几天，云翻海也逛了逛灯市，但对于一个从小在山野中讨生活的人来说，这样豪华灿烂的灯市，哪是一两次就能看得够的？很快云翻海就好似迷失在花灯的海洋中。

他不停地寻找自己喜欢的花灯造型，无论动物还是神仙，他都看得入迷。

当他走近一盏极为巨大的走马灯时，这样的入迷更达到了顶峰。

这盏走马灯，几乎有磨盘大小，外面的淡色绢纱上，用精美细致的笔触，画着八仙过海的故事。

走马灯里面，则点着十来支上好的蜡烛，映得整个灯盏光华照人，一片光明。

于是一旦转动起来，那些八仙过海里的人物，无论神仙还是鬼怪，都仿佛在一片通明中活了过来，在朝云翻海嬉笑、怒视、飞来、离去……

这些天里，云翻海其实十分压抑。

他本性豪爽磊落，现在为五斗米折腰，整日赔笑向人，虽然穿的是鲜衣华服，吃的是美味珍馐，但内心着实不快乐。

所以，现在置身灯火丛中，看到活灵活现的神仙故事，云翻海很快便神思悠然，精神也变得有些恍惚。

在八仙过海的故事之后，又有更多奇特鲜明的花灯，吸引着云翻海继续往前看，往前走。

不知不觉间，辉煌光明的灯市在他身后慢慢远去，渐渐他便走到了灯火阑珊处。

可能光明与黑暗，本质相生相克；如果没有那些灿烂辉煌的灯火对照，这里的夜色就并没有那么黑暗。

但灯火阑珊时，夜色显得更加浓重，就仿佛离东华城不算太远的东海之水，漫上了堤岸，将云翻海整个身心包围。

忽然之间，云翻海觉得眼皮子十分沉重，整个人都昏昏沉沉，几乎想倒在街边，倚着墙壁，就此睡去。

正当他想要这么做时，却猛然听到不远处有什么人，惊呼一声：

"小心!"

还没等他反应过来,只觉得周围一片大乱,金铁交鸣之声不绝于耳,中间还夹杂着凄厉的惨叫和愤怒的咒骂。

就如同一盆雪水兜头浇下,刚才还昏昏欲睡的飞云山寨寨主,猛地惊醒过来!

这一清醒,云翻海立即觉得不对。

"刚才怎么回事?不就是看花灯吗?按理说花灯明亮,又那么好玩,我怎么会越看越想睡?"

刚想到这里,他抬头一看四周,这才猛然惊叫道:"呀!我怎么会走到这黑灯瞎火的偏僻巷子?刚才究竟发生了什么?"

当然,清醒过来的假神侠,很快就没心情追究刚才发生什么了,因为他觑眼一看,看到周围有十来个黑衣人,正在跟对面差不多数量的官府兵丁激斗。

借着流窜的法术灵光,云翻海很快看清,黑衣人是符合想象的蒙面人,但那些官府兵丁却不是寻常的捕快衙役。

从他们服饰上的云龙绕剑徽纹可以看得出,这些及时雨一样的救兵,正是神侠府的精锐武士。

见得如此,云翻海惊惶的心情,略略平复。

这时他又看见,那些黑衣刺客在抵挡神侠卫时,依旧有好几个人想朝自己这边扑,但是朦胧的夜色中,却有个修长的身影,手舞铁爪,身姿矫健,将这些人抵挡在远处。

"郁愁归!"这一刻看到大总管的身影,云翻海再没了平时的厌烦,心里竟有一种难言的温暖。

别看郁大总管平时跟云翻海好言相对,但此刻和刺客对上,他却毫不拖泥带水。

进入战斗的郁愁归,和平时阴柔沉郁的风格,简直判若两人。

黑霜玄铁爪挥舞之际,时不时挥起漫天的血雨,有时甚至还带起肉块,乃是货真价实的"血肉横飞"。

很快,云翻海便知道,这位神侠卫大总管打倒的敌人,不太能仔细看,他们不是被开膛破肚,肝肠寸断,就是摔在地上,肝脑涂地,连云翻海这样的山贼头目，都看得几乎要吐。

神侠卫大总管的作战风格，如此血腥残忍，以至于连云翻海这个被拯救的受益者，都快看不下去了。

面对血肉横飞、哭爹喊娘的凄惨场景，他心里甚至冒出个奇怪的念头："唉，我一直当义匪，说不定正是没亲眼看到这些朝廷鹰犬对付人的毒辣手段。

"要是以前让我看到郁愁归这般狠辣残忍，恐怕我那义匪也不用当了，会和同行们一样，义愤填膺，跟官府对着干！"

"呃，不对！"很快云翻海便回过神来，"不对不对，现在这批人，可不是什么反抗朝廷的义士，看刚才那意思，就是想来杀我的。

"说实话，即使我认识许多反抗朝廷的江湖同道，但没一个人会对光明神侠有意见，毕竟他行侠仗义，除暴安良，做的正是咱江湖豪客想做的事。

"现在这些黑衣人，竟然想杀光明神侠，那铁定不是好人了。我还替他们可惜个啥？"

想到这里，刚才不知不觉中加在他身上的那缕幻术，终于彻底被清除。

当彻底清醒过来后，云翻海连忙拽出随身的佩剑，发一声喊，也加入了战团！

当然，现在他只不过还在培训阶段，那个东华国的国之重宝东华神剑，自然不可能给他随身外带。

所以，他这时候身上挂的，也只是神侠卫中的制式佩剑。

不过云翻海在武器装备上的起点，其实十分低，虽然只是寻常的钢剑，但这佩剑的质量，可比云翻海用过的任何一把武器，都要来得精良。

所以本来被神侠卫不少人嫌弃的基础武器，放在云翻海这里，简直就成了神器！这一下挥舞起来，发挥出来的战力，竟是比他以往不知提高了多少。

而偷袭的这批黑衣人，虽然幻术水平有余，但真正的对战能力，不及他们的幻术水平。

而云翻海虽然不是师出名门，但不夸张地说，打一出生起，就在匪盗丛生、尔虞我诈的荒野江湖中摸爬滚打，可以说每一次战斗，对他来说都是生死之战，那实战经验之丰富，甚至超过了在场许多神侠卫的精锐武士。

于是，他刚一下场，那把钢剑便被挥舞如轮，最近的那个黑衣人还没反应过来，便一声惨叫，捂着手臂倒在地上，不断地翻滚熬疼。

激战中的郁愁归听到这响动，立时扭过头来，那苍白的脸上，流露出一丝惊异的神色。

本来这群黑衣刺客看起来武艺不精，战力并不及神侠卫武士，但没想到，就在郁愁归回头的那一刹那，突然从黑衣人群中冲出一人！

这人显然是个女子，不仅动作矫健，身姿也极为奇异，那细软的腰肢，竟然能翻转到匪夷所思的角度，让整个上半身几乎向左垂直歪倒，便让经验丰富的郁愁归措手不及，几乎眼睁睁地看着她从自己身边蹿过，直扑向云翻海。

变起突然，郁愁归都没反应过来，更别说云翻海了，女刺客倏然袭来，他根本毫无提防。

女刺客扑近之时，忽然从袖中射出一根银链细鞭，鞭头正是一支钩镰银枪头，锋芒直指云翻海。

第八章　眉间溅血，惊心不测之地

女刺客这次攻击，很明显处心积虑。

她先和同伴一起示之以弱，掩护着她在战团中悄悄地靠近云翻海。

一旦郁愁归稍一分神，她便立即毫不犹豫地出击，攻向心目中的"光明神侠"。

当然，战局千变万化，哪能找到真正十全十美的战机？她刚才也不过有所取舍，先过了郁愁归这一关；至于云翻海是不是处于最佳的被攻击状态，那就很难兼顾了。

所以云翻海的运气，就在这里：他刚才正好发狠战斗，那把剑正舞到兴头上，此时剑锋依然去势未尽；当那女刺客倏然扑来，袖中银链钩镰枪飞射之时，他那钢剑无巧不巧，正撞在银链的中间。

也真要多谢这无意的一剑，如果不是这么挡得一挡，云翻海肯定被锋利的钩镰枪击中脑袋，顿时就得肝脑涂地。

被他剑一撞，那钩镰枪头已然无法按原先的轨迹冲击，中途一转，改直刺为横扫，就在云翻海眉峰处横扫而过。

云翻海只觉得一阵寒气扑面，本能地眼一闭，"啊"的一声惊叫，身子朝后急速退去！

见得如此，女刺客还想飞身继续追击，却不防那支闻名天下的黑霜玄铁爪，已是带着恐怖的啸音，横扫而至。

乌光疾射而来，女刺客再次表现出匪夷所思的身姿：她头往后一仰，瞬息之后，那后脑勺竟然已经挨到了脚后跟，等于整个上半身忽然消失，那呼啸而来的玄铁爪瞬间打了个空。

其实刚才一出招，郁愁归就后悔了。

"罢了！居然忘记，这女子身姿诡异，几能对折。"

心中这悔意刚起，就看到女刺客果然腰肢急扭，躲过了自己势在必得的一击。

高手过招，一击不中，想要补救，千难万难。

当郁愁归收回玄铁爪的去势，想反手一击时，那女刺客已如一条游鱼，倏然远去。

一见她远遁，刚才还拼死战斗的黑衣人，也全都呼哨一声，跟着那女子就往远处跑。

"要追吗？"有武士请示郁愁归道。

"不用。"郁愁归道，"保护神侠大人要紧。"

这时候小巷战场中，还躺着六七个受伤的刺客；很自然地神侠卫武士冲上前，将这几人团团包围，要将他们捆绑捉回去审问。

没想到，他们拿刀剑挑开刺客的黑纱面巾一看，却见他们已是两眼翻白、口角流血，显是已经服毒自杀了。

见得如此，神侠卫武士们面面相觑，不由得有些沮丧。这时便听那郁愁归冷酷的声音响起："给他们每人咽喉再来一刀，免得给我装死。"

"是！"神侠卫武士各个领命，转眼间这小巷中，便响起"噗噗噗"的刀剑扎肉之声。

还别说，在这些沉闷的声音里，还真的响起一两声惨叫，不知是刚才装死，还是服毒还没死透。

见扎死活口，郁愁归却毫不后悔，因为看眼前这帮人的行径，对他们的来历，神侠卫大总管的心里早就有数了。

不过这时候，他最关心的，却不是这些。下达完补刀命令后，他便急急地冲到云翻海身边，用和刚才冷酷的语调截然相反的语气，急切地问道："神侠大人，没事吧？"

这时四周已经打起了灯笼火把，照得这幽僻小巷亮如白昼。灯火耀映下，郁愁归问话之时，便已经看到云翻海的两眉之间，正有一道血痕从额头穿眉心而过，直贯脸颊，几乎有两寸多长，并且血色鲜亮，极为瘆人。

一见如此，郁愁归也等不及云翻海回答了，紧张无比地抬手拿袖子向云翻海的眉心一擦。

这一擦他才发现，原来这么长的血痕，也基本只是血迹而已；真正的伤痕，只是不到一寸，浅浅的一道口子而已。

见得没事，郁愁归这才松了一口气。

见他如此关切，云翻海也十分感动，忙小声道："郁大人，没事的，这点小伤算什么？不必大惊小怪。"

"大惊小怪？"郁愁归压低声音道，"你可万万不要轻忽，一定要好好保护自己的身体。刚才以为你脸上受了重伤，你不知道我有多心疼！"

"呃……"不知道为什么，云翻海看着郁愁归真情实意的样子，忽然间只觉得一阵恶寒。这一刻，他忽然很想念飞云山。

他感觉古怪，郁愁归也心潮起伏。

"不行，要想点法子了。"看着小巷外的灯火，郁愁归心想道，"和风神侠如此相似之人，何等难找？更何况他现在代表的是'光明神侠'，乃是举国瞩目，可谓'擎天白玉柱，架海紫金梁'，要是受了伤，甚至丢了命，那可要出大事！"

想到这一点，郁愁归顿时心中凛然。

这一晚，郁愁归彻夜难眠，云翻海也是思潮起伏。

之前变起突然，他无暇细想，现在卧在床上，看着窗外皎洁的月光，他的思绪变得格外清醒。

这时候，他很清晰地回忆起，就在那可怕的女刺客倏然远遁时，即使情况那么紧急，她蒙面黑纱眼洞中那一双眼眸，依然死死地盯着自己。

"那是什么样的眼神？"

云翻海努力回忆，便想到，那是一双极像猫妖的细长眼睛，在黑色面纱后烁烁放着幽光。

虽然，当时那女刺客默然无言，但云翻海现在再次回想起她的眼神，便忽然如坠冰窟，在床上愣了好久，才回过了神。

到这时，他已很清楚，那女刺客虽然什么话都没说，但那一双猫妖一样的眼睛，却仿佛在说话："我还会回来的。我们的人不会白死的。我们迟早会要了你的命！"

想到这里，云翻海忍不住打了个寒战。

当然，到这时候，他也早已从郁愁归那里，知道了这些是什么人。

于是，暗夜中，他忍不住脱口叫道："巫寒月，热血盟，妈呀，居然敢来刺杀光明神侠，可比我们山寨那些贼头悍匪，胆子大得多啦！

"唉，没想到，还以为光明神侠万民景仰，黑白通吃，却并非所有人都喜欢。

"那热血盟，以前也不是没听过，印象中还是反抗朝廷的义士，怎么今晚……"

想到这里，他愣了一下，忽然哑然失笑，笑自己道："哎，云翻海啊云翻海，你还以为自己真是朝廷册立的神侠？这么快就忘了自己是谁？

"不管眼下有多繁华，你始终要记得，一切都是假的，自己终归只是个不服王化的山大王，只有那飞云山和飞云山的五百兄弟姐妹，才是你真正的故土和亲人。"

"哎，这些不管了，管他真神侠和热血盟之间狗屁倒灶的事情，最重要的是，我从来没想到接这活儿，还会有生命危险啊?!"

想到这里，他的心情变得前所未有的矛盾。

他在放弃不干和丰厚酬金间陷入两难，患得患失，想得很多很多。

而在此之外，他还想到一事，心中更是不快。

那郁愁归见自己脸上受伤，急切拿袖子来擦拭血迹，之后还说出"心疼"之语。

现在想来，这位郁大总管当然不是有龙阳之癖，而只是对自己是否破相过度关切而已。

云翻海现在已经弄明白，对这位郁大总管来说，其他一切都好说，但千万要保护好自己这副身躯皮囊，否则会坏了用自己来冒充神侠的大计。

郁愁归这么想，站在他的角度固然可以理解；但对云翻海来说，却是大大的不爽。

在郁愁归眼中只是个皮囊符号的年轻人，其实骨子里有自己的骄傲和尊严。

能出淤泥而不染，厮混于山贼草寇堆中，还能固守祖训、惩强扶弱，做一个义匪，绝对表明云翻海内心对原则的坚持，强过了世上人多数人。

更何况，飞云山那些需要他来扶助养活的贫弱之人，更仿佛他的精神家园。

所以，别看放在偌大的东华国，云翻海只是个有点奇葩的不起眼的山寨头领，但其内心，却有着常人难及的骄傲和尊严——他是被五百号人需要的人！

但现在，在郁愁归的面前，他却成了一个只要"奉献自己肉体"的"任何人"，这对他来说，其实比遇到什么刺杀危险，更让他难以接受。

"我破云龙云翻海，什么时候竟成了'卖身不卖艺'的人？"东华城如水的夜色月光中，云翻海自嘲地笑了起来。

本来，怀着一番赚大钱的热切心情，但这一晚，沐浴着清冷的月光，我们的飞云山大寨主，却在锦绣床上翻来覆去，久久难眠……

经过一晚上的酝酿，云翻海已经有了主意。毕竟，不仅是有生命危险的问题，自己的精神还这么受折磨，没理由不跟官府多争取些东西。

于是到了第二天，又要开始受训时，云翻海便将郁愁归拉到一边，直截了当道："郁大人，有个事我要跟你说。你当初要我接这个活儿，可没说有这么多危险。

"你看昨晚，我只不过去逛了逛街，想买点夜宵吃，竟差点就去见了阎王！

"你也知道我这人从来忠厚老实，与人为善，怎么会结上这样的生死仇家？分明就是冲着我冒充之人来的。我——"

"不消说了，我明白。"郁愁归一抬手，打断他的话，语气诚恳地说道，"是我考虑不周。本来以为只要你当个牵线木偶，摆在台前装装样子就成，我倒忘了，还有个不要命的热血盟乱党在。没办法了，我要——"

"你要给我加钱？"云翻海满怀希冀地问。

"不是。"郁愁归道，"不说那么多，你且先跟我来。"

说着话，也不待云翻海应承，他已经一转身，径直往门外去了。

见得如此，云翻海也只得把临到嘴边的那些坐地起价的话儿，又咽了回去，悻悻地跟在郁愁归的后面，一起出了门。

神侠府占地其实极广，就这七八天的样子，云翻海怎么弄得清哪跟哪儿？尤其是，很多时候，他都是跟着郁愁归或关山明走，这样一来，就有了依赖心理，更加记不住路了。

所以，这一路七拐八绕，云翻海也不知道去了哪儿，只知道跟着郁愁归踏进一道门后，眼前忽然变得阴森黯淡。

"咋回事？这是哪儿？"云翻海有些发慌，连忙往四处看去，却见这里只有墙壁上点着零星几点烛光，大部分地方光线都很暗。

黯淡的阴影里，他好像看到有些奇形怪状之物，影影绰绰地蹲伏在黑暗里，在一片死寂中，沉默无语。

如果不是看着这地方应该是一幢大屋子，云翻海都要怀疑自己是不是踏进了一片坟场。不过就算不是坟场，这屋子也像一座灵堂。

看着眼前这样的景象，云翻海顿时心里开始发毛。

更要命的是，进了这阴森之地后，那郁愁归一言不发，只东张西望，不知道在看什么。

见得如此，云翻海有些恐惧地想道："我……我还要不要跟他提加钱的事？"

煎熬之中，在他身前四五步远的郁愁归，忽然间转过身来。

本来这几天朝夕相处，云翻海对郁愁归也是极为熟悉了，但没想到，他这一转过来，云翻海一看，顿时惊得跳起来！

"郁……郁大总管？你……你怎么了？……"云翻海说话之时，上下牙关不停地敲击，就跟见了鬼似的。

第九章 七色魂火，辉映天墟神魔

事实上，云翻海就觉得自己见了鬼。那刚才一言不发的郁愁归，转过脸来时，云翻海竟然看见他脸色碧蓝莹莹，就如鬼火映照青蓝之面，不是鬼魅还是啥？

饶是云翻海胆大，这一猝不及防，别说吓得牙齿打战了，整个身子都一软，惊得差点瘫在了地上。

不管怎么说，云翻海总是比一般人胆子要大，因此他这时并没有吓得屁滚尿流。紧急之中，他豁出去了！

于是他一边手摆得像风车，一边口中似连珠炮般叫道："郁总管、郁大人！小的再也不敢跟你提加钱的事儿了！

"都怪我不好，都怪我不好！不过就是有人差点杀了我嘛，这点小事都害怕？大丈夫头掉了碗大个疤，怎好有脸想加钱啊？那样太无耻啦！

"我……我……我……真的不……不……不……不敢了！你千万不要一怒之下杀我灭口哇！"

"呃?!"碧蓝面容的郁愁归，看到他这样，反而很惊讶，"云老弟，你怎么了？怎么见了我，跟见了鬼似的？"

说到这里，郁愁归好似忽然意识到什么，低头看了一眼，才有些抱歉地说道："我知道了，是我的'啸月青狐'魂火吓到你了。"

"啥？"云翻海一听，这才有些反应过来，连忙朝郁愁归手中一看，却见他右手手掌托于胸前，掌中正有一团青色火焰，动荡耀映不已。

再仔细看看，云翻海便发现，这团青色火焰，竟是呈现一种奇异的形状，看样子竟好像传说中的九尾青狐，神采睥睨，碧火飞扬，直似要挣脱郁愁归的掌心，就此破空飞跃！

"这……这就是魂火？"云翻海结结巴巴问道。

"当然。"一向阴柔似水的郁愁归，这时却和他掌中青狐魂火一样，眼神睥睨，傲然说道，"我这掌中，乃是取自天墟之青狐魂火。

"这青狐，正是上古之时西昆仑王母座前随侍神兽，与金蟾、白兔、三足乌并立西王母座旁，只可惜后来在神魔大战中陨落。

"其魂魄历经千万年，于天墟之中化为青幽魂火，为我所得。

"现在我已与它融为一体，对敌之时，它即是我，我即是它，可谓心灵相通。"

"心灵相通？是不是你有什么烦恼都可以跟它说？"云翻海问道。

"岂止如此。你来看——"说着话，郁愁归将手中魂火向空中一抛，眨眼之间弹丸大小的魂火迎风生长，刹那之后便奔腾成一只碧光为身、青焰为毛的神异青狐。

几乎在抛飞神火的同时，郁愁归忽然拔地而起，整个人都冲向了头顶的青狐；一阵光影缭乱后，他仿佛已经和青狐融为一体，他成了青狐的核心，青狐成了他的外形。

一旦融合，啸月青狐骤然一声清啸，然后身姿急速转折，无翼而翱翔，紧接着九尾急甩，无数支狐尾形状的青碧烈焰朝四下激射，带着和刚才青狐鸣啸相似的啸音，朝四处黑暗中隐隐约约的魅影飞去。

落焰如雨，青狐的神光转瞬照亮了原本昏沉的天地，驱散了原先一切的阴森与黑暗。

直到这时云翻海才发现，刚才自己以为是妖鬼的诡秘阴影，却只是一个个形状各异的木头假人。

虽然现在四外碧光明亮，但对于那些木头假人的样式形状，他也只能是惊鸿一瞥，便再也看不见——

那飞撒的青狐尾焰，极为霸道酷烈，瞬息之间，那数十个假人几乎同时猛烈爆炸，爆裂散碎成千百个碎片，倏然之间纷扬如雪。

"呀!"见此情景，云翻海不由得倒吸了一口凉气。

作为一个非主流的山寨头领，云翻海何曾见过这样神幻酷烈的战斗法技？

别说见过，就连"魂火"这事情，他一年到头也难得听到一回。

一时间，他整个人呆若木鸡，张口结舌，作声不得。

这时候，郁愁归已收了魂火，恢复了本相，缓缓地降落回地面。

"如何？"他微笑着问云翻海。

"太……太厉害了！"云翻海由衷地赞叹。

"呃？不对啊！"他忽然想起一事，便有些变了脸色，埋怨道，"郁总管，你既然有这么厉害的法术，为什么昨天不立即使出来？

"你这什么青狐魂火，一旦使出，管教那些热血盟的贼人瞬间全灭，为何还要着着实实地对打？

"你倒练了身手，却害得我吃了好大一个惊吓，晚上失眠不说，还差点破了相！"

"哦，不好意思，再次抱歉。"郁愁归苍白的脸上，现出一丝傲然神色，"其实，很简单，对付这些宵小，岂值得我'啸月青狐'使出魂火？传开去徒惹人笑话。"

"这……"云翻海一时无语，心说你为了要面子，却害得我吓了个半死。

"云老弟，你看我方才魂火之技怎么样？"郁愁归笑问道。

"厉害，真厉害。"云翻海由衷说道。

"那这样厉害的魂火，你想不想要？"郁愁归看着他微笑问道。

"啊？"云翻海一听，惊喜交加，脱口道，"怎么？难道我也能有这么厉害的魂火？"

"当然！"郁愁归笑道，"你现在和我神侠卫合作，我们自然要体现最大的诚意。昨日之事你也看到，区区一个热血盟，就差点要了你的命。

"这才哪到哪儿？光明神侠固然万众景仰，但有阴就有阳，自然树敌也非常多。你下次再遇上真正的强敌，若没点真正的护身本事，恐怕你真活不到拿完全款。"

"呀！"一听拿不完全款，云翻海这才真正着了慌，忙道，"的确如此，那后果太严重了！这魂火怎么才能有？"

"自然要去天墟了。"郁愁归亲切笑道。

"天墟？"云翻海忽然倒吸了一口凉气，"你不是说那个'神魔之墓'吧?"

"正是。"郁愁归淡然道,"魂火散布东华,其他地方或有,但真要获取强力魂火,只有去天墟中寻。"

"这……"刚才还跃跃欲试的飞云山寨寨主,这时候却口角嗫嚅,心里已经打了退堂鼓。

"不消害怕。"郁愁归看出他的心思,便道,"我知人常说,天墟为神魔大战后的墓地,其中凶妖猛物出没,寻常人进去九死一生。

"但你要想,如果不是这样,岂不是天下之人都人手一团魂火?那样不仅不稀奇,力量有多大,恐怕很难说。

"云老弟也是明白人,难道没听说过'富贵险中求'?若是那么容易得到,怎么可能有我刚才那么强大的威力!

"再说了,我等神侠卫,毕竟是东华国直属皇帝陛下的衙口,要想护卫你的周全,去天墟中取一团魂火,还不是手到擒来?"

"是吗?……"听郁愁归这么一说,云翻海有些意动。

见他如此,郁愁归趁热打铁道:"云老弟,你知道吗?本座不才,外号就以魂火为名,人称'啸月青狐',听起来多威风?对了,我看你来历也挺特别,不知有没有外号?"

"有……'破云龙'。"云翻海有些忸怩地道。

"多好啊!"郁愁归用罕见的热情口吻道,"这是好兆头啊!说不定你去天墟中走一遭,弄来个上古神龙魂火,从此把你这个破外号——

"呃,对不起,说快了,不是破外号,是'破云龙'这外号,就要改了,添一个字叫'破云神龙'——你听,多气派、多威风啊!"

"哈,是吗!"云翻海这时也笑了起来,"郁总管,还别说,'破云神龙',这外号我喜欢!"

"对吧!"郁愁归笑道,"不消想了,明天收拾收拾,我便陪你去天墟中走一遭吧!"

"好。"云翻海口中答应,心里却想到一事:"看来,大家习惯用魂火做绰号,借郁总管吉言,我若真能得个神龙魂火,那自然极好。

"但要是运气不佳,比如得的魂火,或为狗,或为猪,那难道以后我要人送外号'滚地狗''抢食猪'?

"哎呀，可怕可怕，看来明天我去天墟中，要好好放亮招子，泼了命也要寻个说起来好听的魂火了！"

这一日郁愁归向云翻海这位底层青年展示的"魂火"，其实在东华国中，占有极其重要的地位。

魂火的功用自不必说，刚才郁愁归借助魂火之力，竟能势若天神，横扫一切。

当然驱动魂火需要超乎想象的灵力，效果也不会太持久，但即使如此，在生死搏斗中，有魂火和没魂火的区别，太大了。

魂火还有另一个奇特的属性，那便是一个人能拥有的魂火，最多只能有一个。

如果寻到更好的魂火，就只能替换掉原来的，这样就意味着以前围绕旧魂火的一切修炼，全都白费。

所以除非真的找到品级和特性好上太多的魂火，一般人不会轻易更换魂火。

东华洲中有个开玩笑的说法，说一旦习武修道之人找到自己心仪的魂火，其忠诚度简直比对自己的婚姻伴侣还要高啊。

如此神异的魂火，追根溯源起来，还来自于上古神魔大战中。

传说中，东华洲是上古神魔大战在东海的主战场，因而在这里，无数的神魔陨落。

战死的神魔，或是受到波及的神禽魔兽灵植，其灵力和魂魄，经历了千万年的岁月后，异化为形态各异的"魂火"。

而郁愁归口中所说的"天墟"，位于东华洲中部神威山脉之中，传说为神魔大战后的坟场，还是东华帝君在战后施大法力造就。

显而易见，作为神魔之坟，天墟乃是魂火最集中、最旺盛之地，虽然不是说天下其他地方没有魂火，而是如此高品级的魂火集中之地，东海诸洲中仅此一家了。

和云翻海这样不入流的山寨头目不同，东华国中上档次的武者和法师，想让自己的力量更上一层楼，其必经之路便是寻觅适合自己金木水火土风雷光暗冥这十系灵力属性之一的魂火。

由此东华洲上还滋生出一个专门的职业，名为"猎火者"，专门搜集各类魂火，转卖给需要的人。

当然，真正上等品级的魂火，还是需要自己去猎取和融合。

正是借助魂火的力量，身体比魔族脆弱不少的东华人族，才能在千百年持续不断的人魔战争中，勉强抵挡住寒渊帝国的侵攻。

在进入天墟前，郁愁归已经跟云翻海普及过有关魂火和天墟的知识。尤其是，郁愁归强调，魂火品级由低到高，正合虹霓之色，为赤橙红绿青蓝紫，从一品至七品，越高级便越像寻常难见的火焰颜色。

他郁愁归的"啸月青狐"魂火，正是已经十分难得的五品青色魂火；正牌神侠风惊雨则是"安天白鹿"，那蓝莹莹的邪魅眼眸，以及白色鹿身上幽蓝的神秘斑纹，正表明它是六品蓝色魂火。

而那明心雪更了不得，其魂火名"紫霄神鸾"，乃是顶级的七品紫色魂火。

郁愁归说这些的用意，自然是希望云翻海能找到并融合的魂火品级越高越好。

对此郁愁归还是挺有信心的，因为虽然云翻海本身的武技法术不咋的，但作为神侠的替身，这次郁愁归特别将东华国的传国重宝东华神剑请出，让云翻海随身携带。

这把失踪的风神侠没带走的东华神剑，传说正是由东华帝君的法宝"引仙照魂灯"碎片铸就，而天墟又是东华帝君在神魔大战末期，施大法力造成，所以按往届神侠的经验，东华神剑肯定能与天墟中的魂火共鸣。

这样一来，郁愁归想着，即使云翻海身手不咋的，应该也能弄到不错的魂火吧。毕竟，东华神剑传自上古，乃国之重器，对神侠卫更是意义重大；从某种角度看，神侠卫便是东华神剑的守护者，连神侠卫的徽章纹样，都是"云龙对绕东华剑"。

其实从天墟和魂火的传说也看得出，东华洲之人对上古神魔的理解，和西边神州大陆本土之人有很明显的差异。

最明显的一点便是，华夏神州的上古神话，把大部分神魔都想象成不死不灭的特异生灵，并且对他们的事迹进行美化，最后虚幻为难以想象的神异之事。

但东华洲对上古神魔的认识，却大为不同。在东华人族的眼里，上古神魔只是力量特别强大、拥有特异法术、寿命极长的高等生灵，他们并非长生不死，大部分也没有翻江倒海接近奇迹般的能力。

所以，在上古那一场席卷世界的神魔大战中，大部分神魔都战死了，灵魂化为魂火，其躯体化为化石。

少数高等的神魔则生存下来，面对血流成河的破碎世界，他们选择了踏破虚空，进入异域时空休养生息。

按照这样的认知，无论东华人族还是寒渊魔族，有一个共识便是：

现在这世上常见的人、魔、妖三族，人族为古神造物，魔族为古魔血裔，妖族为神禽魔兽的遗脉。

而因为神魔大战太过剧烈，破坏力过大，天地间原本充沛丰富的灵气消耗泄露大半，结果千万年下来，这些上古神魔的后代，无论身体、力量还是心志，都比上古的神魔之族大大退化。

这样的观点，可能是世代为仇的人魔二族少有的一点共识。

不得不说，虽然云翻海接了这活儿，思想压力很大，短短几天还遭遇了两次生命危险，但相比原来，通过和郁愁归的朝夕相处，他的认知和视野已然不知不觉地突飞猛进了。

所以他现在可能是飞云山方圆数百里之内，最有见识的一个山贼了。

此番进入天墟，只有郁愁归和云翻海两人，毕竟，真正的神侠，怎么可能又跑到天墟来寻魂火？

而天墟因为盛产魂火，乃是东华国最强力的战争之源，完全可以认为是东华国的立国之本、核心竞争力，所以，这天墟还真不是什么人都能来的。

在神威山脉特别是天墟周围，当今的东华国皇帝东方明，即便在对魔国作战如此吃紧的情况下，还派了五千重兵把守，其对天墟的重视可见一斑。

所以对云翻海这样身份的人来说，以前天墟对他而言，那就是传说的所在，别说连边儿都摸不着，想都别想啊。

但因为在街头随意接了个活儿，这一天中午，飞云山匪寨的大寨主便站在了天墟的入口。

第十章　追魂夺魄，心迷万古云霾

这时云翻海才发现，身后的神威山脉已然崇山峻岭，巍峨不凡，眼前的天墟更是雄奇神秘，不似人间风景。

天墟入口，便有一座巨大的穹顶石门，巍峨高耸，如一位永恒伫立的巨人，默默地注视着来人。

巨大的石门先声夺人，从它下方穿过时，云翻海心中油然而生一种天地无垠、自身渺小之感。

他此前一路来时，和郁愁归一样，全都骑马；在进入天墟穹门之前，他们二人已经将马匹交给随行的神侠卫武士，自己步行进入天墟。

入得天墟，云翻海看到，仿佛只是一门之隔，便迥然两处天地。

他看见，即使是光天化日，天墟之中也四处弥漫着浓重的迷雾。

随着深入天墟，渐渐地，雾气消散了一些，还来不及高兴，头顶一直笼罩的阴云忽落下豆大的雨点，一时间大雨倾盆，电闪雷鸣。

凄风苦雨中，云翻海偶尔抬头看看，却发现和以往经历过的所有暴雨天象都不同，此时漫天密布的阴云中，竟然好似勾勒出无数可怕的妖魔鬼怪脸面，那时时闪耀的电光，就是他们狰狞叵测的眼神。

阴森可怖的古怪阴云，和此时周围隐约看到的景物相比，却已经美好了太多。

云翻海看到，天墟之中，除了险峻无比的山崖沟壑，还伫立着无数雕像。

乍一看，这些雕像跟那些陵墓前的石像相似，但稍微仔细看看，却顿时浑身发冷，毛骨悚然。

它们，太像活物了！

原来，世间的雕像，无论怎么努力，都不可能完全和活物相似；所以世人往往没有意识到，如果真的看到和真人一样的雕像，其实是非常恐怖的事。

现在云翻海在跳动的雨线中看到的，就是这类极为逼真的巨大雕像。

它们有些神俊无比，按郁愁归的说法，那就应该是当年神魔大战中低等神族的尸体，经历千万年变成了化石或化玉。

因为逼真，所以乍一看也是触目惊心；按理说神族大多俊美正气，不管怎么说，若是适应了，应该没那么可怕。但作为亲历者，云翻海觉得，完全不是这样。

他看到，迷雾凝聚不散，风雨跳荡缭绕，雷电倏然映照，这些样貌甚美的神族化石，依然显得十分恐怖。

而那些本来就头生双角、面目狰狞的魔族遗像，在凄风苦雨、阴云雾霾中，就显得更加恐怖了。

墓地，坟场，任何时候都不是让人心情愉快的地点，即使这里埋葬的是上古神幻的生灵。

光看环境，已然阴森可怕，但一路前行时，还不断有黑暗的妖兽从阴暗的角落里扑出，眼眸中毒光闪耀，出其不意地疯狂偷袭。

如果不是有郁愁归这位高手一路护送，光靠云翻海自己，恐怕不用深入天墟，只在门里转一圈，便会化为妖兽的美味餐食。

不过，云翻海也不是毫无抵抗能力。一路上他拿着东华神剑胡劈乱砍，靠着东华神剑特殊的气息和锋芒，也能逼退不少低等级的妖兽魔灵。

也不知走了多久，风雨稍停。

从这一刻开始，云翻海终于看见，在远处翻滚的云雾之间，不时有斑斑火点若隐若现。

看那些火苗的颜色，大多是赤橙黄之类的暖色。

看到它们，云翻海便明白，自己终于见到了天墟的魂火。

也不用郁愁归提醒，云翻海便知道自己要做什么了。

他开始小心翼翼地朝魂火出现的地方靠近。

因为身手灵活，反应敏捷，还真让他很快靠近了一团黄色的魂火。

靠近之时，迷雾消散，云翻海看得很清，这团黄色的魂火，虽然无头无尾，两侧却伸展出羽翼一样的焰苗，在雾气中扑闪扑闪，维持着飘浮空中的姿态。

见此情景，云翻海心中大喜，连忙静气凝神，双臂张开，按郁愁归所教，手掌开始纠结呈现一种神秘繁复的手印。

与此同时，他的口中也开始念诵猎火咒语：

天地玄宗，神魔本同，广度亿劫，证尔神通；

扬波鼓舞，云雷速兴，混元之精，收气散英；

魂火万里，魄逐烟生，丹天火云，扬风无停；

九曜顺行，华精莹明，流眄无穷，降我魂影；

上承天命，统摄万灵，追魂摄魄，镇厌火精……

他无论结手印还是念咒语，全都认真无比。

没想到，那黄色魂火竟似毫无反应，还在云翻海念诵到最高潮时，光翼一振，圆团团的身躯一转，竟是飞走了！

刚开始云翻海还不觉，直到听到郁愁归提醒他，这才发现眼前的魂火早就不见了踪迹。

见得这样，云翻海虽然有些失望，但并不沮丧，毕竟这才是刚刚开始。

不过，渐渐地，云翻海发现，自己还是过于乐观了。

接下来一个多时辰里，他尝试过无数次，却发现那些魂火要么无动于衷，要么很快飘然远去，竟是没有一次成功。

可怜云翻海来之前还想着，怎么着也要弄一团青色的魂火，连绿色的都看不上眼，因为那太像鬼火。

但现在残酷的现实正告诉他，别说青色绿色了，就连最低级的红色魂火，他也始终难以捕获融合。

见此情景，郁愁归也有些惊讶。

这种景象，也和他的想象不同。

很显然，郁愁归对云翻海的天墟之行，也是很有期待的，否则直接去黑市里找个猎火者，随便收买个低等的魂火就好。

但这么做，显然毫无意义。

他让云翻海获取魂火，主要目的是让他自保；如果弄个红橙之色的魂火，根本无济于事。

除此之外，云翻海冒充的毕竟是强大的光明神侠，就算不要求他的战技法术赶得上正牌真货，至少在人面上，露两手法术也要看得过去。

如果不是因为这两个原因，他根本没必要带云翻海来天墟。

刚开始时，他也挺有耐心；但在云翻海失败了上百次后，郁愁归终于意识到一个他不想提及的事实：

有他在一旁护卫，根本就有违天墟的魂火猎取法则。

和其他地方不同，天墟就和一个人一样，很有脾气；真想获得这里的魂火，必须要猎取者本人单独行动。

因为云翻海孱弱的身手，本来郁愁归还想碰碰运气，但和云翻海一样，他现在也被残酷的现实教育了。

又忍了一些时候，见云翻海依然没有进展，他便歉意地说道："云老弟，天墟之魂火，须由本人单独猎获。若想今日有成，只能你单独行动了。"

"啊?"一听此言，云翻海本能地就想说，"不如咱回去吧"；不过这时他看看四周阴云中静默无言的神魔化石，倒好像它们在嘲笑自己的软弱。

这一下，他骨子里那股犟劲儿就上来了，本来打退堂鼓的话，临出口时，却变成了："郁总管，你早说啊，害得我白忙活了。"

"你一个人，行吗?"郁愁归看着他。

"行的。"云翻海硬着头皮道，"走过一阵，对这里的地形也熟悉了。你放心，我自幼生长于山野，对这样的地形很熟的。再说我也不会走远，只往刚才你杀光妖兽的地方去。"

"呵，你倒也是聪明人。"郁愁归笑笑，点了点头道，"那你就自己保重了。"

"放心吧!"云翻海摇了摇手，转身就往刚才来的方向走去。

虽然是来路，但当云翻海走过去之后，很快就阴云四合，雾岚笼罩，将他的身形彻底遮住。

见他从自己的视野中消失，郁愁归忽然觉得有点后悔。

看着弥漫的云霾，他心想："这个决定，是不是错了？要是他死在这里，我去哪儿再找个如此相像的替身？"

这么一想，他立即后悔了。他马上身形急闪，朝云翻海刚走去的方向急急冲去。

只是当郁愁归冲进了那团雾岚，却见得眼前景物依旧，但刚刚明明才走过去的人儿，却竟是踪迹全无。

"怎么回事？"饶是郁愁归这样的老江湖，也一时惊疑不定，很快便后悔不迭。

这时候，在迷雾中游走的飞云山寨寨主，却毫无所觉。

不过，又走了一阵子，他也终于发现不对劲：

他迷路了！

天墟为诸魔众神之坟，岂是表面看起来那么简单的？就连郁愁归，所有对于天墟的知识，也不过极为肤浅，九牛一毛而已。

看着像是回头路，当云翻海真正踏上了，却忽然变成了一条面目全非的陌生路途。

正如云翻海所说，他自幼生长于山野之地；正因如此，他才清楚地知道，在这样的神秘叵测之地，"迷路"，和遇上凶猛怪兽危险性基本等同。

弥漫的灰暗雾气中，云翻海变得既恐惧，又沮丧。

什么叫"人为财死鸟为食亡"？他就是。

不过战栗了一阵，他骨子里的那股逆反劲儿，却很快冒了出来。

云翻海确实很逆反的。

这从他身为一个山贼，却把贼窝开成了善堂，还十年如一日，就可以看得出来。

所以，当他意识到自己彻底迷路时，刚开始的慌张过去，他却反而扬起脖子来。

"哈！不就是迷路嘛！"他心说，"除死无大事，在这种荒野地方，越是怕越容易倒霉，咱不怕！

"还记得那郁总管说过，这天墟越往里面越凶险，但可得的魂火也越高级。

"哈哈，反正迷了路，那就博个大的，就随着性子往里面胡乱闯吧！"

云翻海主意一定，便再无改移，虽然身边迷雾冒冒腾腾，他却再也不怕，昂起头就往前面走。

还别说，不知道是不是天墟冥冥中的神魔之灵，被他这样傻大胆儿的气势给唬住，接下来这一路上，虽然七拐八绕，但却没什么真正危险的妖灵偷袭。

偶尔有几个山妖小怪冲出，却被他挥起东华神剑，剑光起处，一剑两断，全报销了。

这也真的很凭运气，如果不是在这些妖怪里，最强的也不过是只"嗜血狞猫"，就算云翻海胆气再豪，也得轮到他报销了。

当然，东华神剑的锋利，也起到了很大的作用。

作为古代传下来的国宝，这口东华神剑有着暗金色的剑把和护手，造型古朴雅致，那护手上还用细致的刀工，雕刻着凶猛的饕餮纹路。

那剑身，则雪亮如镜，丝毫没有因为千百年的传承而锈蚀黯淡。

不仅如此，很显然这把东华神剑并不仅仅是锋利而已。当它被挥动之时，即使云翻海的灵力并不太强，东华神剑的剑身上也被灵力激发，散发出一层层的水蓝光华。

于是，云翻海舞动之时，剑光四射，周围的景物都被映上一层蓝莹莹的光影，随着剑光波动之时，就好像引来东海的碧波，在虚空之中动荡不停。

倚仗着东华神剑，有惊无险地走了一阵，云翻海忽然发现有点不对劲。

这一路倒没什么危险，但先前好像随处可见的魂火，他现在竟然一朵都没看见。

"难道我已经走出了天墟？不可能啊！"云翻海心里奇怪，想道，"进这天墟，只有一个入口；要是真走出来，我怎么会不知道？要知道天墟之外，不仅能随处看到官兵，也没这么多云雾。"

又走了一阵，还是一团魂火都没见着，这一下，刚才还胆气冲天的飞云山寨寨主，就泄了气了。

刚才的勇猛，只不过靠一时之气支撑；一旦泄了气，孤身一人置身于迷雾茫茫的诡异天墟，云翻海的情绪瞬间就变得不对了。

自责，沮丧，苦闷，绝望，种种负面的情绪纷至沓来，如眼前的雾霾一样汹涌而至，很快就将本来豪爽磊落的青年淹没。

苦闷之中，云翻海渐渐感觉，眼前灰白色的雾气游移流动，渐渐变得好像一面包罗万象的镜子。

面对迷雾之镜，云翻海愈加恍惚。

渐渐地，在他眼前的迷雾中，仿佛有许多自己认识的人，渐渐浮现。

第十一章 魔犰潜踪，若窥神魔往事

云翻海的理智告诉自己，此时自己看到的，都是幻象。

但很快，他便陷入了迷惑，因为接下来种种所见，却都是他过往已经发生的真实。

他看见，各个山寨首领聚会，商讨对抗官府的大计。

他对此根本无意，但碍于都是同行，为了山寨的生存，只得出面。

没想到他一到来，聚会的议题，就转向对他的调侃和嘲笑。

对他劫富济贫、收留弱小的行径，在场的匪首贼酋，全都无情地嘲笑。

他们的话都很难听，此时好像就在云翻海耳边响起。

他听到，有人说他是软蛋。

他又听到，有人又驳斥，说云翻海软蛋？他根本没卵才对！

听到如此羞辱的咒骂，云翻海还是为了山寨中收留的那些老弱病残，强忍着内心蓬勃的怒气，还要赔笑。

可以想象，一个血气方刚的少年，面对这样的羞辱，还要强自忍耐，那得有多痛苦。

但为了自己在意的那些人，他必须忍。

这屈辱的一幕，还有那些放肆的尖笑和无情的嘲讽，渐渐也在迷雾中散去。

接下来他又看到，自己在收留每一个老弱病残时，都听到一个无比悲惨的故事。

当年这些故事，都是让他心软的原因，激发起他的无限同情心；但这时候在天墟雾镜中显现时，那一个个被收留者的悲惨身世，却都像一座座大山，压得他年轻的心灵，快喘不过气来。

他沉重地喘起了粗气。

这时天真善良的小草儿妹妹，忽从雾镜中走来，对他关心地问道："云哥哥，你怎么了？不舒服吗？"

"我……"正要说没事时，粉妆玉琢的小女娃，脸色一变，忽然非常严肃地对他说道："云哥哥，小草儿妹妹一定努力长大，还要长得美美的。到那时，小草儿就要做哥哥你最美丽的新娘。你要等我哟！"

听天真的小妹妹说出如此童言稚语，本来应该是个赏心悦目的快事，但这一刻，被迷雾幻境包围的云翻海，却感到一种难言的沉重。

这一刻，他发现，不知何处漫来的迷雾，仿佛有一种奇异的魔力，让他觉得，好像那些自己已经无比熟悉的人、无比熟悉的事，这一刻竟有了重新的认识。

他仿佛成了神佛，看穿了一切事物的本质。

这本应该是件欣悦的事，但云翻海却心魂悸动，本能地感到一丝害怕。

很快，郁愁归阴柔苍白的面容，也从雾气中浮现。

和刚才一样，云翻海从郁愁归表面的波澜不惊，事事关切，看出了他可能纯为利用；若是自己一个不合意，恐怕他就刀剑相向，还可能杀人不见血。

神侠卫的副统领关山明，也在郁愁归之后接踵而至。

云翻海看见，一脸灿烂笑容的关山明，看起来十分客气，但却只是一种虚伪的礼数，并非发自内心的真正尊敬。

如果说被这些男人逼迫、羞辱，也就罢了，转眼从雾气中沉浮显影的明心雪，那种对自己毫无掩饰的鄙夷，就让云翻海难以忍受。

可能因为出身的缘故，云翻海的内心并无多少阶级观念。

对他而言，即使明心雪是京城世家大族的掌上明珠，那在人格上和自己也是平等的。

既然这样，怎么刚一见面，并无接触，她却对自己百般看不起，一句话都没说，就提剑要结果自己的性命？

天墟雾镜幻象演绎至此，便让云翻海陷入了深沉的痛苦之中。

虽然此时现实中，并没有什么妖魔鬼怪对他动手，他却喉咙"咯咯"作声，手舞足蹈，不断地挣扎，就好似虚空迷雾之中，有什么人对他绳捆索绑，扼住了他的喉咙。

幻象引发心魔，若能杀人。

现实的迷雾中，忽然有一只诡秘的魔兽，悄悄地浮现，用一双火光四射的可怖眼神，冷冷地盯着云翻海。

这只悄然出现的魔兽，身形巨大，躯体如马，头颅如狼，浑身环绕幽蓝色的火光，两只巨眼血色猩红，在阴暗的迷雾里，就如同燃烧着两团鲜血翻滚的地狱火。

和先前那些阿猫阿狗不同，趁着云翻海被幻象所迷时出现的魔兽，却是一只凶残强大无比的魔灵怪兽："幽灵魔犼"。

魔犼当年在神魔大战中，乃是魔族主力战骑，只不过它们在最后的战斗中，大部分都重伤陨落。

千万年之后，少量体质特异的魔犼，靠着奇特的魔灵魂力支撑，竟奇迹般地大半鬼灵化，形成现在这种幽灵魔犼。

其实这只幽灵魔犼，早就盯上了云翻海。只不过之前先是忌惮郁愁归，后来又惧怕云翻海手中的东华神剑。但现在云翻海被心魔所困时，它便毫不犹豫地出现了。

虽然东华神剑的气息让它畏惧，但毕竟是四方万族觊觎的重宝，现在握在一个毫无防备、毫无力量的孱弱人族手中，怎能不让幽灵魔犼兴奋异常？

它心里很清楚，如果让自己获得这把传自神族法宝的古剑，则不仅能脱离幽冥苦海，说不定还能脱胎换骨，成为和当年古魔族主人并驾齐驱的强大生灵。

于是，这只幽灵魔犼趁着迷雾而来，对云翻海虎视眈眈。

终于到了某一刻，魔犼见他眼神迷茫，便毫不犹豫地纵身向前，迅猛扑击。

魔灵的气息汹涌而来，就好像打开了冥冥中某个封印已久的开关；缭绕云翻海的天墟迷雾，忽然间旋转如轮，还发出微茫的圣洁光辉。

圣光迷雾之中，刚被心魔幻象扼住心魂的云翻海，忽然间看到了另一番景象。

延绵万里的战场，战火滔天。

头生双角的魔族神色凶狠，咆哮震天，挥舞着缭绕冰与火的巨斧，朝对手最后的堡垒汹涌冲击。

残存的神族，人数已经不多，大部分已经身受重伤，那种神族特有的俊美面庞上，全都血迹斑斑。

所有的神族，神色依然刚强而不屈，不过也都流露出一丝忧虑。

这样的忧虑，不是因魔族发起了最后的总攻，而是回首眺望，在己方战阵核心处的那座高岗上，那面已经半垂落的玄鸟日月旗。

虽然战意从未衰落，但忧患已经滋生。

一种不祥的气息，开始在神族最后的阵地蔓延。

失落低沉的情绪，就快笼罩整个阵地时，忽然那核心的高岗上，那一个盼望已久却久已不见的高大身影，竟是重新站起！

象征神王所在的玄鸟日月旗，在这一刻又重新升到苍穹之顶，在整个神族的阵地上空高高飘扬！

一瞬间，万神欢腾，所有神族翘首以望，朝王旗所在处发出惊天动地的欢呼！

此后，无数曾经倒地低伏的神族伤员，重新站起，和那些坚持到最后的强大同伴，一起勇敢地冲向如潮而来的魔军。

这时那高岗上，巨大的神王重又发出五色的光芒，在幽暗的苍穹交织起灿烂绚丽的灵力之网。

强大充沛的灵能，重新飞落如雨，对已经低迷颓败的神族而言，简直如同久旱之后忽逢甘霖，不仅身躯被振作，精魂也重新受到鼓舞。

这一刻，无论幸存完好的神族，还是已经受伤的战士，全都高举武器，昂首高呼"为了吾王"，然后用一种大无畏的英勇姿态，冲向了汹涌而来的魔族。

这时候，所有男神战士的首领，一位面如冠玉、英神俊朗的神君，身先士卒，手握着一只霞光四射的神幻灯盏，奋勇向前。

他所到之处，那神灯散发出霞光万道、瑞彩千条，不仅照亮了被魔光笼罩如夜的战场前路，还不断灼伤、击穿凶恶的魔族。

见他如此勇猛，所有跟随的男性神族大受鼓舞，跟在后面奋力冲上，转眼便在如潮的敌军中杀出一条血路。

只是就在这时，在神灯霞光照不到的阴影里，一个皮肤幽蓝、身形巨大、眸如铜铃的可怕恶魔，一直在悄悄地窥伺他。

见神君高举神灯，不断地引领神族战士向前，势如破竹，这阴影中的蓝肤巨魔，便咬牙切齿。

但即使如此仇恨愤怒，长相凶恶的恶魔依然按兵不动，以一种和鲁莽长相截然相反的可怕耐心，悄悄地等待最佳时机的到来。

终于，当神族形势扭转，那神君心神略略放松，这时他身边又有个年轻的神族，因为被一个恶魔垂死反击而陷入困局，神君便转身想去救护他。

就在这一瞬间，蛰伏已久的凶猛恶魔，忽然如一只潜伏爪牙的饿狼，猛然冲身而起，狂暴地扑向了神君。

蓄谋已久的偷袭，避无可避，眼看如此神勇而又富有同情心的神君，就要丧命在巨魔闪耀着幽蓝魔光的巨斧锋刃下。

千钧一发间，忽然有秀丽清雅的神女驾战车而来。这战车华光四射，竟是日冕为轮，轰隆而来，奋力挡在偷袭的巨魔和茫然的神君之间。

刹那间，人仰马翻，虽然巨魔的偷袭未能造成真正的伤亡，但那带着神秘力量的魔斧锋芒，已经扫起一阵灵魂风暴，将神君和神女之魂以及日轮之冕的精魄，吹下微小的片段。

神君之魂屑，化成朱雀之形；神女之魂屑，化成金乌之形；日冕的精魂，依旧炽烈如缕，如水藻般飘拂。

这三种魂魄的细微片段，先是随风散佚，之后千百年之间，仿佛冥冥中自有定数，它们又相互吸引、接纳，最终融合在一起。

此后又经历千万年的风霜雷电，它们最后凝成了一朵殷红如血的魂火。

而那一个摄人心魂的救援瞬间，神君的灯盏，毕竟还是被垂死的巨魔奋起幽蓝魔斧轰然劈碎。

虽然在之后的千百年间，神君收集了大部分碎片，施大法力，重又铸成了神灯，但毕竟两三片还是失落于血火纷飞的神魔战场，再也找不到。

这一场惊心动魄的远古画面，场面极为丰富，但在云翻海眼前闪现时，只不过瞬息之间。

本来亘古恒定流逝的时间，就仿佛在这一个微小的片段里，发生了突变，短暂的时刻，被细分成无数的切片。

每一个切片，都仿佛一个独立的时空，用从容的节奏，向云翻海讲述远古那一场影响深远的战事。

甚至这时候，之前在云翻海灵魂心海中闪现的那些心魔幻象，和这一场远古幻象竟同时存在，相互叠加，形成一种后世才能理解的"多维"画面。

别忘了，这时候云翻海的身外，还有一头迅猛扑击的幽灵魔犼。

如果在片刻之后，云翻海的生命到此为止，就没有人会知道，原来在这个年轻人生命的最后瞬间，还看到了本不应在这个世界中存在的诡异现象。

但最后，这样的事情并没有发生。

就在幽灵魔犼的利爪即将触及云翻海茫然的脸面时，那四周散发白辉的迷雾里，忽然有一朵嫣红的花朵，幽静而绚烂地盛开。

这是一朵魂火之花，颜色热烈，姿态悠然。

云翻海手中沉默已久的东华神剑，这一刻忽然华光大盛，那灿烂如月的光辉在晦暗的空间中瞬间延伸，凭空凝成一座光之虹桥。

那朵集动与静于一身的魂火之花，刹那间也散发出奇异的炫丽光芒，转眼便飘上了剑芒之桥。

这之后，东华神剑和这朵魂火就好像互相吸引，不仅在一刹那打碎了所有的心魔幻象，抚慰着云翻海受惊的灵魂，还在一瞬间剑火合一，飞舞如电，瞬间斩断了幽灵魔犼飞扑而来的利爪。

"嗷——"势在必得的凶残魔犼，瞬间发出一声凄厉恐怖的嚎叫。

刚才它还伸展自如的魔爪，这一刻已经掉落在地，很快便萎缩、融化，化作了无数乌黑的光点，消散在天墟的迷雾中。

本来凶猛的幽灵魔犼，受此重击，还凶性大发，想退后一步，猱身再攻；但当它血色的眼神一触及东华神剑身上那朵神丽的花光，一个沉埋已久的记忆，忽然重又弥漫了它的心胸。

第十二章 雾满天墟，心融羲和日魂

很显然，对魔犼来说，这个久违的记忆，并不美妙。

事实上它只在一瞬间就被惊得浑身发抖，然后口中一声低低的哀嚎，整个庞大的身躯，都低伏得如同一只被人打断脊梁的癞皮狗，极其狼狈地转身落荒而逃。

很快，幽灵魔犼凄惶而瑟缩的身形，便消失在茫茫的雾气中。

当幽灵魔犼转身逃跑时，云翻海的神魂才真正回归到他的身上。

清醒后的第一眼，他看见幽灵魔犼扑来，顿时脑子里一片空白，吓得魂不附体。

正惊怖莫名间，却诧异地看见自己手中一道灿比日冕的剑光，神奇无比地斩断魔兽的爪子，然后便是那魔兽哀鸣一声，转身而逃。

这短短的片刻，云翻海不啻从地狱升入天堂，在死亡的边缘走了一圈，要不是身为山寨之主心志还算坚强，他有极大的可能会尿裤子了。

当然他现在也不确定自己究竟有没有尿裤子；但他根本无暇顾及此事，而是不由自主地回想起，刚才看到的那一个神魔之战的瑰丽悲壮片段。

作为东华洲人，云翻海很快就意识到，那个率领男性神族英勇战斗的俊朗神君，应该就是他们千年祭拜的祖灵之神东华帝君。

别的不说，那一盏霞光万道、瑞彩千条的神灯，简直太像传说中东华帝君的那盏引仙照魂灯。

而幻象的最后，引仙照魂灯碎裂，云翻海就立即看了看手中的东华神剑。

因为作为东华人，另一个耳熟能详的传说便是，这把东华国的传国重器东华神剑，便是由东华帝君的法宝引仙照魂灯的碎片铸成。

至于那朵正在东华神剑尖上盈盈跳动的鲜红魂火，他倒是一无所知。

不过，回忆起幻象中的画面，云翻海忽然醒悟，心中惊道："难道这朵魂火，竟是由东华帝君、羲和神女、太阳之冕的魂魄构成？"

一念及此，他的心开始怦怦跳动起来！

不过很快，他就觉得自己这想法太过荒唐。

"吓！怎么可能？"自尊心很强的飞云山寨寨主，都开始嘲笑自己，"你以为你是谁？能遇到东华大帝的魂魄？还遇到羲和日神的灵魂？买二送一融合了太阳日冕的精魂？哈哈！你还真以为自己像那些话本戏文的主角啊！

"对了，就算让我云翻海十八代祖坟都冒青烟，真的碰得到这种奇缘，但看看这朵魂火的颜色，也不可能啊。

"那阴阳怪气的大总管不是说，魂火品级分赤橙黄绿青蓝紫，眼前这魂火，红通通的，正是最低级、最不入流的垃圾魂火啊。

"就算让我碰上吃屎的运气，得到东华朱雀、羲和金乌、日冕之轮的三魂碎片融合的魂火，那必然也得是紫幽幽的颜色，并且那光辉灿烂得，话本戏文是怎么说来着……

"哦，对，至少也得冲破天墟的迷雾，什么'物华天宝，龙光射牛斗之墟'，怎么可能就像现在这样，微微弱弱的，比咱做饭的柴火还要弱啊，简直普通得不能再普通了。"

一想到这里，云翻海便有些泄气。

他有心甩掉剑尖上这团卖相极差的魂火，再往天墟的核心深处走走，但很快刚才那幽灵魔狨凶猛扑来的景象，再次浮现在他的眼前。

他立即打了个寒战，眼珠一转，便自言自语道："算了，咱怎么能以貌取人呢？这团魂火虽然品级太差，但毕竟也是魂火啊。

"再说这位魂火兄还挺给面子啊，之前一路上那么多魂火，怎么求都没用，太可恶了，你还不请自来，多好的魂火呐！

"行啦，就看在你这么黏人、这么热情的分上，我发发好心，就用你啦！"

对天墟凶险的恐惧，已经盖过了云翻海对更好魂火的追求。

心中主意一定，他便连忙按照郁愁归教授的方法，念诵起融合魂火的咒语。

这一刻，天墟中刚刚有些转淡的雾气，忽然间更加浓了。

它们弥合四野，蔓延无际，仿佛北极的终年大雪，抚平了天墟中一切的不平和沟壑。

雾满天墟。

云翻海"上承天命，统摄万灵，追魂摄魄，镇厌火精"的咒语声响起。

那一朵在雾气和剑光中跳荡的鲜红魂火，随着喁喁的咒语，在某一刻不翼而飞，倏然而起。

它飞到了云翻海的眼眸前，对着诚心祷祝的年轻人，上下飘飞几回，好似在跟眼前之人打招呼，然后便红光一闪，从云翻海的眉心倏然而入，彻底地没入他的气海丹田中。

很快，鲜艳的血红魂火，便和云翻海的筋脉心魂融为了一体。

虽然，对这样"平凡普通"的魂火，云翻海毫无期待，但在和魂火彻底融合的那一刹那，他却清晰地感觉到，自己的整个心魂都掠过了一丝颤动。

那种感觉，就好像有一只水鸟，闪电般地疾速从湖面掠过，瞬间在整个湖面激起一丝急速扩散的涟漪，转眼成浪潮。

在这之后，他整个人从里到外，都感觉变得无比通透。

这种澄灵通透的感觉，让他无比欣悦，让他在这一刻忍不住高高地举起东华神剑，仰天一声无比舒畅的长啸！

啸声起处，震动四野。

充塞一切的天墟迷雾，在这滚滚而来的啸声面前，也好似掠过一丝微不可察却横无际涯的颤抖和悸动。

天地俱变，乱云飞动，雷轰电舞！

当云翻海走回到天墟入口时，又等了一阵，才看到郁愁归从里面匆匆而来。

一看到云翻海已经出来了，郁愁归一直悬着的那颗心也就放下了。

不过他表面却没什么喜色，只是淡淡地说道："你出来得倒早。"

"是啊……咦？"云翻海看着正走过来的郁愁归，忽然惊讶道，"郁总管，你怎么灰头土脸的？衣服还被扯得破烂，莫非天墟里有我的同行，你被打劫了？"

这时云翻海已经知道，郁愁归已将自己的底细调查得一清二楚，因此没外人在场时，他说话毫不避讳。

听得此言，郁愁归没好气道："罢了，本来好好的，可是就在前不久，不知天墟里惊动了什么凶猛魔兽，一阵奇怪的啸声后，我周边的魔兽忽然发了狂似的朝我拼命攻击，真是活见鬼了！

"对了，云老弟，你刚才听到什么奇怪的声音了吗？"

"我好像也听到了，"云翻海狡黠笑道，"郁总管，你听听，是不是这样的声音？"

说着话，他便将自己刚才的长啸声，稍微学了学。

听他口中模拟的声音，郁愁归连连点头，带着惊奇道："对对！你模仿得不错，就是这声音，鬼哭狼嚎的，真难听！"

"哎，郁总管，怎么说话呢？"云翻海不高兴道，"我却觉得这声音，蛮好听的。"

"你没被魔兽闻声攻击，当然觉得没什么了。好了，不说这个了，"郁愁归目光炯炯地看着云翻海，"你方才应该也冲到了天墟核心，应该融合到不错的魂火了吧？"

"那当然，哈哈！"云翻海得意地一笑，手掌一翻，先前那朵鲜红的魂火，便出现在掌中。

当然，不知是否因为云翻海刚刚融合的缘故，这朵魂火反而没有之前于迷雾中出现时大。

它的光影也没那么强烈，反而只是黯黯淡淡的，当出现在云翻海掌中后，被天墟里面涌出来的风息一吹，飘飘摇摇，倒好像风雨中就快熄灭的一点微弱烛火。

本来郁愁归看着云翻海自信的样子还有些期待，现在一见这朵魂火，顿时神色一滞，整个人都变得无精打采。

对他的郁闷，兴奋中的飞云山寨寨主，一时没能注意，还兴奋地问道："老郁，你看我这魂火怎么样？好不好？"

"挺好的。"郁愁归闷闷地说道。

听话听音，听见他这死气沉沉的语气，云翻海忍不住嘀咕道："难道是因为我这魂火太强，你嫉妒了？"

"嫉妒?!"本来强自镇静的郁大总管，这时双手颤抖，强忍住失望的情绪道，"我嫉妒？我为什么要嫉妒一个略胜于无的魂火拥有者？本座之前的话你都忘了？

"这样红色的魂火，最低级呀！稍微有点追求的武者法师，都不屑一顾，那些猎火者不小心弄到了，如果不嫌麻烦带回去，只会卖给那些富贵人家，用来制作长明的灯盏！"

本来云翻海因为获得魂火时看到的奇景，还以为这样赤红的魂火有什么与众不同，没想到现在郁愁归却不屑一顾，将之批驳得一无是处。

在云翻海的心目中，郁愁归铁定是魂火方面的专家，现在被他这样的权威全盘否定，他也陷入了绝望。

本来兴奋的神情，这时已变得怅然若失。

沉默了一阵，他勉强说道："能卖给有钱人家做灯盏，那……那还是有点价值的嘛……等我回去……"

"别，"郁愁归立即截住他的话头道，"别卖了，你就安心使用这个魂火吧。"

"为啥？"云翻海不满道，"这魂火这么差，我才不要。"

"不要就没有了。"郁愁归有些急切道。

"啊？"云翻海吃了一惊。

"你别急，听我说，"郁愁归苦口婆心道，"刚才你不说话时，我将今日的事情回想了一遍，便知你恐怕真与天墟魂火无缘了。所以，现在你好不容易融合了一个魂火，就先凑合着用吧。反正从今以后，直到神侠归来，我都会加派人手，寸步不离地保护你的。"

"好吧。"到此时，云翻海也毫无兴头，有气无力地应答一声。

"别这么灰心嘛。"郁愁归看着低落的假神侠，说道，"这样，东华神剑先不收回了，你就当随身佩剑。一来接下来你要正式充任神侠，不带东华神剑，总觉得奇怪，小心有心人看出端倪；二来你刚才能从天墟中全身而退，也应该全仗了这把利剑吧。唉，云老弟啊，你跟魂火无缘，倒是跟神剑有分，那在风神侠归位之前，这剑你就先用着吧。"

"那好，"云翻海感动地道，"那我就先拿着这把剑防身，谢谢你，老郁！"

"不用谢。"郁愁归摆了摆手，"对了，虽然我们现在也挺熟了，你也别叫我'老郁'；我才二十来岁，并不老。"

"是吗？"这时云翻海也已经有些活泛过来，便对着郁愁归笑道，"年纪是不老，但我怎么总觉得你老气横秋，少说也得三十岁呢。"

"呵，只是略微显得成熟罢了。"郁愁归这时也笑了起来，摆了摆手道，"不多说了，既然也有所得，我们便回去吧。"

"好。"云翻海依言跟随郁愁归飞身上马，一抖缰绳，"驾"的一声，离开了巍峨耸峙的天墟大门。

此后策马飞奔，约莫行出三四里，早在路旁等候的十几位神侠卫武士，一见他二人策马而来，便也各自飞身上马，将两人护卫在中间，一路蹄声隆隆，直往东华城而回。

归途之中，云翻海想起郁愁归对自己这团魂火的评价，情绪就有点低落。

这时他看看前面策马狂奔的郁愁归，发现他竟是神色如常，于是心下便不禁十分佩服。

他心想，若是今日之事，换了我是他，费了这么大一番心力，才搞到一个最无用最低级的魂火，我定忍不住，要将那人胖揍一顿不可！

第十三章 祸起上古，流毒异神之语

这时，云翻海倒是想到，是不是应该把得到这朵赤红魂火时，自己所看见的异象跟郁愁归说说，力证这种魂火或有不凡。

但他刚张了张口，就把临到嘴边的话儿给咽回去了。

因为，他忽然理解了那个"痴人说梦"的典故是什么意思。

在心里想想那神魔乱战的异象，好像还很合理、很真实；没想到一张嘴，想到那些措辞，他就忽然觉得，这事情果然就和做梦一样。

梦见的一切，在梦里时，都好像很合理、很真实；但真的一觉醒来，再想跟人说说梦境，觉得简直就像个傻瓜，满口说胡话。

于是，策马回程时，云翻海想了想，便做了一个自认为明智的决定，决定对天墟的遭遇三缄其口，不要被郁愁归当成痴人说梦的傻瓜。

本来，因为那个异象，他还想像郁愁归的"啸月青狐"魂火那样，给自己的魂火取个威风的名字，比如就叫"东帝朱雀"，加"羲和金乌"，再加"日轮之冕"，多威风啊，光名字就有三个。但现在，名字可以取，但只能暗中取、自己叫，万万没办法宣之于口，告诉其他人。

为啥？

他不想被郁愁归等人狂风暴雨般地嘲笑！

云翻海在归途中心潮起伏，却不知那一位和他容貌相似的白衣公子，因为一件事，这一日也是万千感慨。

毫无疑问，这位容貌相似的白衣公子，正是失踪的光明神侠风惊雨。

此时他还不知道，因为自己的失踪，居然给一个素昧平生的贫贱山贼，创造了一个就业机会。

上一回，风惊雨白衣渡海，投身风波大洋，沉入邪恶可怖的海渊，但现在他却出现在东华洲中部偏北一处诡秘的丛林沼泽里。

这处沼泽，被原始密林围得密不透风，本身由数十个大小不一的湿地和浅湖连绵组成。

因为不见天日，这里就算大白天，也暗如幽夜。

奇特的地貌，形成了自成一体的独特气候，千万年下来，这处沼泽和丛林的水草树木，形态也变得怪异。

许多高大的树木也挂着一缕缕的绿苔水草，仿佛披着披风的巨人。

低矮的灌木，很多都彻底匍匐，沿着潮湿地面极力蔓延，直至延伸到沼泽中去——在那里，它们又变成了水草。

形形色色能导致泥腥味的放线菌，也在这里大量地滋长。

这里的环境太适合它们生长，以至于在别处只是有味无形的放线菌，在这里却菌丝飘舞，浓密到在空中形成一团团灰雾。

正因如此，本来只应在下雨后才会变明显的泥腥味，在这里却时时刻刻充盈，并且已经不是"泥土的芳香"，而是浓重到让人窒息，令人作呕。

于是，在如此幽暗的环境，稀奇古怪的草木菌群随风飘舞，被偶尔漏入的日光一照，便恍如有神秘莫测的山魈鬼魅，在沼泽地的上空无声地狂舞。

正因为阴森黑暗如有幽灵群舞，这处原始的沼泽便被偶然误入的猎火者，命名为"幽灵沼泽"。

光明神侠风惊雨正在这片幽灵沼泽中，时而在茂密的灌木丛中披荆斩棘，时而在幽绿的沼泽水面凌波微步。

看他的举止神态，好像在这片幽灵沼泽中寻找着什么。

过一阵子，他好像发现了什么，便忽然停住脚步，在沼泽中一个水草纠缠而成的小小绿洲上驻足。

他开始侧耳倾听，神情极为专注。

如果这时有另外的人来，目睹了他的样子，就会觉得十分奇怪："咦？这里只有虫鸣和风声，有什么好听？"

但风惊雨却跟中了魔似的，侧着身，一动不动地侧耳聆听。

其实，今日正牌光明神侠来此，正涉及一个天大的秘密！

不错，这个秘密，真有"天地"之大，绝非什么宫闱秘闻可比。

如此侧耳倾听，也不知过了多久，风惊雨才站直了身子，脸上挂着一丝欣慰的笑容。

"悖乱深渊，果然势在必行。"他心想，"以前被我发现'异神之语'，虽然悉心收集，但还是太慢。

"我之前所知的异神之语，大多由故老相传，须去四乡八里、市井坊间，求诸老人之口。

"如此不仅效率低下，信息散落，还有许多并非异神之语，倒费得我好大功夫甄别。

"所幸前些时，让我得了大进展，知道了异神所处的悖乱深渊的大致位置。

"正是这悖乱深渊之行，得以亲见异神遗迹，并身临其境聆听异神之语，才让我能知道当年古异神留下重要讯息之所。

"否则，我哪知道这偏僻险恶的幽灵沼泽，竟是当年异神临被封印入海渊前，留下关键讯息之所？

"哈哈，哈哈，真不错，真不错！"

往日矜持的尊贵公子，这时候却在罕无人迹的黑暗沼泽中，肆无忌惮地仰天狂笑。

笑了一阵，他便开始回想刚才在沼泽风中听到的异神之语。

其实风惊雨孜孜以求的异神之语，大部分都十分零散和隐晦。

如果没有学到特殊的方法，根本无从破译其真正的含义。而若只是望文生义的话，还很可能会适得其反。

所以千百年来，这样散落四处的异神之语，不是没有人注意到。

历朝历代，都有东华或神州的才智之士，发现散落在天地自然或是古老传说中的只言片语，好像大有深意。

只是，在这位风惊雨风神侠之前，却从来没有人能够真正破译。

风惊雨不愧是千挑万选出来的绝世之才，并且，在当选为光明神侠之后，他有足够的时间和权限，去仔细阅读东华国累积至今的所有古籍和文献。

天时、地利、人和，从量变，到质变，这个千万年前就散落在人间的异神之语，到了这一日，终于头一回被人破解出来。

其实有人会觉得奇怪，因为那个被封印在可怕海渊中的古老种族，既然费尽心力想让后人听到他们的话，那为什么不把所谓的异神之语，说得明白浅显？

显然，他们不是不想，而是不能。

这个被风惊雨破译为"异神"的种族，其实有着极其诡异的来历。

他们的真正名字，叫伽陀摩罗族。

在上古神魔争霸时代，他们只是魔族的一个奴仆之族。

能被打入悖乱深渊，说明这个伽陀摩罗族，并不是什么善类。

不过，"不是善类"的评语，还是太美化他们了；事实上，伽陀摩罗族是这个天地间迄今为止出现的最邪恶、最恐怖的生物种族！

伽陀摩罗族的性情极度变态，什么残暴、邪恶、狡诈、无人性，可以说他们是世间所有负面品行的集大成者。

不过，虽然伽陀摩罗族是如此混蛋，但他们有两种极为特殊的能力：拟形、吞噬。

这两种能力，在当年是上古魔族仆从最急需的工作技能。

再加上伽陀摩罗族虽然坏，但战斗力比古魔族差得太远，所以，当他们被上古魔族征服后，就被同样残暴邪恶的魔族给奴役万年。

其实，从某种程度上来说，究竟是因为天生残忍，还是因为给残忍魔族服役万年才受的影响，这个真说不清。

总之，混杂了自卑与愤怒的奴仆生涯，让伽陀摩罗族变得比他们的主人更加狂暴、狡诈、残忍，并且拥有了摧毁一切文明、奴役整个世界的强烈愿望。

本来，如果上古魔族一直强大，伽陀摩罗族根本没有机会；没想到，持续千年的神魔大战，古魔族被极大程度地削弱。

但这千年之中，曾经的奴仆之族却积蓄了强大的力量。

此消彼长，在神魔大战的后期，伽陀摩罗族突然行动，自称"异神族"，经历了反叛、取代、灭绝上古魔族的三个过程。

可以说，神魔大战，魔族落败，有很大原因，就因为自己"仆从军"的背叛。

本来，异神族突然发难，发动"灭魔战争"，但不知什么原因，就在他们快灭绝上古魔族之时，却功败垂成。

他们不仅没能灭绝所有魔族残余势力，还被突如其来的狂暴打击，将他们打入和封印到远海大洋深处的悖乱深渊内。

对这个剧变的原因，经历千万年之后，已经无从考证。

有少数类似风惊雨这样，对上古神魔历史感兴趣的才智之士，猜测可能有两种原因。

一种可能是虽然反叛的异神族，为了能取胜，极力向魔族的敌人神族靠拢，还将自己的新名称叫成"异神族"，但有很大可能，代表着天地间最明智、最聪慧生灵的古神族，看穿了异神族的一切邪恶本质。

因此，在古魔和异神两强相争，宿敌古魔族已然削弱的情况下，神族突然出手，灭掉了异神族。

还有一种可能，相对小众，说的是，可能来自异域龙渊列岛的异龙族，认为异神族这种举动，会打破世界的平衡。

而龙渊列岛的异龙族，向来被传说为世界平衡的守护者。

异神族这样的举动，对他们造成了威胁。

尤其异神族不加克制地吞噬和拟形，彻底激怒了异龙族。

因此在异神灭魔之战的关键时刻，异龙族突然出手，以迅雷不及掩耳之势，击溃和镇压了邪恶的异神族。

后面这种说法，虽然小众，但其实在很多人眼里，却更为可信。

因为有人考证，在神魔大战的末期，正牌的古神族已经和魔族两败俱伤，根本无力镇压连魔族都能灭绝的异神族。

并且，异神族最终封印之地"悖乱深渊"的选择，也明显带有龙渊列岛异龙族的偏好。

异神族有着可怕的能力，并且当年在灭魔战争中，吞噬和模拟了不少魔族的天生能力，特别是，据说他们还夺取了魔皇的武库。

所以，即使强大如异域龙族，也无法彻底摧毁异神族，只能将他们封印于悖乱深渊。

只有虚无缥缈、时空紊乱循环的悖乱深渊，才能彻底封印奇诡可怕的异神族。

但这一切，看来只是暂时的。

因为从风惊雨的表现来看，沉埋于黑暗深渊的可怕种族，不知道从何时起，竟找到了某种办法，能够在深渊永恒的囚牢中，穿透时空乱流的隔离，向外部的新世界重新发出了隐秘的信息。

差点掀翻了强大古魔族的邪恶种族，好不容易抓到这样的机会，自然知道该怎么做。

所以，连风惊雨这样拥有超高心志的完美人族，都被现在还只是只鳞片爪的散碎信息，吸引得如痴如醉。

除了风惊雨之外，没人能知道异神族给他许诺了什么。

但有一点可以肯定，已经拥有崇高地位的风惊雨还能被吸引，这许诺，一定小不了。

知道了这些来龙去脉，就很容易知道，为什么"异神之语"要弄得如此深奥难懂。

毕竟，被封印于深渊的异神族，还是这个世界占统治地位的强大力量全力镇压的对象。

如果"异神之语"浅显易懂，恐怕还没等找到人上他们的贼船，已是落水狗的异神族，就已被天地中可能还存在的隐秘力量给轻易地摧毁。

而"异神之语"凌乱难懂，也不会成为问题，因为"水滴石穿"，在经历足够长的时间后，量变便会导致质变，一定会有惊才绝艳之士，能够解密出异神族想要传达的信息。

而时间，对异神族来说，不是问题。

第十四章 啸傲问天，狂言逆天之志

已经蛰伏于黑暗深渊这么久，异神族什么都缺，就是不缺时间。

而凌乱难解的"异神之语"，其本身就是一种考验，保证信息的有效接收者，拥有足够强大的能力和心志。

同样，如此古老悠久的异神族，已经洞察了人性。他们很清楚，能够对深奥的"异神之语"如此执着之人，其对强大力量、权力、财富的诱惑，也是尤其难以抵御。

事实证明，他们终究是曾和强大的神魔二族一度并肩的种族。

他们的策略，做对了，起效了。

已经万众敬仰、集万千尊荣于一身的光明神侠，不仅亲临了悖乱深渊，今日还根据"异神之语"的指示，站在了幽灵沼泽这里。

风惊雨在沼泽绿洲上冥想了一阵，忽然睁眼，有些诧异地脱口说道："东华魂火？"

意识到异神之语的含义后，他下意识地转脸，朝南方天墟的方向看去。

而这时，正是云翻海在天墟中被幽灵魔觊窥伺，天墟的核心出现神魔大战的幻象碎片。

就在风惊雨眺望的这一刻，天墟的上空忽然间乱云飞动，电火闪耀，仿佛整个云空都变成一张愤怒威猛的天神之脸。

幽灵沼泽上空的遮蔽，挡不住风惊雨的目光。

当看到这一幕时，他忽然神色黯然。

"上天震怒了吗?"幽暗丛林里,他叹息一声,"唉……莫非我所行之事,真个逆天而行?"

低沉半晌,他忽然重又振作,那神俊如玉的脸面上,竟现出一丝狠厉之色。

"吾所博者,大也!"他昂首向天,朝着云飞电雾的苍穹吼叫,"即使上苍不喜,也只是无可奈何。若非降下疾雷闪电,将吾身劈得灰飞烟灭,否则即使苍天神灵,也不能阻我!"

说出这样凶狠的话儿来,仿佛上天也被震动,那原本风起云涌的奇异天象,竟是一时平息,此时天墟的方向,已是万籁俱寂。

见得如此,风惊雨面露惊喜,不由得傲然一笑,道:"果然如此。自助者,天助之。吾矢志成事,连苍天亦不能阻。"

经此风波,这位不顾而去的光明神侠,心中信念更深。

普通人,其实很难想象风惊雨会做出这样的选择。

集万千爱戴于一身,象征着正义和光明的绝世神侠,为何要选择阴狠偏执、充满荆棘的逆天之路?

这么想的人,忽视了一个问题:

风惊雨被极力塑造成一个"神",但他实际还是一个"人"。

最开始的巨大成就感,随着时间的流逝,渐渐消淡。风惊雨越来越发现,要做"光明神侠",他无法保持自己的个性、保留自己的生活。

哪怕是日常的一言一行,都必须符合东华王朝对"光明神侠"的严苛要求。

这是有形的要求。

爱戴他的东华子民,对他有着天大的期许。这给他带来更加巨大的压力,曾压得他喘不过气来。

他怨恨日生,内心越来越逆反和偏激,越来越阴狠黑暗。

也许,这还不算什么。

但有一天,他忽然惊恐地发现,他竟对自己完美的、引以为傲的家世,产生了怀疑……

这一点,很讽刺。

作为光明神侠,他"不得不"阅历越来越多,接触到的重要信息也越来越多。

他又极为聪明，于是有一天，他忽然有了一个让自己恐惧的想法：

冥冥中，好似有一股强大而神秘的力量，将他的家世展现得很美好，很光明；但当他偶然有一次，想去了解一下自己的幼年生活时，竟发现那里一片空白，并无半点相关的资料。

不仅记载空白，也没有人知道；并且当他想要深入去查时，就算以他神侠之尊，也遇到了无形的阻力……

越是未知，越显得神秘；越是有阻力，好奇心就越大。

当好奇心得不到满足，阴谋论开始登场；再配合强大的想象，我们的光明神侠开始有了一个怀疑：

是不是因为自己筋骨智力极佳，特别适合作为"光明神侠"，但自己真正的家族低贱卑微，甚至还是罪人一族，于是包括父母、亲人们全都被灭口，然后为了配合光明神侠的完美形象，给他安排了一个美好的家族身世！

这样惊人的怀疑，开始只是怀疑。

但如同老酒一样，随着时间的推移，他开始信以为真，以致最后深信不疑。

所以曾经翩翩不染尘的白衣神侠，投身了可怖的海渊，今日又来到阴暗污浊的幽灵沼泽，实在是因为他太需要外部强大的力量，来解开让他恐惧的疑窦，还要对整个迫害他、戏弄他人生的东华国开战！

当然，这只是他现今选择诸多动机理由中的一个。他还有太多的野心和欲望……

没有人意识到，风惊雨，可能是这世上内心最复杂的一个人。

今日既已解开幽灵沼泽的"异神之语"，内心复杂的风惊雨，便不再停留，转身飞跃如电，转眼便消失在茂密无垠的幽暗森林里。

天墟的历险，在郁愁归的眼里平淡无奇，但对于经历了心魔、幻象和生死的云翻海，却是别有一番滋味。

即使不说这样让他不安的感觉，这些天来，他的心里其实也很不踏实。

当天晚上，他洗漱完毕，翻身上床，却翻来覆去，怎么也睡不着。

此时月色满窗，他索性披衣而起，推门而出，来到神侠府的后花园中，看着园中的景物，静静地出神。

夜色深沉，月华如水。

白天鲜明的景物，这时被夜色和月华共同涂抹上朦胧的颜色。

看着水墨画一样的园中夜景，云翻海心潮起伏。

他想到，自己家竟是三代为匪，虽然是义匪，但却长期作为官府的对立面存在。

在以前，自己碰到官家之人，就像老鼠撞见猫，就算不是专门来剿匪的官兵，只是普通送信的驿丁，他撞见了都本能地一惊。

可以说，对于官府的惧怕，或者说"避让"，已经深入到云翻海的骨子里，成了一种本能。

以前，他一见官府之人便东躲西藏，结果现在却天天接触，这种感觉让他实在难受。

于是，以前睡眠极好的山野青年，现在竟是夜夜失眠。

对他这样年纪的小伙子，失眠本来就是一件很严重的事，云翻海却还想到，以前哪怕到了山寨最艰难的时候，自己都不会整夜睡不着。

相由心生，心理支配生理，夜夜失眠这件事，让云翻海终于开始了反思。

"我是不是做了一个错误的决定？"云翻海对着凄迷的夜色，喃喃自语。

这时，他下意识地摸了摸胸前，那里用细红绳悬挂着一只小小的水晶瓶。

这只水晶瓶，也就小拇指节大小，是他从一个告老还乡的贪官的随行宝箱里搜出来的。

其他抢来的财宝，他全部变卖了，作为山寨生活之资。但这个水晶瓶，晶莹剔透，小巧可爱，看它纤小的体量，就算材料再值钱，也卖不了多少钱。

于是云翻海就把这个小水晶瓶留下来了，送给小草儿妹妹当项坠。

这小水晶瓶的材质也比较特异，看似水晶琉璃的材质，但却十分坚固，轻易打不破，便不怕被小妹妹玩耍时轻易毁坏。

当他这次立志远行，给山寨父老乡亲生存问题打开局面时，小草儿妹妹便把这个小水晶瓶的项链送给了他。

不仅如此，山寨的老少爷们，在他们的主心骨大寨主即将远行时，各自从自家的茅屋草棚门户前，掐起一小撮尘土，一起放在了水晶瓶里。

飞云山地质独特，尘土都由各种岩石经历千万年风化而得，因此取自各家门前的泥土，放到水晶瓶中时，竟呈黑红黄青白五色。

于是，云翻海下得山来，带走的不仅仅是一个配饰，而是满载着全山寨之人满满的期待与祝福。

所以，每当陷入困惑之时，他就下意识地抚摸一下胸前的小水晶瓶，仿佛从那里面，能找到重新振作的动力和全新的希望。

还真别说，刚才困苦、自责，陷入烦躁，摩挲了几下晶润清凉的水晶瓶后，云翻海真的变得冷静下来。

他陷入真正的反思。

他想到，当初自己为了八百两的酬劳，答应了郁愁归冒充光明神侠，当时觉得是天大的好事，但现在已经意识到这个钱实在不好赚。

"这些人是自己能惹的？"他眼前闪过这些天接触的一张张面孔，忽然觉得后脊梁骨有点发凉。

"人为财死，鸟为食亡"，作为一名道上的非主流义匪，这个道理他懂得不能再懂。

这不，先是去赏个桃花，却差点成了人家剑下之鬼；后来逛个灯市，居然也能遭到乱党的刺杀，差点英年早逝。

天墟之行更是。

之前接活儿的时候谁也没告诉他，居然还需要到这样妖魔丛生的地方，而且还要他一个人行动！

如果不是祖上积德，云翻海有一种预感，自己现在根本不可能站在神侠府里，而早就成了可怕魔物腹内的餐食。

就算不提刺客、妖魔，这个对他总是平和以对的郁愁归，也绝非善类。

因为"职业"的缘故，云翻海可比同龄的小青年要成熟得多。

换了一般的同龄人，还以为郁愁归处处维护自己，应该是个大好人。

但云翻海绝不这么看。

不仅天墟中让自己单独行动的决然，那回灯会小巷中冷冷的补刀命令，都在明白无误地告诉云翻海，这个苍白冷郁的青年官员，绝对比刺客更犀利、比魔灵更凶猛！

意识到这些，虽然现在四周一片宁静安详，云翻海却觉得自己的生命，已经面临了严重的威胁。

正好这时，一阵清冷的夜风吹来，云翻海便猛地一个激灵，想道："不行！我不能死！

"这绝不是我云翻海软弱怕死，实在是若我死了的话，飞云山那几百口老弱妇孺，在此艰难乱世上，只会有两个结局：悲惨地死去，或是沦为豪强的奴仆。

"就算不论这个，我也不能死，我还要活着回去，看到我最疼爱的小草儿妹妹。"

一想到那个天真善良的小妹妹，云翻海的眼中，已是不由自主地泛起了一丝晶莹。

深夜时分，总让人更容易动感情。

面对着苍茫的夜色，云翻海感叹万分。

他觉得，自己来到这个乱世上，其实并没有任何的快乐。

父亲早逝，不仅没有钱粮田产留给他，反而留下了一个"烂摊子"，还是非法的勾当。

回想起来，自己从懂事起，真的没有一天享受，没有一天快活。

现在想想，自己的人生，唯一的亮点，就是收养了小草儿这个义妹。

行走于黑白两道的罅隙，苟活于光与暗的边缘，见多了破事和烂人之后，他云翻海越发觉得，小草儿妹妹是他在这个乱世上，见过的最纯净、最天真、最善良的人。

和污浊的乱世一比，小草儿便似那黑暗的夜空中，那颗最闪亮、最晶莹的星辰。

一生只为那颗星。

纯净清澈的小妹妹，正是他云翻海的精神家园。

而作为纯净、天真的另一面，生此乱世，也意味着小草儿的生命力柔弱单薄，如水晶般易碎。

云翻海很清楚地知道，如果小草儿离开了自己，根本无法在世上独立存活。

一想起小妹妹对自己毫无保留的信任和依赖，云翻海便更觉得，自己绝不能死，不能让小草儿在自己死后堕入悲惨的境地。

"小草儿"，这名字柔弱轻飘，但在云翻海的灵魂深处，却比泰山还要重啊！

想到这里，云翻海对困扰自己的问题，终于有了明晰的答案：

"此地不可久留，冒牌神侠不可再做！

"我云翻海也不是等闲之辈，天下之大，还怕赚不着钱？东华洲不行，我就去神州大陆，不信咱飞云山寨过不了这一关！

"好！那就这样，老子不干了！哈哈！"

一旦做出了决定，云翻海感觉整个人都豁然开朗。

经验告诉他，这种清爽畅快的感觉，正表明他这个决定无比正确。

"娘的，这些天，太憋屈小爷了！"云翻海仰天对着月亮，长舒了一口气。

也难怪他憋屈。

别看他出身下层，职业尴尬，但他却一直有着自己的骄傲。

身为草寇头目，却出淤泥而不染，有着正义的底线和原则，从来惩强扶弱、劫富济贫，受到飞云山远近百姓的颂扬。

所以云翻海即使身份卑贱，但骨子里却是很高贵骄傲的。

但没想到，到了东华城，却有人只要他的"肉体"，根本不在乎他高贵的灵魂，这让云翻海感觉很是不爽。

这几天他有个说不出口的比喻，就是自己干的这事情，和那些"卖身不卖艺"的青楼姐们，竟然没有本质的不同。

所以，现在伫立静夜之中，做出"不干了"的决定后，云翻海整个人都仿佛三伏天吃个大冰块，从里凉爽到外。

这样的畅快和高兴，持续了没多久，云翻海便渐渐冷静下来。

"不干了，该怎么做？"云翻海想道，"直接跑？肯定不行！"

云翻海立即否定了这个想法。

他很清楚，自己已经知道了神侠卫的秘密，以郁愁归那种"人死了还要补刀"的性子，只要自己敢跑，他一定会追杀到天涯海角，杀人灭口。

不仅如此，郁愁归已经知道了自己的底细。

若是自己孤身而逃，就算他找不着自己，还要担心他去残害飞云山那些老弱病残。

如果真的发生了那样的事情，他还不如继续演这个"神侠"呢。

所以，他绝不能一走了之。

"怎么办?"夜色中，云翻海紧张地问自己。

这时候，天色愈来愈晚。

四周夜雾渐起，那时不时吹来的夜风，也越来越清冷。

头顶的苍穹，也越来越深沉，原本苍蓝色的天幕，变得越来越暗黑。

于是天顶的斜月，云边的群星，也显得越来越灿烂。

它们就好像天边神秘的眼睛，在默默地俯视着大地上陷入两难的青年，那目光幽静、闪烁，显得神秘而又毫无感情。

冷月星辉中，云翻海伫立良久，却还是没有理清头绪。

又过了片刻，他目光随意流转时，恰看到此时明亮的星月光辉下，那池塘边假山石上攀附的藤蔓，已经枯萎败落，即使现在已到春天，却没有冒出任何新芽。

"枯萎凋零，真是碍眼，"云翻海忍不住想道，"这神侠府的园丁也是偷懒，竟不知将它们及时扫除。"

刚随意地想到这里，云翻海却忽然身躯一震，眼睛一亮，脱口叫道: "我想到了!"

第十五章　无事生非，风闻贞烈奇女

他心想："既然我不能主动辞职或溜走，那何不故意搞出天怒人怨的事情来？就如这枯萎的藤蔓一样，我倒行逆施，极力让主家不满，他们不就会主动将我扫地出门？

"哈哈！这主意太好了！我也真笨，这么简单的法子居然想这么久，难道是来到东华城神侠府，磨灭了我山野本来的灵气？

"哈哈！看来我得赶紧实施，快点离开这憋屈的地方！"

一念通达，云翻海简直乐得想手舞足蹈。

正乐时，他却忽然听到背后传来一个冷冷的声音："你，怎么还没睡？"

云翻海一个激灵，猛然转身，正看见郁愁归从那边的月亮门洞，朝这边缓缓而来。

念头通达的飞云山寨寨主，仿佛心思也跟着变得灵明，想也不想便笑道："不瞒总管大人说，本来今天天墟之行，也吃了点惊吓，便睡不着，来这园中踱踱步，积攒积攒睡意。不过大人你来时，我恰好想通了，故此欣然，不免一时忘形。"

"哦？"此时郁愁归已走到近前，便看着他问道，"你想通什么了？"

"我在想，我要努力做好这个'光明神侠'，好好赚这笔银子，从此这辈子吃喝不愁。"月光中，云翻海双目炯炯，盯着郁愁归，朗声说道，"郁总管，你知道吗？我现在还真的睡不着了，恨不得点头唤起扶桑日，一口吹散满天星，明日快快到来！"

"哦，甚好，甚好。"听了云翻海如此积极上进之言，郁愁归却只是淡淡地赞了两声，便转身离去。

见他反应如此淡然，云翻海不禁有些发愣。

他现在也不知道这个城府深沉的郁大总管，究竟相不相信自己刚说的话。

想起郁愁归杀人无形的狠辣劲，一瞬间，刚才还满心欢喜的云翻海，忽然间变得有些恐惧。

不过，他很快振作起来，因为他想到了神州大陆上，一位叫苏渐的华夏前辈常说的话：

"勇气固然不能让你所向披靡，但胆怯根本无济于事。"

尤其，他这时福至心灵，想起了这些天来郁愁归反复灌输给他的那句话：

"世事如冰，但心和魂永燃！"

之前对这句光明神侠的场面话，云翻海只是机械记忆，但现在他突然惊悟："呀！这有道理啊。人生在世，难免遇见艰难，与其沉溺痛苦恐惧，还不如放手去干吧！"

想到这里，云翻海彻底下定了决心。

他决定，从明天开始，就要想尽一切办法，抓住一切机会，故意作死，让那个深沉狠辣的郁大总管，主动将他解雇。

"哈！很好很好，回去睡觉吧！"

这一晚，饱受失眠痛苦的山野青年，却是出奇地睡梦香甜。

云翻海的运气不错，经过这段时间的突击特训，用来冒充风惊雨风神侠的技能，已经训练得差不多了。正巧第二天一早郁愁归有事外出，临行前便叫关山明陪着他，查漏补缺，看看还有没有什么需要补充教导的。

神侠卫副统领关山明性情温和，做事并不强求，在他面前云翻海总觉得没那么拘束。

于是这天上午，云翻海便主动找关山明闲聊。

随便聊了几句后，云翻海便看似无意地问道："关统领，其实小弟还是头回来东华城，根本不知城中风物。

"你也知道，之后我会替身神侠，多在城中巡游，要是不知京师的风土人情，恐怕会坏了大事。"

"云少侠所言甚是。"关山明点头道，"那你想知道些什么？"

"也是头一回问你，那些腌臜事儿就先不说了。"云翻海道，"你也知道，我这人虽然出身尴尬，但却一心向善，久闻这东华城乃天子脚下，东华首善之区，便想先听听这城中有什么感人的事迹。"

"哦，原来是想听孝子节妇什么的事迹。"关山明若有所思道。

"对！"云翻海道，"主要得是活人的，挑最感人的先跟我说，多谢多谢。"

"不必言谢，"关山明摆摆手道，"只不过举手之劳罢了。从公事来说，我还得谢谢云少侠这么有心，为了替身神侠之事，如此主动用心。就算不论公事，只谈私交，其实不瞒云老弟你说，虽然我俩相处时日甚短，但愚兄却跟你一见如故，甚觉亲近呢。"

"是啊是啊。"云翻海连忙附和道，"我也这么觉得，说不定咱俩前世还是兄弟呢。关统领，既然如此，我就斗胆叫你一声关大哥如何？"

"太好了！"关山明笑意盎然道，"那我就托个大，叫你一声云老弟了。"

"哎！"云翻海满脸是笑，重重地应了一声道，"那就请关大哥快快指点我城中最感人的事迹吧！"

"好好好，云老弟你听着，要说这东华城中属谁的事迹最感人，那自然是光明神侠风大人啊！他其实自幼付出惊人努力，自强不息……"关山明侃侃而谈道。

"啊？不是不是，"云翻海连忙打断他道，"关大哥，其实小弟想听的，是除了神侠他老人家之外的感人事迹。至于光明神侠他老人家，举国敬仰，万众瞩目，他的传奇经历，谁人不知、哪个不晓呢？"

"好吧……"关山明有些遗憾地道，"其实大哥我对神侠大人的事迹最为熟悉，不过你想听别人的话……哦，对了，要说这东华城中，除了神侠大人之外，事迹最感人的，应该是那位春慈院的奇女子桑红琼！"

"桑红琼？"云翻海闻言一愣道，"此女小弟确未听说，还请大哥细细讲来。"

"嗯，你且耐心听来——其实你大哥我，除了神侠大人和郁大统领外，此生甚少服人；不过这位桑红琼桑娘子，虽然只是女子之身，大哥却对她心服口服。"

"别看别人称她为'桑娘子'，但桑红琼年纪并不大，也就二十来岁吧。她本人姿容甚是秀丽，身段也苗条娇柔，任谁见了都会道一句'我见犹怜'。

"桑娘子不仅年轻美貌，还精于女红。最难得的是，和一般市井没见识的妇孺不同，桑娘子竟是知书达理。

"如此人物，正应该老天眷顾，有个美满的日子。只可惜，她的夫婿却在四五年前，因病早逝。

"按理说，她还在青春貌美年纪，夫婿早逝，她找个人改嫁，任谁也不能说什么。但谁能想到，她却做了一个惊人的决定。"

说到这里，关山明停了下来，脸上流露出一丝遗憾的神色。

这时云翻海已经听入了迷，忙问道："关大哥，桑娘子做了什么决定？"

"唉——"关山明竟是长叹一声，哭丧着脸道，"她……她竟然发大誓愿，安葬夫婿之后，从此终生不再嫁，为夫守节。"

"呀！"云翻海惊讶道，"没想到这小娘子……竟有这样的心性。不过，关大哥，即使如此，也当不得一个'最感人'的'最'字……"

"这都不'最'感人吗？"关山明眼泛泪花，有些不满地看着云翻海。

"这……"看着关山明这感动的模样，云翻海心下不忍，不过为了自己昨晚定下的大计，他还是狠了狠心道，"关大哥，别怪小弟口快心直，这番听下来，这桑红琼桑娘子，最多不过是年纪轻轻便为亡夫守节而已。可像她这样事迹的，别说东华城，就是我们那边的乡村里，也不是没有人如此，不说一年两三个，两三年一个，总还是有的。"

"你……你怎么能这么说？"眼圈泛红的关山明，惊诧地看着他。

不过停了停，他便叹息一声道："唉，没想到你是恁个心硬的人……好吧，那你听完她接下来的事迹，便知大哥我所言不虚了。"

"哦？还有什么事迹？"云翻海好奇道。

"唉，那桑娘子不仅发大誓愿，终生不改嫁，还发大善心，要建立一个春慈院，收养城里城外的孤儿。"

"呀！这倒是不凡，难为她这么个小女子，能有这般见识。可是，"云翻海迟疑道，"收养孤儿，还城里城外都要收养，这花费绝对不是一笔小数目，她一个小女子，如何能承受？莫非她或夫家，乃是巨富之家？"

"那倒不是。"关山明道，"其实她自己也是孤儿，在东华城中无根无绊，所以才发了这样的善心和誓愿。

"她的夫家也只是东华城中普通的平民之家，那死去的丈夫生前也只不过是天都王府的一个普通护院。

"但正是因为她这样的贞烈壮举和慈善之心，打动了许多权贵之人。

"特别是那天都王东方昌，没料到自家一个不起眼的护院，居然有这样节烈善良的妻子，便深受感动，出了五百两白银。

"此外还有其他善长仁翁，也多有捐赠，大家合力，还真助着桑红琼这么个小女子，一起把春慈院建起来了。"

"哦？这么说，春慈院已经有了？"云翻海惊讶道。

"那当然。"关山明道，"老弟果然对京城不熟，竟然不知道春慈院的大名，它就在城里北大街口不远啊。其实别说东华城了，附近城镇也多有春慈院的别院，其实它的规模已经很大了。"

"不错，不错。这么说，桑红琼桑娘子，名声很大咯？"云翻海目光闪烁地问道。

"那当然！"关山明一脸骄傲道，"何止是名声很大，简直就是十成十的美名。你知道吗？红琼她被称为'慈眉观音'呢！"

"红琼……"听关山明忽然如此称呼，云翻海心里一动。

不过他丝毫没有表现出来，而是满脸喜色地赞道："原来她竟被当作活菩萨啊，真好，真好啊！"

"你也觉得她很好？"关山明一听，极为激动，一把抓住他的手摇道，"太好了太好了，你也这么认为，我俩真是知音啊！刚才认作好兄弟，果然没做错。"

"那当然。"云翻海也用力握了握他的手道，"其实大哥你没看错，小弟我虽然职业尴尬，但却因此见了很多人，相信我，小弟的识人本领很强的。"

"此言何意？"关山明疑惑地看着他。

"嗯，依我看，那桑红琼桑娘子，如此妙龄，又偌大事业声名，那贞节是守不太久的。"云翻海若有所思地说道。

"哦？"关山明一愣，忙道，"兄弟这是何意？"

"我是说，你甭管我怎么看出来的，依桑娘子那条件，什么'再不改嫁'的话，恐怕很快就要被打破。"云翻海一脸高深莫测地说道。

"这……真的吗？……"关山明脸上红一阵白一阵，情绪十分复杂。

"哈！当然是真的，哈哈！"刚才一副庄重模样的飞云山寨寨主，忽然哈哈大笑道，"大哥，你怎么突然变笨了？既然认为兄弟，还是知音，小弟定然要为你的好事出一份力啊！"

"好事？"关山明这时已经有些醒过味来，但眨眨眼睛，只装作听不懂。

"哈，大哥，你别忘了，小弟现在的身份是什么？光明神侠啊！"云翻海自信满满地道，"你也听郁大总管说了，神侠大人久未露面，京城百姓中已经流言四起，正要我早日能去城中抛头露面。

"那就别怪小弟惫懒，所谓'肥水不流外人田'，我就公私兼顾，就先去那春慈院。

"到时候说不得要关大哥陪同，毕竟我对春慈院不熟，想必关大哥不会推辞。

"到时候少不得还要关大哥先去跟桑娘子多多接触，办好神侠接待事宜。

"古人云'水滴石穿'，'日久生情'，那春慈院本神侠多去几次，关大哥你的好事就……不用我细说了吧？"

"哈哈哈！懂的懂的！"关山明惊喜交加，一下子竟笑出了声，连连说道，"当然当然，老弟无须明言，我懂的，我懂的！"

不过喜悦片刻，关山明有些疑惑道："云老弟，说来惭愧，这些天老哥也没能怎么照顾你，无论灯会还是天墟，都是大总管救你帮你，你为什么对我这么好？"

"这还要问？关大哥莫要装呆充愣哄我。"云翻海笑道，"你想想，我无根无绊，做这事只不过为了赚点钱而已。那既能赚钱，又能为大哥玉成好事，岂不是一举两得、两全其美？

"其实认真说来，这全是我的私心。关大哥你身为神侠卫副统领，听说在东华城也是一号人物，那小弟我今日结下这个善缘，将来指不定哪天碰到什么难事，到那时还要求到哥哥面前哩。"

"没问题没问题！"关山明的脸笑成一朵花儿，"到时候老弟有什么难事，尽管开口，尽管开口，老哥帮得上要帮，帮不上也要帮！这个老弟绝对放心。"

"那就好那就好，不枉我一片苦心。"云翻海一脸笑容灿烂地说道，"既然我兄弟同心，事不宜迟，择日不如撞日，就今天下午，本神侠要大驾光临春慈院，为老哥牵线搭桥——

"呃，不对，是巡视市井，体察民情。所以今天中午就得劳烦大哥，先去春慈院中，跟那桑娘子吩咐好接待事宜。"

"遵命，神侠！"关山明一脸带笑，一本正经地行了个礼，然后乐不可支，看着云翻海傻笑个不停。

"对了，"等他笑声略歇，云翻海问道，"关大哥，此去春慈院，她定留你吃饭，这大中午的，你若一去不回……"

"便一去不回！"关山明目视远方，眼神无比坚毅。

第十六章 出言不逊，调笑慈眉观音

很快，这一天下午，云翻海便带着十来个神侠卫武士，站在了春慈院的大门前。

关山明实践了他的诺言，果然一去不回，被留在春慈院吃饭，便没能和云翻海一起出门。

来到春慈院门前，云翻海便看见，阔大的黑檀木大门两边，正是悬灯结彩，大红的绸缎从门顶高高垂下，一派喜气洋洋。

不用说，这定是关山明先前表明了来意，春慈院中已经做了准备。

站在春慈院大门前，一看到这春慈院的气势，云翻海竟暂时忘了捣乱的意思，心中震惊无比。

之前因为关山明的推崇，他对春慈院的规模已经有了心理准备；但没想到，真正站到它的大门前，他一打量，便发现自己还是太低估了。

他没想到，区区一个小女子发起的事业，竟能拥有如此连绵的亭台楼阁；虽然现在站在门前看不清，但光看后面冒出头的两三层的楼台，粗略数数就有十来间！

不仅楼宇众多，云翻海看到，它们飞檐挑脊，青瓦白墙，屋脊两端镇宅兽排列宛然，十分壮观；若是不知道的，还以为这是哪座世家大宅呢。

看到这番气象，云翻海不仅震惊，还有点妒忌和气馁。

他想到，自己手下好歹也有几百号人，却别说广厦连绵了，就连基本的生存都十分艰难。

想到这一点，虽然还未和那位慈眉观音桑娘子见面，云翻海心中已是佩服得五体投地了。

当然，佩服归佩服，为了自己已经想得透彻的大计，今日该捣乱还得捣乱，该捅窟窿还得捅窟窿。

他已经想得很清楚，若是因此事伤了那位在世女菩萨的心，大不了自己事后拼命赚些银两，拿出一部分捐入她的善堂。

又或是她维持这么大一个局面，肯定或多或少会在暗中受到一些绿林道上的好汉勒索骚扰，那自己就留个心，暗中拼力帮她解决了便是。

从这一点可以看出，云翻海不愧是绿林道上的一个奇葩义匪，只是捣个乱，居然还事先想好了补偿。

若这么看，他虽然混迹江湖之中，于道义一途，却比很多庙堂上的大人物做得还要好。

云翻海浮想联翩一阵，只听得"吱呀"一声门轴响动，便看见眼前这两扇本就虚掩的大门，忽然朝两边打开。

紧接着，只听得一阵叽叽喳喳的笑语之声，一群穿戴整洁的孩童一路欢笑雀跃着，拥出了院门。

他们在大门前齐齐立定，然后如同排演过一般，面对着云翻海，站好了四方的阵形，整齐无比地一齐躬身行礼，口中叫道："春慈院幼童恭迎光明神侠风大人大驾光临！"

还不等云翻海反应，就听得四面八方响起无数的喊声："神侠来了！神侠来了！老少爷们快出来看神侠啊！"

云翻海闻声愕然，扭头一看，却见两头的街道上拥来无数百姓，转眼便围到近前，将他们这群人围得水泄不通！

乍见这样的阵势，云翻海还真被吓了一跳。

他不管怎么说，以前惯做的都是躲在暗中，伏击过路的贪官奸商，或是落单的江洋大盗，基本没有明火执仗地行事。

所以现在被呼啦啦一围，还呼声震天，云翻海的两条腿下意识地就软了，差点没当众跌倒在地。

幸好之前神侠府中的特训帮了他的忙，他很快就回过神来，忙挺直了身躯，面带动人的笑容，也不说话，朝四围团团拱手行礼。

就是这样再寻常不过的举动，被神侠做出来，立即引燃了新一轮的欢呼。

"神侠、神侠……"京城百姓有节奏地呼喊神侠之名，一瞬间犹如滚滚惊雷，吓得远近民房上的麻雀、老鸹纷纷飞起，在众人的头顶不住地盘旋。

待众人欢呼声渐小，云翻海看看左右，笑着抬手胸前，做了一个下压的手势。

刚才还欢呼如雷的声音，霎时间消失无形，春慈院门前的北大街上，鸦雀无声。

"神侠大人，"万籁俱寂之时，一个软糯糯的声音从春慈院大门内响起，"民妇桑氏红琼，拜见神侠大人；感谢神侠大人百忙之中，犹记拨冗，玉趾亲临鄙院。"

云翻海闻声回头，正见到一身红裙的春慈院主，从大门内影壁前，朝这边袅袅而来。

裙裳如霞，影壁如雪，这一刻，在云翻海的眼里，年轻漂亮的春慈院主，正如茫茫白雪中一枝傲雪的红梅，虽然姿容秀美，态度婉约，但却暗自蕴含一种不可轻侮的凛然神气。

就如云翻海之前和关山明所说，他其他可能没什么本事，但这识人之明，却是有的。

如果不是这样，以他一个小小后生，带着一帮老弱妇孺，在奸徒丛生的法外之地，早就被吃得连渣都不剩了。

因此，他只是看了桑红琼第一眼，便知道，这女子看着柔弱似水，但定是外柔内刚，绝对不好对付。

判明这一点，云翻海不惊反喜，心说道："好对付我还不来呢！就是要你能和小爷我针锋相对，把事儿说翻搞砸，小爷我才好脱身去也！"

轻松的心态，让他表现得极为自如，几乎把郁愁归的特训发挥出十成十的效果。

"桑院主，何须如此客气？"他一副将威势隐藏在亲和之下的样子，恰到好处地淡淡笑道，"人常说，'过谦者伪'，桑院主善行感天动地，有'慈眉观音'美名，和本神侠实无高下之分，何须如此客气？"

"呃？"此言一出，不仅桑红琼一愣，周围那些围观的百姓，也都有些诧异。

别看围观的民众只是京城的普通百姓。但毕竟身处京城，天子脚下，就算一般的平民，那见识也绝非荒郊僻壤的土财主可比。

因此，本来还期待着上演一场光明神侠见慈眉观音、两人惺惺相惜的好戏，没想到神侠开口第一句话，就夹枪带棒，表面的抬爱却掩盖不住骨子里的讽刺。

相比他们，桑红琼更是吃惊。

云翻海判断得没错，这年纪不过二十三四的小娘子，可不是寻常角色。

要知道贞烈节妇这年头不少见，能混成今天这么大局面和名声的贞烈节妇，可就少之又少。

因此，其实云翻海刚才那话才说了一半，她就听出不是滋味来。

不过她还是有些不敢相信，因为这和她了解过的光明神侠，完全不相符——什么时候宽严相济、温润如玉的风惊雨风神侠，变得如此尖酸刻薄？

当然，按照一般的标准，云翻海这句话，根本算不得尖酸刻薄；但别忘了，他是光明神侠啊！

毫不夸张地说，他就是东华举国上下心目中的"活圣人"啊！

既然是活圣人，怎么能说出这么不懂礼数的话来？一个"尖酸刻薄"，简直还是形容轻了。

于是桑红琼也有些不敢相信，笑靥如花地试探道："神侠教诲得是。可能民妇跟别人说话，还要讲那些虚礼；但您是咱百姓景仰的光明神侠啊，肚量何等宽宏，还要讲这些虚礼，就不合适了。嗯，民妇知道了，从此谨记神侠的教诲。"

"教诲？"云翻海的反应，再次出乎所有人的意料，"桑娘子，这个词你又用错了。不是'教诲'，是教训！哎，果不其然，虽然深明大义，但毕竟还是一介妇孺，这种抛头露面、待人接物的事情，总做不太来。"

如果说，刚才云翻海的第一句话，大家听在耳里，还只是略有诧异，但这句话一出，众人便是一片哗然，本来安静守序的人群，立即一阵骚动。

众人哗然，春慈院主桑红琼更是愣住了。

能在鱼龙混杂的京城中，创出这么大一片事业，桑红琼绝对不是普通角色，怎么可能不善于待人接物？

但"光明神侠"的发难也来得太过突然，导致最擅长待人接物的桑红琼，也在这"不擅长待人接物"的无礼责难面前，一时张口结舌，说不出话来。

她不说话，云翻海可没闲着。

已经出人意料的光明神侠，继续画风大变："我说桑娘子，你听我的劝，虽然你曾发大誓愿，为亡夫守节，终生不改嫁，但这节是这么容易守的？

"本神侠已了解过，你当初丈夫亡殁、发誓守节时，也不过十六七岁。

"十六七岁，能懂个啥？那时不知天高地厚，发下宏愿，却不如顺应世理俗情，趁现在还青春美貌，早日找个老实人家嫁了，也省得将来年岁再大，煎熬不住，做出出乖露丑的事来，那时后悔也晚了。"

听云翻海一番话，说到这分上，包括桑红琼在内，所有人都傻了。

刚才人群还有些骚动，但是这时所有围观人众，却鸦雀无声、丝毫不动。

不是他们被云翻海的话给打动，而恰恰相反，他们现在简直不敢相信自己的耳朵。

真的，就这么简单，这时所有人没有任何反应，不是因为其他任何原因，而是人人都觉得，一定是自己听错了。

既然听错了，要是自己现在就根据刚才听错的话，大呼小叫，被神侠大人责怪事小，被其他街坊邻居鄙视嘲笑，那该怎么办？

有些心思灵活点的，这时心中倒想道："咦？奇怪！如果我刚才真没听错的话，怎么平时说话文绉绉的神侠大人，今日有些说辞，说得好听是接地气，说得难听点，简直就是粗鄙啊！"

正当众人惊愕当场，还没反应过来时，那"光明神侠"又接着大言不惭道："我知道，桑娘子，你这几年也创下点事业，心气必然高，一般的村夫野汉你也看不上。

"因此，仓促间你也找不到合适的夫家；而本神侠向来想民所想、急民所急，对桑院主的困难绝不袖手旁观。所以便不如这样吧，你便先搬到我神侠府去，本神侠也好对你朝夕照顾！"

如果说他先前的话，只是夹枪带棒，语气不善，但说到这里，已经是公然调戏了！

桑红琼是谁？是众多东华城百姓心目中，名望仅次于光明神侠的女神啊！"慈眉观音"这样带上菩萨的名号，是随便什么人能受得起的？

所以云翻海此言一出，众皆哗然。这时关山明正从门内出来，听到云翻海这话尾，一时间愕然无比，刚开始也以为是自己的耳朵出毛病了。

确认自己没听错后，关山明心里顿时燃起腾腾的怒火，愤怒想道："好你个云翻海，之前不是说好了，帮我牵线拉媒吗？怎么现在却这么说？！哼！果然是荒野来的山贼，心肠如此之坏！"

心中愤怒之时，他便要当场发作，那手已经伸向了腰间的佩刀。

不过，他的手伸到半途，却又迟疑了……

"哎呀，不对，云翻海这厮是大总管好不容易找来的替身，我要是现在翻脸，跟他当场火拼，岂不是坏了国家大事？甚至会影响江山社稷啊。"

这么一想，关山明去拔刀的手，就僵持在半途了。

他纠结之时，云翻海却根本没注意到他。云翻海现在所有的注意力，都在面前这个穿得红红火火的桑娘子身上。

云翻海看到，桑红琼开始有些愕然，显然也没想到自己会突然出言调戏。但很明显，她现在已经反应过来，本来一张嫩生生的粉白俏脸，已经涨得通红，那双似乎能说话的水汪汪眼眸中，也充满了怒火。

说实话，桑红琼现在非常愤怒。

她心里叹道："唉，本以为是吉祥鸟飞来，没想到却是夜猫子进宅。果然这天下男人，没有不偷腥的。这神侠也是人，又在血气方刚的青春年纪，便对我桑红琼动了色心。

"其实呢，神侠垂青，换了其他任何一个女子，都求之不得吧，但我桑红琼的立足之本，就是个'贞烈守节'，何况你还在光天化日、众目睽睽之下调戏我。这可不是'君子好逑'，而是分明上门来羞辱我呀。"

想到这里，桑红琼眼中的怒火，便更加炽盛。

见她这样，云翻海表面不动声色，心里却是大喜过望！

"嘿嘿！就怕你不生气！"云翻海在心中呐喊，"桑娘子！想要反击吗？好好好，快来快来！想你能在鱼龙混杂的京师中，创出偌大局面，绝对不是省油的灯。那就别犹豫了，快发挥你伶牙俐齿的特长，把小爷我骂个狗血喷头吧！

"嘿嘿，反正不管你骂得怎么难听，骂的都不是我云小爷，骂的都是那风惊雨啊。

"哈哈！最好你骂得畅快、骂得到位，要把'神侠'欺负善心女流、调戏刚烈节妇的丑恶本质，骂他个淋漓尽致！

"这样我就好脱身险地，被郁愁归主动开除，从此海阔天空，逍遥去也！

"当然，今日为我之事，让你受此之辱，是我的不对。没关系，今日只是权宜之计，日后我云某人定会暗中补偿。"

云翻海心情愉快，神色十分放松，就等着桑红琼爆发、反击。

不过恰在这时，他却听得一个柔美清冷的声音，在身后悠然响起："神侠，原来你在这里。"

一听这声音，云翻海心里"咯噔"一下，顿时想道："坏了！"

第十七章 神女忽来，助纣无妄之灾

"明心雪那小娘们怎么来了？"云翻海心中哀叹，"完了！想她上次一见我的面，就当我是她的杀夫仇人似的，动刀动剑地砍我。不消说了，今日突然出现，一定要坏我事了！

"坏我事还算小，上回一言不发就拿剑来捅我，显见这妮子脾气太坏，现在看到我这样调戏良家妇女，还不立即一剑飞来、送我归西？

"妈呀！失策了，我倒是故意找个郁愁归出差的时候来找碴，却忘了东华城里还有这么个煞星。

"没人保护我可怎么办？她那什么剑来着……'天天洗菜剑'？听名字就变态，这一剑刺来我必然没命哇！

"咦？不对，不是还有个关山明吗？别看他整天笑嘻嘻的，但能混到副统领，身手应该不差吧？"

一想到这里，他急忙朝关山明看去——却见这根救命稻草，也正用一种想杀人的表情，愤怒地看着自己！

"完了！"云翻海心中绝望地叫喊，"玩砸啦！什么叫弄巧成拙？我就是！好了，我倒是能彻底解脱了，不过不是去海阔天空任逍遥，而是要去阴曹地府报到了。"

但事到临头，无论怎么不愿，他还是慢慢转过身来。他正看见，上回云裳如雪的天河神女明心雪，这时正一身鹅黄的裙裾，从半空中翩翩而降。

显然，她刚才是凌空飞跃，越过了看热闹的人群，落在了春慈院大门前的空地上。

"死就死吧！"云翻海真见到她，心情反而平静下来了。

这时他心中那种磨灭不去的彪悍匪气顿时发作，在心中叫道："不管如何，今天这个局，我做定了！只要你还没一剑刺来，我还有一口气，我就要坚持下去！"

心中动念时，他口中已说道："原来是心雪妹妹。你怎么来了？"

"心雪妹妹……"这个曾经熟悉的称呼，这时明心雪再听到，却觉得顿时一阵反胃。

她强忍着恶心不适，凝视眼前这个冒充情郎的人，冷静应道："对，我来了。你今日来春慈院，所为何事？"

其实刚才云翻海一番胡搅蛮缠、大要流氓的话，她早已在人群外听得真真切切；这时她假作不知，正要看这个心怀不轨的家伙，会怎么应对。

见她相问，云翻海努力平静心神，若无其事地道："也无甚大事。只是近来听闻京师之中，热血盟乱党猖獗，昨日正有义民报告，说好似看见有热血盟乱党混进了春慈院内，故而本神侠今日前来查看。"

此言一出，围观百姓一片哗然。

他们表情各异，明显分成了两派：

少数人恍然大悟，选择了相信云翻海；但更多的人，却还是一脸不信，甚至更增鄙夷。

明心雪冰雪聪颖，又知内情，更不会被云翻海骗到。

她一边冷静凝视云翻海，一边心中想道："看，果然。这贼人，这么快就露出本来面目。言行不一，言不由衷，显然定有大阴谋。"

本来，明心雪生性疾恶如仇，又是女儿之身，对云翻海刚才出言调戏桑娘子十分气愤，若放在平常，早就出手惩奸除恶，替天下姐妹消灭这个好色流氓。

但这时，她却无比冷静，努力将心中这股正义的怒火，强压了下去。

"我不能意气用事。"看着云翻海，她心中转念，"今日我不仅不能动他，还要'帮他'，让他的恶行变本加厉，惹下天怒人怨的事。这样一来，便可把这可恶的家伙踢走，不用本姑娘再跟他假扮情侣——呜，这简直太恶心了！

"哼，不要紧，这厮也恶心不了我多久了。只要他没了冒牌风哥哥这个挡箭牌，他之后还不是任我随便揉搓？到那时不仅报了恶心之仇，还能逼问出风哥哥的下落，早日解救情郎出来。"

想到这里，她的心情略有舒畅。

不过舒畅的感觉也是转瞬即逝，因为她的思绪一放到眼前这人身上时，便发现了一个奇怪的事：

云翻海，长得和她的风哥哥简直像一个模子里出来的；但就是这样的形似，怎么自己见到风哥哥时便心花怒放，满腔爱意，看到云翻海时，却恨不得往这张脸上狠揍一拳，看他鼻涕眼泪一齐往外冒，将是一件多么快意的事！

强忍着打脸的念头，明心雪极力保持着微笑，对云翻海说道："既然可能有乱党混入春慈院，那你想怎么做？"

"自然是带人进入春慈院，大举搜捕了！"已经豁出去的云翻海，大声说道。

一听此言，桑红琼怒意更甚，同时把求救的目光，转向了明心雪。

明心雪的大名，东华城中无人不知、无人不晓。桑红琼自然知道，这位明家世族的掌上明珠，心地善良，疾恶如仇，断然不会让这样无理的事情发生的。

桑红琼怀着希望之时，云翻海却在心里叹道："唉，今日就到此为止吧。这女煞星，绝对不可能允许我这么做的。

"算了，等她一开口反对，我就找个理由下台阶吧，今天这事算是黄了，最要紧的是全须全尾地回到神侠府中，下次再找机会吧。"

满心惆怅中，他就听到明心雪柔美的声音响起："既然你决定这么做，自有你的道理。桑娘子，今日少不得要打扰贵院一二了。怎么样？我们可以进去了吗？"

"啥？""什么？"两个相同含义的惊呼，几乎不约而同地响起。

云翻海反应快一点，一脸惊怔地看着明心雪，不敢相信地脱口叫道："你也支持我搜查？"

"当然。"明心雪一副贤惠乖巧的模样，柔柔说道，"不管风郎你做何决定，心雪自会支持的。"

"哈哈！"虽然还没弄明白怎么回事，但云翻海胆气顿豪，转过脸来冲一脸震惊的桑红琼喝道，"桑娘子，你也听到了，心雪妹妹也支持我呢。她可是东华城中最知书达理的大家闺秀。怎么样？让我们进去吧——

"哦，不对，本神侠忽然又想到，你这院子前后几重，机关重重，万一本神侠带人进去，被弄个瓮中捉鳖、被打了闷棍怎么办？

"这样，你把你们春慈院中的人，无论收养的小童还是做事的仆役，全都给我叫出来吧，本神侠就要在这大街上，一一查看！"

可以说，云翻海这番话胡搅蛮缠，前后矛盾，只要不是傻瓜，便知道他什么"搜查乱党"纯粹是借口，今儿摆明了就是要来找碴。

到这时，不仅春慈院的人，还有围观百姓觉得匪夷所思，就算那些被云翻海带来的神侠卫武士，除了关山明之外，也是一脸茫然。

他们并不知内情，不知道眼前这位光明神侠大人乃是个冒牌的家伙，但他们都是百里挑一的精英，怎么听不出今天的神侠竟是性情大变？不仅胡搅蛮缠，还言辞粗鄙，连"打闷棍"这种话都公然说出来，简直匪夷所思。

他们一时倒没想到，他们的光明神侠大人竟然是个西贝货；但看到他这样表现，再看看左右人群中射来的愤怒和鄙夷的目光，他们便面红耳赤，羞愧万分，恨不得就在春慈院门前挖个地洞钻进去。

这时那关山明也有心帮一把受欺负的桑红琼；不过在明心雪来之前，他还可能出言进谏，但现在一听聪明睿智的明心雪也完全赞同云翻海，他倒有些犹豫起来。

"莫非这春慈院中真有乱党？不对啊，我这几日都在神侠府中，真有人来报告此事，我不可能不知道啊。"

还在他犹豫之时，却听得云翻海一声大吼道："桑红琼！你怎么还不动？莫非不把本神侠的谕令放在眼里吗？"

听他这一声大吼，桑红琼眼睛里的怒火简直要喷出来！

其实折腾也就罢了，她桑红琼向来在这东华城中，哪个时候、哪个场合，不是众星捧月、受人尊敬的？现在光明神侠竟在大庭广众之下对自己大呼小叫，顿时就把桑娘子气得差点背过气去。

不过，虽然这样无礼的喝叫让她恼怒至极，但也让她清醒过来。

"不行，我不能发火，"她在心中告诫自己道，"小不忍则乱大谋，春慈院有今天的气象，岂是容易的？况且也不是我桑红琼一个人的事业，这春慈院寄托了多少人的厚望？切不可因一时之气，毁了大好的局面。"

心中这般想时，她的表情也便柔和了，便侧身屈膝，一个无比优雅的万福，然后便转过身，朝身后一位一直垂手侍立的蓝衣汉子道："刘五管家，神侠之令你也听到了，这就把府中的人都叫出来，让神侠查看吧。"

这话说起来不难，真做起来便不容易。很快便听得春慈院中人声喧哗，由远到近，不断地有人奔走吆喝，然后便有更多的孩童和仆役跑出大门外面来。

这时候欢迎的队伍早就乱了，春慈院的所有人都在门外大街上立定，挤挤攘攘地等待云翻海的查看。

云翻海能怎么查看？装模作样地随便看了几眼，他便对桑红琼道："桑娘子，只在外面看，你们春慈院便有许多楼宇房屋，怎么就出来这么点人？

"如此遮遮掩掩，莫非真个隐匿了乱党？赶紧给本神侠把全部的人都叫出来，难道还真要我闯进去吗？"

这时候就连傻瓜都看出来了，云翻海明显就是来找碴儿的。

见他如此，桑红琼刚压下去的火儿，又忍不住腾腾地要往上冒。

不过，她涵养真的很好，就算对方这样蹬鼻子上脸，她还是忍了下来，反倒是一脸歉意，柔柔地说道："神侠大人责怪得是，是民妇疏忽了。忘了说了，我春慈院中历年收养孩童众多，仆从也不少，所以我们需要分批出来，一拨一拨地给大人看。"

"你早说哈！"云翻海眼一横，怪声说道，"难道本神侠不说，你就只叫出这一批来糊弄我吗？还磨蹭什么？快点让他们都出来吧！"

"是。"桑红琼波澜不惊，回身再次吩咐那个刘五管家，于是春慈院中又是一阵人声鼎沸，更多的人奔走出来。

已经出来的春慈院幼童和仆役，云翻海也没让他们闲着。

他命令神侠卫武士让围观的百姓退后，清出更大的场子，然后让这些孩童、仆役来回走动。

云翻海对此举动，美其名曰观察他们的步履姿态，判断是不是热血盟乱党的练家子，其实只是为了捣乱，还要乱上加乱！

于是，春慈院里面的人不断地拥出，外面的人奔来跑去，本来安静宁和的春慈院前北大街，变得闹闹哄哄如同庙会集市。

这当中，围观百姓们看到，面对光明神侠的无理要求，桑娘子始终优雅从容地应对，虽然有火气，但毕竟忍住，不仅逆来顺受，还语气温柔。

于是围观众人便在心中赞叹，心说她果然不愧为"慈眉观音"，以柔克刚，涵养惊人，简直是不畏强权的典范！

至于云翻海，两相对比之下，便显得更加霸道蛮横，直看得众人暗自摇头，虽然一时未出声抗议，也只是暂时敢怒不敢言而已。

而这当中，心中打定主意要"助纣为虐"的明心雪也从旁协助，帮着云翻海威逼春慈院众人在长街上奔来走去，胡乱折腾，弄得鸡飞狗跳，让人无语。

这时候，反是心无旁骛的关山明及众神侠卫武士，只觉得堂堂的神侠卫今日竟然来欺负老弱妇孺，实在丢脸，便在执行云翻海的命令时，红着脸犹犹豫豫。

要不是云翻海威逼，明心雪又配合着喝令，恐怕他们早就羞惭无地，溜号喝茶去也。

特别是那关山明，在不停折腾春慈院之人时，心中一直哀号，只觉得那个红衣绰约的梦中情人，正以自己肉眼可见的速度，飞快地离自己远去……

第十八章 侯封沧海，声厉惊魂之语

对他们这心思，云翻海看在眼里，却是有恃无恐。

他心说："关副统领，还有神侠卫的各位好汉啊，你们可千万要有种！回去一定要跟郁大统领告我的黑状，哇哈哈哈哈！"

这般想时，他心情愉快，便福至心灵，灵思泉涌，思路更加开阔。

于是在种种折腾之中，他还很不客气，口口声声，话里话外，攻击春慈院中桑红琼是不是别有用心，或是沽名钓誉，开这春慈院善堂，就为了将来从中牟利。

他还指出了桑红琼将来可能的盈利模式，便是等这些孩子成年，卖给权贵人家做工，给桑红琼赚钱。

如果说刚才呼来喝去，让人奔走，还勉强说得过去，现在这些指控，实在有些过分了。

看在众人眼里，云翻海这些言辞，简直就是在找借口敲诈勒索。

这一点毫无疑问，稍有疑问的是，他究竟求财还是求色？

恐怕还是求色的可能性更多，不仅最开始时有出言调戏，况且他堂堂光明神侠，朝廷给足了饷银，根本就不缺银子。

想到这些，所有围观的京师百姓便都在心中大声悲呼："天理何在、天理何在啊！一个小小的弱女子，发大誓愿做好事，竟然也遭到强权的骚扰勒索！从来公平正义的光明神侠，今天到底怎么了？天呐！"

到这时，在场所有目睹之人全都眼含泪光，不忍再视。

关山明等人也羞愧得恨不得找个地洞钻进去。

他们悲愤，却不知"罪魁祸首"云翻海，竟然心里也在悲呼！

"天呐！怎么这些人，对所谓光明神侠的忍耐力，这么足？"他心中郁闷地叫道，"我都这么折腾了，都这么欺负、侮辱、诽谤你们的大善人活菩萨桑娘子了，你们怎么还强自忍耐？

"这位桑娘子更了不得，到现在居然还能默默承受，对答如常，简直就是圣人啊！

"唉，我这么做，究竟对不对？

"还有正义的群众都到哪儿去了？怎么光天化日朗朗乾坤，连一个有血性的正义之士都没有了？难道这东华城世风日下、人心冷漠到这种地步啦？！

"还有这位明心雪明大小姐，也是非常奇怪啊。

"从她一直以来看我的眼神，就知道对我不屑、冷漠、鄙夷，甚至仇视，恨不得一剑把我剁了。但今天怎么……"

想到这里，云翻海忽然感觉有点不太妙。

"事有反常即为妖"，事情不正常到这种地步，不仅自己预先策划的捣乱开除计划不能得手，甚至还可能有失控的危险。

这时候，其实他觉得表现古怪的明心雪心里，也十分矛盾。

她本来想要通过助纣为虐，让冒牌货的恶行变本加厉，从而达到赶走他的目的，但没想到，她活了也有十七八年，从来没能想象到，这世界上竟然还有人，能够无耻混蛋到这种地步！

虽然只是假扮的未婚夫妻，但明心雪已经觉得丢了前所未有的大脸。

真的，她觉得自己快到临界点了，这个帮凶的角色，实在演不下去了！

其实，她并不知道，她心目中的无耻混蛋，现在也快演不下去了。

"怎么会这样？"云翻海现在从里到外地尴尬。

"认输吧。"他心道，"大不了道歉，为自己今天的无耻行为道歉。理由呢……就说我今早起来没看清，吃错了药，行吗？"

心中打定主意，他便准备觍着脸道歉；却没想到，正要开口时，他却忽听得一个幽冷醇厚的声音传来："怎么？一向光明伟岸的神侠大人，打的什么主意？今日竟然来春慈院欺负骚扰人家孤儿弱女？"

突如其来的声音，语调极为不善，内容更是不善，云翻海一听，差点就蹦了起来！

他这时，真如久旱逢了甘霖，简直要用尽浑身的功力，才强忍住，没让自己笑出声来！

"大救星啊！"他在心中呐喊，"终于有正义之士看不下去了！这世上，还是有好人的！"

心中乐不可支，他连忙用自己觉得最可恶、最招人厌的腔调，高声叫道："谁？是谁？我光明神侠做事，还要跟人解释？什么孤儿弱女的！我看这春慈院分明藏污纳垢，说不定就是拐卖儿童的黑窝点！"

说到这里，云翻海忽然一愣，心道："哎呀！果然似久旱逢甘霖，福至心灵哇；这么狠的话，这么欠揍、这么容易挑起争端的话，我刚才怎么没想到？方才啰啰唆唆老半天，还不如我这一句话拉仇恨！哎，果然刚才来的这人，是我的吉兆福音啊！"

心中想时，他便连忙扭脸观看，正见到围观人群朝两边一分，中间正龙行虎步，走来一人。

乍见这人，云翻海心中竟是一凛。

他没想到，世上居然有这样的人，只是朝这边徐徐走来，却好似一座冷气直冒的冰山，朝这边幽幽漂浮。

只看举止，已是沉静森冷，再看他面貌，云翻海又是吃了一惊。

"世上怎么有这样俊美冷艳的男子？"他心中惊叹，"若是女孩儿有他这般容貌，那就是国色天香、艳压群芳了啊！

"只可惜，看他脸型轮廓分明，毕竟还是个男子。还可惜的是，若不是他嘴角眉间浮现出一丝魅惑邪气，这人定是世上一等一的美男子了。"

云翻海对来人的评价，毕竟还是从男子的角度；他却不知道，在那些女人眼里，正是来人这样的魅惑狂狷、冷艳无双，才最有魅力。

这不，刚才还忙着义愤填膺的人群里，便有许多大姑娘小媳妇，一阵骚动，全都面含羞涩，却目不转睛地盯着来人。

忽然而至的不速之客，可不仅仅是容貌俊美不凡；只是二十五六岁年纪，但一身白袍，华光灿然，腰间一抹犀牛皮的腰带，镶金嵌玉，估计光这腰带的价格，就抵得上云翻海冒充神侠的所有酬劳。

最特别的是，他在前面徐徐而来时，身后竟跟着二十来个精干武士。

他们也穿着和主人同色的白衣，短襟箭袖，背弓执剑，一看便都是精锐健卒。

尤其他们走路之时，二十来人的脚步却整齐划一，落地时又没什么太大声息，看在旁人眼里，正无形地散发出一种强大的威慑力。

当然现在云翻海可不管这些。

眼见自己的"吉兆福音"到来，他连忙十分热情地迎上去，拱手叫道："这位兄台，敢问你姓甚名谁？"

"呃？"来人闻言一愣，心说道，"好你个风惊雨，居然假装不认识自己。就因为刚才我讽刺你一句吗？果然气量狭小。"

于是，他心中厌恨之情更盛，但众目睽睽之下也不好发作，只得强自抑制怒火，双目直视云翻海，傲然说出六个字："沧海侯，冷玄灵。"

听得"沧海侯"的名号，云翻海也是猛然一惊，毕竟虽然是山野绿林之人，但东华国中最负盛名的年轻侯爷，他也多有耳闻。

不过他很快也恢复了正常，心想道："呵，我现在可是'风惊雨'啊，和沧海侯并称年青一代的'东华双雄'呢，众目睽睽之下我可不能把戏演砸了。

"再说了，瞧你这副鼻孔朝天看不起人的嘴脸，牛什么牛啊？你是侯爷，老子还是王呢，山大王的王。"

心中转念，他便道："玄灵兄——呃，不对——姓冷的，你是不是闲的？管管寻常官吏小民的事也就罢了，本神侠做事，也要你管吗？"

听他这么一说，围观的东华百姓固然对他更增义愤，那一直被刁难的春慈院主桑红琼，立时欢欣鼓舞。

很明显，刚才她已经被云翻海折腾得火冒三丈，偏偏还不好怎么反抗；这下好了，来了个权势不弱于神侠的沧海侯，而且很明显两人还针锋相对，对她来说自然是天大的好事了。

桑红琼自是人情世故极通透的人。

这时候一看来了强援，她不仅没有顺杆往上爬，跟沧海侯哭诉刚才被欺压的事，反而一副楚楚可怜的样子，竟是替云翻海遮掩。

只听她对冷玄灵柔声说道："民妇桑红琼，见过冷侯爷。其实刚才神侠大人也是关心春慈院一院老小，便好心查看，也无甚大事。"

见她这么说，冷玄灵还没说话呢，云翻海却脸一转，眼一瞪，不客气道："什么无甚大事？刚才本神侠没说清吗？就是接到消息，有热血盟乱党混入春慈院，所以本神侠前来查看，要是发现问题，还要治你的罪呢！"

云翻海这样表现，可就叫不知好歹了，简直是彻底不通人情。

见他如此，冷玄灵心中不怒反喜。

他有意无意地朝云翻海身旁的黄裳少女投去一瞥，却见她脸色平静，并不怎么动容。

这时他心里才轻叹一声，朝云翻海冷冷说道："神侠大人，你说春慈院中有乱党，可有确凿证据？"

"有啊，有神侠卫武士昨日跟我报告了。"云翻海老神在在地说道。

"哦？那此人在哪里？"冷玄灵问道。

"回老家去了，他二舅娶小老婆，故而他回去祝贺。"云翻海面不改色地答道。

这样的话一听便是瞎话，但对于成心捣乱、主动求滚蛋的飞云山寨寨主来说，这么说实在是最正常不过了。

"哈哈哈！"这时冷玄灵猛然爆发出一阵大笑。

须臾之后，他笑声忽歇，两道目光森冷如刀，直视云翻海道："看来，神侠大人你今天既无物证，又无人证。那你可知，公家之人无事骚扰商户，还是这样功德无量的善堂，按我东华现行王法，最高可处斩刑？"

"哼，吓我？"云翻海两眼一翻，不以为然道。

不过转念一想，他忙回身看向关山明，悄声问道："他这话，是不是真的？还只是恐吓？"

"大人，是真的。"关山明带着些快意地轻声答道。

"什么?!"云翻海脱口惊呼，不过很快回过神来，忙又压低声音，急切道，"怎么回事？光明神侠怎么可能会被王法治罪？还掉脑袋？

"你可别看我读书少，糊弄我！我见识可也广博，从来不曾听说发生这种事！"

"唉，那是以前。"关山明一脸苦笑道，"确切说，那是以前的神侠。以前的神侠可从来没犯过王法啊。"

听得这么一说，云翻海也终于急了。

他脸色煞白，呆愣无语，好不容易定下神后，根本顾不得旁人的眼光，急忙走到明心雪近前，觍着脸低声问道："心雪，心雪，你快告诉我，那什么冷侯爷，说的是不是真的?"

"对!"明丽的美少女，喜气洋洋地告诉他，"是的，你今天确实犯了大罪，还可能是死罪!"

说到这里，她忽然声音转高，先朝周围众人看了看，又微微垂首，以袖遮面，用一种悲恸无比的声音，哀声吟道："公无渡河，公竟渡河；渡河而死，将奈公何……"

听她忽然吟诗，云翻海先是一愣，转而勃然大怒!

他听出，明心雪吟诵的这首小诗，正是时下流行的那首《箜篌引》；别的诗词他不敢说，但这首流行歌曲一样的诗词，他还是知道怎么回事的。

这首《箜篌引》，正是古代一位妻子眼睁睁看着丈夫渡河溺水而死，所作的一首悲歌。

明心雪琴棋书画无一不通，现在哀声吟诵一首古曲词，真可谓悲戚哀婉，听得在场所有人都为之动容。

不要说那些黎民黔首，就连沧海侯冷玄灵这样的大人物，也忍不住心中酸楚，泛起共鸣。

只有一人，云翻海，却从表面的凄婉词调下，听出了暗含的喜气洋洋。

事实上他离明心雪最近，分明看到鹅黄水袖下遮掩的那张俏丽颜容，竟是流露笑容……

第十九章 绵里藏针，节妇借刀杀人

见得如此，云翻海又惊又怒，心说道："果然这娘们还是想我死！怪不得刚才这么配合，我说她怎么转了性，原来是把老子往死路上推啊！"

愤怒之余，他又觉得十分悲哀。

他想到，自己当初下山时，承载了山寨上上下下的厚望，自己也踌躇满志，想闯出一番事业，赚很多的钱。

却没想到，只是初来乍到，什么都没捞着，那魂火是红的，报酬也分期，但今日却要死在这里了！

他惊疑悲哀之时，沧海侯冷玄灵也在暗暗地观察他。

见他惊惶不定，局促不安，冷玄灵便心中大喜。

"风惊雨啊风惊雨，你果然有问题！"他心道，"不枉本侯爷发现端倪，又苦心孤诣，今日终于抓住你的把柄了！"

原来，这沧海侯冷玄灵，盯这光明神侠也不是一天两天了。

作为世袭的沧海侯，冷玄灵地位高贵，性情高冷如雪，城府深沉似渊，有能力，也有野心。

但很可惜，因为他年纪太轻，这侯爵之位又是世袭，还没来得及建功立业。

于是，他便被所有人认为是受祖荫，乃是典型的官二代。

冷玄灵心气何等之高？他一直不忿这种看法，想要证明自己。

他找了很多机会，还想亲自上对抗魔族的战场，但可惜，作为尊贵而又年轻的沧海侯，他被位高权重的长辈们好心地制止了。

碰了几次壁之后，他只得寻别的门路来建功立业。

还别说，他也确实是世所罕见的天才，才换了思路没多久，就让他取得了大进展。

原来，他从最近好几次东华国与寒渊帝国交战的失利当中，发现很可能有京城中的大人物和魔族帝国暗中勾结。

发现这端倪，他很振奋，觉得这是一次立下不世之功，改变所有人看法的绝好机会！

以冷玄灵的能力，接下来的事情也没太多悬念。

很快，他便惊异地发现，那个举国敬仰、应该毫无争议的光明神侠风惊雨，竟然十分可疑。

利用自身拥有的雄厚人脉，经过一番暗中调查后，冷玄灵终于得出了一个大胆的结论：

万众拥戴的光明神侠，嫌疑很不小；暗中和寒渊帝国勾结的大人物，很可能就是他！

不仅如此，一旦怀疑，他还发现了风惊雨更多的异常。

比如，风惊雨经常去向不明，虽然回来之后，每次都跟朝廷详尽报备，表面看起来也无懈可击，但冷玄灵暗中查阅过记录发现，这些条目，有些完美得过分。

还有，通过在皇家藏书阁做事的好友，冷玄灵发现，这个表面光明伟岸的神侠大人，暗地却在悄悄看禁书。

如果说，他看的是那些艳情禁书也就罢了，毕竟谁都不是不食人间烟火的仙人。

偏偏那位好友偷偷地告诉冷玄灵，那光明神侠风惊雨遮遮掩掩之下，最热衷看的，却是那些有关上古秘闻的禁书，尤其最爱看与古魔族历史相关的禁书。

听到这一点，冷玄灵便觉得有点不对劲了。

毕竟人族作为古神造物，向来对和神族敌对的上古魔族也视为敌族；更何况现在古魔的后裔不断攻打东华，东华人对整个魔族更是视为寇仇。

作为东华国最特殊的朝廷官员，风惊雨为何对魔族禁书如此热衷？

沧海侯冷玄灵对风惊雨真正的怀疑，便从此刻正式开始。

只可惜，光明神侠毕竟是光明神侠，风惊雨能坐上这个位置，岂是容易对付的？之前无论冷玄灵如何用心，却总找不到风惊雨真正的痛脚。

只不过，这种情况，今天改变了！

他死活都没想到，一直掩饰极好的大叛贼，怎么今日竟会在口碑极佳的春慈院门前，倒行逆施？

这时候，他再看着云翻海冷汗涔涔的模样，心中极为快意。

他心想："真是'多行不义必自毙'，还以为你凭着神侠身份，就能在东华国始终横行无阻？

"哈哈！你忘了，这东华京城中，还有我这位正义冷侯爷！

"今日，便是今日了，本侯不仅要揭穿你的真面目，还要纠合朝中的正直同僚，治你的死罪！"

快意无比的沧海侯冷玄灵，想到了所有的事情，却没能意识到，眼前这个行为异常的光明侠，是个西贝货。

眼见四面楚歌，绿林出身的云翻海，可是没有任何节操的。

刚才耀武扬威，使劲折腾，但这时感受到了危险，他立即决定，即使显得很不要脸，他也要立即道歉，取得苦主的原谅。

"咳咳，"他清咳两声，又上前两步，走到桑红琼面前，对她说道，"桑娘子，经本神侠一番筛查，春慈院中并无乱党分子。看来应该是手下误报了。

"没事了没事了。春慈院的各位院工和小童，都可以返回院中了。"

说着话，他一挥手，示意这些人可以回去了。

没想到，桑红琼却一抬手，道："何须急着回去？神侠大人，民妇只是个弱女子，不知国家大事，创此春慈院，只凭善意良心做事，从不做作奸犯科之事。

"却不知今日为何要遭此无妄之灾，众目睽睽下，被您说成是勾结乱党？

"春慈院本身并无营生，全靠各位善长仁翁捐助，现在这不法名声若传出去，以后还会有谁敢捐资？"

听得桑红琼这番话，云翻海后脊梁上的冷汗流得更欢了。

"这娘们，不简单，不简单！"到这时，他终于认识到这一点。

心中后悔之时，他眼角余光朝四外偷偷看看，却见似乎所有人都对此喜闻乐见，面含喜色。

这时，桑红琼并不等云翻海回应，便又转向沧海侯冷玄灵。

她屈膝搭手，向侯爷柔柔地行了个礼，便清声说道："民妇还要多谢侯爷。民妇只是女子之身，纵遇强梁，也争斗不过；却喜京师城中，还有沧海侯这样的大好男儿、正义侯爷，仗义执言，为我春慈院免却一番奇祸。

"其实若只是小女子一人之身，纵死无妨，只可怜春慈院这么多孤儿，从此又要流落街头，自生自灭了。"

桑红琼的赞誉，正搔到冷面侯爷的痒处。平时冷头冷脸的沧海侯，也禁不住喜形于色，十分亲和地说道："好说，好说，桑院主莫要太为过誉，实在是你的善行感天动地，本侯爷只不过路见不平，仗义执言罢了。"

"还是要谢过侯爷。对了，侯爷，"桑红琼忽然面色一肃，郑重问道，"不知像今日之事，该当如何论处？

"小女子虽然没什么见识，却也听说过，光明神侠之职并非终身不可褫夺。敢问侯爷，若是有人于光明神侠之位上做出失德之行，是否该剥夺称号职位，交付有司审查？"

"这……"虽然有心找风惊雨的碴儿，但听得桑红琼提出这样的指控，冷玄灵一时也不敢轻易回答。

见他迟疑，桑红琼却丝毫不以为意。

她换上一副落寞的神色，微微仰首，看着南方的天空，幽幽说道："没关系，如果冷侯爷有自己的难处，没办法为弱女子和春慈院全院之人做主，没关系，民妇还可以去找天都贤王主持公道。

"先前民妇一直没说，也觉得没必要说，其实，我们这春慈院，还多受天都王东方王爷的资助和维护呢。"

"不必了！"一听她这么说，冷玄灵立即一挥手，不悦道，"桑院主，难道你还信不过我沧海侯？何须去劳动东方昌老王爷？你放心，若是本侯查明神侠大人真有失德违法之处，本侯自可将他移交有司。"

"哦，那小女子谢过冷侯爷。"桑红琼柔声道，"只是，神侠大人战技非凡，可不会乖乖听你的……"

"哼！"冷玄灵脸色一沉，朝着云翻海若有所指道，"你放心，本侯今日乃替天行道，替吾皇执法，若有人不能迷途知返，妄想拒捕，本侯爷可当场格杀！"

听到这里，围观人群全都倒吸了一口凉气。

对这个结果，不少目睹了刚才整个事情经过的围观百姓，大多喜闻乐见。

不过，也有少数头脑更聪明的，却有更多的想法。

这些人目睹此景，都在心中想道："唉，且不论神侠今日是否德行有亏，今日倒见识到，这个有'活菩萨'之称的桑娘子，却不是善茬啊。"

"瞧她这绵里藏针，以柔克刚，还借刀杀人，可比一般的金刚怒目，要强多了。"

这时候，神侠卫副统领关山明见势不妙，便悄悄移动脚步，想回神侠府搬救兵。

虽说他对桑红琼有想法不是一天两天，但大局为重，他现在还是想尽快给云翻海解围。

只是这时，却听得冷玄灵寒声喝道："关副统领，你要哪里去？"

"卑职忽记起一事，便先告辞。"关山明嘴里敷衍，脚步一刻不停。

"呵！"冷玄灵冷笑一声，手一抬，霎时只听得"锵锵锵"数声响，正在拔腿往外跑的关山明前后左右，竟是瞬间升起数十根冰柱！

这些冰柱几乎有一人多高，闪着寒光，如栅栏囚牢一样，将关山明死死困住。

见此情景，云翻海的心更凉了。

危机逼近眼前，他反倒冷静下来。

在夹缝中生存至今，云翻海面对绝境，拥有着常人难及的坚韧，从来不会轻言放弃。

而今天，情况似乎又有些不同。

就在他努力平心静气之时，却整个人好像泛起一丝红光，虽然转瞬即逝，却好像让他在那片刻之间，周身燃起了金红色的炽烈火焰。

这样的异象，在别人眼里，也只不过觉得眼前好似红光一闪，再定定神，只觉得自己看错；但对于云翻海，就这片刻的光焰之间，却好像过了很长时间。

这种感觉十分奇怪，他仿佛自己肉眼能够看到，本来恒速流逝的时间，忽然在他这里如同遇到阻塞的溪流，变得缓慢而悠长。

时间放慢之时，周围的空间也变得寂静非常，让他仿佛能听到自己的心跳声。

"怎么会这样？"他心中充满了惊疑。

不过仓促间他也来不及细想，只在心中道了声"感谢诸神保佑"，便开始利用这个难得的极静冥想时空，开始紧张地思索对策。

他真的已经到了生死关头。

如果他被不知情的侯爷抓去送官，不仅自己的山贼身份会暴露，也会坏了郁愁归的大事。

对这里面的利害关系，他非常懂。

到了那时，其实山贼身份倒无所谓，但坏了官家的大事，自己绝逃不过一个"死"字——还会被悄无声息地暗中处决。

"怎么办？不要急，不要急……仔细想想！"他在心中既急切又耐心地告诫自己。

还别说，这个有些奇异的既瞬时又无限的时空，让他的思绪变得出奇地敏捷澄灵。

首先一个念头就蹦在了他的脑海："不对，这春慈院总让人觉得奇怪。一个贞烈的小女子，不出几年，竟创出这么大的事业，正常吗？难道没有任何可疑？"

第二十章 童言无忌，哭指奸人祸胎

"嗯，我觉得不太正常。"云翻海心中自问自答道，"事有反常，便为妖啊。"

很多事情就是这样，看起来卓异，了不起，若顺着想，只会歌功颂德，满心敬佩，陷入轻信，但反过来呢？

恐怕就会发现很多疑点，而且还会惊叹，这些疑点如此明显，自己以前怎么就没发现？

一旦打开思路，云翻海的灵感便源源不断：

"这桑红琼，其实就蛮古怪。你看她体态柔润，腰肢风流，不仅容光焕发，还眉眼含春。

"她不是贞烈守节吗？她不是日夜操劳吗？怎么我看她不似枯井老尼，却像时时滋润、夜夜新娘啊。

"还有，刚才虽然闹哄哄，出来几批孩童给我看，但怎么这些小孩，肥瘦不均，有些白白胖胖，有些却干瘦枯黄。不是在同一个锅里吃饭、同一个屋子睡觉的吗？

"并且，现在回想起来，竟好像来来回回就那几个白胖干净的小孩，站在最前面让我们看。

"一定有可疑！"

得出这结论，他刚才惶恐的心情，顿时安定。

定神之际，云翻海自觉变慢的时空，忽然间又恢复了正常。

恢复正常，他头一句话便是："侯爷无须动气。"

话音未落，他随手一挥，那手掌中有红光隐约一闪，刚才困住关山明的冰雪栅栏，瞬时冰消瓦解。

他无意中露出的这一手，显然超出他自己过往的功力。不过这一刻，不仅他自己觉得很自然，其他包括冷玄灵、桑红琼在内的几乎所有人，都觉得很正常。

毕竟，他是法力渊深的"光明神侠"嘛。

这时，只有明心雪和关山明却在一瞬间睁大了自己的眼睛，一脸的不敢相信！

"桑红琼！"云翻海猛然高叫道，"先别着急定本神侠的罪。有几个问题，本大人要问你。"

"大人请问。"刚才云翻海露的那一手，虽然没能让桑红琼惊异，但却提醒了她：眼前这人可是战技强大的神侠，自己如果硬扛，绝没有好果子吃。

"好，我问你——"接下来，云翻海便开始问有关春慈院的各种问题。

比如，这春慈院建立的年份，房屋的数量，场院的大小，还有接收小孩的年份、对应的数量、接收的频率，以及每天、每月、每年大概要消耗多少饭菜，要穿破多少衣物。

问这些问题时，云翻海故意装模作样，一副只想要威风、转移视线、拖延时间的样子。

而他之前的作为，已经引起了桑红琼的轻视，这时看见他这副模样，认定他就是虚张声势，已经色厉内荏了。

于是，桑红琼在回答这些问题时也没太多想，只是随口应付。

但她却没想到，云翻海这般盘问大有深意。

而且，他在问话当中，还把多年厮混绿林江湖的经验技能使出来，将关键的问题混在一堆琐碎的问题里，还前后几次重复发问，要看有无异同。

一边处心积虑，一边大意轻敌，结果可想而知。

很快，云翻海便找到了自己猜想的答案：

这春慈院大有问题：按历年接收的小孩数量，减去十四五岁成年出去的少年数量，春慈院中现有的孤儿数量，远远少于应有的数目。

察觉这一点，云翻海还不放心，继续利用一些审问技巧，反复盘问。

当他终于认定可疑之处确凿之时，刚才还随口问话的飞云山寨寨主，立即翻脸，猛然喝道："桑红琼！你口口声声慈爱仁义，我且问你——

"按你所说，春慈院中现存孩童，粗略估计，男童也有二百四十，女童也要有三百八十。

"可刚才我亲眼所见，以及你亲口所说，春慈院中现在男女幼童加在一起，也不过一百二十来人——我问你，还有那五百名的幼童，究竟去哪里了？快说！"

他这一声暴喝，不亚于石破天惊，直吓得桑红琼身子一颤，霎时间犹如魂不附体！

见惯大场面的桑院主，是被云翻海高声所吓吗？绝不是。是他的问话内容，让她瞬间如坠冰雪洞窟里！

春慈院中桑红琼还真有问题。

但她毕竟是见过场面的，瞬间的震惊过去，她便开始了抵抗。

她开始抹泪、啼哭、示弱，博取同情，甚至耍赖、寻死觅活。

只可惜，她面对的人，是绿林道上的一寨之主。

就算不作恶，这类要蛮手段，云翻海还不见得多了？

道上的那些英雄儿女，真要起赖来，不知道把桑红琼这点水平给扔到哪儿去。

于是见她这些表演，云翻海嗤之以鼻，便喝道：

"桑红琼，你别寻死觅活了！你——"

刚说到这里，却不防旁边刚才一直没出声的沧海侯，这时忽然说道："且慢——"

"呃？"云翻海一听，便觉得这冷侯爷定是要来阻止他了。

正待反驳，他却听得冷侯爷继续道："桑院主，你且慢死，还是先把神侠大人的问题好好回答回答。"

"哈？"云翻海一愣，然后立即大喜，叫道，"不错，连冷侯爷都这么说，桑红琼，你还不老老实实回答本神侠的问题？对了各位——"

说到这里，他朝周围围观人群一拱手，道："各位京城的老少爷们，你们有没有发现，春慈院的小孩肥瘦不均，只有少数白白胖胖。

"并且刚才本神侠命他们所有人出来，供我等审查，竟看到轮番几批出来进去，不仅颇多重复，站在最前头给咱们看的，却永远是那几个面皮干净、身子白胖、衣服整洁的小童。"

云翻海突然戳破这一点，刚才还舆论一边倒的围观之人，忽然便冷静了下来。

围观人群的冷静，让桑红琼更加惶急。

"怎么样，桑院主？"云翻海看着桑红琼，怪笑一声，"嘿，这一点本神侠就不跟你计较了。你听到冷侯爷刚才说的吗？本大人的问题，你快快回答！"

"我……我……"先前伶牙俐齿的慈眉观音，这时候却忽然口角喏嚅，吞吞吐吐，说不出话来。

看她这样子，别说冷玄灵、明心雪这些冰雪聪明的人了，就连围观群众中那些相对愚钝的市井小民，都开始觉得不对了。

见此情形，云翻海可没准备姑息养奸；乘胜追击、趁火打劫，是他们混绿林之人的不二法则。

于是他立即冷笑一声道："呵，你不说，不要紧。刚才你不是跟大家诉说，说自己对每一个孤儿都像自己的亲生子女一样？你此生不嫁，也不会再生小孩，春慈院的这些孤儿，便是你的子女。你先告诉我，这些话都是你说的，对不对？"

"对！"桑红琼的回答极为快捷，她现在恨不得赶紧转移对那个要命问题的视线。

但很快，她就知道，云翻海这个看似没脑子的问题，比之前的更要命。

只听他道："好！你承认了就好。既然如此，那你就给我说说每一个小孩的情况，我们来一一审核对照。嗯，你就先跟本神侠说说，那个蓝衣高个子的小童，叫什么名字？"

说话间，他手一指，正指向人群中央那个个子最高的小男孩。

云翻海这个问题，相比刚才那些，其实容易得多；但就是这样容易回答的问题，桑红琼竟然再次口角喏嚅，吞吞吐吐，说不出话来。

"好！这个也许你不熟，那你说说那个……还叫不出？那他旁边红衣女娃也行……也不知道？那那边那个呢？还叫不上来？"

让所有人都没想到的是，之前对自己春慈院侃侃而谈的桑红琼，这时被云翻海一个个指点过去，她竟然叫不出任何一个孩童的名字！

见此情景，围观众人一片哗然。

许多人已经极为震惊了，心想："不会吧?！慈眉观音桑小娘子，竟然真的叫不出春慈院中孤儿的姓名！"

虽然说，这种纰漏对桑红琼来说只是小马脚而已，但对现场的围观群众来说，这样的小马脚，却比任何高深复杂的质疑，更加直观，更有效果。

本来还有不少人将信将疑，不敢相信善名流传这么多年的贞烈桑娘子，会干出有违人伦的勾当；但眼见为实，当他们发现这个慈眉观音竟然真的叫不出自己善堂中大部分孤儿的名字时，他们立即动摇了。

对这种状况，云翻海看在眼里，便暗自得意一笑，然后高声叫道："好，桑娘子，我就信你今日吃错药，发了昏，才说不出他们的名字。好，我不问你了。小后生们——"

他龇牙一笑，对着不远处的春慈院孩童们，招了招手叫道："小娃娃们，你们不用怕。你们也看到了吧，有本神侠和沧海侯在此，你们今天的这个'桑大善人'，是逃不脱了。

"所以有什么话，就赶快说吧！

"要是不肯说，过了今日——不对，过了半刻工夫，你们就永远再没机会说了！"

不得不说，他的话极有鼓动力。这并不是最近郁愁归特训的结果，而是云翻海这些年带领侠义山寨在黑白两道夹缝中生存，锻炼出来的求生本领之一。

因为是为了求生，所以他这口才的鼓动力，丝毫不比专门培训的光明神侠差。

听他这么一说，原本还算安静的春慈院孤儿群，顿时便有些骚动起来。

但这时，无论桑红琼，还是春慈院中那些大人仆役，见孤儿异动，便全都目露凶光，用恶狠狠的目光扫视这些孩童。

这些孩童在桑红琼等人眼光扫过之时，全都露出了惊恐的表情。

看见这情形，还剩少数几个不敢相信的围观百姓，到这时也都觉得不对劲了。

这时沧海侯冷玄灵、天河神女明心雪，站在一旁，沉默不语之余，全都是一脸冷笑。

到了这时候，怎么可能只凭眼神，就能吓得退所有人？而"光明神侠"

的美誉度和威名，也在很大程度上抵消了桑红琼等人眼神的威胁。

当然，刚才"光明神侠"的招牌，是暂时有些蒙尘，但在云翻海一番努力求生之后，可以说又被重新擦得金光灿烂。

于是，鸦雀无声的春慈院门前大街上，那个最先被云翻海指点的高个子男童，忽然便开始揭发哭诉了。

他一边哭，还一边卷起袖子，露出了自己的胳膊——

朗朗天日下，众人看得分明，这男童胳膊之上，竟然布满了伤疤，还层层叠叠，纵横交错，几乎没有一块好皮！

"呀！"人群中，不约而同地发出一声惊呼。

没有什么比现身说法更有效了，看着男童袒露出触目惊心、伤痕累累的胳膊，云翻海在同情可怜他之余，也在心中给他点了个大大的赞。

而这起头控诉的小男童，表现甚至超出了云翻海的预期。

因为他很快就揭发了，除了桑红琼等人平时以虐待他们取乐之外，还有个对自己很好的小姐姐，因为要被他们卖去青楼，宁死不从，便被桑红琼命人活活打死，扔在了后院的一口枯井里！

这一下，围观人群中惊呼四起。

高个男童开了个头后，就如同洪水开了闸，春慈院孤儿们哭成了一片，也说成了一片；甚至，连最前面那几个被拿来装幌子的白胖小童，也开始大哭起来！

谁能想到，云翻海一番胡乱找碴的瞎折腾，竟然真的揭露出，原来名声巨大的春慈院，竟是暗中拐卖儿童的黑窝点！

甚至，真相的黑暗超出了所有人的想象。打着收养孤儿旗号的春慈院善堂，不仅拐卖收养来的孤儿，还在此掩护之下，主动绑架、抢掠四乡八镇的穷苦人家儿女，供他们拐卖敛财。不仅如此，他们还会将下药绑来的成年少女，卖到别处的青楼。

春慈院一直标榜救助的孤儿，只不过被用来作为掩人耳目的幌子而已。不仅善名可以用来掩护伪装，不引起官家的怀疑，从具体操作上而言，有了个收养孤儿的春慈院，有了这些被收养的孤儿，便可掩盖暗地作恶时那些不寻常的哭声，还能掩饰人员异常的流入流出。

到此时，桑红琼等人已是面如死灰。

第二十一章 花颜恶女，报应断臂之灾

尤其桑红琼，之前绵里藏针，一派大家风范，没想到形势急转直下，于是这时不仅顾不得演戏了，连整个人都有些不正常了。

众人看到，她的面容开始扭曲，哪还有原来秀丽姣好的模样？眼珠更好像忘了转，直勾勾地盯着云翻海，那眼神十分吓人。

至于鼻涕眼泪，更是不受控制地飞流直下，糊得整个脸上到处都是，弄得整个人的样子不仅凄惨，还很丢人。

到得这时，云翻海怎么还可能客气？刚才这桑红琼口口声声，简直想要他的命！

一想到这个，他便火往上撞，立即大吼一声："给我搜！"

一声令下，早就憋不住火儿的神侠卫武士们，发一声喊，便往春慈院大门里冲去。

这时就连关山明，都给桑红琼一个复杂的眼神，带头冲进春慈院大门。

破门而入，这话说得简单，实际做起来，动静极大。

听得巨响，桑红琼好像被惊醒了一样，整个神色重新活泛起来，朝云翻海嘶声大叫道："神侠！你知道你捅了多大的娄子？还不赶快收手？"

"收手？"云翻海蔑然一笑，冷冷道，"本神侠从来就不知道什么叫'收手'！"

"你……你会后悔的！"桑红琼发疯般叫道，"就算你是神侠，今日闯的祸你也承受不起！"

"哈！"听得桑红琼此言，云翻海竟是笑了，心说道，"我就怕窟窿捅不

大！反正不是我云翻海闯祸，而是那什么旷工的风神侠闯祸，我怕什么？嘿嘿！"

虽然在别人眼里他这时是当事人，但其实他现在的心态，和"看热闹不怕事大"的路人一样；并且，他疾恶如仇，确实对藏污纳垢的春慈院，痛恨入骨。

于是，听得桑红琼这么叫唤，他非常自然地、完全不像先前桑红琼那样表演地，朝着桑红琼，也朝着四下人群，发自真心地说道："就算我今日闯祸，也绝不收手！岂不闻'苟利国家生死以，岂因祸福避趋之'？今日这个祸，我闯定了！"

现场众人一听，尽皆热泪盈眶。桑红琼则"嘤咛"一声，瘫倒在地。

"说得好。"沧海侯冷玄灵击掌两下，便叫道，"小的们，也给我协助神侠，搜！"

一声令下，和他同来的那些侯府护卫私兵，也发一声喊，如狼似虎般冲进了春慈院。

有了前面那番交锋，搜查春慈院只会有"惊喜"，不会有悬念。

很快，围观百姓们就听得门里传来惊呼声："有地牢！有地牢！"

话音未落，又有人大叫："什么人？站住！听到没？站住！"

紧接着，便是一阵金铁交鸣声，显然门里发生了剧烈的打斗。

打斗之中，又传来神侠卫武士的怒吼："热血盟！是热血盟的乱党！"

一听这话，众人的眼光齐刷刷地射向云翻海和桑红琼。

所有人都在佩服神侠所言不虚，只有云翻海自己一脸茫然，哭笑不得地想道："这运气也太好了吧？真有热血盟乱党在内？"

刚想到这里，一阵杂乱的脚步声由远及近，转眼便看到有十来个黑衣人，从春慈院的围墙上翻墙而过。

他们中大部分人都敏捷地跳到大街上，倏然远逃；也有三四个人，显然刚才逃跑的过程中受了伤，翻上围墙已经勉强，想要安然跳下来已不可能，只听得"扑通""扑通"几声，这几人已是摔倒在地。

这些人的异动，显然吸引了所有人的目光，云翻海也不例外。

于是，他在那十几个远去的黑衣人身影中，又看到有一人，身姿极为娇柔灵动，远遁之时，还不忘回过头来，朝云翻海狠狠地盯视。

"哎呀！"云翻海不自觉地打了个冷战，因为他看到这双盯视自己的眼睛，如猫妖般细长，蕴含的神情愤怒而怨毒，不是上次刺杀自己的巫寒月，还有谁？

在热血盟乱党逃跑后，一大群伤痕累累的孩童，便从春慈院大门里逃了出来。

这时候，现场一直看热闹的围观百姓中，竟然有人从那群孩童中，发现了自己早已走失的儿子、女儿。

顿时这大街上，哭声一片。

到这时候，刚才瘫倒在地的桑红琼，眼神中只剩下了惊恐。

这时她反倒行动自如了，重新站起来，朝云翻海嘶声哭道："大人！神侠大人！这些我都不知道啊！都是……都是刘五他瞒着我干的！"

还没等云翻海反驳，刚才奔出的人群中，立即有少女哭喊："桑红琼，就是你派人抓我的！要卖我去青楼，我不从，你还指使手下折磨侮辱我！你简直不是人！你禽兽不如，比寒渊恶魔还要凶残！"

"哈哈哈！"这女子又哭又笑道，"就在早上，还有刚烈女子被折磨死。我……我小兰不如那姐姐，我忍辱偷活，就是想看看你的下场！

"还以为等不到那一天，没想到报应这么快到来！真是苍天有眼，神侠英明，神侠英明啊！"

她这话如同一个引子，周围百姓顿时也都振臂高呼"神侠英明"。

云翻海刚才和桑红琼斗智斗勇，面对现在这场面，反而有些反应不过来。

这时候，还是心碎了一地的关山明从大门里出现，看见假神侠一副茫然的样子，便心痛地叫道："神侠大人，快下令抓人！"

"抓人……对，抓人！"云翻海立即激动起来，猛然连声暴喝道，"抓人！给我把这些恶贼都抓了，都抓了！"

被他这样激动的声音一感染，现场那些本来只是看热闹的京城百姓，也发一声喊，冲进了春慈院大门，开始帮助官兵搜捕。

这时候，倒是旁边那明心雪心里有点好笑，觉得只是个"抓人"的命令，云翻海何须喊得如此声嘶力竭、震天动地。

她却不知道，假神侠原是山贼，以前都是被官府抓捕的对象，这次，终于轮到他下令抓人，这种感觉……简直太爽了！不免便有些激动失态了。

云翻海高喊搜捕的命令，也提醒了桑红琼；刚才还假装无辜的春慈院主，见这时云翻海激动非常，目光只顾看着门里，便霎时目露凶光，身形急蹿，朝云翻海迅猛扑来！

飞扑过程中，她两手一翻，便有两把明晃晃的短柄尖刀握在手中，借着迅猛的冲力，朝云翻海胸前猛刺。

谁能想到，以贞烈和善心闻名的弱女子，竟然还是个深藏不露的搏击高手？而这变起突然，两人又离得极近，云翻海也走了神，根本不及反应，眼看着前胸就要被利刃捅出两个大窟窿！

眼见一击便要得手，桑红琼的嘴角露出残忍的笑容。

只是紧接着，她便忽然诧异起一件事："怎么好好的天气，忽然电闪雷鸣？"

原来，就在她的双刀快捅上云翻海的胸口时，一道雪亮的剑光带着雷鸣霹雳之声，激射而来！

突如其来的剑光，不仅后发先至，打掉了已经及身的双刃，还往旁边一个回旋，瞬间斩断桑红琼的左臂。

说实话，这一切发生在电光火石间，不仅云翻海一脸茫然，不知道发生了什么，就连受到重创的桑红琼，这时都没来得及感受到疼痛。

直到她看见自己向来欣赏自怜的那段白嫩藕节一样的胳膊，掉在地上发出"噗"的一声闷响时，她才反应过来。

"啊——"一声刺耳无比的惊恐尖叫，响彻东华城的北大街。

一声惨叫，倒是提醒了春慈院的其他同党，他们一瞬间全都亮出衣衫底下暗藏的尖刀，狂呼乱喝着朝云翻海冲来。

只是刚才桑红琼出其不意的偷袭都没能得手，何况他们现在动手？

很快，刚才救了云翻海一命的明心雪，飞剑如电，不断斩杀桑红琼的同党；这时冷玄灵也遽然出手，只身步入敌群之中，掌风如雷，带着青色的风芒残影，真是横扫千军，所向披靡。

当然，奋力对敌之时，无论明心雪还是冷玄灵，内心却都是一片茫然。

"怎么回事？今天不是来抓他的痛脚，看他的笑话，揭穿他的真面目吗？怎么现在却帮他奋勇杀敌，如同下属？"

虽然略有分神，但天河神女明心雪、沧海侯冷玄灵，功力比春慈院的这些恶贼打手，高得何止一成两成？都不用使出魂火绝技，就把他们打得缺胳膊少腿，片刻后便已经全都躺在地上，不断哀鸣。

这时桑红琼的左膀右臂刘五，离得云翻海最近。

很明显，这刘五的实际身份，肯定不像他的名字那样普通寻常，不说是江洋大盗，也应该身手不凡。

刚才春慈院一党困兽犹斗，发起反扑时，他立在桑红琼一旁，其实站在最前面，也跟着亮出了尖刀。

只不过，明心雪和冷玄灵打得正欢时，云翻海只是随意地朝刘五看了一眼，这彪悍铁血的汉子，就立即跪了下来，连声大喊："神侠饶命、神侠饶命！不要杀我、不要杀我！"

见此情形，云翻海心中倒也感叹："没想到神侠的威名，竟到了这般地步。刘五啊刘五，你可知道，如果你真的动手，本山大王可真的不一定打得过你啊。"

刘五投降，那批负隅顽抗的春慈院打手，更没了主心骨；而明心雪和冷玄灵虽只两人，却似虎入羊群，如入无人之境，哪怕最顽固的桑红琼死党，也知道大势已去了。

于是，只听得一阵叮叮当当兵刃落地声，然后"愿降"之声响成一片。

至此，春慈院奸党彻底垮台。

只可惜，让所有人都没想到的是，本来以为掉了一只胳膊的桑红琼，已经成了落水狗、死老虎，怎么也逃不掉的。

没想到，就是这样的轻视，让明心雪和冷玄灵等人一时没顾得上她，结果等尘埃落定，众人再看时，刚才还在一旁捂着断臂、不断哭喊的春慈院主，竟已是消失不见，杳然无踪……

"哼，跑得了和尚跑不了庙。"冷玄灵见状冷笑一声，手一挥道，"都带走，付有司审问！"

按理说，他这做法，有些越俎代庖，毕竟今日之事，明显由光明神侠挑起。但云翻海却毫不介意，性格豪迈是一方面，更主要的是，他根本没这个意识。

这时反倒是关山明见状有点愤愤不平，不过既然"神侠大人"没出声，他也不便出头。

事实上，这时已经不需要云翻海做什么了。尘埃落定，围观百姓惊魂甫定，到这时终于清醒过来，便开始发出一阵阵的欢呼！

"神侠！神侠！"一阵阵有节奏的呼喊声，如浪潮般席卷了整条长街，将那些之前惊走又返回的鸦雀，再次惊飞远方。

待欢呼声略歇，许多现场民众纷纷跟旁边人自我检讨，大抵说的意思都是：

"光明神侠怎么可能出错呢？真为自己刚才改变信仰，竟然怀疑神侠而感到羞耻！唉，平时自己不是这样的啊，对，一定是鬼上身，中邪了！"

这时候，许多人又纷纷想起，神侠大人一开始就说了句"过谦者伪"。想到这一点，他们再次痛恨自己，直骂自己简直是猪脑子，神侠他老人家分明一开始就给了自己提示！

看现场这番模样，那个一开始故意帮倒忙的天河神女，忍不住呆若木鸡。

刚才那一幕幕匪夷所思的场景在眼前闪过，明心雪竟忘了一向应有的矜持，脱口叫道："怎么会这样?!"

听她此言，云翻海仿佛惊醒一般，哭丧着脸想道："对啊，怎么会这样？我也想知道啊！"

不过，明心雪这话还是提醒了她。他想起了郁愁归对自己的特训，便忙昂首挺胸，又微微侧身，看着周围所有看向自己的民众，略带忧郁，而又冷峻悲壮地大声说道：

"世事如冰，但心和魂永燃！"

见他说出这样的招牌话语，周围百姓们的情绪再次被点燃；眨眼之间，欢呼声一浪高过一浪，瞬间淹没了脚下这条长街。

震耳欲聋的欢呼声中，云翻海保持着冷峻的姿态之余，却在心里想："别叫好了，既然这么拥护，不如'折现'吧！"

第二十二章 深仇刻骨，惶惶丧家之犬

这时，明心雪看着云翻海，竟有些心神恍惚。

刚才云翻海念"心和魂永燃"时，那瞬间的神采和风华，几乎让明心雪产生错觉，觉得自己亲爱的风哥哥又回来了。

虽然，现实残酷，站在自己面前的那人，依旧还是那个心机叵测的山贼青年，但心中刻骨的思念，总需要有个口子宣泄。

当云翻海那一瞬的英姿风华像极了风惊雨时，明心雪还是下意识地骗自己说，那，就是自己梦萦魂绕的风郎。

于是，纵然理智告诉自己不可以，她依然含情脉脉地望向了那个心中的影像。

看到她这模样，旁边那沧海侯冷玄灵心里很不是滋味。

毕竟，他选择风惊雨作为目标，不仅为了建功立业，还为了自己内心深处那一点隐秘的情思。

因为，从他第一次听说明心雪的事迹时起，他就把这颗东华城中的明珠，当成自己此生最完美的爱侣。

可是谁能想到，后来皇帝竟会亲手将她许配给光明神侠？当时听到那个消息，他的心都快碎了，还连续失眠了好几个晚上。

本来以为没希望了，结果让他察觉出风惊雨的异常，于是，他准备在为国除害之余，也能为自己的终身幸福争取一丝可能。

但现在，看着眼前这样的场景，他却在心里想："难道，真是本侯看错

了？那风惊雨并无可疑，还是那个为国为民的大侠？

"不，不会的。我相信自己的判断。

"'小善如大恶，大道似无情'，风惊雨今日弄点小恩小惠，收买人心，说不定反而揭示了，他在掩盖什么大阴谋。

"嗯，风惊雨，无论你想玩什么花招，本侯都陪你玩。总之，我不会轻信你的！"

当他想到这里时，明心雪也差不多回过神来。

按理说，经历了这件事，她对云翻海的看法应该有所改观。

但事实上，她并没有。

冷静下来，她回想了整件事情的全过程，便认定，这个臭山贼，一开始就是冲着敲诈勒索、欺压良善、贪欢好色去的，只不过后来被冷侯爷的"杀头"威胁给吓住了。

所以，眼看着有性命之忧，他这才拼命扑腾，并且运气实在太好，真是瞎猫碰到了死耗子，竟然真的端了个贼窝。

想到这里，她对自己的判断更有信心了。

看着得意洋洋的冒牌神侠，她便在心中冷笑："云翻海，你个大恶人，本小姐会一直盯着你的！不盯到你露出破绽，暴露出大奸大恶的真面目，我明心雪决不罢休！"

这时，她想到云翻海一开始对桑红琼的"调戏"，便禁不住心里一阵发寒。

她心说："云翻海啊云翻海，要是你这个死山贼敢来调戏本小姐，我定叫你求生不得、求死不能！"

差不多到这时候，春慈院的风波也告一段落。

虽然众人依依不舍，但还是在神侠卫武士们熟练的劝说和疏散下，渐渐散去。

散场之时，化凶为吉的云翻海，心情大佳之下，看见正要离去的明心雪，便决定逗逗她，报一报当初她对自己的一剑恐吓之仇。

于是，众目睽睽下，他紧走几步，走到明心雪的背后，叫道："神侠夫人，慢走啊！"

他这一声叫唤，声音着实不小，所有正在离去之人，全都停住脚步，朝两人这边看来。

听得此言，冷玄灵自然心中更苦，那明心雪更是勃然大怒！

她霍然转身，双目直视云翻海，那目光如此锐利，便仿佛两柄利剑，直刺云翻海的内心。

见她这样，云翻海也有点发怵，忙压低声音道："别冲动，别冲动！咱们在外人面前演戏，叫叫就叫叫，你干吗目露凶光？"

其实他却不知，明心雪何等身份出身？迄今为止，还没有人这么跟她惫懒无赖地说话。

于是，云翻海话音还没落定，明心雪已是一掌迅疾挥出，目标直指飞云山寨寨主的左脸颊。

眼看一场"神侠惨遭未婚妻家暴打耳光"的惨剧将上演，所有围观之人都大出意外，一声惊呼已经到了他们的嗓子眼，就等巴掌落定便惊叫出声。

只是，明心雪毕竟是识大体的。那白皙的手掌挥到中途，她突然觉得不对，便骤然减速，转而手掌侧翻，已经飘离了既定的目标，一歪落到云翻海的肩头。

不仅如此，当手掌落到肩头时，她已是招数一变，变"狠揍"为"轻拂"，与此同时嘴里还温柔地说道："你肩上有灰尘。"

好一个郎情妾意的和谐场面！

看到这样的场面，沧海侯简直"见者伤心、闻者落泪"，但是其他人全都咽回了惊呼，转而拍手欢笑，对他们心目中最完美的鸳鸯侠侣，致以最诚挚的祝福。

当然这些人也不敢久留，因为他们发现，自己中邪的症状丝毫没减，先前已经看错了风神侠，这次又差点看错明心雪，于是众人心里都说，此地邪门，三十六计，赶快撤吧！

很快，刚才熙熙攘攘的春慈院大门口，几乎走得不剩什么人。

见此情形，云翻海也准备回去，只是一转身，却惊讶道："咦？怎么冷侯爷还没走？今天这么闲吗？"

"哼！"冷玄灵冷哼一声，倒是走上前来，对他说道，"风大人，本侯爷倒是不闲，但有句话还是要跟你说。"

"说什么？"云翻海斜眼看着他，摆出一副盛气凌人的欠揍模样，叫道，"难道是想参奏一本，指责本神侠今日处事不当吗？"

"那倒不是。"冷玄灵摇摇头道。

"不是啊……"云翻海有些失望，便转身想走。

"别走啊，本侯爷话还没说完。"冷玄灵换了一个推心置腹的口气，说道，"神侠大人，其实你无论做什么事，做得都很杰出，但只有一件，便是和女子相处之道，你却还是差一点的。你可能不懂，女人是要哄的。"

"哦？"听得此言，云翻海转头看了看，便见明心雪并没走远，显然还在侧耳偷听，估计生怕自己说出什么浑话来。

于是云翻海嘿嘿一笑，故意高声说道："谁说我不懂？我懂得很呢。"

"哦？那请风大人赐教。"冷玄灵认真道。

"无他，也就是女人'三天不打，上房揭瓦'，要是我的女人敢跟我叽叽歪歪，看我不打得她屁股开花！"

说到这里，正慢慢远去的明大小姐，禁不住一个趔趄，然后迅速稳住身形，急速飞奔远去了。

冷玄灵听了云翻海这番胡话，大为惊讶。

不过他却不怒反喜，心想道："哈哈，看来我还有机会啊！心雪啊心雪，你分明是看错人啦，风惊雨这人，不过是个不解风情的蠢蛋，本侯才会是你的真爱，是你此生的唯一啊！

"放心，你不用受太久苦了，本侯一定努力，很快把你从这个伪善粗鄙的魔头手里拯救出来。

"心雪，你再忍耐一时，等我啊！"

他这番心潮澎湃，云翻海却看得莫名其妙。

"怎么这沧海侯，一会儿冷脸，一会儿傻笑啊？是不是有病啊？哎，不管他了。"云翻海撇下冷玄灵，看着明心雪飞快消失的娉婷倩影，若有所思："这小娘们，究竟啥意思？为什么今天从一开始，就这么帮我？难道真出于好心？

"哼！我才不信。

"来吧，有什么坏招儿，尽管对本寨主使，看我怕不怕你！

"人常说'好男不跟女斗'，但看你冷淡高傲、不怀好意的样子，小爷就跟你奉陪到底！"

心中打定这般主意，他便不管身边还在胡思乱想的冷侯爷，一转身，走了。这正是：

> 不是樽前爱惜身，
> 佯狂难免假成真。
> 曾因酒醉鞭名马，
> 生怕情多累美人。

春慈院拐卖孩童的黑窝点，在"光明神侠"的突袭下，旦夕之间土崩瓦解。

光明神侠的神话还在延续，甚至许多人评价，这一次神侠出手，简直比之前他几次的表现更加华丽。

"几家欢喜几家愁"，有人欢欣雀跃，就有人咬牙切齿。

咬牙切齿最厉害的那个人，自然是桑红琼。

虽然这些年坏事做多，但在人面上，她从来都是众星捧月。没想到，只不过片刻的对谈，就把她这么多年苦心经营的东西全毁了。

到了"春慈院主"这样的层面，钱财真的都已经是小事。云翻海这回摧毁的身份、名誉和地位，才是桑红琼最在意的东西。

但现在这些东西，全没了。

不仅全没了，她现在还活得像一条丧家之犬。

从神侠卫的人马撤离春慈院起，朝廷就颁发了面向全国的通缉令，通缉逃窜的匪首桑红琼。

于是，从这一夜开始，桑红琼就过上了逃亡的生活。

她平生第一次，知道了什么叫"惶惶不可终日"。

刚开始，她还不太适应，虽然选了郊外偏僻的道路，但依然大摇大摆地走在路上。

但很快，马蹄声、呼喝声从身后远处轰然而来，桑红琼浑身一抖，下意识地便滚到路旁的一条臭水沟里。

当搜捕她的马队从头顶隆隆而过时，桑红琼的身子，抖得像一片风中的枯叶。

她生怕这样的抖动，引来道上追兵的注意，想努力控制住，但无论她如何屏息静气，那细碎的颤抖，却始终不停。

极度的惊恐，倒让她一直紊乱的思绪，变得格外清醒。

低伏在臭水沟中，她忽然意识到，那个神侠简直太毒了。

一开始假装极弱智地找碴，让自己轻敌；没想到猛然之间，几乎没任何转折便出手了，导致自己竟然没来得及组织像样的抵抗。

要知道，能把这不法之事做到今天的规模，怎么会想不到有一天可能遇到麻烦？

没想到他们日日提防，时时准备应付这一天的到来，结果人算不如天算，没人能想到从来伟岸光明的光明神侠，竟然不按套路出牌？

臭烘烘的水沟里，桑红琼却像一个哲人一样，陷入了深刻的反思。

她想到，今日之事，神侠看似蛮不讲理，这一点所有人都能看得出来，便造成了一种绝对不会有事的错觉。

毕竟光天化日，众目睽睽，有天理公义在嘛。不要说那些京城的老少爷们了，那个身份最尊贵的旁观者冷侯爷，就是最大的强援。

结果，她错了，所有人都错了，全场之中，神侠才是最有城府的！

反思到这里，她想起一事，便陷入了更沉重的自责中。

当时，在自己跟神侠唇枪舌剑时，热血盟的人几次从内院悄悄传话来，想要先下手为强；结果，自己几次都拒绝了。

她以为胜券在握，以为已经靠自己的表演成功地煽动了围观群众，特别是那个位高权重的沧海侯。

她以为可以兵不血刃，舌头底下压死人，能将神侠一举扳倒。

但结果……

想到这里，她的心如同在滴血！

她恨不得去揪自己的头发，没想到下意识地想抬起左臂，却没得到任何响应——

　　这时她才想起，自己那么好看的白嫩的臂膀，已经留在京华城了。

　　这一刻，她心中的怨毒，到达了顶点！

　　追兵已远，星昏月暗，凄清寂寞的海国荒野中，忽然响起一声凄厉的嘶喊……

　　这嘶喊，悲苦怨毒，回荡四野，便好似一只被打断脊梁的孤狼，在对月哀嚎。

第二十三章　红袖多情，歌凝相思之苦

　　扳倒春慈院的第二天，云翻海正在神侠府前厅溜达。刚好走到大门处时，听得前院一阵脚步声传来，他便转头一望，正与来人四目相对。

　　"郁总管?"云翻海脸色忽然有些尴尬。

　　"神侠大人!"相比他的平和，郁愁归却极为夸张地大叫一声，几个箭步便冲进大厅来。

　　"真有你的啊! 一出手，就破了一个震动京师的大案!"郁愁归热情洋溢地赞叹。

　　"只……只是运气好……"想起自己的初衷，云翻海便强颜欢笑。

　　"只是运气好吗?"郁愁归激动道，"说真的，你这件事，简直比真正的神侠大人还要办得好! 运气? 这世上哪有那么多的好运气! 你——"

　　说到这里，他看了云翻海几眼，便道："好吧，对你来说，还真的只能靠运气，否则完全无法解释啊。

　　"但这就厉害了，说明你接这活儿，简直天命所归，连老天爷都帮你啊。这多厉害? 绝非强求能得来的啊。

　　"所以，你就老老实实、安安心心地当这个神侠，一直等到真正的神侠大人归来。"

　　很显然，阴沉冷郁的郁愁归并不太擅长夸奖人，云翻海听得浑身直起鸡皮疙瘩。

　　肉麻是一方面，听到郁愁归最后那句话，云翻海忽地心中一凛，暗忖道："莫非这个郁总管看穿我的心思了，故而警告我老老实实的，别要什么花样？"

开始这样的想法只是猜测，不过很快，他便注意到，刚才还热情洋溢的郁大总管，不知何时脸上的笑容已经隐去，现在看着自己时，苍白的脸上正是皮笑肉不笑。

看到他这副表情，云翻海心里"咯噔"一下，口中忙说道："既然老天都是这个意思，我会把这个活儿好好干下去的，有始有终。"

"最好这样。"郁愁归郑重道，"云老弟，你不知因昨日之事，圣上龙颜大悦，终于肯定了我的暂代计策。也不怕透底给你，本来对此计策，陛下也是心存疑虑的。

"不过，现在什么问题都没了。本来神侠久未露面，朝野之中已是众说纷纭，谣言四起。结果昨天你突然出现，只一出手，便捣毁了人间炼狱般的黑心贼窝点，一下子所有的非议谣言全都消失不见，陛下心中也再无疑虑了。

"别说圣心大悦，就连太后她老人家听说此事后，都赞叹不已，说神侠大人你行了善、积了德呢。"

听了这些美誉，云翻海心中发苦，表面却憨笑道："原来连太后她老人家都知道了啊，那我一定要好好演好这个神侠了。"

说到这里时，他却忽然心中一动，高兴地想道："哈！原来皇帝老儿对这个计策还是有疑虑的啊。有疑虑就好，这才一次而已；等下次我把事情办砸了，皇上就该勒令老郁把我赶走吧！"

春慈院的惊心动魄，透支了云翻海的精神。

和山野绿林完全不同的争斗模式，还是让他心力交瘁。

于是到了这天傍晚，他在神侠府中待不住了，便换了一身不起眼的布衣便装，跟神侠府中服侍他的下人打了声招呼，便出得府来。

这时的云翻海，青衣小帽，脚蹬布鞋，完全一副市井小民的模样。

这样的装束，反让他感觉无比的轻松。

溜溜达达闲逛了一阵，他便随便找了个街边的卖酒小铺，坐了下来。

他让店家烫了壶黄酒，又切了一两斤牛肉，配了几碟下酒小菜，无非花生米、茴香豆之类，便在这街边支起的小桌前，开始自斟自饮，吃喝起来。

当黄昏降临时，这家叫"太白居"的街边小店，食客渐渐多了起来。

很快，猜酒划拳之声，开始不绝于耳，街边的小酒铺，变得无比的热闹。

对这样的纷乱嘈杂，云翻海不仅没有丝毫的厌恶，反而觉得一阵轻松。

他觉得，这才是真正的人间生活，那富丽堂皇、恍若神境仙宫的神侠府，总显得不那么真实。

享受着这样的热闹，他也侧耳倾听，想听听食客口中的京城市井。

只是没想到，听了一阵，发现他们说的居然全是光明神侠的种种事迹，尤其对昨日春慈院之事大说特说。

听得这些，云翻海便有些兴味索然。

这时，正是红日西垂，夕霞满天。

云翻海一边端着酒杯，一边看向西天，便发现白天不大的太阳，这时却像一只吹胀的红球，飘飘悠悠地挂在西城门的城楼上。

落日鲜红如血。

这时反倒是附近的几缕轻云，被霞光染成了金红之色，宛如飘浮在天空的几根神鸟羽毛。

看到这里，云翻海心中一动，又想起自己在天墟中看到的异象。

"这是朱雀之羽，还是金乌之毛，或者兼而有之？"

一旦出神，思绪宛如潮水，何况又酒饮微醺。呆看落日夕阳时，他又看到西边的城郭间，隐隐露出了远山的轮廓，便忽然想起了自己的飞云山寨。

自己的山寨，大约就在那西北的位置吧。现在寨中的老少爷们、叔叔婶婶们，在干什么呢？临走前好不容易搜集来的存粮，吃到一半了吗？

那小草儿，还乖吗？

现在小女娃儿是不是正趴在寨门上，朝东南方的京城呆呆地出神？

沐浴在夕阳余晖里，被染成彤红色的飞云山寨寨主，静静地出神，半晌无言。

这时，他假扮之人的未婚妻子，正和一群相熟的贵族小姐，从这条大街上宝马香车地驰过。

今晚，正是她们这群贵族女孩儿定期雅集的日子；她们要去郊外的红袖庄园里，夜宴游戏。

乱世之时，如此红妆翠袖、跃马扬鞭的景象，并不易见，于是一路上观者塞途，热闹非凡。

不过默然出神的云翻海，根本没心思注意到这样的热闹；反倒是纵马而过的明心雪，从人群的缝隙中，看到了在街边市井小摊上，那个喝着闷酒的落寞身影。

这时已是日落西山，晚霞渐暗，暮雾四起。

坐在市井街边喝酒的熟悉身影，在暮色霞晖的迷离光影中，正显得无比的寥落凄清。

于是，只是惊鸿一瞥间的回眸，却好似将明心雪的心神瞬间触动，忽然让她的情绪有点特别。

但她很快便摇了摇头。

她转过脸去，和身边并驾齐驱的姐妹们继续谈笑风生，一路往东郊外的欢聚之地疾驰。

大家闺秀们聚会的地点，在东华城外东郊的月湖边。这里筑有红袖庄园，正是明家的产业。

月湖水清波渺，湖岸呈半月之形，便名月湖。红袖庄园依月湖而建，亭台楼阁自不必说，又有九曲长桥蜿蜒水面，两边一路高挑明红色的灯笼，景致极为特别。

每当明月之夜，九曲长桥两边的灯笼一齐点亮，这时宴饮于月湖边的楼台"波月台"，上看明月当空，清辉万里，下看千灯浮水，波光如梦，再把酒临风，谈笑良朋，真是不知今夕何夕，斯年何年。

每一次红袖庄园的赏灯夜游，明心雪都十分开心，但这一晚的夜游，她的心绪却有些特别。

她的那些姐妹，一如既往，呼朋唤友，喝酒吟诗，再看那月上东山，灿如银钩，兴致极其高昂。

待喝到兴浓处，有生性豪放的女孩儿，还会足蹬椅凳，袒肩露腕，巨盅斟酒，狂歌醉舞。

笑语欢声中，明心雪却有些出神。

想起近来之事，她的心中，有些不是滋味。

思绪起伏时，那明家的妖娆琴娘，正手弹琵琶，唱起近来的新曲。

听清了新曲曲辞，便更触动明心雪的心事。

那琴娘唱的是：

新月曲如眉，未有团圞意。

红豆不堪看，满眼相思泪。

终日劈桃瓤，仁儿在心里。

两朵隔墙花，早晚成连理。

耳中听得这曲，心里想着茫茫不知去处的爱郎，明心雪便神色黯然，满怀悲伤。

正听得神思摇摇之际，她最要好的女伴，那个叫袁兰蕙的兵部尚书之女，发现了她神色的异常。

袁兰蕙见状一愣，忙过来对她道："明姐姐，怎么了？有什么不开心的吗？"

想了想，她又自问自答道："哎，怎么会有不开心呢？说起来，你是我们姐妹中最美满的一个了。能找到神侠那样一等一的如意郎君，普天下的女人都羡慕你呢。

"可怎么听了这伤情曲儿，你眉间也有愁色？难道你那位神侠哥哥，欺负你了？"

听她这么说，明心雪默然片刻，便笑道："袁小妮子，什么眼神？亏你还叫'蕙质兰心'的兰蕙，居然也看走眼。此刻姐妹欢聚，我不知道有多开心呢！定是灯光昏暗，你看错了。"

"可是……"袁兰蕙有些迟疑道，"怎么今日神侠大人没来？以往我们姐妹欢会红袖庄园，若逢新月之时，你神侠哥哥必然前来，因为他说喜欢不完满的月相。怎么今日……"

对袁兰蕙的这个疑问，都不用明心雪找借口解说，已经有别人抢先说道："兰蕙姐姐，这有什么奇怪的？神侠是做大事的人，哪像我们姐妹几个有这么多闲工夫？"

"你不知道吗？就在昨天，咱们的姐夫还破了春慈院的大案呢！你们知道吗？春慈院那个姓桑的，居然是个拐卖妇女儿童的大坏蛋！"

"是吗？"袁兰蕙惊奇道，"还有这种事？哦，对，其实我也早就看出来了，那娘们表面装得跟一座白玉观音似的，实际神色颇有荡意，肯定不是好东西。你看她眉眼间，正是万种风情，哪像是为夫守节好几年的人？嗯，我早就看出她不是好人了！"

"嘻！"刚才抢先解释的那女孩儿，笑她道，"兰蕙姐姐，你早就看出她不是好人，怎么还要等到神侠大人去揭穿呢？"

"别忘了，你爹爹就是兵部尚书，调起大兵扑灭小小的春慈院，还不是手到擒来？

"嘻，别以为我不知道，就在上个月，你还给那个春慈院捐钱了呢！"

听得这挖苦，袁兰蕙粉脸一红，讪讪笑道："你就别说姐姐了。你姐姐我只是个小女子，人家神侠大人是大英雄，怎么比嘛？不说了不说了，唉，怎么那神侠大人，就没看上我呢……"

"哈！"听到这里，明心雪也一扫愁容，哑然失笑道，"袁小妮子，春心动矣。要不，我把昨天那个'神侠大人'，让给你？"

"兰蕙哪有那个福分？姐姐取笑我，不依不依！"袁兰蕙红着脸蹿过来，拿手指儿使劲挠明心雪的痒。

见她俩闹得欢，顿时就有更多爱热闹的女孩儿加入。于是这月湖畔的水榭亭台上，一群酒意酣然的少女，很快笑闹成了一团。

那莺舌燕语声，乘着晚风，顺着湖面，在这新月如雪的夜晚，传得很远很远……

那琴娘正素手轻弹，口中咿咿呀呀地唱：

哄堂一月，自春风。

酒香人语，万花中。

俗事回头，君莫看。

不如沉醉，此宵中。

当曲终人散，灯影阑珊时，被侍女扶着回房的半醉少女，回首望了一眼苍穹的冷月，便在心中默默地想："风哥哥，你到底在哪里呢？"

如果让明心雪知道她的未婚夫在哪里，估计会惊得浑身瞬时酒醒！

今日风惊雨，正孤身一人，立在寒渊帝国的帅帐里。

不明来历的兽皮，支撑起几亩地大的阔大帐篷；胳膊粗的牛油火炬，到处都是，把帅帐照得亮如白昼。

　　无数凶猛高大的魔将傲然挺立帐中，人人用桀骜不驯的眼神，盯着这位人族的不速之客。

　　被包围其中的风惊雨，显得弱小单薄。

　　虽然视觉上有些弱势，但风惊雨气势却丝毫不减。

　　他昂首挺胸，和帅帐深处兽牙宝座上的威猛魔族，冷冷对视。

　　兽牙宝座上的魔族，身形十分巨大，比帅帐中最魁梧的魔将还要大上一圈。

　　他眼似铜铃，发如烈焰，颧骨高耸，口阔牙尖，所有五官组合在一起，形成一种极为奇特的面容——

　　他的脸极像一头狮子，威猛雄壮之余，还有一种说不出来的慵懒。

　　这种漫不经心的慵懒，并非懈怠，反而在时刻告诉所有人，"一切尽在掌握中"。

第二十四章 舌战群魔，狂言声惊满座

不用说，这位威猛如狮的魔族，正是威震东海的魔族统帅罂陀诺。

这会儿他已和主动送上门的光明神侠，对视了一阵子。

一般来说，没人能和魔帅对视超过三个呼吸的时间；但现在，帅帐中那些心中默数的魔将，很多都已经数乱了，也没等到风惊雨崩溃跪倒。

见风惊雨毫无示弱的迹象，倒是罂陀诺先行一笑，声如闷雷般开口说道："你，是假冒的吧？"

风惊雨也笑了，昂然道："厉害，厉害。贵国之人果然已渗透进鄙国都城，否则怎知已经有个假冒的'我'？能渗透进东华城啊……应该不易，定是贵国精英吧。

"既然是精英，怎会看不出来，现在那个光明神侠，气质比在下差得远吗？"

"那倒是。"魔帅笑道，"阁下风采非凡，定是真神侠了。"

"当然。"风惊雨冷然说道，"我向您保证，那个替身，孱弱得无法想象，连此刻成为我二人谈资的资格都没有。只要魔帅有意，我可以随时去杀了他。"

罂陀诺闻言，摇了摇手，笑而不语。

沉默了一阵，他终于睁开了那双一直眯缝着的狮眼，凝视风惊雨道："和那些蝼蚁般的同类不同，你是有本事的人。人族、东华洲，应该由你这样的英雄来统治。"

"魔帅说笑了。"风惊雨一改之前的倨傲，谦卑地说道，"我风惊雨不过因缘际会，偶得虚名而已。东华洲物产丰富，更有巨量魂火，应由有力者居之。

"放眼四海，还有何等王国，能似贵寒渊帝国强大？我虽不才，若魔帅有意，可为寒渊君临东华之先驱！"

"哦？"听他抛出如此丰厚的诱饵，翲陀诺却丝毫不动声色，只是皮笑肉不笑地道，"神侠君有此意，甚好，甚好。

"只是你也说了，我寒渊帝国国力强大，你看我帐中，仅是今日当值众将，便足以横扫东华；阁下虽俊杰雄才，于我皇天下布武大业，想必也帮不上什么忙吧。"

"哈！"翲陀诺话音未落，风惊雨已是大笑出声。

只听他笑道："魔帅，非是在下顶撞尊座，您此语说得豪迈，可在下国中有句俚语，叫'听其言，观其行'，现在寒渊帝国的兵锋，不是被阻在东华洲以东一线吗？

"别说攻入东华京城，就算离东华最近的海滩，也有一百多里吧？迄今为止，魔国所占，不过我东华海国外围区区十来个岛屿而已，于我东华而言，根本不算伤筋动骨。"

他这话一说出，帐中众魔将尽皆怒形于色；有脾气暴的，甚至已经伸手掫过了利刃巨斧，只等魔帅一声令下，就将这上门嘲讽的狂徒剁成肉酱。

但魔族元帅翲陀诺却依旧不动声色。

其实别的不说，光他这副养气功夫，就和外界印象不同：以魔族语"雷音怒吼"为名的翲陀诺，怎么可能脾气这么好？

但偏偏现在，魔帅对风惊雨种种无礼和挑衅，都似视而不见。

当然，他自己容忍，倒也并没阻止部将们舞刀弄剑。

"这样啊……那请问贵客，你有什么办法，助我麾下军团攻入东华？"翲陀诺冷静问道。

他这问题，看着普通，实则不易回答。

别忘了，他是当世武力最强大帝国的军团统帅，如果风惊雨只是说出"里应外合"这种陈词滥调，显然他听都没兴趣听。

事实上，听到这问题，惊才绝艳的风惊雨，也是一时愣怔。

来之前，他不是没有预演过这个问题的回答，但只有置身于魔国帅帐中，亲身面对魔国元帅，他才明白，之前想的那些计策，竟是大多说不出口。

见他呆愣，帐中魔将们脸上怒容更甚，还多了一分鄙夷；魔帅虽然依旧平静注目风惊雨，但那眼神却渐渐阴冷。

眼看就要功亏一篑，内心惶急的白衣神侠，耳边却忽然回旋起一阵风声。

这似乎是魔国军营中常见的旋风，但若知情人仔细听，便能发觉这风声高低起伏，偶尔还有几个短促尖锐的啸音。

当这样的风声萦耳旋绕时，本来紧张惶急的光明神侠，那紧绷的面容竟渐渐舒展。

刚才那般张口结舌，这会儿他却忽然开口，种种匪夷所思的想法从他口中滔滔而出。

这些想法，乍一听无比荒唐，简直要让人本能地张口反驳，只是话到嘴边，却忽然发现，荒唐的却是自己。

看似不可理喻的招数，往深里一想，却极度巧妙合理。

并且，正因为它们乍听起来足够荒唐，便说明足够新奇，前人从来没用过。

这样一来，如果真的实施起这些计策，至少在最初的阶段里，敌人根本没法察觉，还以为一切正常，天下太平。

"出其不意"，这样的道理大家都懂；风惊雨这段话最难得的是，用具体的可执行的办法，将"出其不意"发挥得淋漓尽致。

于是，当他刚开始说时，不少凶猛的魔将还举着刀斧，等着元帅一声令下，就将这大言唬人的敌族给砍了，但当风惊雨说完之时，他们已经两手空空，情不自禁地给他拍手喝彩了。

"哈哈哈！我刚才说什么了？"宝座上的魔帅大笑道，"本座说了，这个人，和那些蝼蚁同类不同，是有本事的人，人族和东华洲，应该由他来统治！"

轰然说罢，他又举起巨掌，一指风惊雨道："你，真是天生的阴谋家！方才的献策，听起来邪气直冒，卑鄙下流，但本帅却很喜欢。"

听得此言，一直神经紧绷的风惊雨，顿时放松下来。

这时候，他才发觉，自己的后背，已经全都被冷汗给浸透了。

"谢谢你，我的神。"

冥冥中，他的唇齿间呼出一阵气流风声，其节奏和啸音，和刚才忽然在他耳边缭绕的风声，十分相似。

这时，兽牙宝座上的魔族统帅，声音终于一改刚才的平静无波，正如闪电轰雷般吼道："我的英雄，你助我攻略母国，你自己究竟想要什么？"

"元帅大人，我想要的很简单，"在东华国中呼风唤雨的光明神侠，这时的声音却极为谦逊低沉，"我想要的，只是希望贵国统领东华洲之后，我能自由出入天墟，自由取用魂火。"

"哦？为何？"罂陀诺奇道，"阁下之身手，难道还要更多的魂火？须知一人一世，大多只修炼一种魂火，多之无益啊。"

"元帅大人，您有所不知。"风惊雨诚恳说道，"在下生此之世，并不恋富贵权谋；平生所耽之癖，便是研究法术战技。那天墟魂火种类极多，在下正立大志，要写一本《魂火纲目》，以为后人参考之用。"

"哈，哈哈！"罂陀诺爆发出一阵大笑，"有趣，有趣！你可知，为何你东华人孱弱怯懦？实在太重文事！总想着著书立说，流传千古，却不知那些也不过过眼浮云，唯有开疆拓土，征服万族，才是真正英雄伟业。

"所以神侠君，且听本帅一言，著书之事固可，但若只是埋头纸堆，太浪费你一身才能。

"你这人，虽然本帅以前只是耳闻，但今日一见，用西陆神州一句史话来说，便是'乱世之枭雄，治世之能臣'。

"待我魔族大军攻下东华洲，神侠君，本帅定向傲湃霆皇帝陛下力求，任命你为东华总督，助我魔国治理此地。"

"这……"风惊雨一听，稍有犹豫。

毕竟虽然已经心立大志，但多年来养尊处优、受东华万民赞颂的经历，让他不太容易接受成为占领国的傀儡总督。

察觉出他这心思，罂陀诺却不等他说话，便快语叫道："神侠君，请安心！待你成为东华总督，天墟魂火还不是任你取用？

"你比本帅更清楚，东华洲之民虽然孱弱，但却不知天命，生就反骨，届时必不服我寒渊王法。神侠君，我寒渊帝国，需要你！"

矍陀诺说这番话时，刚开始的语气还有些苦口婆心，但最后那句，却声若雷鸣，如同吼叫，要是胆小的听了，估计都会吓瘫倒地。

面对这样表面客气、语气却不容置疑的吼叫，风惊雨如何还能拒绝？更何况矍陀诺已经承诺，一旦事成，他可以完全掌控天墟。

对他风惊雨来说，今日做了孤胆英雄，来这魔族帅帐走一遭，不就是为了实现这个目标？

之前通过深渊之行，以及多年的研究，他已经清楚地认识到，解异神封印，需要大量的天墟魂火。

这在目前的情况下，根本无从做到。

因此，拥有对东华国的绝对掌控力、统治权，是他解除异神封印的关键第一步。

但这一点也很难做到，毕竟东方王族治理东华千年，一直施行仁政，民望很高，军队也绝不可能反叛。

那怎么办？只有求助强大的敌族敌国。

而世上之事，总是有代价的，哪可能十全十美？

只要能用天墟魂火，解了悖乱深渊的异神封印，到时候强大远超魔族的异神族重新破水而出，在预计耗时千年的过渡恢复期，会委任他为整个四海乾坤的"千年之王"；相比这个宏伟诱人的目标，区区东华民意，算得了什么？

何况他坚信，人心可控，等他成为东华总督，总有办法让那些愚钝小民，重新对自己感恩戴德。

就算眼前这些赫赫有名的魔帅魔将，到那时也得匍匐在自己的脚下。

一句话，此一时，彼一时，天下万灵，皆为棋子！

想到这里，风惊雨再无犹豫，便躬身一礼，朝矍陀诺说道："在下风惊雨，愿为魔帅前驱。"

当风惊雨从魔族帅帐中出来，踏上海路归途时，已是落日西坠的黄昏时候。

这时候，云翻海在街边小摊喝闷酒，明心雪和女伴们驰骋而去红袖庄园，同时也在心中默默地想念他。

海上的落日，比陆地显得更为巨大，也更为浑圆，如一团猩红的巨魔之卵，悬浮在万里海波之上。

一道霞波，从落日底下延伸而来，直至风惊雨的脚下，宛如一道红色魂火铺就的道路，引领着风惊雨走入如血的夕阳……

向日而行，浮沉于浪里涛间，风惊雨想着今日种种之事。

今日魔国之行，可以说有惊无险，极为顺利，达到了自己想要达到的所有目的。

但不知道为何，风惊雨总觉得在自己的内心最深处，感到一丝隐隐的空虚。

风涛之上，看着前路尽头孤悬的彤红落日，他沉默良久，忽然开口，低低吟诵：

"一生负气成今日，四海无人对斜阳。"

第二十五章 放舟霞浦，豪言为祸乡里

对东华城来说，捣毁春慈院是个巨大的胜利，但对云翻海来说，却是一次惨痛的失败。

他不仅没能达到被主动驱逐的目的，反而还坚定了郁愁归用他冒牌顶替的决心。

于是在没人处，云翻海暗自悲叹，叹这东华城人心不古，世风日下，他特地挑了个毫无破绽的大善堂，最后却证明是个从头烂到脚的伪善黑窝点。

"怎么办？"云翻海想，"要不换个地方吧。去什么地方好呢？……东海小渔村？哈！这个好！"

他立即兴奋起来，想道："这就对啦，东华城水太深，坏人太多，还是去乡下吧。尤其那些东海边的渔村，消息闭塞，民风淳朴，要找碴生事一找一个准。

"再说了，这东华城我还是别轻举妄动了。别的不说，那冷侯爷太吓人了。虽然后来也帮忙，但刚开始没发现春慈院的问题时，这厮目露凶光，满口恐吓，可都不是假的。

"也是奇怪啊，他和神侠有仇吗？这倒霉神侠以前得罪过他吗？

"唉！光明神侠啊，看来你以前就是太耿直，得罪了权贵吧。

"得，你惹下事拍拍屁股就跑了，人家喊打喊杀可都冲我来。唉，这倒霉催的，我能跟谁说理去？

"好好好！惹不起我躲得起，这就去东海边的渔村，耀武扬威，没事找事去！"

计议已定，他立即去找郁愁归，说明了急切想将神侠的光辉洒向偏远渔村的宏愿。

郁愁归哪知道他心中打的主意？本来想让云翻海多一事不如少一事，但看他赌咒发誓，态度极为坚决，郁愁归难得地心一软，就同意了。

"去就去吧。"看着兴高采烈而去的云翻海，郁愁归心想，"不得不说，春慈院一事，他还是挺有一手的，居然还给咱神侠卫长了脸。

"这次去渔村，去也就去了，反正就算闹出什么事儿，几个偏远小渔村，能翻出多大的浪花？就算他闯下大祸，我随随便便就替他遮掩过去了，有多大事？

"再说了，关副统领也跟着去了。和这姓云的不同，老关可是个稳当人。有他在，估计连祸都不会闯吧。"

这么一想，郁愁归疑虑尽消，不再把这当回事，全身心地投入到春慈院大案的后续事务中去。

毕竟，这次春慈院大案虽然由他们神侠卫一力破获，但因为功劳太大，现在不仅刑部插手进来，连那个现场都没去过的东华巡城军，也来插一脚，想捞点功劳。

想到这里，郁愁归的眼前，就仿佛浮现出巡城中郎将那张油光颤动的肥脸。

"哼！"神侠卫大总管冷哼一声，本就阴郁的脸色变得更加阴沉。

不一会儿，他便气势如虹地出门，和刑部、巡城军那帮混蛋争名夺利去也。

东华城虽不临海，但也离东海不远。云翻海一行人，往东北方向行出一百多里，便到了一片渔村聚集地。

这还是因为他们路径斜向东北，如果从东华城东城门径直往东行，不过二十多里的距离，便能看见东海。

从东华城到东海，不仅可以走陆路，还可以走水路，从绕城而过的怒波川放舟东下，如果遇上顺风，简直比陆地纵马还要快许多。

怒波川，又名怒波江，乃是东华洲最大的江河。

它从东华中部天墟所在的神威山脉发源，一路滔滔向东，流到东华城时水面已经变得颇为平静。

怒波川在此地拐了个弯，这才继续东流，经过二三十里的距离，最终注入东海。

怒波川绕城而过，只是今日看到的结果，并非原因。

真正的因果应该颠倒过来，是千年之前东方皇朝建立之时，见怒波川汇入大海前拐的这个弯，冲击出一片肥沃的平原，便在此地筑城。

又过了数十年，东华国正式定都于此。

可想而知，怒波川的战略位置有多重要。因此从东华城到东海这一段的怒波江，两岸堡垒林立，江中更是筑有三道精钢船闸，抵挡任何想从怒波川溯流而上的敌军。

这三座精钢船闸，从东华城开始由西向东，分别名为天威闸、地威闸、人威闸。

民间有个说法，如果真的让海上敌军来犯，攻击到离东华城只有两里多路的天威闸，那接下来王城的安危，基本上就听天由命了。

眼下，东华国正和寒渊帝国开战，敌人自东方而来，怒波川的防卫地位变得前所未有地重要，因此东华王朝又花费了大量人力物力，加固怒波川的防卫设施。

不过云翻海此行，和怒波川的关系不大；若说有些关系，他便是带人坐着神侠卫的兵船，先沿东城门外的怒波川，行了三四里，中途过了天威闸，然后便拐向北，沿着怒波川的支流徘徊川，斜向东北而行。

徘徊川正如其名，流向曲折，且多回流。不过即使如此，在人数众多而且顺流而下的情况下，还是从水路而行，既快又便宜。

大半日工夫，他们便已经到达那几个海滨的渔村。

到达之时，天已经黑了，云翻海便在关山明的建议下，先在离渔村三四里的地方安营扎寨，先休息一晚，明日再去渔村中"查看"。

这一次同行之人，除了以关山明为首的神侠卫武士，那个天河神女明心雪也跟着前来。

明心雪的想法很简单。

在她的想象中，她深爱的未婚夫，已经被云翻海和他背后的阴谋集团给迫害绑架了。

现在她没有任何其他的线索，唯一的线索就是这个冒牌神侠了。她不是没去找过郁愁归，但才将心中的猜想说了几句，就被这位神侠卫大总管彻底否认，让她不要胡思乱想。

见神侠卫的行政首领也被蒙蔽其中，她也没有其他办法，便决定必须贴身紧跟云翻海这个冒牌货。

明心雪觉得，上一次春慈院之事，虽然最后出乎意料地反转，但其过程已经证明她这种策略是对的。云翻海在那次事件中，已经证明他贪财好色，绝非善类。

而且，她还觉得，这云翻海固然参与了迫害真神侠的阴谋，但其本人出身低下、性子粗豪，绝对不是难以对付之人。所以，他应该是打破僵局、拯救爱郎的最佳突破口。

正因为这么想，出身高贵、性情高洁的少女，才会纡尊降贵，一改往日深居简出的风格，跟随他们来到这片充满鱼腥气的贫贱渔村。

他们的一举一动，郁愁归都看在眼里。

对明心雪的反常，他并非没有疑虑。

但又如何呢？用了冒牌货，最怕配套的真货不配合；现在她如此配合，谢天谢地还来不及，哪还会另生枝节？

云翻海他们来的这片小渔村，紧邻东海，共有四个村子，分别名为霞浦、芦花、鹤来、落霞。

其中以霞浦村最大，因此这一大片海滨的名字便叫"霞浦"。

和上次春慈院一样，具体选这个地方，并非云翻海瞎选。

他已经跟关山明打听过，在所有离东华城不远不近的渔村中，就数霞浦这一片最为闭塞。

闭塞意味着什么？民风淳朴！

民风淳朴意味着什么？好欺负！

在霞浦的西部扎营宿了一夜，第二天一大早，云翻海便带着一行人，赶往东边霞浦的那几个渔村。

偏僻的东海渔村，极为宁静。

日出东海，此时已经升到一竿多的高度，红通通的光色已足够明亮，还渗透着金子般的光芒。

云翻海从西边而来，正看到金红的旭日升在村落的上边，整个村子如同一个平面的剪影，被日光染红了边缘。

村落轮廓剪影的后边，就是浩大无边的东海大洋。

被旭日阳光一照，汹涌的东海波涛光彩粼粼，就好像无数跳跃的金红鲤鱼。

这时海上的天空，无数棉花团一样的白云连绵一片，仿佛要将整个海平面铺满。

这样浩阔寂寥的景象，任何人看了，都会觉得心胸一阔，觉得以前计较来计较去、好像了不得的事情，在这样雄大壮丽的海天盛景前，都变得不值一提。

"不能再看了。"云翻海心中警惕，强迫自己低下头来，不再眺望天云。

他在心里说，今天就是要来惹是生非的，做一个心胸狭隘的小人，可别这样浩阔的海景看来看去，把心胸看宽广了，那就麻烦了。

不过，刚才他看见海天奇景的惊诧样子，却已经落在了明心雪的眼里。

女孩儿一直冷眼旁观，看见这个小山贼一副没有见过世面的惊奇样儿，她的心中，便更增鄙夷。

霞浦的这几个渔村，几乎与世隔绝，本来无比宁谧，宛如世外桃源。云翻海带着这帮人闯入渔村，便瞬间打破了渔村清晨的宁静。

云翻海先来的是霞浦村。

刚一到村口那棵大榕树下，他就高声大喝道："村长在哪里？光明神侠前来巡查！"

他这一嗓子极为高昂，和宁静的小渔村极不协调，瞬间就惊得鸡飞狗跳，林鸟高飞，甚至还有胆小的村妇应声惨叫道："土匪进村了！"

见此情景，和云翻海同行之人，人人脸上尴尬无比。

除了关山明和明心雪，其他人心里都在诧异："怎么神侠大人变得如此浮夸？"

云翻海倒是丝毫不以为意，还在心里赞叹："哈！了不起、了不起，只是小小的村妇，居然猜出小爷的本行。"

心里想着，他便用更大的声音叫道："霞浦村吗？村长在哪里？"

连吼了两三遍，便见一个红脸膛的佝偻老汉，从远处颤巍巍地跑过来：

"小老儿在此，小老儿在此。"

"你就是霞浦村的村长？"云翻海看着他，带着怀疑地问道。

"正是老汉。"老头儿紧张地回答。

"你叫什么名字？"云翻海问道。

"也无正经名字，邻居都叫我苏老汉。"老头儿老老实实回答。

"好！"云翻海道，"苏村长，我问你，你可知道我是谁？"

"小的……不知。"苏老头怯怯地说道。

"大胆！"这时立即有个神侠卫喝道，"真是有眼无珠，竟然不识光明神侠！"

"光明神侠？"苏老村长吓得一哆嗦，赶忙跪倒连连磕头，不停叫道，"神侠恕罪，神侠恕罪，小老儿愚昧无知，还请神侠大人见谅。"

"起来吧。"虽然铆足了劲儿惹是生非，但看见这么个六七十岁的老头儿跪在地上磕头，云翻海心下也不忍。

但苏老村长显然被光明神侠的威名给吓坏了，对云翻海的话仿佛充耳不闻，还在连连磕头，喋喋不休。

见他如此，云翻海本来故意铁硬的心肠，瞬间有些心软。

他看到，虽然是一村之长，但这苏老汉穿着破破烂烂的粗蓝布衣裳，补丁无数不说，衣服下摆都破成条儿了。

他也没有正经的腰带，只拿一根草绳系住同样破烂的粗布裤子，要多寒酸有多寒酸。

那脚下，不用说，蹬的是一双草鞋，已经被海水浸烂，后鞋跟已经消失，只能勉强当个拖鞋。

看到这样景象，云翻海就想起自己山寨中收留的那些老人。自己没本事，那些老人的穿着，比这个苏老汉也强不到哪儿去。

想到这里，他的鼻子有些发酸。

不过，这也就是瞬间的心软；他一想到先前想清楚的利害，便又硬起了心肠。

"起来吧！"他走上前，抓住苏老汉的双肩，一用力，就把这身形单薄的老汉拽了起来。

"我问你，你这霞浦村，有多少人？男的多少？女的多少？壮年的多少，老年的多少，幼年的多少?"云翻海冲着苏老汉，滔滔不绝地问道。

听他问出这些问题，苏老汉反倒定下神来。

这霞浦村并不算太大，苏老汉又自幼生长于此，别说这些人数了，连村里的一草一木、海边的一滩一石，他都了如指掌。

当即他便对答如流，将霞浦村的情况都说了说。

见他回答得如此顺溜，云翻海心中颇有些遗憾。

第二十六章 存心不良，胡颁禁渔之令

想了想，云翻海又追问这村里有几张网、几条船。

苏村长再次对答如流。

"有些出师不利啊。"存心找碴的大寨主，心里暗想。

"前面带路吧。我要看看你到底是不是说谎。"云翻海命令道。

"是！"苏老村长应了一声，连忙前面带路，领着这些人往村子的深处走去。

真正走进村里，云翻海等人便发现，即使是本地最大的渔村，这霞浦村也颇为破落。

家家户户住的茅草屋不说，就连晒在门外那些他们赖以生存的渔网，都这儿一个洞、那儿一个洞，几乎和老村长身上的衣服一样破烂。

村屋边，还时不时能看到倒在地上的枯木，犹如人死多年的骸骨，干枯嶙峋，张牙舞爪，大白天看着都很瘆人。

比破败的渔村更让人印象深刻的，是霞浦村人的面貌。

一对比云翻海才知道，原来干瘪的苏老汉，已经算是村中的胖子了；大多数霞浦村人，都干枯瘦小，面黄肌瘦就不说，那眼神死气沉沉，用一个"行尸走肉"来形容，绝不过分。

"唉。"看到这情景，云翻海差点忍不住要落泪，"这霞浦村，简直和我家山寨差不多啊，只是一个海滨，一个山上。唉，今日我找碴归找碴，等我脱了身，必来此地尽我所能，资助补偿这些可怜人。"

心里这么想着，他便硬起心肠，还是吆五喝六地折腾。

他先到这家掀翻人家倒扣的渔船，再到那家搅乱人家晾晒的渔网；有时候兴之所至，还破门而入，踢倒本就没装着几颗粮食的瓶瓶罐罐。

最无良的是，他竟然把人家晾晒的咸鱼干一把扯下，撒得地上到处都是不说，还拿脚在上面践踏，显然不能再吃了。

看到他这样，神侠卫武士第一反应是目瞪口呆，然后满脸通红，紧接着便悄悄地往后挪动脚步，和云翻海保持距离的同时，东张西望，假装和这人不认识。

但云翻海怎么会放过他们？

"关山明！"他踢倒一个陶罐后便大叫道，"你快带着手下儿郎，到每一户渔民家中彻底搜查，不得有误！"

"这……"作为神侠卫副统领，关山明本来应该对"光明神侠"的命令言听计从。但旁观了这一阵子，连脾气最好的关副统领，都忍不住想抗命。

酝酿了一下，他有些结结巴巴地说道："这……这不太好吧？大人，这儿是个小渔村，确实没必要搜查吧。"

"你怎么知道没必要？"云翻海眼一翻，叫道，"关统领，你有所不知，本神侠已经接到秘密情报，说这些渔村里藏着盗匪乱党呢！"

听他说出这话，明心雪忍不住"扑哧"一声，笑出声来。

"咦？心雪，你为何发笑啊？"云翻海一本正经地朝她问道。

"装得真像。"明心雪心道，"你这分明是'贼喊捉贼'。"

不过心里这么想，她口中却笑道："风郎，你说得对。这渔村地处偏僻，正宜江洋大盗躲藏，我们还是好好搜搜吧。"

"对对！你看你看，"云翻海如获至宝，朝关山明叫道，"你看怎么样？连心雪都说我做得对。唉，你这人什么都好，就是太忠直了。"

关山明闻言，嘴角牵动，还想再说些什么，却被云翻海拦住道："什么都别说了，咱们就照心雪说的办，开搜吧！"

听得如此，关山明没法，只好苦着脸，带着一帮神侠卫兄弟，开始挨家挨户地搜查。

神侠卫作为东华国最精锐的一支战力，不动则已，一动宛如风雷。

而"搜查"这词儿听起来好像没什么，但实际执行起来，绝对非同一般。

更何况，现在执行者是最忠诚和最精锐的神侠卫武士。

于是，几乎与世隔绝的小渔村，瞬时遭了殃。

什么破门而入、翻箱倒柜，那还是轻的；甚至有一户人家，实在太穷，本来那茅草屋就跟个窝棚似的，结果四五个神侠卫武士冲进去后，那门户居然轰的一声倒塌！

也幸亏这茅屋十分破烂，本就是毛竹支撑、茅草覆盖，否则这几个神侠卫武士，还会因公殉职。

若真是这样，阵亡固然伤痛，若把阵亡的原因传出去，神侠卫百年积攒的光辉声誉，恐怕会因此事传为笑谈。

发生这事，关山明等人也跟云翻海进谏，希望就此罢手；没想到云翻海却变本加厉，坚持说这茅屋倒塌绝非偶然，说不定就是陷阱，显示这霞浦村果然透着古怪，更要大搜特搜了。

见他如此坚持，关山明也无法，只好配合着他，跟着一起胡闹。

在苦着脸继续折腾之时，关山明也在心里悲呼："风大人啊，您到底身在何方？真神侠快归位吧！再让这家伙瞎胡闹下去，我们神侠卫的一世英名，迟早付诸流水啊！"

他心中悲叹，明心雪却十分兴奋。

她表面"夫唱妇随"，实际却是助纣为虐，变本加厉，誓要让云翻海闹出大问题，最好无法收场。

看到这小贼如此霸道，满村乱窜，倒行逆施，败坏民生，明心雪心疼这些村民之余，心里也想："嗯，果然'狗改不了吃屎'，就连来个小渔村，他的嘴脸都这么丑恶。

"啊？什么'狗改不了吃屎'，我一个大姑娘这么说话，真粗俗，即使心里想想也不行。

"哼！不怪我，全是这姓云的可恶，如果不是受他影响，我怎么会这样'出口成脏'？我本来是一个多么优雅的女子啊！"

明心雪心里这么想着，帮助云翻海折腾的劲头更大了。

越是看着云翻海胡作非为，她心里便越兴奋，心说倒要看看，这陷害爱郎的山贼假货，最后会怎么死！

搜查的结果，可想而知，家家户户本来就一贫如洗，连过路的老鼠看见都会同情落泪，哪会有什么犯禁之物？

那些村民更不必说了，一个个干瘪可怜，不求官家扶贫就罢了，哪可能是什么乱党盗贼？

这样的结果，完全在云翻海的意料中。

当所有神侠卫武士都回到眼前时，他便眼珠一转，冲苏老汉道："苏村长，你们村看来没问题了。"

一听此言，苏老村长长松了一口气。

正要感恩戴德，却不防云翻海一摆手，道："我还没说完。你们这霞浦村已经四村中最大，你们没问题的话，其他村子也应该没问题了。"

听到这里，包括苏村长在内的所有听众，都面面相觑，心说这是什么逻辑？当然这时候，无论霞浦村人还是神侠卫部众，没一个人准备反驳云翻海。

只听云翻海继续说道："既然如此，现在日头也高，晒得本神侠浑身发热，便没力气去那几个村子了。

"但那几个村子的民情，不可不体察，这样，苏村长，你便找人去那几个村子通知一下，叫他们的村长和村老们都来你们村里，我要在这里接见他们。"

"是，是！"苏老汉口中连连称是，心里却道："我们霞浦村怎么就这么倒霉？其他三个村子竟然逃过了一难。

"唉，不行，等今天的事情过去了，一定要告诫村里的老老少少，以后要行善积德；今天遭了这样的大祸患，一定是咱霞浦村的祖上没积够德。"

心里转念之时，他也赶紧委派村中腿快的后生，赶紧去相邻的三村送信。

他们找人送信之时，云翻海在这村头空地上来回踱步，那走路的架势如同爬上沙滩的海蟹，横行霸道，看着便让人觉得十分可恶。

见此情形，神侠卫武士们暗自摇头，心说自家主人这几天是怎么了？春慈院的那次一开始也是丑态百出，所幸最后翻出善堂原是黑窝，这才挽回脸面，让众人皆道那是神侠装疯卖傻，欲擒故纵。

但这回渔村怎么说？难道这里也藏着不法之事？

如果有，那倒好；只可惜刚才大伙儿翻了快一个上午，啥都没找着，还发现这霞浦是个顶级的贫困村啊。

于是，连关山明都在心里想："难道今日拉大伙儿来此，是要扶贫吗？但看他这架势，不像啊。"

这时候，只有一个人心中所想接近了真相："哼，他这厮，不过是本相毕露，来这里欺压良善。

"唉，也真奇怪，他这样子，长得跟风郎一样，怎么风郎怎么看怎么惹人爱，他这厮却怎么看，怎么都想撸起袖子揍他——"

"啊？我是个优雅的女子呀，怎么能有这么暴力的想法？"明心雪心中警醒愤恨道，"哼，刚刚粗俗，现在又暴力，全是因为他！终于知道古人那句话多有道理，果然'近朱者赤，近墨者黑'呀。"

没过多久，其他几个渔村的头面人物，便顶着烈日来到了霞浦村口。

"他会出什么幺蛾子？"明心雪心中猜道，"是训斥、辱骂、勒索、抓人，还是兵分几路，也像刚才祸害霞浦村一样，去祸害那几个村子？"

明心雪现在已经很有自信，觉得自己已经把握住了云翻海这小贼的思路，因此猜测的结果应该差不离。

没想到，她很快发现，她还是远远低估了云翻海的无耻程度。

"各位乡亲！"云翻海跳到一块大石上，居高临下地朝各村的代表挥舞手臂，大声说道，"本神侠刚才于本村一番查看，发现本地民生凋敝。这说明了啥？捕鱼根本没出路！

"既然如此，本神侠郑重宣布，从今日起，为期三个月，东海禁止捕鱼！"

"什么？！"此言一出，就算贫苦的渔民再麻木，也全都大吃一惊。他们原本眼神呆滞的眸子中，瞬间闪动着异样的光芒。

看见他们眼中的异样，云翻海暗自得意，更加以一种不容辩驳的口气叫道："你们不要有什么想法。难道你们没听说过吗？穷则思变，不破不立。本神侠今日来此，就是要帮你们变，帮你们破！

"所以，这三个月的'禁渔期'，你们必须好好执行。稍后我会知会本地衙门，还会留下两位神侠卫大人当值。

"哼，要是让我们发现禁渔期间有片网下海，不仅当事者严惩，整个村子都要连坐！"

说到这里，云翻海注意到，所有渔民代表眼里的异色越来越浓；这时候外围开始聚集越来越多的村民，看样子有不少还是邻村的。

见此情景，云翻海立即在心中呼喊："快发火吧！快反抗吧！

"这什么狗屁神侠，竟然下了这样荒唐的法令，明摆着要断你们最后一条活路。要是换了我们那边的山民，一拥而上痛打狗官，都是轻的，眼下这情形，已经到了'官逼民反'的地步啦。

"快奋起吧！快战斗吧！坚强不屈的渔民老乡们，我都这么欺压你们了，你们还在等什么？你们渔家汉子的血性呢？都到哪儿去了？"

他在心里唯恐天下不乱，那些神侠卫武士却十分紧张。

他们提刀按剑，紧张地看着村民越聚越多，同时把不解的目光投向了前面那个还在吆五喝六的神侠大人。

他们这时候，只觉得这位光明神侠，成了他们最熟悉的陌生人……

看到这情形，明心雪却是心中暗喜。

当然她现在也有点发愁，愁的是过会儿愤怒的渔民一拥而上，痛打云翻海时，自己要不要不顾仪态，也要上前帮他们助拳。

"嘿嘿，应该成了！我怎么这么聪明呢？居然能想到这个办法。哎呀，莫非我竟有当狗官的潜质？啊，呸呸！晦气晦气，咋能这么埋汰自己呢！"

到这时，云翻海已觉胜券在握，基本下一刻，渔民们就会爆发，上来痛打自己这狗官。

一旦爆发民变，还被渔民殴打，事情便闹大了，自己刚说的那个荒唐法令自然实施不成。

更重要的是，郁愁归终会发现，原来这替身神侠竟然这么不靠谱，到那时即使不愿意，也只好忍痛主动解雇他。

心中打着如意算盘，云翻海倒也不敢放松，他的脸上，努力保持着嚣张跋扈的模样。

在大家都各自盘算时，这处海滨的小渔村，陷入了一种奇怪的宁静，以至于还在挺远处的海浪风涛声，清晰无比地传入了耳朵里。

在云翻海看来，这显然是暴风雨来临前的宁静。

果不其然，很快那霞浦村苏老村长率先爆发出一声大吼："英明啊！神侠！"

"啥?！"云翻海猛一哆嗦，还以为自己听错了。

第二十七章 有意为恶，荼毒却为春雨

苏村长这一声大吼，仿佛一个信号般，所有围观的渔民欢声雷动，全都在高喊"神侠英明"！

"这……这是怎么回事？"一种不祥的预感爬上了云翻海的心头。

听他发问，苏老汉一挥手，欢呼声顿时平静。

"神侠大人，您真的高明！"德高望重的老村长挑着大拇指道，"您远在京城，竟然也知道我们东海之滨，先前因为过度捕捞，早就捕不到什么海鱼，咱们几个村子早就活不下去了。

"按理说，我们早就应该那什么……对，'禁渔期'！可说句不好听的话，哪个村子愿意自己先不下海捕鱼？

"光一个村子不下海，其他村子照常捕，那禁渔的村子不就吃亏了？这就像那什么坐牢的囚徒，容易面临的困境。

"唉，我们正缺一个有威望的人，来捅破这层窗户纸，可巧神侠大人您就来了，还想我们所想，急我们所急，一来就颁布了这么英明的政策！"

"啊?!"云翻海顿时目瞪口呆。

和他一样张口结舌的，还有那位天河神女和关副统领。

"唉，光明神侠，果然不愧是光明神侠啊！一来这里，就给咱们渔民百姓带来光明，了不起啊！"老村长由衷地赞叹。

"呃……要不要这么肉麻？"云翻海表情呆滞，暗自腹诽。

虽然出乎意料，但他毕竟性格坚韧，还不甘心。

想了想，他便故意问道："老村长，禁渔期自然是有好处的，否则本神侠也不会颁布；只是在这期间，你们生计怎么办？我可先说好了，咱官府是不管你们这事的。"

"哪能要官家破费？"苏老村长叫了起来，"有这样解旱的春雨、扬帆顺风一样的好政令，就已经了不得了，还敢让官府养活咱们？

"咱这些爷们有手有脚，还要跟官家伸手，要脸不？您放心，我们早就想好了，一旦开始禁渔，咱们老少爷们，包括娘们小孩们，都出去打零工，做做小生意。

"没大本钱，咱们还可以拿贝壳串成小玩意，走街串巷去卖，总饿不死人。

"再说了，就算要死，咱东海渔村的老少爷们，也要撑到看到神侠大人的禁渔成果，才能死啊！

"乡亲们，你们说，我苏老汉说得对不对？"

"对！对！说得对！感谢神侠！感谢神侠！"山呼海啸一般的欢呼声，再一次响起。

见此情形，云翻海欲哭无泪。

谁能想到，颁布禁渔期，禁止渔民打鱼，还能得到渔民们的集体好评？

"天呐！"云翻海在欢庆的人群中仰望云空，心中悲愤叫道，"我这么作恶，都说'天网恢恢，疏而不漏'，老天爷啊，难道您也在禁渔期？！"

这场面，甭说云翻海悲愤莫名，连一心想看他出事的明心雪，也觉得不可思议。

她忽然有些看不懂这个人了。

这时只有那些不明真相的神侠卫武士，才会加入那些雀跃的渔民，一起欢呼他们神侠大人的丰功伟绩。

但欢呼声中，云翻海并不甘心失败。

他的目光，在眼前这些人身上扫过。

忽然，他发现，那个最偏远的芦花村的代表，和其他村长村老们不同，眼神似有些犹豫。

不仅是眼神犹豫。

刚才云翻海只顾着宣布禁渔令，没注意这些渔村的代表；这时缓过劲儿来，他仔细一看，顿时看出芦花村来人的不同。

其他村也不是没有精壮后生，但村长或村老全都是上了年纪的老人。

但这芦花村不同，那自称村长和村长副手的两人，竟全都是精壮的汉子，一个黑脸膛，一个络腮胡，面相颇为威猛。

看见他们这身板，云翻海立即便想道："难怪他俩眼神犹豫，他二人正是壮年，同来的村人也大多是后生。显然，禁渔之事对其他三村或许有利，但对芦花村来说，可未必。"

想到此处，他不忧反喜，忙上前几步，走到那芦花村村长和副手面前，殷切地问道："你们两个，哪儿来的，叫什么名字？"

听他相问，这两人一愣，因为他们还以为来之前，光明神侠已经跟苏老汉问清楚他们的情况了呢。

不过见神侠相问，他们还是恭恭敬敬地回答。只听那村长说道："鄙人姓文，习文练字的'文'，大伙儿都叫我文老大，现在忝为芦花村的村长。

"这位是我的副手，也是我结拜的好兄弟，叫裘老二，裘皮的'裘'。"

"哦。"云翻海点点头，随口说道，"姓得不错。听你说话，想必也是读过书的。"

"大人目光如炬，小人是读过几年私塾，字儿还是识得几个的。"文老大既恭敬又有些得意地答道。

"哈，既然这样，怎么取名字这么偷懒？什么文老大、裘老二的，太过直白鄙俗。"云翻海趾高气扬地道。

"是、是，大人指教得是，小人不仅偷懒，其实还没什么文才，刚才所说的有些吹嘘了，还望大人不要见怪。"外表粗壮桀骜的壮年渔夫，这会儿却畏畏缩缩，极为谦逊。

"名字只是小事。"云翻海大手一挥，豪迈道，"我看着你们两个，也有些眼缘，就费点功夫，去你们芦花村看看吧。"

"这……"文老大眼神更是犹豫，愣了片刻便道，"神侠大人，不怕您耻笑，其实在我们霞浦四村里，俺们芦花村最是破落狭小。

"您真要看，排第一的就是苏老汉这霞浦村，其次那鹤来村也有些看头。

"哪怕是落霞村，也有一口温泉，常年热水冒个不绝，水质还很清冽甘甜，每年都有两三个儒生老爷来探访喝水呢。听他们说，喝了落霞村的温泉，就能文思泉涌，写出锦绣文章呢。

"反正俺是个粗人，这些上等人的事儿都不懂，只是觉得，我们芦花村实在拿不出手。神侠大人您皮娇肉贵，恐怕光是走到咱芦花村，都脏了您的靴子，污了您的眼睛啊。"

"哦？是吗？"云翻海口中沉吟。他心里却想道："哈，文老大啊文老大，你却不知道，小爷我今天来，绝不是要顺从民意，而是专业找碴。

"你刚才对禁渔令便有些迟疑，现在听说我要去你们村，更是百般阻拦，哈，却不知道，你们越这样，小爷我偏要反着来！

"你知道现在对我最宝贵的人是什么人？不是苏老汉这样的顺民，反而是你这样年轻气盛的刺儿头啊！

"嘿，反正，今天不闹出点事儿，不造成点恶劣影响，小爷就不走了！"

心里这般想着，他便盯着文老大，皮笑肉不笑地说道："文村长，我问你，你们村为什么叫'芦花村'啊？"

"嗯？"听他忽然这么问，文老大只觉得有些莫名其妙。

他也有些紧张，不过想了想，这问题实在很平常，便也就老老实实顺口答道："因为俺们村芦苇多，就叫了芦花村了。"

"哎呀，太好了！"云翻海忽然拍掌叫道，"你知道本神侠平生最爱什么吗？"

"什么？"文老大一愣，目光转向云翻海身边那个仙女儿一样的紫衫少女，脱口说道，"神侠平生最爱的，难道不是您的未婚妻明心雪明大小姐吗？"

"哈！你消息倒灵通，连这都知道，不过说错了。"云翻海嘿嘿笑道，"神侠平生最爱的，就是赏看芦花啊！"

"啊？"文老大目瞪口呆，愣了一下才道，"可是，现在还是春天，芦花还没白，有什么看头啊。"

"少啰唆！"云翻海眼一瞪，喝道，"本神侠想看就看，最喜春日之碧芦，不行啊？

"你这汉子莫仗着读过几年私塾，就跟本大人在这里左推右挡，只管闲谈，误了本神侠前往芦花村，你吃罪得起吗？"

被他突然一顿雷烟火炮般的训斥，文老大有些晕头转向，一时不知道该怎么回答。

这时倒是他的副手裴老二，一扯他的袖子，示意他别再多说话，然后一脸堆笑地对云翻海道："神侠大人教训得是，我这个大哥啊，别说跟您了，平时哪怕逮着个漂亮小媳妇，都不记得调戏，只顾在那边卖弄文辞。

"他却不知，在大人您这样饱读诗书、文武双全的才子面前，他那些闲篇儿啊，啥都不是！

"哎！一不小心我这话也多了，真是跟大哥相处久了，就会变啰唆了啊。行行行，小的也不多说了，大人赶紧头里请，赶紧去咱们芦花村视察吧！"

"就是！"云翻海起身前，瞪了文老大一眼，喝道，"听到没有？怎么你这个当大哥的，还没有小弟懂道理？"

"是、是！"这时文老大也反应过来，大气儿也不敢出地恭谨道，"大人教训得是，以后我就要多跟二弟请教了。"

等云翻海真的带人前去，便知道文老大其实所言不虚。

东海霞浦四村本就偏远，这芦花村更是偏僻。

那霞浦、鹤来、落霞三村几乎依次挨在了一起，但那芦花村，却离落霞村还有六七里距离，并且中途还要翻过两座临海的山丘，还没什么好路，全是牲畜野兽踩出来的小路，人马走时十分难行。

见此情形，云翻海一边高一脚低一脚地翻山，一边问道："文村长，你们村子离那三村挺远啊，平时不怎么走动吗？"

"是啊。"文老大老老实实道，"平时我们来往不多。刚才还是我和裴老弟刚好在附近打鱼，中途碰上了霞浦村的人来叫，这才及时赶到您面前。"

"哦。"云翻海闻言，心想道："果不其然，这芦花村偏居一隅，平时和那三村没什么来往，因此刚才对禁渔期众口一词时，这两人却有些犹疑。"

正想着，又听那文老大道："不过我们和他们几个村子的关系，还是蛮好的。我们村青壮劳力多，打鱼收获也稍微多点。若有盈余，也会给他们送去，尽力周济他们。"

"这样啊……"听得此言，云翻海心说："这就对了。你们更能打鱼，自然对这禁渔期，心有不爽了。

"正好正好，待会儿到你们芦花村一闹事，定然出问题。"

想到这里，他心情忽然有些低沉。

"唉，其实这么做，也有点不像人干的事；不过为了老家飞云山那几百口人，文老大、裘老二，还有芦花村的众乡亲，兄弟我也只好对不住了。

"反正，暂时闹出事情来，有什么损失，小弟心里记着，日后缓过劲儿来，一定来此厚加补偿！"

第二十八章 倒行逆施，诬良引动玄机

等到了芦花村，云翻海发现，这个村子的地形比较独特。

它东面朝海，其他三面环绕着一条小溪。

小溪虽然不大，但密布着芦苇，此时已是暮春，芦苇长势正盛，纠缠交错，密不透风，倒像一道城墙，把村子给围了起来。

进村的入口，正在北侧的芦苇丛中。

刚开始云翻海以为没路，等走近了一看，随风摇曳的芦苇丛中，被人特地斫去一片，然后在溪上架起小桥，成为村子唯一的进出通道。

见此情景，云翻海便想道："这芦花村人也挺懒。这一大片芦花，到了秋天固然景色壮观，但平时生活却多有不便。既然能斫出通道，为何不索性把这些芦苇全都砍掉？四面通风那该多好？

"不过也难得，离海这么近的地方，还有这样能生长芦苇的淡水溪流。"

出身山野的云翻海，对地形中的水源格外敏感。

心里琢磨着这些事儿，他便跟着文老大和裘老二，进了芦花村。

等进了村子，他四处一看，却见这芦花村根本不像文老大说得那般破落，而是比先前那霞浦村要好得太多。

这里的村居，茅草屋很少见，大多是青砖黑瓦房，看起来十分舒服。

民居的位置，即使稍有参差，那也是错落有致，显然整个村落在落成之初，便经过总体筹划。

不仅房屋坚固整齐，各家门前晒的渔网也都崭新雪亮，和霞浦村那些灰败的破渔网不可同日而语。

见此情形，云翻海更加理解了，为什么刚才颁布禁渔令时，这芦花村的人会表情犹豫。

于是云翻海更有信心，进了芦花村才没走几步，他便故技重施，将刚才霞浦村的那一套重又拿出来，指挥着神侠卫的人到处搜查，弄得鸡飞狗跳、人畜不宁。

那文老大和裘老二也没想到云翻海说翻脸就翻脸。

他们也都是血性汉子，见云翻海带人在村子里闹腾，也是一脸怒气，只是慑于神侠威名，不敢发作而已。

见此情形，明心雪甚至懒得推波助澜了。

她知道，就算没自己参加，这个人性本恶的小贼，也会把事情搞砸。

并且，她毕竟生性善良，虽然希望云翻海闯祸，但留在现场，亲眼看这些耀武扬威、倒行逆施之事，她真的看不下去。

于是，她一狠心，便移步到村边的芦花小溪边，看芦苇随风摇曳的姿态，领悟剑招去了。

她置身事外，神侠卫那些武士就倒霉了。

包括关山明在内，虽然表面还在听从云翻海的瞎指挥，但内心已是犹犹豫豫。

他们觉得，上次春慈院前欺负女人就够丢人的了，幸亏后来曝出她竟是奸恶之人；但现在，乘舟百里，好似专门远道而来欺负这些老弱渔民，实在是太丢脸了。

心里这么想时，他们便决定阳奉阴违，胡乱应付了事。只可惜，今日云翻海却极为进取，一心只想将芦花村翻个底朝天。

一旦认真，飞云山的山大王哪还看不出这些家伙想偷奸耍滑？他立即四处出击，勒令神侠卫武士们加紧搜查。

于是，这会儿别说鸡飞狗跳了，连有些人家养的猪都跳出了猪栏，在村道上嚎叫游荡，场面极为混乱。

见得如此，神侠卫武士们连掩饰都不掩饰了，满脸都是不满的表情。

见他们这样，云翻海却丝毫不收手。

他现在还真是有恃无恐，心里想："最好你们都不满，不满到去老郁那儿告小爷的黑状，让小爷早日脱身吧！"

见他这副嘴脸，游荡回来的明心雪，心喜他闯祸之余，也是深恶痛绝。

她终于确定，这个家伙，绝对是"面善心恶"！

"唉，"她心中慨叹，"老天爷怎么搞的？为什么这样的大恶人，却生了和我风哥哥一样的皮囊？"

她却不知，现在云翻海心中所想，还和她的风哥哥有关。

"反正这些坏事，都是光明神侠风惊雨干的。"作为始作俑者，云翻海这时的感觉，就好像旁观者一样。

虽然种种命令都是自己所下，但这时他的内心感觉，却觉得自己置身事外，旁观着人来人往，呼喝吵闹。

这时他也在旁观文老大和裘老二的表情。

按他的直觉，这两人绝对是血性汉子，而且身形壮硕，手脚粗大，想必平时也是好勇斗狠。

所以，他觉得，对自己这一番瞎折腾，最先耐不住要爆发的，应该就是这两人。

但有些奇怪，自己已经留意他俩很久，却只见他们面有怒容，不见他们有所行动。

虽然有几次，文老大或裘老二有些蠢蠢欲动，一副想跟自己理论的样子，但都被另一个人给拉住了。

"呵，还真能忍啊。"云翻海心里冷笑道，"但你们却不知道，你俩早点跟我闹事，我就可以早点收工了，你们村子也好少受点荼毒。

"好吧，我就是心肠软，既然你们这么能忍，我就帮帮你们吧！"

心里这么想，他立即叫来关山明，朝他道："关统领，我看你们这番搜查，只涉皮毛——你可别反驳，刚才你们那帮人怎么做的，别以为本神侠不知道，看起来热闹喧天，鸡飞狗跳，却连人家里屋都没进。

"这样怎么能查到乱党？怎么能查到不法之事？"

在这场面上，关山明对这假神侠还真得唯唯诺诺。即使现在心里不服，他也得按照以前的惯性，对"神侠大人"无条件地服从。

不过，眼前这事儿实在憋气，听得云翻海这番指天画地的指责，他还是忍不住道："大人，您这命令，咱们马上就执行。但要是进了他们的里屋，还查不到什么，该怎么办？"

关山明这话，就是在提醒云翻海。

现在，眼前的事情明摆着，就这么个小渔村，虽然没其他几个残破，但也一眼望到头，能有什么东西？

如此铁定没有任何收获，再这样闹下去，时间拖得越久，就越不好收场。

再说了，在他关山明看来，这个飞云山的大头领，定然是无本生意做多了，现在因为偶尔扮了神侠，本性难改，忍不住要来渔村生事捞油水了。

只可惜啊，跳起来这家伙就是个山贼头目出身，见识实在有限。

你要捞油水，上回那个春慈院已经不是好目标，幸亏最后瞎猫撞上了死耗子，否则还不知道怎么收场。

结果还不知总结教训，又来这偏远渔村。

这儿能有什么油水？难道你要扛几十斤咸鱼回神侠府慢慢吃？

唉，到那时恐怕你还没吃完，就被这些腥臭的咸鱼熏死了！

所以，现在他这样提醒，其实也是出于好心，不希望云翻海弄得不好收场，到时候在郁愁归大总管那儿不好交代。

要知道虽然他关山明的头衔里只比郁愁归多了个"副"字，但权柄声望相差得十万八千里，人家不仅在神侠府中是事实上的大总管，他的郁氏家族连皇帝陛下都要敬重三分。

所以，关山明真心不希望，云翻海把今日这么个无谓的小事，弄得最后到郁大人那儿不好收场。

只可惜，关山明好心是好心，却是只知其一，不知其二。

云翻海哪会担心到郁愁归那儿不好交代？他就怕不出事、好交代啊！

于是，注定云翻海不会理解关副统领这片好心。

听他说完，云翻海立即眼一翻，叫道："蛇行有迹，人行有影，怎么可能查不出来？就算地上没有，你们不能看看有没有地窖暗道什么的？

"对了，实在什么都没有，他们家里菜刀斧头总有吧？仔细看看上面有没有血迹暗痕！

"要知道菜刀在厨房是切菜的，斧头在后院是劈柴的，但到了贼船上，就是杀人的凶器！

"对，贼船，那些海边倒扣的船只，也都给我仔细查查，说不定这些人不是陆上的悍匪，而是海上的巨盗呢！"

云翻海这番话，说得可谓诛心，已经几乎把这什么事儿都没有的芦花村，说成了藏污纳垢的巨盗贼窝。

听到这里，刚才百般忍让的文老大、裴老二，再也忍不住。

兄弟二人一齐快步上前，草草行了个礼，那文老大便叫屈道："神侠大人，您位高权重，可也得讲讲理吧！

"先前那个禁渔的事，就不说了。虽然断了咱村子三个月的活路，但就像那苏老汉所说，大不了咱还可以离家去外乡做点小买卖吧。

"可您现在来咱这渔村，问都不问，就把我们这里当贼窝，到处搜查，说得好听，是'公事公办'；说得不好听，他们读书人怎么说来着？'乌烟瘴气'，就是这样子吧！

"咱们芦花村多少年以来都安宁平静，就连台风来都没把咱村子弄得这么乱。神侠大人，您有心捕贼，咱们都理解，可这么搞，小的不服啊！"

"对啊！"裴老二这时也叫道，"大人，如果是那些贪官污吏也就罢了，您可是光明神侠，侠义威名天下闻名。怎么今天……

"好，我哥哥别看念过几年书，其实大字也不识几个，什么'乌烟瘴气'，肯定胡说八道，大人您大人大量，千万别跟他计较。

"但大哥有一句话说得对，咱们芦花村，都是小老百姓，清清白白的，只想过过自己的小日子。要禁渔，要我们背井离乡，可以；可把我们当贼，我们实在不敢当！"

听他二人这么一说，其他早就义愤填膺的芦花村渔民，全都鼓噪起来。

"哈！了不起，了不起！"面对群情激愤，云翻海却怪笑道，"裴老二，你和你大哥一样，看来也念过书，至少也见过世面，否则说话怎么这么一套一套的？"

"神侠大人过奖，"裴老二不卑不亢道，"能当村长和村副，还是会待人说话的。"

"啧啧，不是我过奖，是你谦虚。"云翻海看着裴老二，冷笑道，"呵，不简单，一个偏僻小渔村，很少和外界沟通，常年只在海上，怎么会有这样见识？

"哈！刚才我还说，你们有可能是海上巨盗，不是陆上悍匪，但现在看来，说不定也惯在陆上讨生活啊。"

听他说出这番话，无论是文老大还是裴老二，脸色唰的一下变得煞白。

见他们这样变颜变色，正故意趾高气扬的云翻海，心里一动，忽然有种奇怪的感觉。

"奇怪，怎么觉得这两个人，气息有些熟悉？甚至……甚至还有点亲切……"云翻海心里有些诧异地想道。

这时候，他忽然意识到，其实这种感觉，自打在霞浦村中第一眼看见文老大兄弟二人，便已经有了。

再后来，到了芦花村中，他铆足了劲儿找碴，那心态不经意间却和在霞浦村中不一样。

就好像，他有一种奇特的直觉，一进芦花村，看了种种似乎正常的村居面貌，却让他内心里涌出一种冲动，让他很想在这个渔村中大动干戈。

而当他说出这番话时，刚才还吵吵闹闹的渔村，忽然变得十分宁静。

心有所感的云翻海，和两个脸色不善的渔村首脑对峙。

其他渔民，全都一脸怒气。

这时候，只有身处其中之人才能感觉到，渔村一方已被压抑许久的怒气，随时有可能爆发。

而这时，遥远的海平面上空，还传来隆隆的雷声，一片片黑云正逐步扩大，显然风暴欲来。

现场的气氛和天象如此吻合，便让身处其中的人们更加紧张和焦躁。

就在这一触即发之际，去忽听有人从人群身后叫道："风神侠，你果然在这里！"

"嗯？"云翻海听得这声音，不算太熟悉，但也不算太陌生，便回头越过人群一看，正看见有个华服公子从村北小桥翩翩而来，身后还跟着十来位劲装武士。

"沧海侯，冷玄灵？"云翻海见得来人，脱口叫道。

"是我。"冷艳无双、魅惑狂狷的冷侯爷，今日因为天热，还轻摇一把羽扇，只是现在海面风来，手中摇扇却显得有些不合时宜。

不过冷玄灵的注意点根本不在这里。他看着被愤怒村民包围的"光明神侠"，不由得一声冷笑，叫道："今日本侯爷也来了，看你到这小渔村，要——"

他的话刚说到这里，后面"干什么"三个字甚至都来不及说出，那芦花村渔民中间，突然有人发出一声暴喝！

第二十九章 英招踏天，飞灵光于海际

"动手！杀！"

随着这一嗓子，原本平静的芦花村渔民，竟全都齐声大吼："杀！"

紧接着人人掀起衣襟，抽出一直藏在衣服下的短刀短斧，一齐朝周围的神侠卫之人杀去！

突如其来的喊杀声，已如平地惊雷；忽然一齐掣出的利刃，映照着烈日的光芒，正是刃光四射，让人胆寒。

猝不及防之下，已有几个神侠卫武士被扑来的渔民砍伤！

这一刻，原本木讷的老人、愚昧的村妇、幼稚的少年，竟全都目露凶光，手持凶器，跟在那些青壮年的身后，一齐冲杀。

本来云翻海站在最前，直面芦花村的两个首领，正是首当其冲；但多年绿林道养成的惊人直觉，在这凶险一刻救了他。

还在文老大突然吼叫动手时，云翻海已经提前看到了这人脸上那种熟悉的表情。

他那时已经意识到，文老大兄弟让他觉得熟悉亲切的那种感觉是什么——

分明就是积年的悍匪巨寇才独有的凶厉气息啊！

而身为义匪，遇上这样的悍匪巨寇他都已经形成了一种本能，那就是"退避三舍""避之则吉"；于是还在文老大酝酿杀机时，他便已经闪身急退了。

这时候，那刚刚赶来的沧海侯冷玄灵，还完全搞不清状况。

他心里还说："怎么回事？本来不应该是虚伪神侠欺压穷苦渔民的戏码吗？怎么我一来，一句帮他们的话儿还没来得及说完，就成了凶悍匪徒围攻神侠？"

他这时完全没能意识到，本来那悍匪头目还在思前想后，虽然酝酿杀机，但还是犹豫，正是他的到来，还说了这半句话，便立即促使伪装的巨寇下定了决心。

因为，在文老大等人看来，沧海侯的到来，毫无疑问，是配合光明神侠来一次完美的剿匪。

有了这样的理解，云翻海先前那种让人鄙视和愤怒的荒唐行为，顿时就变得无比高深莫测：

原来，他一反常态的横行霸道，全都是剿匪的伪装和前奏啊！

任谁都没想到，沧海侯冷玄灵的到来，竟然让芦花村伪装的匪寇们确认自己终于暴露，于是他们一齐撕去伪装，朝云翻海等人杀来。

不仅是云翻海一行，连刚来的沧海侯等人也成了他们攻击的目标；虽然这时匪寇们的穿着还是普通渔民，但进退之间竟然极有章法，配合极为默契。

他们现在已分成两拨人马，人多的那队攻击神侠卫，人少的那队攻击侯府卫兵，还时不时轮换攻击，简直比朝廷的精锐军队还要娴熟默契。

见此情景，官兵自然十分震惊。

面对强敌的围攻，神侠卫固然殊死战斗，那沧海侯府卫兵虽然没搞清楚状况，但别人已经打上门来，自然也要还击。

于是沧海侯冷玄灵心中便十分郁闷，本来紧盯着光明神侠，今日接到线报之后，紧赶慢赶地跑来，结果只看到虚伪神侠干坏事的尾巴，还没来得呵斥质疑，就陷入一场稀里糊涂的乱战。

不过虽然心中悲愤委屈，现在面对一帮撕去伪装的匪寇盗贼，他也是怒火中烧，战意十足，指挥着手下的护卫私兵，朝对方猛烈反击。

神侠卫和侯爷府的武士全都是精锐，按理说对上这帮江湖草寇，即使人数较少，取胜也应该毫不费力。

但打了一阵，云翻海和冷玄灵等人发现，这些草寇一点都不简单。

他们不仅配合娴熟，暗合阵法，甚至不少人魔武双修，打出各系法术不说，甚至有五六个人，还施展出了威力强大的魂火！

比如那为首的文老大，之前看着只是个渔村莽撞汉子，这时竟然放出一只野猪形状的三品黄色魂火，在人群中横冲直撞，伤了好几个神侠卫武士。

那副手裘老二，魂火居然比他的大哥更厉害，竟然是一只四品的绿色魂火："碧眼花斑豹"！

相比他大哥野猪魂火的横冲直撞，显然他这豹形魂火更加聪明，对敌之时，裹着他倏然来往，神出鬼没，让人防不胜防。

东华洲并不算大，知名的魂火并不算多，一旦使出，事后稍微一查，很容易暴露身份。

所以，从他们现在肆无忌惮地施展出魂火，也可见在他们心目中，已把这场战斗当成你死我活的殊死之战了。

很显然文老大和裘老二不是一般的人物；这魂火一使出，博闻多识的冷玄灵，稍一思索便立即大叫道："原来这两个，是通缉已久的巨寇闻人龙、仇沧江！"

"什么?!"云翻海闻言一愣，本来挥舞如风的东华神剑立即慢了下来，差点被对面的小贼所乘。

云翻海很惊讶，那冷玄灵却更惊讶。

一边应付眼前的敌人，他一边叫道："风惊雨，你从哪儿得来的情报？这两人乃是积年的巨盗，朝廷根本找不着！"

这时关山明也叫道："是啊、是啊！闻、仇二贼，乃是七八年前名声最大的匪首。这两人官府找了许多年，却连根汗毛都没找到。

"两三年前，这伙巨盗不知何故开始销声匿迹，但许多城镇的血案，尤其是许多人家不论贫富都惨遭洗劫，很可能就是他们干的！"

"哈哈哈！"这时横冲直撞的"文老大"，也就是闻人龙，仰天狂笑吼道，"神侠啊神侠，真有你的，老子藏到这鸡不啼狗不叫的小渔村，居然也被你找着！

"罢罢罢，今日被看破行藏，没什么好说的。今日不是你死，就是我亡！"

"大哥说得好！"那仇沧江也大声叫道，"神侠？我呸！什么狗屁神侠！明明看穿我等，却还来村中装模作样，一番羞辱，不是英雄好汉所为！"

"哈？"听他们这般叫嚣，云翻海的火儿也被勾上来了。

他一边舞剑如风，一边骂道："你们这些混蛋，丧尽天良，还敢说自己是英雄好汉？绿林江湖的名声，全都被你们这样的败类给败坏了！

"闻人龙、仇沧江是吧。哈，我想起来了，你们的名声可真响啊，连内陆深山里的寨子都听说过你们的凶名啊。

"名声臭成这样，还好意思说自己是英雄好汉？今日小爷我就要替天行道啦！"

听他这番话，除了知情的明心雪和关山明，官府一方的其他人，包括冷玄灵在内，都觉得有些怪怪的。

不过现在剧斗正酣，没谁有闲工夫仔细琢磨，现在云翻海这么一说，不仅神侠卫武士个个用命，连沧海侯府的卫兵们，也得了无穷鼓舞，一扫刚才的颓势，开始奋勇攻击。

那沧海侯冷玄灵在大是大非面前，也暂时按下了对神侠的怀疑，开始毫无保留地一致对外。

于是，刚才只是随手攻防的冷侯爷，忽然间浑身光华大盛，一种宛如海水般的湛蓝色光辉，笼罩了全身。

很快，冷玄灵就和一种奇异的神兽光影，合为一体。

沧海侯的魂火，自然也是海内闻名，名叫"踏天英招"。

魂火之形，乃神将人面，白马之身，肋插双翼，其眼眸幽蓝如海，白马身上有鲜蓝色的虎皮之纹。那双翅翼展也极长，羽毛皓白如雪，末端染有蓝纹。

虽然沧海侯的魂火乃六品蓝色魂火，比明心雪的"紫霄神鸾"还低了一级，但胜在英招乃是强大的神兽，传说中它是镇守天帝花园的神兽，天赋之能绝不一般。

所以这时冷玄灵凝聚灵力，激发魂火之后，英招之翼飞腾，英招之蹄猛踏，英招神将人首更是口吐蓝色电光，一路喷射，所向披靡。

这时明心雪也毫不客气，紫霄神鸾的光华耀映四方，飞腾之际宛如紫电盘空，所到之处贼人哭爹喊娘。

反倒是最该使出"安天白鹿"的光明神侠，这时候却十分低调，没有使出魂火，只管舞动剑器。

不过东华神剑本就是传世重宝，舞动间风雷激荡，还不时闪耀电光，本身威力已经十分巨大。

更何况，云翻海还偷偷地激发了一丝金乌朱雀的魂火。

虽然没有冷玄灵、明心雪那样辉煌华丽的造型，但带着日冕烈焰的金乌朱雀魂火，威力了得，至少护得这位武艺并不算高强的假神侠，能在乱军丛中立于不败之地。

但他们这一方的形势，越来越不妙。

出乎他们意料的是，从周围村屋里涌出的敌人越来越多。

这时候，他们终于知道什么叫进了贼窝。

"外来的不如坐地的人多。"

哪怕神侠卫和侯爷府的武士们再精锐，可伤一个少一个，芦花村的匪盗们却源源不断，简直全民皆兵，不知道什么时候是个尽头。

所以，即使云翻海这一方有高手，可照这样下去，落败是迟早的事。

贼酋闻人龙和仇沧江是什么人？尸山血海里杀出来的，经验何等丰富！他们甚至在云翻海、冷玄灵等人之前，就看出了这一点。

当终于见到敌人开始不支，流露败象之时，闻人龙和仇沧江再也忍不住，嚣张无比地仰天狂笑。

这时候他们已经退到众人之后，只用指挥，根本不用向前冲杀。

好整以暇之际，闻人龙脸色狰狞地叫道："神侠？侯爷？我呸！什么狗屁神侠侯爷！今天就叫你们开膛破肚，掏心掏肺！"

"兄弟们，"他大吼道，"咱以前人肉也没少吃，但神侠肉还没吃过，今天咱就叫老少爷们都开开荤，每人赏一块神侠肉，看看吃了是不是能成神！"

"要得、要得！"旁边仇沧江凑趣般怪声叫道，"大哥，吃了神侠肉，就算不成神，也会百病不生。大家都别跟老子抢，我要吃他二斤肋条肉。"

"对了，崔老三，"他冲着人群中，冲得最猛的那个凶狠汉子大叫道，"上回弟妹可跟我说你腰子不太好啊，那这样，等咱活剐了神侠，不仅腰子归你，他那卵蛋也归你了，省得弟妹要来找我啊！哈哈哈！"

这样的话，既凶残，又污秽，还占人便宜。但那个满脸横肉的崔老三，却毫不介意。

不仅不介意，他反而还放声狂笑，喊了声"谢谢哥哥啊"，便挥舞着板斧，更卖力地冲杀。

听得对神侠这般不敬的话，别说神侠卫人人愤怒，就连沧海侯府从上到下，也感同身受。

他们纵然已经有不逮，依然拼命向前，挡住如潮的敌寇。

见反而激起了敌人的士气，闻人龙兄弟两个却丝毫不以为意。

这时闻人龙的目光，正看到在如潮人群中翩然往来的紫衫少女。

看见明心雪，闻人龙本已血红的眼睛，更是充血。

他用满含淫邪的目光，追随着明心雪翩然往来的姣好身姿，呆看了一阵，便猛然大叫道："兄弟们！听好了，那神侠还有什么侯爷，死了伤了都没关系，但这个小娘们，可得留给我！你们也知道，老大我就缺压寨夫人；算上她，勉强凑够十八个了！"

听得此言，匪寇群众哄然发笑，种种污言秽语喷薄而出，很多简直闻所未闻。

明心雪何曾碰上这样的场面？羞愤之际，她的身手一时失了水准，差点被对面的贼匪所乘。幸亏这时云翻海冲到近前，挥剑如轮，杀退了那贼人。

"别听他们的！"云翻海朝失神的少女叫道，"他们满嘴喷粪，都是人渣，千万别受影响。若真咽不下这口气，豁出命拼了吧！"

可以说，自打见面以来，明心雪还从没觉得云翻海有任何话像这句一样顺耳。她立即稳住了心神，努力凝聚起残存的灵力，再次催动了紫霄神鸾。

于是，紫电绕身的鸾凤翱翔半空时，好几个刚才出言不逊的贼人，全都被紫电光雨撕成碎片。

只可惜，从整体而言，像明心雪这样的反击，只不过是回光返照而已。

魂火绝技威力是大，但天下没有白吃的午餐，威力强大的魂火绝技意味着大量灵力的支撑。

看眼前这样子，芦花村众寇根本不需要多么卖力，只要逼着敌人，慢慢消耗，最后获胜的一定是他们。

见此情形，闻人龙和仇沧江的表情更加猖狂。

"兄弟们，别磨蹭了！"闻人龙狂妄地叫道，"都卖卖力，憋股劲儿把他们砍了，咱们也好早点庆祝，大碗喝他们的血酒，大口吃他们的血肉！"

听他这一声喊，本来有些懈怠的群寇，攻势霎时凶猛，如洪水猛兽一般扑向官兵。

第三十章 巨寇踪隐，惜乎除恶未尽

这样一来，云翻海这一方就有些支撑不住了。

眼看局势如此，神侠卫和侯爷府的武士们仿佛心意相通，不约而同叫起来：

"快顶住！让神侠大人先走！"

"快护卫侯爷安全！侯爷，您快走！"

"哈哈！"听得这喊声，闻人龙仰天狂笑，狠声叫道，"还想走？今儿你们全都得留在这里！

"哈，你们做了鬼，可千万别怨我。要怪就怪你们这个不开眼的神侠，惹谁不好，却来这芦花村，惹他不该惹的人！"

听得这叫嚣，官兵们全都心中凛然。

如果说开始听到闻人龙兄弟那些狂妄的话，他们还只是愤怒，但现在，他们愤怒之余，却心胆俱寒。

因为，他们发现，这芦花村隐藏的匪盗一点都不简单；打到现在，己方损失惨重，闻人龙要让所有人死在这儿的狂言，恐怕并不是大话。

只是，正当他们开始恐惧之时，却听得从远处芦苇荡边传来一个声音："是谁家的狗在这里乱吠？真晦气！一出门便碰上恶犬。"

"谁？是谁?!"听得这样赤裸裸的侮辱，闻人龙暴跳如雷。

不过，他的怒喝声很快就被一阵震耳欲聋的喊杀声盖过。

"不好！"经验丰富的闻人龙，满腔的怒火立即化为乌有，取而代之的是无尽的恐惧。

果然不愧为积年的巨寇大盗，只要一听这喊杀声，闻人龙几乎都能数得出来了多少人、战力有多少。

　　于是刚才还好整以暇的匪首，立即尖叫道："兄弟们，来硬碾子啦，别再拉闲趟儿啦，再不踩直条、喷血子，咱都要被人包圆儿啦！"

　　说话间，他已经奋起野猪魂火，重又杀入战团。

　　这时云翻海忽然也叫起来："大伙儿快顶住，贼人要中间突破、两边包围啦！别怕别怕，是好是孬就这一哆嗦了，咱们的援军来啦！"

　　听他这么喊，本来已经泄气的官兵们全都精神一振，鼓起余勇，狂呼乱喝地杀敌。

　　他们按照云翻海所说，不仅中间顶住，两翼也分派人手，不让敌人有机可乘。

　　如此做时，无论神侠卫武士，还是侯爷府卫兵，全都心中赞叹："哎呀，果然神侠名不虚传，连这些匪徒黑话都精通！"

　　"神侠"当然熟知黑话，但这并不是战局转机的关键，关键还是那个突然杀来的援军。

　　不用回头看，云翻海光听那似乎中气不足的声音，便知道是谁来了。

　　"吓，这老郁还真有些本事，听着声音跟生了病似的，却清晰无比，就跟在耳边说话一样。"云翻海心中想道，"哈，既然他来了，咱今日看来死不了了。得，吃了这一番惊吓，回头要跟他说说，把下一期款子给提前付了吧。

　　"呃，好像不太对，今天这麻烦，是我自找的，他估计不会答应吧。"

　　正在他胡思乱想时，那神侠卫的大统领郁愁归，已经率领四五十个精锐的神侠卫武士，杀入了战团。

　　有他们这支生力军加入，战局顿时便扭转过来。

　　那芦花村众寇刚才占了上风，一来胜在人多，二来胜在经验丰富，但若论真正的战力，岂能和神侠卫的精锐同日而语？

　　而且刚才一番拼杀，他们错估了对方的总兵力，现在眼看着就快得胜，突然又来了一大帮子精兵，让他们怎么受得了？

　　很快这胜败之势就反了过来。

　　但芦花村众寇十分顽固，就算到了现在，依然不肯认输，拼命拒捕。

所以当郁愁归来了之后，战斗不仅没有很快结束，还在很短的时间内变得更加激烈。

在这过程中，骄傲自负的沧海侯冷玄灵，手里发狠杀敌，心里却是百感交集。

"这叫什么事儿啊？"他的内心十分苦闷，"本侯想查这个风神侠，想找他的破绽，没想到三番四次，到最后都变成帮他的忙。

"上次春慈院还好说，不怎么伤筋动骨；这回可是妥妥的一番血战，简直亏大了。

"看来神侠这人，果然深不可测——呀！说不定本侯的心思，已经被他看穿，一举一动，都在他的掌握之中。须知今日莫名其妙，便被卷入一场剿匪血战，难道只是偶然？

"唔……看来今后自己的查探，要更加小心了。"

等冷侯爷的念头转到这里时，这场偶然触发的战事，也就走向终结。

芦花村的匪人终究斗不过实力大增的官兵；他们不仅大败亏输，便连刚才嚣张无比的匪首闻人龙，也被郁愁归一铁爪扫中，摔在地上，还想反手反抗，被神侠卫武士乱刀劈砍，当场毙命。

他手下的匪徒死伤大半，余下的全都束手就擒。

只有那二头领、闻人龙的好兄弟仇沧江，心思狡猾，竟然在郁愁归带人刚出现时，就心有所感，开始观察形势，准备逃跑。

当郁愁归当场格杀闻人龙时，仇沧江便知败局已定。

这时他早就溜到战场边缘，一见情况不妙，立即翻身冲入芦苇丛中。

在那里，有一个除了他和闻人龙，其他人都不知道的密道。

别人看着这芦苇荡长得密密麻麻，只有北边一条通道，但就在他跳走的这个地方，芦苇掩映之中的溪岸上，却有一个常人难以发现的密道。

这密道七拐八绕，最终通向海边一处隐蔽的礁石岩洞。

仇沧江熟谙水性，只要他逃到海边，官兵一时来不及发觉，便肯定能安然逃去。

最特别的是，这个密道入口还安插了几张无比珍贵的符箓。

当仇沧江这会儿跳入后，密道口暗藏的罕见符箓瞬间发动，不仅将密道入口封死，还能迅速复原，丝毫看不出任何异常痕迹。

见机的仇沧江，就这样逃走了。

但在逃走之前，他还咽不下这口气，冲着云翻海大叫道："你会后悔的！你惹了不该惹的人，就算你是神侠，也承受不起！"

听到这句话，云翻海忽然觉得有些耳熟。

愣了一下，他才想起来，当日春慈院之事，当桑红琼彻底被揭穿时，也说了的话。

听得这样的话，云翻海哭笑不得。

他心说："怎么回事？这一个个坏蛋怎么都这么理直气壮？上次桑红琼是，这回仇沧江也是，喊的话居然还雷同。"

"哼！倒好像干坏事的不是这些人渣，而是我云翻海。我呸！真是晦气。"

"老郁，你怎么来了？"云翻海将郁愁归拉到一旁，小声问道。

"都说了别叫我老郁。"郁愁归道，"今早公事归来，听说你带人来此偏僻海隅，担心你的安危，便带人来此。"

"哈，真够意思！"云翻海谢了一声，便转身察看那些被捕的匪徒去了。

他并不知道，郁愁归在他身后，看着他的背影，心里想的却是："唉，不省心的家伙啊，今日能赶得及救你，真正要谢的，还是那冷侯爷啊。

"上一回春慈院之事，我便看出他对你的态度有些不对，不知是不是看出了什么破绽。所以今日我听说他尾随你而来，便有些担心，才急急赶来。

"没想到，歪打正着，竟让咱结结实实端了一个贼窝啊。"

正想到这里时，他忽然听到一阵喧哗。

他立即一惊，还以为出了什么事，抬头一看，却见是一大群渔民扶老携幼而来，看他们的穿着打扮，想必都是邻村的百姓。

"这这这……究竟是怎么回事？"听得响动而来的霞浦村村长苏老汉，看到眼前死伤枕藉的场面，惊得差点说不出话来。

郁愁归识人本事何等之强？他只不过一看，便知这些刚来的邻村渔民，确确实实都是良民。

见他们人人惊恐莫名，郁愁归忙抢先几步，站到他们面前道："各位乡亲，不必担惊受怕。今日之事，实是光明神侠大人查知有恶匪藏于海隅，便来此地剿匪。

"先前去霞浦村一番喧闹，实为甄别匪类，神侠大人才巧施妙计，故意而为，才能引蛇出洞，发现芦花村匪巢破绽。

"若有叨扰，还请诸位多多担待，一应损失，我们官府将照价赔偿！"

听他说出这一番话，村民们一片安静。

看他们张口结舌的表情，显然一时消化不过来。

这时云翻海也走到郁愁归身旁，想起他刚才说的那些话，便心想："这老郁还真有一手。显然刚才已经把我今早的胡作非为打听得一清二楚，便在这里给我洗地消毒了。"

正这么想时，那沉默的渔民已经反应过来，转眼间只听得欢声雷动，霞浦、鹤来、落霞三村的渔民们七嘴八舌，全都在颂扬光明神侠深入险地、巧计除匪的功德。

这时那苏老村长更是泪流满面，拼尽了全身力气叫道："神侠大人英明啊，英明啊！就算要甄别恶匪，还不忘颁布'禁渔'的仁政！

"这位大人，您还说要赔偿我们的损失，这不是打我们的脸吗？本来渔家有什么贵物？全都是破烂啊！就算值点钱，现在神侠大人帮咱揪出藏在身边的江洋大盗，我们如果还计较什么赔偿，还是人吗?！"

听得此言，其他渔民纷纷附和，这时他们想到这么一群悍匪就藏在身边，也不禁一阵后怕。

这时，郁愁归看了看云翻海，却见他东张西望，显然更加在意那些真被绳索捆绑的匪徒。

"咳咳。"郁愁归朝云翻海清咳几声。

听他示意，云翻海先是一愣，很快也反应过来。

于是他连忙昂首侧身，仰面向天，深吸一口气，暗自用了灵力，浑厚无比地说道："世事如冰，但心和魂永燃！"

这样的话语声线，真的极富感染力，渔民们不由自主地再次爆发出一阵欢呼，并且在那一刻，望着"神侠"英俊不失仁厚、冷峻不失忧郁、悲天不乏悯人的姿势，他们一瞬间泪流满面！

看着效果极好的场面，云翻海的内心却十分郁闷。

"这叫什么事儿？本想坏事，却又立功，老天爷啊，您真的想玩死我吗？"

"不过也好。"悲屈之际，他想到今日几乎将一群穷凶极恶的同行一网打尽，心中便稍稍欣慰。

和云翻海同样郁闷的，还有那个紫裳飘飘、亭亭玉立的天河神女明心雪。

看着眼前冒牌神侠被万众拥戴的景象，她忽然觉得自己有点不能理解这个世界。

虽然，眼前众口一词，人人都赞云翻海惩奸除恶，但明心雪还是认为，这次事件还是巧合。

和上回春慈院开始的情形一样，今日云翻海在渔村里横行霸道的嘴脸，绝对不是什么用计伪装，而就是本性流露。

按这种思路去想，明心雪便认为，芦花村之事只不过是"贼喊捉贼、狗咬狗"。

"嗯，对！就应该是这样。"她心想，"不是有句话说，'同行是冤家'吗？芦花村的江洋大盗伪装得如此之好，隐藏得如此之深，却居然还被那家伙揪出来，说明这人果然有深重的匪寇大盗心理。

"他本来不也是什么山头的山匪小贼吗？说不定，他也和芦花村这些匪盗一样，穷凶极恶，杀人如麻，可能还生吞活吃过人呢！"

想到这里，明心雪忽然惊慌失色，娇躯颤抖，想到一个可怕的可能："莫非风哥哥他，真像那些小说戏文常见的套路，比如坐海船时，被云翻海这狗贼残忍杀害、抛尸大海了？"

女孩儿的想象力委实丰富，一开了头，她的脑筋转得简直停不下来："哎呀！很有可能，这厮不是叫'云翻海'吗？这名字和'混江龙'一个样式，说不定山贼只是伪装，他实际就是翻江搅海的江洋大盗啊！"

想到这里，明心雪几乎能脑补出当时爱郎遇害的场景：

茫茫大海上，阴云低垂，电闪雷鸣，自己的未婚夫在海船上被绑得像只大粽子，在群匪尖厉放肆的哄笑中，"扑通"一声被扔下了大海。

可怜那翩翩浊世之佳公子，又何尝见过这般下三烂的凶恶手段？被抛下大海时，他的内心该是多么的无助、凄凉和绝望啊！

想象到这里时，明心雪的眼眶都红了，一双明眸之中，正是泪光莹莹。

第三十一章 剑舞海村，磊落英华之气

　　这时云翻海正走过来，看见她这样，便道："怎么？剿匪场面太过惨烈，你吓得都要哭出来了？唉，不管怎么说，你都是个女孩儿，以后这种血腥场合就别来了。"

　　他口中这么说，却心想："上次春慈院，这回芦花村，每次事情的发展，都背离小爷的初衷。我实在有点怀疑，是你这小娘子的运势太好，竟是红运当头，才连累得我次次失败。所以，以后最好别再像个跟屁虫似的，跟着我啦。"

　　云翻海心中这么想，但女孩儿的反应，却明显事与愿违。

　　只见她收起悲容，竟是嫣然一笑，注目云翻海道："我可是堂堂的'天河女侠'，还会怕这个？无论上回春慈院，还是这次芦花村，都是很好的历练啊。以后若有这样的机会，我还来。"

　　"好吧。"云翻海心道晦气，却不好说什么。

　　郁闷之际，他偶然一望明心雪的面容，便有些讶异："咦？这小妮子怎么面带微笑，目光却跟要吃了我似的？莫非她竟是芦花村匪寇余党，也喜欢吃人？"

　　他两人就这般各怀鬼胎，心中各有郁闷。

　　这时那沧海侯冷玄灵，自然也是心中郁闷。

　　和云翻海、明心雪一样，他这两回，也都是事与愿违。

　　不过，他刚才生闷气时，却也注意到云翻海和明心雪两人的对话。

　　冷脸冷面的冷侯爷，自是极聪明，只是稍一察言观色，他便忽然好像捕捉到点什么。

"是什么呢？……"思忖片刻，他猛然一振，心说道，"莫非这明心雪也察觉出什么不妥？要不，想戳穿神侠的伪装，揭穿他的阴谋，就从她身上着手、突破？"

"不行！"冷玄灵立即否定了这个想法，"怎么回事？我堂堂沧海侯，怎么还想着要靠一个女人成事？绝对不行！"

他望着随意站立、接受村民们欢呼的云翻海，心想道："哼！风惊雨，有你的。你厉害，竟然什么都没做，却让我一时进退失据，想岔了念头，竟然想要去靠女人。

"嗯，看来你这神侠，不仅不是浪得虚名，还真的深不可测。接下来我的行动，要更加小心了。"

正这么想时，他却见那神侠卫统领郁愁归走了过来，笑着拱手道："神侠卫统领郁愁归，见过沧海侯。"

"嗯。"沧海侯淡淡应了一声，"不必多礼。"

"礼数还是要尽的。"郁愁归笑道，"毕竟，侯爷您最近两次对我神侠卫都十分上心，不仅每回到场，还出手相助，我还是要代表神侠大人致以谢意。"

"只是举手之劳。"冷玄灵无意多说。

"即使举手之劳，也占了侯爷的工夫。"郁愁归脸上的笑容，忽然隐去，沉声道，"侯爷好意，我等全都心领。只是神侠卫上上下下，勠力同心，人手也足，有我和诸位同袍撑着便足够了，以后便不敢劳烦侯爷费心费力了。"

听得如此绵里藏针之言，冷玄灵不动声色，并不作答。

不过他心里却忖道："呵，果然传言不虚，这姓郁的不是个省油的灯。他这番夹枪带棒，分明是怪我对他们神侠卫过于上心，几次插手，便担心本侯爷把手伸到他那一亩三分地里。"

心中对郁愁归的不善，清楚得跟明镜似的，但冷玄灵并不准备真正往心里去。

因为，他自认身份尊贵，境界高洁，才不跟郁愁归这样蝇营狗苟的小吏计较呢。

两人立场不同，针锋相对，这现场的气氛，便有些尴尬僵持。

看两人对峙不言，云翻海不明所以，便走过来，竟是十分热情地上前拉住冷玄灵的衣袖，热情洋溢地叫道："冷侯爷，您真是大好人！"

"啊？"他突如其来的这番热情，令冷玄灵有些不知所措。

"当然、当然！"见他一脸茫然，云翻海笑道，"兄弟我两次大事都靠您相助，您当然是大大的好人，是我的吉兆福音呢。在我的心目中，您不是沧海侯，是福音侯！您对我真好！"

云翻海这番真诚无比的感谢，听在冷玄灵的耳里，却觉得每个字都是讽刺。

刚才郁愁归夹枪带棒的话，对他没有丝毫影响；但是听了云翻海这番发自肺腑的感激之词，他却瞬间一脸阴云，满面晦气，使劲一甩袖，挣脱云翻海的拉扯，转身离去了。

"呃？"见他如此，云翻海有些愕然，转脸对郁愁归问道，"老郁，我是不是说错了什么？冷侯爷怎么连回答都不回答，臭着脸就走了？"

"你没说错什么话。"郁愁归若有所指地道，"你没说错话，而是恐怕有人用错了心。"

这时明心雪正在一旁，看到这三人对话的全过程，便朝云翻海冷笑道："你没说错话，但却做错了事。"

"啥事？"云翻海一脸茫然。

"你不懂吗？"明心雪故意道，"你一个大男人，扯住冷侯爷的袖子做什么？礼数僭越就不说了，你这么做，他还以为你有断袖之癖呢。"

"断袖之癖？"云翻海疑惑道，"啥叫'断袖之癖'啊？断袖之癖、断袖之癖，有这癖好的人真有病啊，好端端的把人家的衣服袖子扯断干吗？要是谁敢跟我断袖之癖，我叫他赔衣服不说，还定然打得他满地找牙！"

听他这般歪缠，明心雪冷笑不已，却不说话，只在心里嗤笑道："呵，果然是没文化的小山贼。"

"哎呀！"这时云翻海反应过来，连忙冲着远去的冷侯爷背影大叫道，"冷侯爷！我可不是这样的坏人，你别误会，我没有断袖之癖，只是仰慕你的人才，感激你的帮忙，特别想和你亲近而已！"

这时候，冷玄灵正潇洒无比地飞身上马，听得云翻海这声叫喊，冷不丁身子一歪，差点没被马镫一绊，摔在地上。

好不容易稳住身形，他赶紧飞身上马，催马扬鞭，疾驰远去。

而这时，面对天真烂漫的云翻海，明心雪忽然有些醒悟，心想道："不对啊，这小贼分明是个大恶人，怎么可能不知道？莫非这家伙真有不良癖好，只是故意掩饰而已？"

一想到这，明心雪心中一阵恶寒。

她下意识地想从云翻海身边远离。

但局势的发展，再次事与愿违。

这时更多的邻村村民听到消息赶来，看见这场面，再问清楚了情况，便全都开始欢呼起神侠和神侠未婚妻的名字。

见此情景，明心雪一脸无奈。

她知道，按照朝廷的剧本，这是她和神侠未婚夫在民众面前表演"鸳鸯侠侣"的时间到了。

于是纵然心中一万个不乐意，她还是不得不捏着鼻子，强忍着恶感，凑近云翻海，和他相互依偎。

而毕竟今日除暴安良，云翻海的心情还是很不错的，不免接下来的表演，不由自主地多投入了那么一点。

于是耳鬓厮磨，身子贴近，几乎能感受到对方躯体的轮廓和曲线，还清晰无比地感觉到从对方身上传来的阵阵温暖热意。

明心雪变得更加不适。

她几乎快要吐了。

她觉得，现在已经到了她人生最艰难的时刻。

芦花村贼窝被端，那些缴械投降的贼人不可久留，被关山明率领神侠卫武士们先押解回京城。

云翻海和明心雪、郁愁归却没立即跟着回去。

因为他们现在，已经被本地的村民们盛情挽留。

挽留的声势极为浩大，甚至到了群情沸腾的地步。

在苏老村长的带领下，霞浦三村的村民，又是请愿，又是下跪，甚至搬出了村中几位百岁老人，痛哭流涕，真情挽留。

面对这架势，云翻海等人顿时意识到，如果今天自己不答应留下来，简直要激发民变。

其实云翻海他们对渔民们的心情十分理解。

对霞浦之民来说，消息本就闭塞，像"光明神侠大破巨寇贼窝"这样的事情，以前只是传说，只可能从戏文中听得。

现在传奇就在眼前，他们还怎么舍得让英雄人物立即就走？这完全不符合他们朴实到极点又真诚到极点的待客之道。

于是这一晚，云翻海、明心雪、郁愁归几人，还有少数留下来护卫的神侠卫武士，便与民同乐。

他们在海滩上升起了篝火，烤起了鱼虾鱿蟹，喝起了珍藏的米酒，到了高潮之处，所有人都一起欢歌跳舞。

对这样"与民同乐"的场面，云翻海非常适应，因为本来他就是"民"，这样一起狂歌乱舞的场面，他十分习惯，也十分享受。

但明心雪和郁愁归就不太一样。

一个是众星捧月的贵族娇女，一个是位高权重的世家英杰，即使理智上说服自己，但一闻到那些渔民身上难以消除的鱼腥味，他们便本能地想避让。

但随着欢庆的进行，二人的不适渐渐消除。

尤其在云翻海带着捉弄性质的力邀下，他们两人也渐渐融入了热火朝天的欢庆之中。

甚至，阴柔内向的郁大总管还在兴致高昂时主动请缨，在众人面前舞剑一曲。

剑是借的云翻海的东华神剑，沉稳内敛的年轻总管，就在明月之下、海潮之前，英姿勃发地舞动。

那剑光倏烁，上映明月光华，下合海涛节奏，便仿佛夜晚的东海中，有银龙破水而出，来这霞浦之滨往来飞腾。

郁愁归的剑舞，舞到兴致浓处，在剑气如雷间，还忽然开口朗声吟哦：

笑舞狂歌二十年，
花中行乐月中眠。
无意海外传名字，
最乐腰间足酒钱。

潇洒的词句，伴随着剑舞的节拍，在这夜晚的东海之滨，正显得磊落洒脱，潇洒到极致。

"心雪，"云翻海边看剑舞，边对旁边的少女说道，"你看这老郁，平时看着一心钻营，整天冷着个脸，没想到他不仅剑舞得极舒展，连吟诗也那么洒脱，简直不敢相信是同一个人。"

对云翻海这说法，明心雪其实很赞同。她也没想到城府深沉的郁愁归，还有这样磊落英华的一面。

不过，虽然心中赞同，她却扭过脸去，好像没听到云翻海的话一样。

这一晚欢庆结束，郁愁归给这些渔村留下不少钱粮，此后云翻海一行人不再停留，直接蹚过海滩，上了郁愁归先前带来的巨大海船。

他们的回程不再从徘徊川溯游而上，而是直接沿着海岸线向南，航行大概百里之后，直接到达怒波川的入海口，然后再溯流而上。

这样的路线，虽然绕远，但却更加安全。

海上因为跟魔国交战，近海防卫森严，到了怒波川溯流而上，更是层层防卫，绝对不会出事。

虽然名字中有个"海"字，但这还是云翻海第一次海上航行。见他事事新奇的模样，明心雪心中很是不屑。

但云翻海根本不顾她的目光，从海船的船头走到船尾，又从另一侧的船尾走到船头。

来回了几次，他也有些累了，便趴在栏杆上，看月色下的东海夜景。

今夜月亮正明。

在明亮月光的映照下，海中奔涌的波浪，就像一条条闪着银光的巨鱼。

云翻海的目光，追随着这些神秘的大鱼，周而复始，乐此不疲。

他又看到，虽然有些朦胧不清，远处分明有几艘夜航的渔船，那几点忽明忽灭的渔火，便是证明。

但为什么渔火会忽明忽灭呢？

云翻海的心中泛起了这样的问题。

趴在船舷上，如好奇的孩童般看了一阵，又想了一阵，云翻海忽然想通："哦，那应该是渔船随波起伏，有时下到海波谷底，渔灯的光芒便被其他涌起的波峰遮住；转而又随波涛升到了峰顶，那渔灯便能照得很远，让自己看见。"

　　想通了一个简单的道理，却让云翻海变得无比的兴奋。

　　但兴奋并没有持续多久，云翻海便忽然感觉到有些落寞。

　　因为他想起了一个人。

第三十二章 心路如冥，窥秘永恒之殿

"小草儿，这样奇妙的景色，真想也让你看到。

"知道你最好奇，连一株草、一朵花、一只小虫，都能看半天。可怜到今天，你连飞云山都没出来过。

"你放心，只要哥哥能尽快脱身，赚到安稳钱，就带你出来，见见这繁华的世面。"

心中转着这些念头，他便显得有些出神。

见他出神，先前对他不理不睬的明心雪，倒反而有些好奇。

"这样的坏人，在想什么？"她看着云翻海的侧影，想道，"他会不会因为看到如此清幽浩大的海月夜景，便心生忏悔，从此改邪归正？

"呵，怎么可能？我不要太天真了。"

想到这里，不知怎么，明心雪心里就涌出一股怒气。

这股怒气，她一时无法压抑，总觉得想要发泄一下。

于是她看了看四周，见郁愁归和那些神侠卫武士要么已回到船舱，要么故意离他们两人远远的，根本听不到这边说什么。

见得如此，明心雪眼珠一转，便走近冒牌的神侠，轻声说道："你，知道我为什么喜欢神侠吗？"

"为什么？"云翻海诧异地扭脸问道。

"因为，我从小就告诉自己，我的爱人，要优雅，要卓绝，要千万人中回眸，第一眼便看见他。"明心雪不看云翻海，而是对着船外万里海涛说道。

很明显，她这番话，便是要故意来奚落云翻海。

但云翻海却没听出这层意思，只是随口敷衍道："哦，这样啊，有意思。"

见他如此，明心雪心中的郁气不仅没有发泄，反而变得更加生气。

但她很快惊觉自己心境的波动，忙暗暗自责一声，重又努力平复心情。

不过如果对话就到此为止，她觉得好像很是失礼，即使面对的是自己憎恨之人，也不能坏了一直以来高贵的教养。

于是她便努力露出一个笑容，虚应故事般对云翻海随口问道："那你呢？你喜欢什么样的女子？"

"我啊，"云翻海想也不想便道，"我却和你相反。我觉得，真正的好儿郎，要喝着烈酒，骑着骏马，看中了哪家姑娘，便从她家门前打马而过，将她一把抱上马来，然后纵马奔驰。若不惯马上，那就寻得一片松软的山谷草坪，下得马来，一起幕天席地，和她行了子孙繁衍之事。"

本意只是随口相问，却没想到云翻海说出这么一番话来，作为从小教养极严的贵族小姐，明心雪哪听得这样的话？

她顿时又羞又恼，一张俏脸涨得通红。

"粗俗！"她用自己能说出口的最严重的字眼，骂了云翻海一句，便转过头去，不睬他了。

见她如此，云翻海却嘿嘿冷笑，心说道："这小娘们，模样是俊俏，可就是太不经逗。要是换了咱绿林道上的大姐，我敢说一句荤话，她就敢扔十句百句更荤、更赤裸的话来。那时候落荒而逃的，就该是我啦。"

想到这里，他看着身边虽然靠得挺近却实际极为陌生的少女，便愈加想念山寨的亲人，想念那个娇憨可爱的小草儿妹妹。

这时候，那远处的渔火，依旧明明灭灭，天上的月华，依旧映得海波灿烂如银。

月光，映入了谁的相思？

渔火，亮成了谁的眼眸？

这一刻，天地俱静，唯有涛生云灭。

暮春之际，即使夜晚，也十分暖和。

两人看着天上的星月，听着海面的涛声，又想着满怀的心事，竟然不知不觉间，就在这阔大的甲板上和衣而眠。

起伏的海船，如同儿时的摇篮；枕着涛声，女孩儿很快入睡。

此时云翻海离她很近，两人便这样脸对着脸。

如水的月华，衬得少女的俏靥，如同一朵在月光中绽放的睡莲。

于是纵然心有成见，云翻海还是不得不承认，这个娇生惯养的明心雪，确实长得很美。

云翻海毕竟是血气方刚的男儿，看见这样美妙的女子，怎么会不心动？

但这样的心动，也如此时划过天际的流星，一闪而逝。

因为他抬头看看天上的星月交辉，又低头望望海面的渔火明灭，便自嘲地一笑，想道："我和她，一个地下，一个天上，根本就是两个世界的人。嗯，别胡思乱想了，睡吧。"

一夜无话。

到了第二天早上，明心雪一觉醒来，正要起身时，却发现自己身上披了一件长衫。

这长衫，明心雪一看，便知道属于云翻海。

她立即紧张起来，跳起身，将身上的长衫猛甩到一边，然后一转身，正看见长衫的主人笑嘻嘻地看着自己。

见此情景，明心雪更是惊惶，声音都变了调，紧张地问道："你……你对我做了什么？"

"嘿！"云翻海冲着她，龇牙咧嘴一笑，慢条斯理说道，"做了什么？自然是趁你睡着，把你扔进海里，又捞了上来。"

"哼！"这时明心雪也知身上无异，但刚才那种奇异的紧张感，让她又羞又愤，便冷哼一声，一跺脚，转身便走了。

远处，那些早起的神侠卫武士远远看到这一番情景，不由得大加感叹："哎，神侠伉俪感情真好。虽然还没正式成婚，你看那神侠大人生怕未婚妻子着凉，特地给她披上长衫；现在又这一番笑闹，真是亲密无间、羡煞旁人呐！"

水路迤逦，此番绕远，虽然安全，但毕竟费时。

尤其自怒波川溯流而上时，当地守卫官员闻得神侠鸳侣前来，全都盛情相邀；虽然郁愁归出面都辞以公务繁忙，但毕竟几番耽搁。于是等他们的座船才到怒波川中段时，已经夕阳西下，明月东起。

落日熔金，月影婆娑。

暮春时节，船上凭栏，眺望大江东去，明心雪心有所感。

情怀激荡处，她不由得轻启樱唇，对着滔滔江水，曼声吟唱：

　　　　春每归分花开，
　　　　花已阑分春改。
　　　　叹长河之流春，
　　　　送流波于东海……

明心雪这一番吟唱，抑扬顿挫，高低吟哦，声音既清且柔，再配合那斜倚船栏、伤春悲秋的姿态，正在彤红的霞光中形成一幅绝美的画图。

云翻海正在一旁，看得有些呆了。

"真好听。"他由衷地赞叹。

不过明心雪动也不动，目光远眺，静默无言。

不被理睬，云翻海却丝毫不觉尴尬。

面对这长河落日的壮丽景象，听了少女一咏三叹的清幽词调，他也受了感染。

他叫了一声"我也来"，便双手叉腰，气势雄浑地站在船尾甲板，面对浩荡大江，猛然放声歌唱：

　　　　老渔翁，一钓竿。
　　　　靠山崖，傍水湾。
　　　　扁舟来往无牵绊，
　　　　沙鸥点点清波远。
　　　　芦港萧萧白昼寒，
　　　　高歌一曲斜阳晚。
　　　　一霎时波摇金影，
　　　　猛抬头月上东山！

相比少女词调的婉约幽然，云翻海这番渔歌，朴素而豪爽，有一种不加修饰的天然韵味。

原本根本不把他看在眼里的少女，听他响亮豪迈地唱完，也在不经意间，微微地点了点头。

这时郁愁归在远处，看到两人这一番吟唱，心中却是另一番感受。

"原来这云翻海，还真是个有文化的山贼。"他心想，"看来，我们查来的情况应该属实。他的祖辈本是读书子弟，到了他爷爷那一代，因错手犯了人命官司，才逼上飞云山，落草为寇。

"据说当年逃亡之时，他爷爷还不忘背了一箱子书走，连选择落草的飞云山，都因为山名听起来有点文采，才那样选择。

"所以说，'书香传家久'，这么说来，这云翻海仗义疏财、收留老弱，应该都是出于真心了。

"这就对了，无论春慈院还是芦花村，他都是真心除暴安良。

"算了，本来还要责他轻举妄动，幸好都有个好结果，两次都立下了罕见功勋，大长我神侠卫的威风，我就不要再怪责他了。"

心中这么想时，郁愁归便快步上前，走近两人说道："两位好兴致。这黄昏景致确实宜人，既然你们两位都唱了应景词曲，郁某不才，也来献个丑、凑个趣，给你们收个尾。"

"哈，好啊!"云翻海立即热情说道。

郁愁归清咳一声，便朗声高吟：

怒波洲头洲水清，
怒波洲尾洲水平。
一声欸乃一声桨，
共唱渔歌对月明。

平时阴郁的神侠卫大总管，这一刻却是挥洒随意，优雅清灵。

其时，正是白帆风满，流霞成波，明月娉婷。

冒牌的神侠诗情画意，真正的神侠，这时却波诡云谲。

因为结盟魔国有了进展，风中传来的异神之语，表达了对风惊雨的赏识。

最重要的是，封印隐匿于悖乱深渊的邪恶异神们，终于允许他进入"众神栖息"之地：永恒之殿。

永恒之殿是悖乱深渊中，镇压最强大异神之所。它真正的名字，叫"永刑之殿"。

作为永刑之殿的囚徒，异神们自然不能将这样晦气的名字告诉风惊雨，便稍加修改，美化为"永恒之殿"。

当然，这些对风惊雨来说，根本不重要。

轻车熟路地进入悖乱深渊，按照异神之语的指引，他来到了永恒之殿。

和光辉灿烂的名字不同，永恒之殿的邪恶和丑陋，达到了异神遗迹的巅峰。

站在广阔幽邃的殿堂中心，风惊雨一瞬间有个错觉：

他仿佛站在了世界的中心，这一刻他就是世界之王！

错觉是一系列幻象的开端。

邪恶的异神，接下来用风、水、火、雷、电，在永恒之殿中向风惊雨展示着异神族隐秘的历史。

随着一幅幅画面的展开，风惊雨的脸色越来越狂热。

他看到，太初上古，天清气郎，千羽万族和谐共处，整个世界都仿佛光辉灿烂的众神花园。

渐渐地，众神花园开始崩塌。

私心、暴虐、阴谋、仇恨，种种的负面情绪，开始暗暗滋长。

携带着毁灭力量的风暴、洪水、地震、火山爆发，也越来越多。

面对生存资源的日渐匮乏，负面情绪的增长速度越来越快了。

以前从未有过的大小争斗，越来越多。

它们就像自然天灾那样，在爆发之前积少成多，暗暗积蓄着最后爆发所需的能量。

终于，前奏过去，终章到来，世间所有的种族分成两派，一方以神族为首，一方以魔族为首。

毁天灭地的神魔大战，爆发了！

这一场大战造成的破坏，超过了任何一次天灾，甚至整个世界的自然面貌，都为之发生了变化。

为了偷袭，他们可以开辟海沟海峡；为了陈兵，他们可以抹平山脉危崖。

世界濒临毁灭的边缘。

势均力敌的战争，没有胜者。

力量滔天的神族，奄奄一息。

强大无匹的魔族，濒临崩溃。

眼看着整个世界，就要在这个席卷天地的大灾难中，彻底毁灭，重新开始。

其实，这倒也符合自然原本的"不破不立"规律。

但这样的规律，对身处其中的生灵，太过残忍。

没有人愿意遵循这样的规律。

所以无论神族还是魔族一方，都涌现出无数勇者，试图力挽狂澜。

但在已经打成热窑、乱成熔炉的天地中，这样的努力所能达成的效果，微乎其微。

没想到，真正的救世主，来自于一个不起眼的仆从之族。

正当神魔两败俱伤、陷入僵持之际，上古魔族的奴仆之族伽陀摩罗族，趁势崛起。

拥有着可怕拟形、吞噬能力的伽陀摩罗族，对反叛已经酝酿了无数年。

那些作为奴仆之族最好的拟形和吞噬技能，这时候却成了葬送神魔二族最可怕的技能。

相比技能，伽陀摩罗族对这个世界更致命的，还是他们极度残忍和邪恶的性情。

曾经被欺压的奴仆一旦崛起，造成的伤害往往难以想象。

这时无论神族还是魔族，在成年累月的大战中，已经被极度削弱。

于是，自称"异神"的伽陀摩罗族，差一点就灭绝了神魔二族，成为整个神魔大战中笑到最后的获益者。

只可惜，最终只能说他们"差一点"。

第三十三章 ⚔ 狂心如沸，迷陷魔女春情

　　不管是什么原因，是内部出现问题，还是神魔二族出现了力挽狂澜的勇士，或者像最流行的说法所说，来自异域龙渊列岛的异龙族突然出了手，总之，到最后伽陀摩罗族功亏一篑，悲惨凄凉地被镇压在悖乱深渊的深处。

　　既然失败，为什么说他们还是救世主？这是因为，如果不是他们满怀复仇的火焰，重点对付曾经的主人，上古魔族也不会在神魔大战的末期迅速地败给神族。

　　历史总是战胜者书写的。

　　许多称谓，本没有褒贬对错，但争斗出了结果后，就有了。

　　如果胜利，胜利者的名字就变成褒义词，用来赞美；

　　如果失败，失败者的名字就变成贬义词，用来诋毁。

　　很多人都没想过，为什么在后世之中，"神"会被用来称呼一切美好而强大的生灵，而"魔"却常常和"恶"连在一起，用来贬低那些确实值得贬低的凶恶种族？

　　真正的根源，就在于上古神魔大战，最后以"神"为名的种族胜利了啊！

　　立于永恒之殿，风惊雨看到了所有这些上古的秘密。

　　刚才所说，只不过他所看到信息的冰山一角。

　　上古的秘密，不是一般人能够承受。

　　即使风惊雨这样的绝世天才也不行。

　　所以当上古的隐秘被异神演绎于眼前时，风惊雨双目紧闭，身体仿佛彻

209

底失控，陷入了完全的狂乱。

他忽而惊恐得瑟瑟发抖，忽而兴奋得手舞足蹈，忽而膜拜得五体投地，更多的时候，则是毫无征兆地簌簌流泪。

这时如果有谁进入永恒之殿还能保持冷静，看到这情景，便会说，"这里有个疯子"。

不管是不是如痴如疯，总之永恒之殿中的幻象，告诉了他许多东西，补足了他即使博览群书，也完全想不通的事。

到了这一刻，仿佛有一道此地绝不可能出现的圣光，穿破了可怖的黑暗，照入了他的灵魂。

他仿佛忽然明白了自己的宿命，明白了自己来到这个世上，就是为了让异神族成为永恒之王。

一瞬间，他泪流满面。

这时永恒之殿的深处，又传来奇诡的低语。

别人耳中诡异难懂的音节，映入风惊雨的脑海时，却如同母语般亲切浅显。

异神之语在问他接下来的总体计划。

于是幽暗的深渊中，他用一种虔诚的语气，开始陈述自己的计划。

当然，连风惊雨都没意识到，自己本来想说的华夏语，说出口时，竟自然而然地变成了异神语。

他向冥冥中的异神禀报，他将在上回异神教导的奇谋基础上，进一步借助寒渊帝国的力量，摧毁现在的东华王朝。

之后他会让魔国统治和奴役东华之民，他只做个魔族眼中的傀儡总督。

但他不会完全站在魔族的一方，暗中会支持反抗魔族占领军的力量，"养寇自重"。

这样一来，寒渊帝国为了巩固统治，一定会不断镇压反叛，还需要倚重他。

但有了他这样的"内应"，东华国的反抗力量，一定不容易消亡。

于是魔族便被拖入了泥潭，无暇他顾。

这样他就能真正完全掌握天墟。

事实上，风惊雨完全不相信魔帅罂陀诺的承诺。

他只相信通过自己的权谋，不受任何干扰地达到自己的目的。

当他真正掌握了天墟，便拥有了世上品质最佳的神魔魂火，还能保证源源不断地供应。

到那时，他必能解放沉埋在悖乱深渊中的异神族。

而这世上，现存的最强大种族，看起来就是以寒渊魔族为首的魔族。

但他们只是上古魔族的后裔，经历岁月流逝，诸多变故，早已退化。

上古魔族到后期，已经打不过异神族。现在退化的魔族，就更不是他们的对手了。

至于人族，连身为其中一员的风惊雨，都完全不相信他们有任何机会反抗异神族。

到了那时，伟大的伽陀摩罗族，将重新屹立世间，不仅统治这个世界，还会去掉那个"异"字，成为这个世界的新神！

陈述到这里时，风惊雨终于把心中推演过无数遍的宏大计划，彻底说完。

当他说完，好像整个悖乱深渊都陷入了沉默。

没有任何声音回应他。

不知过了多久，永恒之殿的深处终于开始回荡起低沉的咆哮声，又有无数的异神之语响起。

但没有一个异神之语在回复他。

无数的异神，在此刻窃窃私语。

未知极为可怕，等待最是煎熬。

正当风惊雨等得心惊肉跳，几乎想转身就逃时，忽然有一道奇异的光束，真的穿透了令人窒息的邪恶黑暗，直直地照向了他。

这光束十分奇特，连被直接照射的风惊雨，都说不清它的颜色。

但这束碗口大的光柱中，却又充盈着无数奇形怪状的花，和周围的黑暗一样同样透露着浓重的邪气，挨挨挤挤地顺着光束朝风惊雨的身躯灌输。

当所有的恶之花都灌注到风惊雨的身体中，这束光忽然消失无踪。

光影消逝处，有一个声音如同暗夜惊雷，在风惊雨的灵魂中炸响：

"我等古老而伟大的种族，曾经的世界之王，认同你的计划。

"现赐予你光辉无比的'异神之力'，助你完成心中所想。

"去撒播恐惧和愤怒吧，我们的'千年之王'！"

听着史诗般的话语，感受着前所未见的力量，风惊雨泪流满面。

尤其听到那一句"千年之王"，他忽然整个身心都开始剧颤。

这一刻，他对那个古老种族的忠诚，达到了顶点。

离开悖乱海渊，风惊雨马不停蹄，立即去了寒渊帝国。

这一次，魔族元帅罂陀诺并没有亲自接见他，而是委派女魔将珐汐娜接待他。

珐汐娜可谓闻名遐迩，不仅是寒渊帝国风口浪尖的人物，连东华国中也有许多人听闻。

这个名声，并非其他，而是她性格放荡，生性魅惑，向来有"天魔女"之名。

这还真应了她名字"珐汐娜"的魔族语含义：魅惑、善使妖术。

对这个风骚的女魔将，风惊雨以前也只是耳闻，今日亲自一见，才发现她的魅惑之情比传闻的还要厉害。

今日两人见面之处，在寒渊帝国西部的一处海滩，名为"鬼怒滩"，正是珐汐娜所部魔军驻扎之地。

鬼怒滩及紧邻的鬼怒海，正是寒渊帝国发兵攻打东华洲的前沿阵地之一。

能让珐汐娜镇守这样的军事重地，可见这个天魔女在放荡之名外，绝对很有才干。

对这一点，风惊雨心知肚明，并且在见她之前，就告诫自己，别被这个妖媚的女魔头给迷惑。

理智如此，可一见魔女之面，风惊雨貌似无法自控地心旌摇荡！

两人见面之所，是在珐汐娜的中军营帐。

因为事涉机密，她已经屏退了所有部下。

当风惊雨走入营帐时，正看到天魔女傲然伫立在营帐中央。

珐汐娜今日穿一身血红色的短甲戎装，从上到下都是血红色的短剑衫、短战裙、短战靴，什么都短，以至最大限度地露出了肌肤；无论白嫩香软的蛮腰小腹，还是光洁修长的玉腿腕足，全都暴露在风惊雨的视线中，让他的眼睛几乎没地方放。

红衣配雪肌，如烈火烧灼白雪，对比强烈，色彩鲜明，美得让人惊心动魄。

而女魔族特有的高挑婀娜身材，也在珐汐娜身上达到了巅峰。

那曲线惊人，凹凸有致，竟让见惯世间美人的风惊雨，不知该往哪里看。

不过，当他的目光扫过一遍，到达珐汐娜的头脸时，他还是感叹，魔女最魅惑、最诱人的，还是她这一张脸。

她的容貌，妖媚曼丽，鼻子挺翘，带有典型的魔族风格。

她的嘴唇，晶莹红润，肉感强烈，哪怕是现在抿着嘴不说话，也朝外嘟着，让人一看便产生吻上去的强烈冲动。

最奇特的还是她的眼眸，仔细看似蓝还紫，犹如海水与火焰的结合，幽邃、神秘，还不乏热烈，让人迷堕其中时，恨不得放开所有身心，投入那紫色的魔狱火焰，化为灰烬……

只是打量了这几眼，风惊雨察觉出自己的异状，便悚然而惊，心想道："这个女魔将，荡名之下，其实更甚。和世间俗艳荡女不同，珐汐娜所拥有的，是一种能让人奋不顾身的死亡毁灭之美。"

想到这一点，风惊雨心中惕然，连忙暗运灵力，默念清心之咒，抵御魔女无所不在的魅惑之意。

见他如此，珐汐娜仰天哈哈一笑，神情得意无比——这一瞬好似男儿的姿态，被媚丽无比的女子做出，更显出一种惊人的奇异错乱之美。

深谙自身魅力的珐汐娜，自风惊雨进帐后，并没有一开始就对谈，而是特地留出时间，让这位东华国来的人族翘楚，充分地领略自己的美。

见他终于慑于自己的艳光，不得不使出灵法对抗时，珐汐娜暗自得意地一笑，心道："嘻，什么东华国最厉害的栋梁，见了本魔女还不是心旌摇荡，无法自持？

"虽然没有像那些凡夫俗子，见了我便幻象丛生、丑态百出，但你还不是要使出镇魂的灵法？

"唔，这么看来，这个什么东华'光明神侠'，也是盛名之下，其实难副；照我看呐，这抵抗诱惑的定力，也不怎么样嘛。"

心生轻蔑之情，但当她开口时，却已是笑意盈盈，用一种礼貌敬重的语调说道：“风神侠，久仰大名。议事之前，我要替魔帅大人道个歉，他现在军务繁忙，实在抽不开身，便派我来。

“你放心，我是嚣陀诺大人最信任之人，来之前他已经跟我交代好一切，你跟我谈也是一样的。早就听说风大人胸怀磊落，是人族中最有本事的英雄，想必不会怪罪我方这样的安排。”

珐汐娜这番话，说得有礼有节，十分照顾风惊雨的情绪。

但实际上，风惊雨内心还是不快的。

他自视何等之高！

以前他就觉得，他至少要和魔帅嚣陀诺平起平坐；而在永恒之殿之行后，在他内心中，更是已经觉得，有异神族那个庞大恢宏的计划，以后连寒渊魔皇傲湃霆都要在他之下。

当然，彼一时此一时，风惊雨现在还是十分理智的。

纵然心中不满，听得女魔将这么一说，他还是春风满面地笑道：“珐汐娜大人言重了。何来道歉一说？能见到威名卓著的珐汐娜大人，在下已是喜出望外了。”

“真会说话，嘻。”珐汐娜娇笑一声道，“风神侠大人，就算有什么不高兴，等你听完我这番话，你也该开心了。”

“哦？”女魔将只是看似随意地一说，风惊雨的心跳却忽然加快。

接下来，珐汐娜的声音却再无娇媚之意，而是庄重肃然地跟风惊雨说出一席话来。

这席话并不长，却听得风惊雨既激动，又惊奇。

虽然他素性矜持，但依然忍不住开口相问：“你刚才说的都是真的？他怎么会……”

“怎么不会？”珐汐娜看着他，“我寒渊上国，如何会把一统大业，寄托在阁下一个人身上？况且，他与我寒渊结盟，还在你的前面。”

“原来如此，我知道了。”风惊雨表面波澜不惊，但心中却一阵凛然。

“风大人，你不用介意。”珐汐娜的目光，仿佛看透了他的内心，“你放心，我国之东华攻略，依旧以你为主；待到寒渊一统海国之际，你将是东华之王。”

“东华之王？”风惊雨一愣。

"对！"珐汐娜郑重说道，"上回我家元帅大人跟你说的是东华总督。但后来几番筹算，都觉得低估了你应得的荣耀。

"所以，风惊雨大人，只要你践行了承诺，你必将成为东华之王。这是我寒渊帝国不变的承诺。"

"多谢天魔女大人，多谢罂陀诺元帅。"风惊雨一躬到地，郑重道谢。

密谈已毕，风惊雨便欲告辞，只是珐汐娜盛情相留，要招待他晚宴。

按风惊雨的心性，本不欲在此地多加逗留，只是看女魔将辞情恳切，又况且此际有求于人，他便勉强留下了。

因为是秘密会见，晚宴也只是珐汐娜个人的私宴。

筵席之上，珍馐满席，灯红酒绿，神侠与魔女席地而坐，推杯换盏，谈笑风生。

刚开始时，风惊雨还暗自矜持，只是那魔酒性烈，酒意熏热，觥筹交错之前，风惊雨渐渐放开了心防。

殷勤劝酒的女魔将，此时依旧一身短小的戎装，将大片雪白的肌肤流露，配上鲜红的短甲戎装，更有一种别样的风情。

于是，一个有意，一个随心，一个性本放浪，一个有求于人，从开始有意无意的碰触，到后来的半推半就，最后发生的事情，便顺理成章。

宴席被推却一旁，热酒流了一地；更加火热的两个身躯翻滚交缠，呻吟喘息。情到浓处时，那发自骨髓和心魂的春心热意，仿佛炼狱中喷薄而起的魔火熔浆……

而这位万民景仰的光明神侠，与敌族女将肌肤相亲、躯体交缠的一刹那，脑海中居然还忽地闪现出那个明丽如春、清心似雪的少女容颜……

而情浓火热、天地交泰之时，媚惑的女魔将以为用自己的绝世魅力，彻底俘获了东华最杰出之人，却不知纵使欲望达到最顶点时，肌肤相亲的男子内心里，却还有一个高傲清高的影子，正对着珐汐娜、对着整个魔国，发出冷静而意味深长的笑……

第三十四章 喜布流言，却招满楼红袖

当离开鬼怒海，返回东华洲时，风惊雨将此行前后种种梳理了一遍，只觉得心里跟吃了仙丹蟠桃一样，无比的惬意爽快。

心情愉悦之际，他便想到，好像自己那个替身还忙着捣毁拐小孩的黑善堂，还抓了个什么听都没听说过的通缉犯。

想到这里，他便笑了。

"呵，这世上，果然缺不了这些庸人，否则这些鸡毛蒜皮的小事，谁去做呢？"他心中轻蔑地想着，甚至还对那个努力扑腾的替身产生了一丝怜悯之情。

这时候，风惊雨志得意满，只觉得一切尽在掌握中，天下终究尽归他所有。

他这时还没能意识到，自己鄙视的那个假神侠所做的一切，对他这个真神侠来说，究竟意味着什么……

这些天，云翻海觉得很不对劲。

一切都不对劲。

"是不是老天在玩我？"无人处，他仰天悲呼。

难怪他这么悲愤。

自从他下定决心闹事尽快脱身，就变得诸事不顺。

他找上春慈院，并不能算错。

春慈院的声望不亚于光明神侠，只要他去无理取闹一番，然后必然卷铺盖滚蛋。

结果滚蛋的是那个号称活菩萨的春慈院主。

滚蛋之时，她还丢了一只胳膊。

他又去偏远渔村闹事，这总没错吧？

既然东华城可能人心不古，海滨渔村总该是与世无争的世外桃源吧？

他去那边横行霸道，自然万无一失。

结果却是隐藏极深的江洋大盗失去了经营多年的匪巢，大头目还当场横死，二头目流落江湖……

回想这些事，云翻海忽然觉得，对那些坏蛋来说，自己简直就像个灾星。

好吧，虽然这很符合他惩奸除恶的本心，但他现在最要紧的不是干这些啊。

云翻海始终相信，一个人是有运势的。

别看他现在两次事情都歪打正着，但事实是，相比他的初衷，他事事不顺心。

他担心，这种事与愿违，会成为习惯。

这种想法，让他有些恐惧。

暂时他什么事都不敢干了。

每在神侠府一天，他便心惊肉跳一天。

他还天天失眠。

这样的状态持续了几天，他觉得，还是不能坐以待毙。

他必须做些什么。

作为误入匪途的读书子弟，他还是聪明的。

很快，便让他想到一计。

他利用郁愁归支付的首付，暗中去市井坊间悄悄地收买了些混混闲汉。

他付给他们钱，不为别的，只为让他们四处散播针对光明神侠最近两次表现的流言。

为了计策的成功，云翻海精心构思了剧本，总之便是鸡蛋里挑骨头，把"神侠"的用意想歪，暗讽他全靠运气，还可能别有用心。

这般安排之后，云翻海安心地待在神侠府中，坐等好消息。

他觉得自己的安排天衣无缝，就等着郁愁归听到坊间的流言，前来兴师问罪，怪他损害了神侠的名誉，导致坊间物议纷纷。

到那时，自己再态度恶劣地反驳一番，最后被郁愁归主动驱逐，简直是必然的结局。

想到这些，云翻海差点乐出声来。

但很快，他就发现，他还是太天真了。

事态的发展很快出乎了他的意料。

京城的民众听到诽谤神侠的怪话流言，立即群情激愤。

不用任何人组织，愤怒的民众纷纷行动，走上街头，不到半天工夫，就揪出了散播谣言的闲人。

面对往死里揍的威胁，闲汉们没有丝毫犹豫，就供出了谣言的源头，说是自己其实是受光明神侠本人收买。

听到这结果，刚开始百姓们还不敢相信。

但很快便证明，闲汉们说的都是真的。

京城的百姓全都愕然。

"怎么回事?! 难道神侠大人不想保护我们了吗? 所以才自己造谣，准备趁机引咎辞职?"

恐慌的情绪，在京城民众中蔓延。

他们不仅惊恐、悲痛，还十分困惑。

"究竟是什么让神侠没了工作的动力?"

"神侠是想要钱、要地、要店铺，还是想要女人?"

"如果是这样，真不要紧。"

"只要神侠答应还像以前那样保护大家，惩奸除恶，再打几次像春慈院、芦花村那样的漂亮仗，无论钱粮、田地还是女人，我们都可以凑份子给!"

东华城前五大青楼立即宣布对神侠大人终身免费，还自动永久拥有优先挑姑娘的特权。

京城的民众也很快达成了一致。

他们约好时间，成群结队来到了神侠府门前，向神侠请愿，祈求他不要抛下飘摇乱世中可怜的东华子民。

这些人当中，就包括许多秦楼楚馆的从业者。

有她们加入，本来群情激愤的请愿人群，就变得香艳了许多。

老鸨们伶牙俐齿，姑娘们花枝招展，弄得偶然来东华城办事的外乡人，看到神侠府外这番莺莺燕燕的场景，还以为京城的青楼放假一天，集体组织来参观神侠府呢。

看到局势发展成这样，云翻海欲哭无泪。

他发现自己还是太低估帝都百姓的智慧了。

他们怎么这么快就找到了真相？

他也低估了帝都混混闲汉们的智慧。

难道自己指使闲汉们说"自己"坏话时，不是神不知鬼不觉吗？并没有暴露自己的真面目啊。

但没想到，这些自己雇来的临时工早就看穿了自己的真面目，一旦事发，立即招供。

神侠府外的请愿，场面愈演愈烈。

尤其青楼女子们叽叽喳喳，声浪竟然穿透了神侠府层层的庭院，到达了云翻海此时所在的议事厅。

议事厅中，还有郁愁归、明心雪、关山明。

听到外面那些青楼女子真诚的声音，明心雪忽地恍然大悟，对云翻海露出鄙夷的表情。

"原来，你费了这一番劲，真实目的，就是想上青楼不花钱！"

明心雪的每一个字，都浸透着不屑和鄙夷。

这时旁边那神侠卫大总管，不仅不帮云翻海解围，还在一旁附和说道："老弟，你其实可以不用这么费劲。这样的风流费、花酒钱，可以从咱神侠卫的内务费中出，不用你掏钱，这已是惯例。"

听他二人一唱一和，就像已经认定了事实，云翻海简直欲哭无泪。有苦难言之际，他简直想落荒而逃。

看见他脸上红一阵白一阵，好似十分彷徨无助，郁愁归有些不忍心，便出言安慰："你放心，这点小事，我会去安抚搞定。"

"谢谢你！"云翻海闻言，简直要热泪盈眶。

这时候，神侠府外，那个城中最大青楼的老鸨，还站在神侠府门外台阶的高处，朝人群唾沫横飞地尖叫："京城的老少爷们们，神侠大人的光辉义举，是什么？"

"是什么？"群众十分凑趣，齐声发问。

"它们是闪电，是风暴，照亮我们卑鄙的心灵，抽打我们懦弱的灵魂！"老鸨慷慨激昂地喊道，"是神侠大人，引领我们走出乱世，到达光明，他就是救世主，让我们这些迷途的凡人找到方向，变得坚强。所以，面对他这点小小的愿望，我们还吝惜什么呢？"

听到她这样精彩的演讲，许多感情丰富的民众流下了忏悔的泪水。

这时候，这位老鸨手下的青楼女子们全都扬起白嫩嫩的藕臂，娇声高呼道："拥护神侠大人！姐妹们免费服务神侠！免费！"

听到这样的呼声，云翻海面对着明心雪鄙夷到骨子里的目光，也差点流下了悲愤的泪水。

此时要不是郁愁归已经出门，承诺去解决此事，云翻海简直想拽起东华神剑，冲出去跟她们拼命！

形势诡异，云翻海陷入了彷徨，不过明心雪也好不到哪里去。

破解云翻海"阴谋"的计划毫无进展，明心雪的心情越来越不好。

在神侠府门前发生请愿风波的这一晚，明心雪去东郊月湖畔的红袖庄园散心。

本来想漫步湖山，纾解心情，没想到看到园中熟悉的景色，就想起以前和爱郎一起漫步曲桥、徜徉月下的浪漫光景。

物是人非，明心雪的心情变得更糟。

正有些出神，却听得"哗啦"一声水响，循声再看时，明心雪正看见一条湖里的鲤鱼，不知怎么跳上岸来，在草丛里使劲扑腾。

见此情景，明心雪不由得悲从中来。她不顾湿滑腥气，上前捉起鲤鱼，将它重新放入了湖水中。

放鱼之时，她心想："可怜的鲤鱼，奋身一跃，本应化龙，没想到却落在了泥地草丛中，还差点连命都丢掉——啊？"

刚想到这里，她忽然掩口惊呼，想到了一个可怕的可能：

云翻海背后凶恶的贼人，会不会已经杀害了自己的风郎?!

而即使没死，风郎也该被关在暗无天日的地牢，整日接受严刑拷打，但他宁死不屈。

女孩儿丰富的想象力，把她自己都给吓坏了。

想象到这里时，高贵善良的少女忍不住泪流满面。

于是，本想步月寄情，纾解心情，没想到却陷入了苦痛；就好像奔向光明的途中，一不小心被黑暗绊倒，反倒摔碎了一地的相思……

一片痴心的女孩儿，怎么会想得到，她牵肠挂肚的未婚夫，却以蒙面黑袍客的姿态，在东华洲周边那些蛮荒海岛、凶险海渊，召集最凶恶的暴徒，召唤最邪恶的海怪，鼓动最残忍的妖灵。

他整日与这些凶暴邪恶的生灵为伍，在新得的异神之力帮助下，驱使他们，掌控他们，为他即将到来的"大业"积蓄力量。

他的触角，甚至还伸向了东华国那些意志薄弱的官员。

因为光明神侠的身份，风惊雨知道他们的隐私和弱点。

他以此为要挟，对症下药，开始慢慢地拉拢掌控文武官员。

如果说，那些妖魔匪类是一剂猛药，那他腐蚀这些官员，便是双管齐下，立足长远，要在根基上颠覆整个东华皇朝。

与此同时，风惊雨和寒渊帝国的勾结，也在紧锣密鼓地进行。

对他的主动结盟，其实一开始，那魔族元帅罂陀诺并没有真正重视。

但随着风惊雨展示了越来越强大的实力，当他收拢的黑暗势力越来越大时，罂陀诺这才真正开始认真考虑风惊雨的提议：

针对坚韧不屈的东华国，他们可以内外合作，"曲线征服"。

这意味着，魔国帮助风惊雨推翻东华皇朝，让他成为新的东华之王；作为报酬，风惊雨将割让东华国最富饶的二十八个海岛，并将一半的东华洲矿藏赠予魔国。

风惊雨唯一坚持的，是天墟必须由新的风氏皇朝掌控，但以百年为期，百年内每年都会定时输送足够数量、足够品级的魂火，进贡寒渊帝国。

寒渊帝国大费周章，要征服东华洲，看中的不就是东华洲和附属群岛的富饶资源吗？

对于重视实利的魔族来说，夸张点说，只要能得到东华洲的资源，东华洲的政权属不属于魔国，根本就不重要。

毕竟，野心勃勃的魔国皇帝傲湃霆，真正的目标，是征服神州大陆、华夏诸国。

攻打东华洲，只不过是扫清西侵的门户，并获得足够的战争资源。

而风惊雨的提议，完全符合他们的需求。并且，从魔族的角度，要统治人族占大多数的东华洲，其实还是通过一个傀儡政权来实施，要更好。

在这方面，寒渊帝国有着丰富的经验和教训。

他们曾经征服过东方一个以妖族为主的大洲：沧灵洲。

本以为击垮了沧灵洲上的妖国政权，就大功告成，没想到在之后五十多年间，他们都面对着此起彼伏的沧灵妖族起义浪潮。

到最后，他们发现，摆在面前的只有两条路：

杀光沧灵洲上的所有妖族；跟妖族起义者妥协，共治沧灵妖国。

很显然，要是真正杀光所有妖族，寒渊帝国也失去了征服妖国大洲的意义，因为无论妖族还是人族，本身就是宝贵的劳力资源。

当然仅就屠杀政策来说，魔国并不是完全拒绝，事实上在征服异族异国的过程中，他们干过许多次屠城的事。

但这只是手段。

要是疆域已经打下，还采取屠杀灭族的政策，那简直是自损宝贵资源。

所以，对那个以妖族为主的沧灵洲来说，寒渊帝国最后还是采取了后一种办法：

他们和主要的起义势力妥协，成立了双方共治的沧灵妖国政权。

所以，当风惊雨展现了实力、提出了诱人的方案时，再结合自身的情况，寒渊帝国的三巨头——魔皇傲湃霆、元帅罷陀诺、魔将珐汐娜，全都开始认真地考虑合作事宜了。

这样的事，对寒渊帝国来说，是极度机密的战略决策，是他们内心的战略底线；除非他们主动告知，风惊雨根本无从得知。

但魔国的皇廷深处，刚形成这样的机密决议，风惊雨便已经知道了。

是海渊深处的异神之语，顺着永恒回荡的海风，将消息告诉了风惊雨。

听到消息的一刹那，风惊雨睥睨四方，傲然一笑。

默然片刻后，风惊雨神色振奋，自言自语道："接下来，我便该亲去射潮山，拜访一下小郁的师门威灵宗了……"

第三十五章　暗夜迷踪，巧慑钻街之鼠

风惊雨这边紧锣密鼓，云翻海那边坐卧难安。

他现在终于知道，什么叫"高处不胜寒"。

经过几次的挫折，尤其连自黑都失败，他沉沦了好长一段时间。

不过，当他想起飞云山的老少爷们，还有那个期盼自己安然回去的小草儿，他便对自己说："要活着回去，要振作起来啊！"

于是，他开始在东华城中暗中游荡，想看看有什么一击必中、必然失败的捣乱对象。

没想到，掩藏行迹地游荡了几天，他却发现，自己好像被人跟踪了……

他开始以为是郁愁归怕他出事，所以派人跟随掩护，但很快就发现，是自己想多了。

排除了郁愁归，他便想到，会不会是那个冷侯爷找人跟踪？毕竟他两次虽然都帮了自己忙，但总觉得奇奇怪怪的，对自己的态度不是很友善。

但他打听了一下，很快也排除了这个可能。

他不打听还不知道，一打听，才知道沧海侯这人为人高傲，自视极高，有着典型的贵族脾气。

如果冷大侯爷直接打上门来，跟他兴师问罪，那还有可能。像这种偷鸡摸狗的下三烂手段，他根本不屑用。

至于明心雪，那更不可能。虽然相处时间短，云翻海也知道，这位众星捧月的天河神女，十分爱惜羽毛。

"那究竟是谁呢？"想了一圈，云翻海百思不得其解。

未知的事物最是可怕，饶是云翻海胆子不小，这时候也有些害怕。

"要不，去找老郁帮帮忙，请他使点手段，把跟踪对付我的人揪出来？

"不行，这么做，还是江湖儿女吗？自己的事情自己解决，这事儿还是自己来，不劳烦官府了。"

打定主意，云翻海的心情轻松下来，该吃吃，该喝喝，该去城中游荡还去城中游荡。

只是这一日，红日西斜，黄昏将近，看似和往日没有任何不同的云翻海，在东华街道中走着走着，忽然间东张西望，然后便一闪身，钻进一条偏僻的巷子里。

他这模样极是可疑，尤其临进巷子前的那一番四处张望，绝似在确定周围环境是否安全。

"有问题！"隐藏于街角阴影里的一个黄脸中年汉子，表情顿时紧张起来。

他没有急着跟过去，而是又等了一会儿。

云翻海还是没有出来。

黄脸汉子不再迟疑，立即从街角闪出，快步走向那条巷子。

确定周围没什么可疑之人后，他便蹑手蹑脚，轻步走进了巷子里。

"要立大功了！"他心里开心地想着，手掌心却已经紧张得沁出汗来。

小巷不长，顶到头也就百来步的距离；同时它也很窄，几乎只能容两人并排通行。

因为背光的缘故，虽然天色还没完全黑下来，但这小巷中已是一片昏暗，看不太清。

昏暗的光线，十分适合黄脸汉子。

他侧过身，小心地贴墙而行，同时还巧妙避过了地上的瓶瓶罐罐，在开始安静下来的黄昏市井中，不发出一丁点响声。

作为跟踪者，这黄脸汉子已经做得极好。但可惜的是，他的专业，没能带来相应的回报。

这条百来步的小巷子，他都几乎已经走了个来回，却竟然连一个人影也没看着！

"不可能啊！"他打量着眼前的小巷，心想，"这巷子乃是两个相对的院墙，连个门都没有，不可能凭空消失啊。"

换成一般人，面对这诡异的情形，早就转身撒腿跑了，但这颔下有几撮短须的黄脸汉子，却极富专业精神，即使面临这样奇诡的局面，也毫不慌乱，目光依旧坚毅从容。

想了想，他决定还是回到巷口，再往里搜寻一遍，务必找出异常。

"一定有什么被我遗漏了。"他十分睿智地想。

于是，他返身回到巷子里，重新往小巷深处仔细搜寻。

才搜寻到一半，他忽然觉得有些不对。

"为什么我浑身发冷？完了！"

没有谁比他更了解自己了，每当出现这样的情况，一定是有什么让自己恐惧的事情发生。

他霍然转身，便看见刚才空无一人的小巷，赫然出现一个人影，正堵住巷口少得可怜的光线。

只是一瞬间，黄脸汉子便明白了，刚才自己遗漏了小巷上空的检查。

想通是想通了，可惜已经晚了。

"说吧，"高大的人影低沉地说道，"是谁派你们来的？"

"误会，误会。"黄脸汉子立即一脸嬉笑，扮出一副猥琐的样子，谄媚说道，"您老误会了，小的只是凑巧路过这里。"

"真的？"云翻海冷冷地看着他。

"真的……好吧，"黄脸汉子仿佛被云翻海气势所慑，忽地敛去了所有笑容，颓然说道，"这位公子，什么都瞒不过您。小人不长进，眼馋您腰间的钱袋，所以……我该死，我该死！求公子大人不计小人过，放过我钻街鼠吧！"

"钻街鼠……呵，你倒有几分急才。"云翻海揶揄道，"莫非你真的不知道我是谁？别忘了，本公子可是'光明神侠'，想骗我，先自己掂量掂量。"

黄脸汉子闻言，眼珠乱转，闭口不言。

"好，是条汉子。"云翻海向他竖起个大拇指，"你不说，可以。反正就算你不说，本神侠也能有办法知道，对我没区别。只是对你的区别，就大了。"

"区别……是什么？"自称钻街鼠的黄脸汉子迟疑地问道。

云翻海却没回答他的问题，而是话锋一转，道："鼠兄，你再好好看看这个世界吧。"

"嗯？"钻街鼠不明所以，但还是转头朝两边看看。

"没什么特别啊，"看了两眼他说道，"就是条老巷子，墙皮都脱落了，没什么好看的。"

"你还是看看吧。"云翻海坚持说道。

"为什么？"钻街鼠的心忽然莫名地提了起来。

"为什么？"云翻海一笑，"因为如果你不说真话的话，现在就是你在这个世间最后的时光了。所以，你还是好好看看吧。"

"啊……不！不不，您是神侠，您不会随便杀人的！"钻街鼠惊恐地叫了起来。

"是吗？嘿……"云翻海冷笑一声，幽幽说道，"鼠兄啊，看在你这么费神的面上，我就再告诉你一个秘密。"

"啥？"钻街鼠惊恐地问道。

"其实，我这个人啊，只不过顶着神侠之名；暗地里，我很混蛋、很无耻的。

"你知道我最大的爱好是什么吗？嘿嘿，是杀生啊……

"好久没开心一下了，你最好别说，别说啊……"

阴恻恻的话语，顺着巷口忽然吹来的冷风，传入钻街鼠的耳里，他浑身的血液好似瞬间都冻结了！

沉默了一会儿，他猛地叫道："别杀我、别杀我！我说、我说！"

"别别别，你好好想想吧，可以不说的。"云翻海这时候反而阻止他。

"不，我一定要说！"钻街鼠唯恐云翻海变卦，连忙用此生最快的语速，把云翻海想要的答案全都说了。

听他说完，云翻海便陷入了沉默。

钻街鼠也陷入了恐惧。

"你走吧。"云翻海挥挥手，朝他说道。

"多谢多谢！"钻街鼠如蒙大赦，一溜烟地从他身边窜过，逃入了巷外茫茫的夜色。

"这么做对吗？"看着飞窜而逃的黄脸汉子，云翻海心里也有些犹豫。

"算了，放走就放走吧。"他想道，"只是底下做事的人，不必为难这种小人物。"

想到这里，云翻海忽然一愣，转而自嘲地一笑，自言自语道："呵，小人物……怎么，做了一阵子假神侠，还真以为自己就是神侠了？还说别人是小人物，难道你不是？

"放走就放走吧，倒也不怕他回去告诉那人。看他刚才那股子机灵劲，他就一定知道，如果回去实话实说，只会让他自己惹祸上身。

"但是……怎么会是那人呢？他可是大名鼎鼎的天都王啊。而且，他还是有名的贤王，不要说朝廷的官员了，就连我们这些穷乡僻壤的人，都听说过'天都贤王'之名啊。"

本来胆子极大的飞云山寨寨主，想到派人跟踪窥伺自己的人竟然是名闻天下的天都王时，心情就变得极为沉重。

他有些迷茫，更多的则是恐惧。

他毕竟出身绿林，不会像小老百姓那么天真，会单纯地以为贤王整天只会干好事。

就算贤王之名名副其实，他的来头也实在太大了。

当来头太大时，无论他有没有恶意，本身便容易带来结果难测的伤害。

对于这一点，混迹草莽的云翻海却比世间大多数人要看得清。

世人常常趋炎附势，以为傍上一个大人物，从此就能荣华富贵；岂不知获得和付出绝对是等价的，尤其在俯视世人的大人物眼里。

更重要的是，如果大人物跟你提出什么要求，无论你愿不愿意，知不知道可能导致的严重后果，你都"无法拒绝"。

"无法拒绝"，不亲身经历，不知道这意味着什么。

云翻海混迹绿林，因为"不能拒绝大人物"而导致的惨剧，已经听得太多、看得太多。

所以，当他得知窥伺自己的是个"大人物"时，他的内心顿时就被浓重的恐惧笼罩。

不过，这样的恐惧并没持续多久，云翻海便有些没心没肺地笑了："哈，我怕什么？我不过是个冒名顶替的假货，昌王爷的雷霆怒火真烧来，大不了我酬金全款不要，撂挑子走人。真正要头疼的，该是老郁他们吧，哈哈！

"咦？天都王、天都王……哈！我不正在头疼下一个找碴儿的对象吗？

就他了！

"哈哈哈！真是'踏破铁鞋无觅处，得来全不费工夫'，天都贤王东方昌，是一个十分保险的找碴对象吧。

"嘿嘿，真好，神侠骚扰贤王，这下冒充神侠的饭碗，肯定要被砸了吧。"

云翻海越想越对，心想："这回和前两次还不一样。那两次是我无事生非，这一回我算兼顾报仇吧。他竟然派人跟踪我！本身便不怀好意，况且钻街鼠那厮刚才明说了，他主子确实想对我不利。

"有句话怎么说来着？'你不仁，我不义'，既然如此，我就去闹你一番，总让你丢了面子。"

想到这里，他咧嘴笑了起来，对着黑暗的夜色幽幽说道："天都王，东方昌，大人物哟。你知道吗？我这个小人物，要来碰碰你了……"

心中有了决定，云翻海回程的脚步格外轻快。

夜色中，他穿街过巷，嗅一嗅这夜晚市井的气息，便觉得气味实在不适应。

他还是更适合漫山遍野的草木清香，这一刻，他无比怀念飞云山。

他现在终于确定了一件事：

他不属于这里，他属于广阔的旷野天地。

"好！临走前，就让我轰轰烈烈一次吧！"飞云山寨寨主的草莽豪迈之气，终于又升腾在心中。

不过，回到神侠府里，回想今晚之事，他的心中也有一丝疑虑。

按那钻街鼠所说，以前天都王东方昌对光明神侠的印象很好，所以想对付神侠也只是近来的事。

"为什么会这样？是什么让他忽然转变？"云翻海心念翻转，倒也像钻街鼠之前初入小巷时所想，"一定有什么被我遗漏了。"

心中有了决定，这一晚他意外地睡得出奇的香甜。

但他不知道的是，就在他先前离开小巷时，那个热血盟的女刺客正伏在不远处的街角阴影里，一动不动地看着他。

她那双眸子，在暗夜中荧荧地放着光，配上整个低伏的柔韧身躯，正像极了她的魂火"嗜血狞猫"。

第三十六章　王号天都，迟疑不速之客

　　和前两次不一样，这一回在上天都王府前，云翻海做足了功课。

　　他并非冲动的莽夫，知道自己这回要面对的是谁。

　　要是自己这回完全无理取闹，恐怕不仅达不到脱身的目的，还会产生凶险难测的后果。

　　比如，如果过了火，惹怒了天都王，一怒之下将自己抓住，很快就能看出自己是假冒的神侠。

　　到那时，郁愁归和神侠卫肯定不会替自己出头，良心好点还说自己是"临时工"，良心不好的话根本就不认，反过来说他们自己也是被冒牌货欺骗的受害者。

　　到那时，自己的下场可想而知，作为可能引发天大丑闻的弃子，自己唯一的结局，就是被秘密地杀头。

　　所以，云翻海很清楚，这次王府之行，火候一定要拿捏得准，既要让天都王恼火、让郁愁归震怒，又不能太过火。

　　简单说，这一次，一定要"点到为止"，打一场有限度的"口水仗"。

　　"实在不能像前两次那样，好好的到最后都弄得喊打喊杀，要是再这样，我这心可受不了哇。"

　　要求这么高，云翻海便细心地做了准备。

　　接下来的这些天里，他利用一切空闲的时间，去市井坊间暗中打听天都王府之事。

　　一番努力之下，他得到了自己想要的结果。

他发现，那皇叔东方昌虽是贤王，但手底下的家奴下人，也不乏仗势欺人的劣行。

比如，天都王府一个小小的园丁，居然在老家买了四五十亩地，还娶了三个老婆。

听到这消息时，云翻海就气得不行，觉得这厮居然比自己混得还要好。

所谓见微知著，一个小小的园丁都如此，王府中类似狗屁倒灶的事情，在所多有。

查出这些事情后，云翻海对自己的计划，变得更加胸有成竹。

所以这一回，他并不是完全无理取闹，而是也想通过这一闹，让沉浸在贤王光环中的天都王清醒清醒，好好管教管教手下，不要再被刁奴蒙蔽了。

"你清醒，我走人，正是各得其便，一箭双雕。"

做足了功课后，这一日，云翻海便带着关山明前往天都王府拜访。

和以前一样，特地带上关山明，云翻海倒不是为了壮胆，无非是为了找个见证，让事后这位忠厚老实、有话直说的副统领，能够向郁愁归告状。

云翻海肯定不敢叫郁愁归去的，这个大总管表面半死不活，实际上聪明着呢。

东方昌所居的天都王府，位于西城的白虎大街，离皇宫不远，正是王侯将相府邸密集之地。

从皇宫往西算起，天都王府位于第二间，可见东方昌这个"天都王"的封号有多尊荣。

尊荣无比的天都王府，可不是随便什么人都能进的；可是这个限制，却对云翻海毫无作用。

顶着"光明神侠"的名号，云翻海便有了一个极好使的特权，那便是除了皇宫帝苑，东华国中其他所有府院他都去得。

这项特权，自然是因为光明神侠的人品得到了所有人的信任，便被赋予这个特权，便于其行侠仗义、惩奸除恶。

只是任谁都想不到，有一天这个十分正能量的特权，却被云翻海用来找碴。

当云翻海找上天都王府时，王府的主人东方昌正在后厅一侧的书房喝茶。

"什么？神侠来了？"听到通传，东方昌不由得一愣。

"是。"前来通传的，不是一般的下人，而是东方昌的首席心腹幕僚崔远。

和不怒自威、身形健壮的东方昌不同，崔远面皮白净，身量单薄，目光闪烁，尤其配上颔下三绺短须，一看便是主意极多的聪明人。

见主人迟疑，崔远察言观色，便道："王爷，近来神侠风头极劲，先端了春慈院，又抄了芦花村。这次找到咱王府来，定然来者不善。要不，小的替王爷您去推拒了他？"

"不必。"东方昌一搁茶碗，霍然起身，气势凛然道，"崔先生，你只知其一，不知其二。正因神侠风头极劲，最近几桩事，更让他仿佛成了正义的化身。

"若是我这时气短，拒而不见，则本来没什么事的，也被人以为咱们作贼心虚，有什么见不得人的隐私。所以，今日这神侠，本王一定要见。"

"对！王爷英明，还是您想得周全。"崔远奉承道。

对心腹的奉承，东方昌毫无反应。

他在书房中来回踱了几回步，忽然开口，低声说道："先生，那两件事，手尾可曾做干净？"

"王爷放心，绝对干净。"崔远声音同样放低，"知情之人，不是身死，便是逃亡。身死的自不必说，逃亡的我已将他们妥善安排。

"况且，此事一向由我出面，并没有如何牵扯到您，请王爷放心。"

"那就好。"东方昌点了点头，刚才忽然变凝重的脸色，慢慢舒展。

他停了一会儿，便一挥手道："你先去接待，将这些人安排在前院的花厅中。对了，他们这次除了神侠，还来了什么人？"

"除了神侠，那神侠卫的副统领关山明也来了。大统领郁愁归倒没来。对了，神侠的未婚妻，明家的那个大小姐，也一起来了。"崔远答道。

"哦。"东方昌点点头道，"郁愁归没来，倒可惜了。他的名声本王听过几次，人挺狠，话不多，本来还以为今日有机会结交一番。

"明丫头也来了？倒是有点麻烦。放眼朝堂，也就明家出身的几个重臣对本王从来不阴不阳，这次小丫头过来，究竟是'夫唱妇随'，还是受了家中长辈的指使？"

"这……有区别吗？"崔远眨了眨眼问道。

"有。"东方昌沉声道，"若是单纯随神侠来，便无碍了。别看神侠弄得声势颇大，实则却只不过是我东华皇朝弄来安定人心、稳住愚民的一个棋子而已。

"现任神侠也并非出自什么世家大族，并无真正根基，就算跟他撕破脸皮，本王也根本不怕。

"倒是明家门阀极高，仅次于东方、冷氏二族，乃是数百年的世家大族，在朝中根深蒂固，盘根错节，要是对本王不怀好意，倒还有些麻烦了。"

"王爷高见，多谢指教，小人明白了。"崔远停了一下，笑道，"王爷您的意思，是不是神侠犹如庙里纸糊泥塑的神像，看起来华丽辉煌，却一推就散，而明小姐可不同，牵一发而动全身，十分麻烦？"

"正是。"东方昌赞许地看着他。

"多谢王爷夸奖。"崔远脸上笑意更浓，"王爷，您深谋远虑，自是应当，不过依小人之见，也不必太过小心。

"毕竟东方家族才是东华国第一大族啊，王爷您又是出了名的贤王，就算明家有什么心思，又能如何？

"就算他家长辈过来，您也完全不惧，何况还只是一个有点虚名的小辈？"

"哈哈哈！"东方昌闻言，大笑数声，击掌赞叹道，"说得好，说得好！本该如此。你先去安排吧，本王还有些事，等会儿去再去。"

"明白，您且先歇着，不急。"崔远心领神会地转身往前院而去。

不过，才走出书房门没几步，他却听得王爷在身后忽开口道："崔先生，你还是先去找一下巫丫头，让她有所准备，以防不测。"

"是，定策万全。"崔远回身拱了拱手，便继续前行，朝后院花园深处一处隐秘的居所走去。

崔远没及时去前厅招呼，云翻海一帮人就被晾在花厅前面的庭院里。

王爷此举，显然是有意冷落，云翻海心知肚明。

不过他现在顾不上计较这个，而是瞪着身旁那个优哉游哉的少女，恼火道："你怎么又跟来了？"

"我怎么不能来？"明丽的少女嫣然一笑，"你忘了吗？我可是你的未婚妻啊。"

"哼，说得跟真的似的。"云翻海嘀咕两句。

沉默了一会儿，他觉得还是有点咽不下这口气，便转脸看看其他人，见都没注意他们两个，便眼珠一转，走近明心雪。

"喂，你对我这般形影不离，莫非是喜欢上我了？"云翻海一脸严肃地道，"对不起，你已经有未婚夫了，请自重。"

"锵！"云翻海话音未落，明心雪剑鞘中的天河洗月剑，已是苍然龙吟！

听到这响动，所有人都一齐转头，朝这边看来。

"哼，你给我小心点！"见所有人都朝这边望来，明心雪只得忍住飞剑出鞘，砍下小贼头颅的冲动，悻悻然地警告。

"嘿嘿。"云翻海得意一笑，对少女的威胁丝毫不以为意。

这番打闹之后，又过了小半个时辰，才等得崔远来。

被这个貌似谦恭的王府幕僚请进花厅后，云翻海便终于确认，天都王对自己有意冷落。

因为，偌大的王府花厅中，却只有一个呆呆蠢蠢的小婢女负责奉茶，其他一个人影都没有。

那陪客崔远也完全没尽到陪客的责任，要是云翻海不说话，他也不说话，要是云翻海问他话，他只用最简洁的话语回答。

看这架势，仿佛云翻海不是神侠，他才是。

倒是对明心雪，崔远无论言语还是神态，反倒是极为奉承，只是明心雪却对他不太搭理。

不动声色间，天都王府已经给了云翻海这个不速之客一个下马威。

不过云翻海却毫不在乎，因为他内心不断告诉自己：

王府现在怠慢的不是自己，而是风惊雨。

因为心中这般排解，云翻海便表现出与年龄不符的从容，反倒让崔远心中生出佩服："果然闻名不如见面，今日一见神侠，如此镇静从容的态度，便知他绝不是一般人。"

想到这里，他便不敢再怠慢，连忙起身拱拱手道："神侠大人，明小姐，还有关统领，鄙人暂且告辞，去看看王爷他公事处理完没有。"

"去吧。"云翻海笑容可掬道，"也不急。"

见他如此，崔远走得脚步更急。

没过多久，崔远便陪着一位身穿青袍的威严长者到来。

看见来人这副不怒自威、气度森然的独特样貌，不用崔远介绍，云翻海也知来人是谁。

本来，因为存心找碴，云翻海预想着在他和王爷相见时，要故意表现出倨傲无礼之情，应该就坐在椅子上不站起来相迎。

没想到，当云翻海反应过来时，却发现自己不知何时已经从椅子上站起，几乎不由自主地行了个大礼："见过王爷！"

这句话说出口时，云翻海这才醒悟，不由得心中凛然："王爷之威，一至于此，真个怕人也。"

这时天都王东方昌见"神侠"如此恭谨谦卑，心里便更加坚信了对所谓神侠的判断：

不过是纸糊泥塑的神像而已。

于是他内心轻蔑之情更盛，便连表面文章也不想做了，几乎鼻孔朝天般"嗯"了一声，便看也不看云翻海，径直往厅堂正中的主座走去。

在主座坐下之后，和刚才他的谋臣崔远一样，东方昌反倒是先朝明心雪问了个好，还拿捏得度地问候了一下她的家人。

见王爷厚此薄彼，云翻海丝毫不以为意。

反而这样的区别对待，倒让他横下一条心来，心想："既然你这么不客气，那我也不客气了！"

第三十七章 血气如虹，信手人头落地

"王爷，"云翻海朗声说道，"王爷贤名，朝野皆知。只可惜在下巡察天下，却偶然访知，原来颇有人仗着是王爷麾下便为非作歹，鱼肉乡里。"

"哦？"东方昌举起茶杯，吹了吹热气，慢条斯理地饮了一小口，淡淡说道，"真有吗？怎么本王什么都不知道？"

听得此言，云翻海心中一喜，想道："王爷啊王爷，至少你有个失察之误，待会儿就揪住这个，和你争执。"

心中这般想时，他便挺起胸膛道："王爷，真有。比如贵府园丁钱老六，便在老家置办了四五十亩地，还娶了三房老婆。

"王爷可不要说，是王府薪酬丰厚，园丁本该如此财雄。要这样，我这个神侠也不要当了，就来王爷府中当个园丁吧。"

在场之人都认为他这是反讽的玩笑话，却不知道这还真是这位假冒神侠的真实心声。

听他这样明显的揶揄，天都王却依旧不动声色，随意说道："你说的，是园丁钱老六？"

"正是。"云翻海理直气壮道。

"嗯。"东方昌点点头，看向崔远，"崔先生，你都听到了？"

"是，在下听到了。"崔远应答一声，也不问该怎么办，便已经起身，从花厅侧门出去。

见他如此，云翻海不明所以，不过一时也不好相问。

但不用等太久，疑问很快就解开了。

没多会儿，崔远便重新在花厅的大门口出现。

和他一起的，还有个看起来老实巴交的中年汉子。

"神侠大人，您看一下，这个是不是你所说的钱老六？"崔远文质彬彬地问道。

"是的。"云翻海点了点头。

他这回来功课已经做足，作为跟王爷吵架的论据，他怎么会不打听清楚？只看了一眼，他便确定，门口这个汉子，正是借着王府名头、狐假虎威、强敛钱财的园丁钱老六。

"大人说是就好。"崔远点了点头，便转身随手朝什么地方挥了挥。

见他这举动，云翻海不明所以，正想开口相问时，却只见花厅门口寒光一闪，紧接着"扑通"一声，就有什么东西掉下来，然后在地上骨碌碌地滚动。

"啊！"等云翻海看清，不由得脱口惊叫一声！

原来，刚才还活生生站在门口的园丁钱老六，这时候已经人头落地，骨碌碌滚出很远。

他那无头的身子，居然还依旧站在原处，就好像还没反应过来，只有鲜血从无头的腔子中飒然喷出，在明亮的阳光中划出一道美丽的血虹。

他的人头这时正仰面向上，瞪大了还没来得及惊恐的眼睛，视线方向正是天空那道血虹——

不知道这时他看不看得见、意没意识到这是自己的鲜血形成！

浓重的腥气，顿时弥漫了整个花厅。

诡异的场面，更是阴云般笼罩住所有人的心魂。

刚才一直不动声色的天都王，这时才轻轻抬起手，在鼻子前扇了扇，一脸的嫌恶之情。

"这……这……"云翻海目瞪口呆，只觉得一阵反胃，差点想呕吐出来。

他完全没想到事态会发展成这样！

"天都王居然问都不问，随手就把人杀了？而且这人，还是自己提出来的？"一想到这个，云翻海心中的不舒服感，达到了顶点。

强忍着不适，他强笑着对天都王道："王爷，怎么就把他杀了？难道您不该查证一二吗？"

"何用查证?"天都王一双虎眼，瞪着他，"神侠阁下，尔之声名，何等卓著? 你说他有问题，就一定有问题。

"杀就杀了，还便宜他了。像他这样欺上瞒下，败坏本王贤名，简直死有余辜!"

"这……"云翻海一时张口结舌，说不出话来。

见他这样，东方昌眼底闪过一丝不易察觉的得意冷笑。

"怎么样，神侠大人，还有什么事吗?"他故意问道。

"没……没事了——"看到没说两句话，已经死了一个人，云翻海已经打退堂鼓了。

但他这个声音很低的"没事"，刚说到一半，旁边那个一直不作声的明心雪，却忽然大声道:"王爷，你刚才此举，却十分不妥。"

"哦? 不妥在哪里?"东方昌脸色一沉问道。

"当然不妥。"明心雪冷冷道，"这钱老六虽然身份卑贱，只是您一家奴，可他毕竟乃我东华国之民，就算要死，怎能不审而诛? 您这与私刑杀人无异，当然大大不妥。"

"哈?"东方昌冷笑一声，双目圆睁，瞪着少女大声说道，"那你说，该怎么办? 要捉拿本王付三司会审吗?"

"那倒不必。"面对天都王势若泰山般的凌厉目光，明心雪却仿佛视而不见，娓娓说道，"您是贤王，我等也绝非不知变通之人。对方才不审而杀，我等也不追究。只是还望王爷能允许神侠卫于府中巡察，对照神侠之前的查访，缉拿假借王爷名声横行不法的刁奴。"

"啊?"听她这么说，云翻海吃惊地看着她，心想道，"怎么今日她的话特别多? 这……这是真的在帮我?"

"哈哈!"这时东方昌大笑一声，高声道，"明侄女这般请求，本王若是不答应，岂不是显得本王有意藏污纳垢?"

"那倒不是——"云翻海正要打圆场，没想到话刚到嘴边，却听得明心雪已是郑重无比地说道:"正是。"

"好、好、好!"东方昌击掌大声叫好道，"既然如此，神侠大人，你们就请便吧。

"只是要记得，你们只是巡察，别碰坏我园中花草不说，就算寻到犯事之人，也请知会我一声。本王要让这些不开眼的刁奴，伏法之前还要受一遭我天都王府的家规！"

天都王这番话，说得大义凛然，但任谁都听得出，王爷话里话外夹枪带棒，其实透着对神侠这行人的严重警告威胁。

听出此意，云翻海和关山明等一众神侠卫全都心中凛然，只有刚才多加挑衅的天河神女，却仿佛听不出，只是笑意盈盈地说道："多谢王爷成全。果然贤王之名，名不虚传，您真的很识大体啊。"

听得这话，东方昌嘴角的肌肉牵动了两下，也不看明心雪，而是对着云翻海冷笑一声道："呵，神侠请便吧。"此后他便不再说话。

见他如此，云翻海的内心忽然有些发冷。

这时明心雪却推了他一下，催促道："快点动手吧，怎么了？你来这里，不就是为了这样吗？"

"呃……"云翻海闻言，看着这个明媚如花的少女，忽然心里一动，"哎呀，我明白了！春慈院是，芦花村是，这回天都王府也是！

"她看着像在帮忙，其实都在火上浇油……这婆娘是想我死啊！

"不同的是，第一次见面时直接动剑，后面几次却用的软刀子哇。"

想到这些，他一边气愤明心雪不怀好意，一边就有些打退堂鼓。

不过，这时他眼角的余光看了看巍然端坐的王爷，便明显感觉到，这个表面不动声色的王爷，内心里其实对自己鄙夷到极点。

"哈？"察知此情，云翻海骨子里那股子血勇的劲头，忽地冒了上来。

"看不起我是吗？嘿嘿，那我今天就给你天都王府闹个底朝天！"他在心里冷笑道，"看你刚才抬手就杀人，显然不是善类，至少绝不像所谓的'贤王'之名那样良善。

"好！我今天就给你点颜色看看，让你知道知道，什么叫'舍得一身剐，敢把皇帝拉下马'！

"呃，不对，我可不用舍得一身剐，反正现在他们都当我是光明神侠，今天无论怎么闹，都是那个风惊雨来背黑锅。哈哈！这样好，就这么办！

"哎呀，风神侠啊，你可也别怪我，我也是替你报仇啊。你看这王爷阴不阴阳不阳的样子，还随手杀人示威，简直看不起你到极点啊。

"好吧，兄弟我既然顶了你名来赚钱，今天就卖点力，你这个仇，我帮你报定了!"

想到这里,云翻海再无丝毫犹豫,立即起身,朝关山明及神侠卫武士挥手道:"各位,还在等什么?没听王爷他刚才说吗?他请我们帮他清理门户呢。你们要是磨磨蹭蹭,出工不出力,对得起王爷的一番厚望吗?"

说着话,他已经一马当先,冲出门去,转眼间他吆五喝六的声音,已在远处响起。

见得如此,关山明等人虽然心里有一万个不愿意,但还是体现了神侠卫令行禁止的优良风格,既迅疾又整齐地冲出了花厅,循着"神侠"的声音,往王府四处搜去。

见云翻海等人这般表现,看上去不以为意的天都王,也有些愕然。

"还真不给面子啊……好好好!"他心里凶狠地想道,"今天就让你们得意得意;等过了今天,我要你们知道,今日的胡闹,要付出怎样血的代价!"

心中发狠时,他转眼朝明心雪看去,却惊愕地发现,刚才还坐在这里的明家大丫头,已经杳然无踪。

正有些疑惑时,明心雪那清柔美妙的声音,也在那远处响起:"诸位,要用心搜呀,若是遗漏了一个刁奴,可让贤王的老脸往哪儿搁?"

听她这情真意切的声音,好像对这搜寻王府之事,简直比起云翻海,还要卖力。

本就满腔怒火的天都王,听到明心雪这句话时,更是脸都气白了。

本来他想"稳坐中军帐",就在这花厅中岿然不动,显得他不动如山的沉稳高远姿态,但听到明心雪这句话,他还是没忍住,霍然起身,气冲冲走出花厅,要去看看这帮人怎么胡闹。

和上回芦花村不同,这次明心雪的"捣乱",来得格外剧烈。

经过这些天人后的以泪洗面和对风郎受害的各种夸张想象,明心雪内心中想彻底解决云翻海的想法,变得越来越强烈。

本来她还想过要放长线钓大鱼,但现在已经完全失去了耐心。

所以,这一回天都王府之事,她格外"帮忙";在搜寻过程中,她一反常态,对王府的护院和下人们极不客气,盘问、揶揄、恐吓,简直一反"天河神女"的常态,成了"天河恶女""天河魔女"!

对云翻海来说,最要命的是,明心雪还经常故意顺着他的责难,无限拔高，奔着暗示天都王幕后指使、横行不法甚至意图谋反上去，弄得比云翻海还要激烈。

见得这样，云翻海心中更觉不妙。

要知道他今日来天都王府捣乱，是有限度的捣乱，重点在这个"有限度"上，他期望达到的，是既提醒王爷又让自己脱身的双赢场面。

没想到半路杀出明心雪这个"女程咬金"，无限上纲上线，局面便有点失控。

不过箭在弦上，云翻海也只能硬着头皮坚持。

他在心里安慰自己，说明心雪如此一胡闹，自己会更快、更容易地倒霉，从而更快地脱身吧。

在这番折腾的过程中，几乎和先前春慈院、芦花村一样，沧海侯冷玄灵也"恰好"来天都王府拜访了。

虽然云翻海心目中已经把这位冷侯爷当成自己的"吉兆福音"，但他不是傻瓜，看出这位沧海侯，恐怕和明心雪一样，也是对自己别有用心。

"到底沧海侯和光明神侠有什么梁子呢？"云翻海揣测道，"莫非神侠借了他的钱没还？"

他心里嘀咕，冷玄灵来到现场后，心中也是思绪翻腾。

"难道真是我看错他了？"他对神侠的判断，开始有些动摇。

"为什么虚伪的神侠，前两次行动都在惩奸除恶？和本侯的分析完全不对啊。"

"难道有什么重要信息，被我忽略了？"

第三十八章 含冤若雪，惊变寒月血盟

"不管怎样，今日他又来天都王府闹腾，正好让本侯想个办法，借着天都贤王之威，借力打力，逼这个神侠现出原形！"冷玄灵坚定地想道。

和上两回不同，这次冷玄灵来抓把柄，还有一个理由，便是他的爵位，乃是仅次于天都王的沧海侯。

现在云翻海将矛头指向天都王，冷玄灵不免感同身受，正是物伤其类，兔死狐悲。

所以，他这一出手，其实比明心雪更狠。

他看似冷眼旁观，但每到节骨眼儿上，就抓住云翻海的话头问：

"你的意思是不是，王爷他袍服逾越了礼制？"

"你的意思是不是，王爷他结党营私？"

"你的意思是不是，王爷他私藏了兵甲？"

"你的意思是不是，王爷他结交了江湖匪人？"

"你的意思是不是，王爷他想谋反？"

他那劲头，倒让人有个错觉，好像他已经调查王爷谋反之事很长时间了。

本来明心雪就曲解云翻海的语意想害他，现在又多了一个冷玄灵，简直让云翻海一个头两个大。

见两人一唱一和，云翻海禁不住在心中悲呼："这年头，想捣个乱，就这么难吗？怎么我连捣乱，都有人来捣我的乱？一个不够，还来了俩？"

"嗯？俩？"云翻海忽然心中一动，"怎么总是有这两人？特别是这冷侯

爷，看这死丫头的眼神这般飘忽，莫非……他对神侠的未婚妻竟然有不良的想法？"

他被自己这个猜想震惊了。

"这么说，莫非那神侠失踪，是这个心怀不轨的侯爷捣的鬼？

"这就对了！他看到我出现，以为上次没害成神侠，现在就继续出手，哎，真是太可怕了！

"风大人啊风大人，您还不知道，自己头顶上的那顶帽子，恐怕有点碧油油啦。"

想到这里，他觉得这里面的水太深了，便去意更决。

心中正转念时，他忽见天都王气冲冲赶来，冲自己叫道："风惊雨！你闹了这一通，可找到本王什么不法之事没有？"

"一定找得到！"云翻海猛然吼道，"要是今天本神侠出了错，不仅会对王爷三叩九拜认罪，这个'光明神侠'我也不当了！"

"呃？"盛气而来的天都王，哪想得到神侠的态度比他还激烈？不明所以之际，他的气势反倒弱了下来。

他哪知道，就在刚才，云翻海脱身走人的念头，变得空前的强烈和坚决。所以，云翻海灵机一动，想今日就借着天都王脱身。

虽然有明心雪和冷玄灵虎视眈眈，但接下来事态的发展，却和云翻海的预想差不多。

神侠卫效率极高，半个时辰不到的工夫，还真让他们按照云翻海提供的线索，查出七八个不法之徒。

结果汇总到云翻海这里时，他顿时精神一振，转身朝天都王叫道："王爷！你看，果然府中多有不法之人，计三个护院、五个家丁，多有横行街市、勒索地方的恶行！"

说此话时，他气势极盛，而刚才盛气而来的王爷，却反变得低眉垂眼，长叹一声道："唉，怎会如此！本王还以为宽厚待人，他们便能循规蹈矩，没想到居然还暗中横行不法。若不是神侠帮本王甄别宵小，本王还被蒙在鼓里呢。"

"神侠大人，本王向你郑重道歉，不应该仓促立斩钱老六，跟你示威。其实情有可原，本王绝不敢相信府中有不法之人，却见区区一个园丁竟然如此贪暴，一时气急，也是有的。"天都王一脸诚恳地说道。

"知道就好。"云翻海板着脸道，"那王爷殿下，本神侠要将这些不法之人带走，你可有异议？"

"并无异议。"天都王东方昌毫不犹豫地答道。

"呃?!"见他如此配合，无论明心雪还是冷玄灵，全都愣住了。

和一般老百姓不同，他们两个可知道东方昌贤名之下，绝不是省油的灯，没想到面对资历身份低自己很多的光明神侠，他竟然低眉顺眼，逆来顺受，十分配合——

这和印象中的天都王东方昌，完全判若两人啊！

他俩也是只知其一，不知其二了。

他们哪知道，眼前这两人各怀鬼胎，一个要有限度地找碴，另一个要甩无关紧要的锅，正好一拍即合，演出了这一幕诡异的和谐场面。

眼看两人演出就要成功，云翻海正心中暗喜之时，却忽然听到一个冷静的年轻女声响起："神侠大人，幸得你来，民女要检举天都王东方昌奸恶不法事。"

听得这话语，云翻海忽然有一种不祥的预感。

等他转过脸，循声朝说话之人看去，一见她的双眼，他整个人都好像凝固住了：

这双眼睛，如猫妖般细长，眼眸中的神情虽然有所不同，但自己却无比熟悉——这不是热血盟的巫寒月，还会是谁？

"热血盟、女刺客、检举天都王……"

这些关键词连在一起，云翻海心中那股子不祥预感变得更加强烈：

"坏了，难道今日自己的计谋，又要再次遭遇失败？

"难道我真见鬼了？本来准备得罪个公认的好人贤王，然后自己千夫所指，灰溜溜滚蛋，但看这架势，不会又像前两回那样，又被自己不小心撞上坏人了吧？

"天呐！光天化日，朗朗乾坤，怎么找个好人这么难啊?!"

正悲愤地想时，却听得东方昌大喝一声道："咄！哪儿来的刁妇？混入我天都王府中，还满嘴胡言！"

大喝之时，东方昌的目光不易察觉地朝站在旁边的崔远看了看。

和期望的不同，他看到自己这个首席心腹幕僚，竟也是一脸茫然，见自己目光扫过来时，轻轻地摇了摇头。

见他如此反应，东方昌的心不由得往下一沉。

这时他再也顾不及其他了，立即大喝道："来人！把这不明来路的刁妇拖出去！"

"不明来路？刁妇？"巫寒月眼含怒火地看着他，"王爷，您是贵人多忘事吗？连自己的义女都会忘掉！"

"义女?!"此言一出，在场众人尽皆哗然。

"咳咳！"东方昌有些尴尬，气势一滞，不过很快就反应过来，怒吼道，"护院！护院！哪儿去了？把这满口胡言的刁妇拉出去！"

这声怒喝后，四周顿时响起一阵脚步声，有五六个精悍强壮的王府武士，便朝这边飞奔而来。

不过巫寒月却临危不惧，好像没看见这些奔近的武士一般。

她只看着云翻海一人，静静说道："神侠大人，您一定是查出来什么了，否则也不会大动干戈，来王府中搜查。

"只是奸王隐藏太深，您一时没查出真凭实据，便准备用个缓兵之计，稳住王爷，回去慢慢查再查是吗？

"可是，您太低估奸王的狡猾了，我敢打赌，只要今日你离开，他会毁去府中一切证据。

"所以，我站出来了。您要的东西，我都有，想要吗？"

"这……这……"云翻海的脑子里，这时候简直乱成一团麻。

他不知道，为什么王府里会有热血盟的人，为什么是刺杀过自己的巫寒月，为什么巫寒月还口口声声要指控王爷的滔天罪行。

尤其让他惊疑不定的是，为什么巫寒月会自称是东方昌的义女，但东方昌却矢口否认。

说实话，他云翻海今天在这里，不是为了蹚这么大的浑水的。

他对巫寒月提及的事情，完全没有心理准备。

事实上他现在也可以随便搪塞一下，一走了之。

但巫寒月那宛如猫妖的独特眼眸中此时显露的眼神，忽然让他改变了主意。

燃藏传

1 侠烈无疆

那是一种强烈的渴求，是被长期压迫后、期待新生的强烈渴望。

有着独特经历的云翻海，虽然年纪不大，但类似的眼神，他已经看得太多太多。

但和那些可怜人不同的是，他在这个身怀绝技的女刺客眼中，甚至看到了比那些弱者更可怜的一种神情。

那是一种求生的渴望！

"究竟发生了什么？"云翻海很好奇，同时锄强扶弱的本性瞬时激发，让他做出了一个自己事后想来也觉得很疯狂的举动。

他大吼一声："关山明！带人挡住王府武士！我要听这个女子指证申冤！"

此言一出，关山明固然带着惊愕和无奈的表情，指挥人去拦住飞奔而来的王府武士，巫寒月的表情便更加丰富：

"他看懂了我的心！他说了'申冤'二字！

"我刚才可一句冤都没喊，只说要指证奸王！

"呜呜……神侠就是神侠，不用一个字，只一个眼神，就将我完全看穿了！"

心中这般想时，刚才面对王爷怒吼都能保持镇静的女子，这时却浑身发抖，看着云翻海的细长眼眸，瞬间晶莹闪烁，竟要流下泪来。

"有什么话，慢慢说。"云翻海面对曾来杀自己的女刺客，声音却格外的亲切温柔。

他这时，实在是已经把巫寒月看成了他在飞云山收留的那些病残弱小。

自己曾受命刺杀过神侠，巫寒月如何不知？现在却见他以德报怨，声音如此温柔，巫寒月眼中的泪水，更是涟涟而下。

不过大事当前，她极力止住泪水，尽量用平和的语气清晰说道："民女巫寒月，愿意出首，指证天都王东方昌近年不法之事。"

"说！"云翻海简简单单一个字，却蕴含着巨大的力量。

显然，对今日的出首，巫寒月已经准备了很长时间，她的叙述简洁有力，尤其注重陈述最关键的事实。

东华国中有很多大案，其实都悬而不决，听了她的叙述，包括云翻海在内，现场许多人都有一种"原来如此"的惊叹感。

比如，对云翻海来说，听了巫寒月的指证，他突然明白了，为什么无论春慈院的桑红琼，还是芦花村的仇沧江负伤而逃时，要说他"惹了不该惹的人"。

因为，春慈院分明就是东方昌暗中的财源，芦花村群寇则是东方昌隐藏的武力！

至于为什么上回热血盟要来刺杀自己，实在是因为之前的真神侠，有几次举动威胁到了东方昌。

很显然，一直通过刺杀制造混乱的乱党组织热血盟，幕后首脑竟然就是东方昌！

而巫寒月自己不过是个孤儿，只因天赋异禀，便被东方昌收养为义女，其实用来作为杀人的刀剑和控制热血盟的棋子。

听得一个个翔实确凿的指控，在场之人惊心不已。

尤其，当听得巫寒月说出春慈院和芦花村之事时，在场许多人恍然大悟：

原来神侠大人运筹帷幄，巧妙布局，看似随意落子，却都大有深意。

这不，先有春慈院，再有芦花村，最终直逼幕后主使，这环环相扣，实在令人叹为观止！

显然有许多指控并不适宜在此刻全盘说出，比如不法财源只提了春慈院和几家青楼，暗藏武力只提了芦花村和几处山寨，因此巫寒月的指证很快结束。

这时候，一直面色凝重聆听的冷玄灵，忽然开口："巫寒月，你区区一个乱党刺客，却对我东华王爷提出如此指控，你的话究竟有多少可信？还有，你为何要如此？你不是王爷的义女吗？"

一听他这质问，许多人纷纷醒悟，心道："对啊！巫寒月不过是一个乱党，而且还自称是天都王的义女，那她为什么要出首指控？她的话能信吗？"

刚才巫寒月的举报其实是非常有力的，很多事情一听就不像有假；不过沧海侯这么一说，许多人心里也犹豫起来，并且纷纷暗自赞叹，心说别看沧海侯年纪不大，思考问题却非常全面老成。

他们却不知，冷玄灵提出这样的质疑，思路倒不是什么全面老成，而是他已经先入为主，觉得神侠可疑，才怀疑今天这一出，真有这么巧？神侠刚来王府找碴，就有个身份特殊的女子出来配合，这实在像一场预先排演的戏了。

而被他这么一说，刚才一直紧张思索对策的天都王，立即眼睛一亮，沉声说道："沧海侯高见！就凭一个乱党女子信口雌黄，就要将本王拉下马吗？"

第三十九章　贤王威重，匹夫心昭日月

"神侠大人，"东方昌一脸威严，中气十足地说道，"本王给你个面子，便不自己亲自动手；如此乱党恶女，让你亲手格杀吧！惩奸除恶，当场格杀，正是你神侠行事特权。

"至于你查出来的王府刁奴，神侠想当场格杀，还是绑走交付有司，随你的便吧。"

天都王这番话，说得十分老辣。

道理上，他气势十足；人情上，他又给足了面子。

要是云翻海是正常人，这时候就该就坡下驴，按照东方昌所说的去做了。

难道还真要因为一个女乱党说出一番耸人听闻的话，就要跟名望卓著的天都王作对？

这可不是逞一时之快的事。

先不论对错，就从做事的成本来看，女乱党可以当场格杀，快刀斩乱麻，要是真跟天都王作对，可是一个大工程，不仅要报予三司会审，还要御前对质，流程上就极为麻烦。

而这还只是明面上的。

人常说"破船还有三千钉"，何况东方昌这样根深蒂固的天都王？

一旦要跟他作对，很现实的，就云翻海来说，就不是被郁愁归解雇赶走那么简单了。

他非常有可能的结局，就是被东方昌一党揭出冒名顶替，然后被郁愁归壮士断腕，杀人灭口。

久在绿林强梁夹缝中艰难生存，对这些道理，云翻海有着远超年龄的见解。

所以，别说是正常人了，他云翻海应该有比正常人更强烈的动机，赶紧借坡下驴，息事宁人，就算巫寒月说的都是真的，他也只能将她牺牲，和东方昌和解。

对此，东方昌有强烈的自信，因此并不催促云翻海尽快给答复，而是好整以暇地从容等待。

他也是在用这种态度，告诉所有人，巫寒月所有指控，全是无稽之谈，他东方昌根本就不放在心上。

至于他偶尔瞥向巫寒月的眼神，便极为凶猛、恶毒。

这时的巫寒月，作出惊天指控后，神色也变得十分平静。

和东方昌出于策略表现出的从容不同，她是真的把生死置之度外了。

也许，对她来说，刚才说出那番话，就已经是对自己扭曲的人生做出了一个交代，对此，她愿意付出任何代价。

所有人都在看着云翻海。

如此"众望所归"之际，云翻海突然发现，自己脑海中首先蹦出的，居然是那句："世事如冰，但心和魂永燃！"

然后他想起巫寒月所说种种，便难以抑制地血气上涌。

他的想法很简单，正因为自己出身绿林，看多了龙争虎斗，便比一般人更理解一个道理：

不要拆台。台子垮下来，往往压住的就有你。

而乱世如炉，大人物之间争夺倾轧，却往往是小老百姓们的命运最为悲惨。

所以他才血气上涌，对东方昌的种种作为深恶痛绝。

在他心目中，对巫寒月所说种种，是相信的。

他感觉到，自己和巫寒月，其实是同一类人。

虽然云翻海的心中想了很多很多，但在别人看来，他迟疑的时间并不长。

面对众人紧张而殷切的目光，他终于开口了："巫寒月，刚才冷侯爷的问题，你怎么没回答？"

一言既出，大多数人没反应过来，但天都王的脸色，霎时就变了。

本已近似万念俱灰的巫寒月，听到云翻海这一句话，整个冰封的颜面，忽然间活泛过来。

"禀神侠，"她悲声说道，"东方昌与我，名为义父女，却毫无父女之情，只把我当成一柄杀人的兵器。

"不怕大人笑话，我也有过心仪的男子，却无一不蹊跷横死。

"开始我以为只是意外，但连续四五个之后，我终于起了疑心，暗中盘查之后，竟发现，全是他下的黑手！"

说话时，她一指东方昌。

"为何如此？"云翻海惊问道。

"神侠还不明白吗？"巫寒月凄然道，"一把兵器，如何能有自己的情爱呢？若有，便失去锋芒了。"

"贱人！"一直没作声的天都王，这时忽然开口，阴沉地骂了一声。

对他的咒骂，云翻海却似充耳不闻，只看着巫寒月道："巫寒月，你刚才所说种种，空口无凭；本神侠方才也在王府中搜寻，并未寻到你所说不法之事。"

"那是你没有用我带路。"巫寒月道，"神侠敢叫手下人由我领路，再搜一遍吗？"

此言一出，东方昌虽然努力保持镇静，但青袍下的身躯，却开始无法自控地颤抖。

云翻海何等机灵？他顿时就注意到天都王的异样。

察觉到这一点，他甚至变得比天都王还要紧张。

"坏了，事情真的闹大了！"他的额头冒出细密的冷汗，心想，"我要不要下令再搜？看巫寒月这样子，一旦我下令，必然给朝廷捅个大窟窿，到时无法收场怎么办？毕竟，我只是个假神侠啊！"

在他想时，东方昌射过两道凶狠的目光，分明在告诉云翻海，叫他不要不识好歹。

老奸巨猾的天都王，却没想到，自己的威胁反而起了反作用，年轻的飞云山寨寨主，什么都信，就是不信邪。

看到东方昌威胁的目光，云翻海心里却笑了："哈！威胁我？真是找错了人！

"我云翻海，从小就立志要替天行道、除暴安良，眼前你这王爷，不就是最好的对象？

"别说朝廷了，就算把天捅出个窟窿，又怎么样？

"我也别觉得自己是假神侠，我现在就是神侠！只要把事情做对了，自然有人会替我遮掩身份。"

正下定决心，准备放手大干一场时，他却听到王府门外一阵喧哗。

"怎么回事？"云翻海毕竟有些心虚，忙让神侠卫武士去大门外看看怎么回事。

没多会儿，领命查看的神侠卫武士便转回来，禀道："禀神侠，天都王府大门外，聚集了越来越多的百姓。"

"呃?！"云翻海心中一紧，忙问道，"是什么百姓？莫非是想借机生事？"

说此话时，他有意无意地看了一眼天都王。

"倒不是借机生事，"那神侠卫武士老老实实禀道，"刚才属下看了看，原来是许多百姓听说神侠驾临王爷府搜寻不法，又有王爷义女出首告发，因此百姓们口口相传，便有许多人过来喊冤，都说暗地里曾受天都王巧取豪夺。"

其实都不用他说了，这时候门外的喧哗之声越来越响，包括云翻海在内，王府前院中的这些人，全都听清门外那些百姓都在高声喊冤。

听得如此，云翻海冷笑一声，再无犹豫，大喝一声道："东方昌，你事发了！来人，随这位烈女义民巫寒月，重新搜查！"

"是！"神侠一声令下，神侠卫武士们毫不犹豫，大声应答后，便跟在巫寒月后面，如狼似虎地朝王府后院连绵楼宇中扑去！

"风惊雨！"东方昌到这时再也忍不住，怒吼一声道，"你敢！赶紧给我住手！大家同殿为臣，万事要留余地！"

"哈，余地？"已经铁了心除暴安良的云翻海，面对东方昌凶狠的面容，毫不畏惧，大笑一声道，"天都王，你虽然是王爷，可老子是'光明神侠'！

"今日既已看到王府中藏污纳垢，听到王府外人人喊冤，若不带人翻个底朝天，让种种阴暗不法事暴露于昭昭天日之下，老子还怎么称得上一个'光明神侠'？"

云翻海这番话，不经意间用上了飞云山寨寨主的口头语，两次自称老子，其实对于向来温文尔雅的"风神侠"而言，十分突兀。

但神奇的是，在这个场合下，不仅没人觉得有什么异常，反而还觉得今日神侠这番一改常态的粗豪话儿，竟听得格外的顺耳解气！

眼见没得商量，东方昌眼中凶光毕露，暗自朝崔远使个眼色。崔远会意，立即悄悄地向后挪动脚步，准备去后院指挥王府护卫对抗。

没想到，还没走两步，都不用云翻海出手阻拦，便听得王府门前又是一阵喧哗，紧接着脚步声大作，竟是转眼冲进一队甲胄华丽的军队来！

"羽林军！"一看鲜明的战袍、华丽的战甲，就连云翻海也认出来，突然冲进天都王府的，正是东华国中最著名的那支军队，拱卫皇城的羽林军！

不仅羽林军来，紧随着羽林军的，还有五六十个神侠卫武士，为首那人正是郁愁归。

不知道为什么，看见郁愁归来，云翻海一直紧张的心，竟莫名其妙地放松下来。

放松归放松，他心里却很奇怪："怎么回事？怎么老郁带着一帮人，却跟着羽林军冲进王府来？不会是来抓我的吧？"

心怀鬼胎之际，他却听郁愁归大叫道："神侠大人，请放心，属下随羽林中郎将沈英飞沈将军、大理寺少卿孔贤孔大人，前来相助！"

一听他这话，云翻海刚悬起的心又放下来了。

他知道，郁愁归分明就是在给他报平安信，并且利用这种方式，巧妙地告诉他来的将官叫什么，免得他这个冒牌的神侠穿帮。

见不是来抓自己的，云翻海胆气立豪，立即朝郁愁归身边看去，见众军簇拥之中，有一文一武两人，傲然伫立。

很明显，那位白袍银甲、英气勃勃的青年将军，定是羽林中郎将沈英飞，旁边那个头戴进德冠、身穿绯红袍、腰挂草金钩的中年文官，自然是大理寺的二把手，少卿孔贤了。

心中判断已定，云翻海忙按照郁愁归的特训，十分优雅得体地朝两位官员行礼。

光明神侠地位超然，哪怕沈英飞和孔贤再怎么有实权，见他行礼也不敢怠慢，赶紧回礼。

见一切如常，云翻海更加轻松自然，便从容问道："两位大人，忽然来此，所为何事？"

"却和王爷有关！"刚才一脸客气的孔少卿，忽然脸色一寒，冲着东方昌叫道："天都王，你的事犯了！皇上有口谕，命你随我等赴大理寺，受三司会审！"

如果说，之前天都王东方昌被云翻海一番折腾冒犯，还只是心中愤怒紧张，现在，见羽林军来，还由中郎将亲自带队，并且从大理寺少卿的口中已经明确通传了皇帝的口谕，东方昌整个人都好像一下子垮掉了。

之前一直不可一世、盛气凌人的天都王，这时候却面如土色，浑身抖得如同筛糠一样。

惊恐之际，东方昌的心中，也是无尽地后悔。

他最后悔的是，自己太轻敌了。

刚才神侠来一番横冲直撞，虽然让自己有点猝不及防，但毕竟觉得局面还可以掌控。

但没想到，形势急转直下，谁能想到一个没什么实权的虚衔神侠背后，竟然是皇上？！

惊悔交加之际，东方昌一霎时好像老了十来岁，如霜打的茄子般蔫了。

"孔大人，"他颤颤巍巍，无比惶恐地说道，"既然皇上有旨，罪臣万不敢不从。只是罪臣有个不情之请，还请孔大人成全。"

"什么不情之请？说。"孔少卿面无表情道。

"多谢大人。罪臣想请大人念在罪臣毕竟身有王爵的分上，即使押赴有司，还想保有一丝体面，便想在出门前，暂容罪臣去后院卧室更换团花绣蟒紫袍朝服。"

第四十章 相知按剑，末路世态炎凉

"如此一来，既保有体面，也是对朝廷王法的敬畏。"东方昌诚惶诚恐地说道。

"这……"孔少卿有些迟疑。

"大人不必疑虑，"东方昌恭谨说道，"若是怕罪臣逃走，可派羽林军士与我随行。"

听得此言，孔少卿绷着的脸便放松下来，笑道："王爷你真是明白人。倒不是下官不相信你，不过既是皇命，我等都小心些吧。你就去换朝服，沈将军，你便派两个军士，随行护送王爷换衣服吧。"

沈英飞闻言顿时会意，便特地指派了两个精壮机敏的羽林军士，随同东方昌往后院去了。

见此情景，云翻海心里却莫名地有些不踏实，便忍不住朝孔少卿道："孔大人，其实既然奉皇命抓人，何必多此一举呢？小心那奸王耍什么花招。"

"无妨。"孔贤摆了摆手，温言说道，"我等派军士看管，应该无虞。况且来前陛下也说，不要把事情做得太难看，要给王爷保留最后一点脸面。"

"原来如此。"见他如此客气，云翻海就不好多说什么了。

不过在他的心目中，还是有点不以为然，因为他实在见多了绿林道上各种奸诈诡谲之事，总觉得这种事情必须雷厉风行，丝毫不能拖泥带水。

不过现在既然孔贤都这么说了，他还能怎样？

而且他心里还在想，也许是自己想多了，可能他警惕的那些，只是绿林江湖那些亡命之徒的伎俩；像东华官场，自有另一套更加体面的行事方法，只是自己不知道罢了。

等待东方昌换朝服之时，郁愁归也走过来，凑近他道："神侠大人，您真是侠肝义胆、疾恶如仇啊。"

他这话，旁人听了，只以为他在奉承自己的上司；但云翻海一听，便知道这老郁实则是在反讽自己。

对云翻海这几次大动干戈，郁愁归有另外一种理解。

他还以为，云翻海这位飞云山的好汉头领，那股子替天行道的劲儿发作，便利用神侠的身份，出手铲除不平，这才有春慈院、芦花村之事在前，又有眼下的大闹天都王府。

并且，他还认为，这几次的事情，一定是云翻海利用绿林江湖道上的消息，这才能每次出手都准确无比。

想到这里，他还真有些佩服，因为其实东方昌之事，皇帝东方明早就看在眼里，暗中一直在布局。

只是，天都王东方昌老奸巨猾，做事不留痕迹，让他们盯了很久，都没找到可靠的证据和合适的时机。

没想到，今天上午，他们安排在王府护院中的内应慌里慌张地前来送信，说是光明神侠大闹王府，王爷的乱党义女出来指证，东方昌的各种罪责铁定要暴露在光天化日之下了。

听到这消息，他们先是很吃惊，转而大喜过望！

早就要拔除这个大隐患的皇帝东方明，立即拍板，命令羽林中郎将和大理寺少卿带领精兵前往捉拿；同时正好郁愁归进宫报事，正好命他一起前去——毕竟，这次领头掀翻王爷的，是那个"神侠"啊。

正因为皇帝知道云翻海的底细，便在郁愁归出发前，特地嘱咐他，要问清那个假神侠究竟是怎么做到的。

于是，郁愁归心中想了一会儿，便压低声音，对云翻海道："老弟，其实我等早就配合皇上要查办这个东方昌，可惜一直无从下手。你怎么做到的？"

说到这里，郁愁归忽地恍然大悟道："啊，一定是你买通了巫寒月，便一下子攻破了。妙啊妙啊！你是怎么做到的？据我所知，那巫寒月乃是油盐不进的死硬乱党啊，怎么会收你钱？"

不提钱还好，一提钱，云翻海就火冒三丈，气极反笑道："老郁，你看我这样，有钱收买吗？你说我出卖色相还差不多！"

"哎呀！"郁愁归闻言惊呼，"原来是色诱啊，我们之前怎么没想到？失算了失算了。其实我的卖相也不差啦，早知道这样，我便牺牲一下，何苦一直等到今天？"

说到这里时，他下意识地看了看那位大义灭亲的女子，却发现她正一动不动地看着云翻海。

正看时，他便听云翻海低声道："老郁，你看那姓巫的是不是有病？怎么总是看着我，眼珠子一动不动，真吓人。"

"嘿嘿。"郁愁归笑了一声道，"你真不懂还是假不懂？分明是假戏真做，她对你动情了啊。"

"哦。"云翻海随口应了一声，心里不以为然："这老郁，还真以为我牺牲色相才让她反正？唉，这时候你的城府哪儿去了，我一说你就信啊。"

郁愁归一脸诡异的笑容，看得云翻海心里有些发毛，便转过脸去不看。

不过一转脸，他正看到那位白衣如雪的冷侯爷。

"冷侯爷！"他忙走过去，挑着大拇指道，"真有你的，原来你早就看出东方昌有问题，否则怎么刚才的发问，每一句都说在节骨眼儿上？"

冷玄灵闻言不由得一阵苦笑，心想："那还不是因为我想趁机危言耸听，让你收不了场啊。"

心里这么想，他口中却说道："没有没有，全是神侠的功劳，我之前一直也被他蒙蔽了。"

谦逊之时，他心里叫道："笑话！我怎么能承认？如果说我早看出来了，怎么还要等到今天，要等神侠出面才能查出来？

"别的不说，一个知情不报、心思叵测的罪名，是逃不掉的。

"而且这罪责可大可小，还不是刑罚多少的问题，要是传到皇上耳朵里，让他有什么想法，那就不得了了。"

他心里这算盘，云翻海哪知道？

他只觉得这冷侯爷今天真奇怪，看他这人显然眼高过顶，高傲自矜，怎么这会儿却如此低调谦虚？

这样的疑虑，便让他更加感觉到，和绿林江湖相比，这京城之人的心思实在捉摸不透，水太深了。

他们在这里闲聊等待时，在东方昌的卧室中，也正进行着一场对话。

和东方昌对话之人，正是他的心腹幕僚崔远。

崔远十分会见机，刚才门前大乱、大军冲进来时，他便趁着混乱脚底抹油，先行溜回到王爷的卧室中，藏在那几幅山水屏风之后。

当羽林军士在门外看守、东方昌走进卧室里屋时，崔远便悄悄地从屏风后闪身出来。

对他的出现，东方昌丝毫不感到奇怪。

主从二人，今日再次单独相对时，忽然感到十分感慨。

"崔先生，"东方昌怅然道，"之前我二人还说人神侠是纸糊泥塑的华丽神像，没想到一戳就破、一摔就碎的泥像，是本王自己啊。"

"王爷千万别这么说。"崔远既难过又惶恐地道，"都怪小人出言不慎，没了好兆头，才得此无妄之灾。"

"先生无须自责。"刚才在人前颓丧崩溃的天都王，这时候却眼中精光四射，挺直了身子道，"这些宵小想治我的罪，没门！他们怎料到，我等还有后手？倒是崔先生，你说的那两件事，是不是真的手尾都做干净了？"

"绝对干净，小人万不敢欺瞒王爷。"崔远惶恐道。

"我相信你，不过我们不能再出错了。"东方昌道，"所以，我还是要再多问你一句：此事一向由你出面，他们是不是真的只知道你、不知道我？"

"是！"崔远笃定道，"小人做事一向谨慎，何况此事重大，我绝不敢有任何差池。"

"那就好，那就好啊。"东方昌感慨道，"幸亏做事谨慎，还留有许多暗中的力量，即使有今日的风波，我等还能退一步海阔天空，重新来过。"

说到这里，东方昌便有些感伤，看着崔远，竟是眼眶泛红，叹息一声道："崔先生，为何会这样？我等什么事都做对了，为何还会遭遇此劫难？

"不管如何，今日你我二人要分开逃了。崔先生，你我虽为主宾，但本王其实一直视你为密友；此番暂别，心中慨叹，便同饮此酒，各自珍重，待异日重逢，再同饮庆功之酒。"

说着话，他便举起桌案上一只斟满酒的白瓷酒杯，向崔远示意，那神情，既悲伤，又振奋。

见他如此，崔远也十分感动，也端起酒杯，说道："士为知己者死，我先干为敬，王爷一路珍重。"

说着话，他便举起酒杯，一饮而尽。

"好，好，痛快！"东方昌见状，赞了两声，也将杯中酒水一饮而尽。

"走吧，"崔远见状，便说道，"事不宜迟，我等赶紧上路吧。"

"上路？"东方昌岿然不动，笑道，"应该是等你先上路吧。"

崔远一愣："王爷这是何意？"

话音刚落，他便骤然脸色大变，整个脸部肌肉都扭曲变形，紧接着喉中嗬嗬有声，整个人身子一软，竟瘫倒在屏风旁。

而看他脸色，显然正遭受着天大的痛苦，但如此痛苦之际，他竟是说不出任何话来！

虽然说不出话，他却瞪大眼睛，死死地盯着东方昌，仿佛在问："为什么？为什么要在酒中下毒？"

果然是多年的搭档，对他无声的质问，东方昌一看便懂。

见他如此，东方昌一脸狞笑道："还问为什么？你这么聪明，自己应该很清楚啊。

"神侠那狗贼，显然顺藤摸瓜，顺着那两件事，找到本王这里来了。你刚才不是说，事情都做干净了，那些人只知道你。

"那本王该怎么做，不是很清楚了吗？显然只有死人才不会说错话。

"你也别瞪着我，'士为知己者死'，不是你刚才说的吗？怎么这么快就忘了？"

听得这等残忍无情的话语，崔远眼中的怒火如同要喷出来。

他的身子挣了挣，想朝东方昌扑过来，只是才动了一下，腹中霸道诡异的毒酒顿时发作，让他瞬间气绝，整个身子无力地歪倒一旁。

见他身亡，东方昌再也没看他一眼，径直从他身边走过。转到屏风后，东方昌便转动那个紫檀花架，顿时一阵吱吱轻响，墙角赫然现出一个密道的入口来。

见密道显现，东方昌毫不犹豫，便下到地道，逃命去也。

就在东方昌进入密道之后没一会儿，还在前院的云翻海等人，便听到后院响起一片惊呼："不好了！天都王跑了！"

紧接着，后院喊杀声四起，天都王府暗藏的死士们暴起发难，四处攻击，为主子的逃跑争取宝贵的时间。

刚才还算平静的天都王府，一下子陷入混乱之中。

面对突如其来的变故，不仅大理寺少卿孔贤手足无措，就连羽林中郎将沈英飞也一时愣住。

这时倒是云翻海的草莽气概上涌，见两个主官呆若木鸡，想也不想便吼道："还等什么？杀！"

见他如此热血男儿气概，郁愁归神情复杂地看了他一眼，便朝那些还在发愣的神侠卫武士叫道："都聋了吗？神侠大人叫你们动手！"

听他们俩这一喊叫，不仅神侠卫武士都动了起来，那些羽林军也反应过来。

于是在沈英飞和郁愁归的指挥下，羽林军和神侠卫武士们拼命朝后院冲击，希望抓住逃跑的东方昌；而那些王府死士久受主子恩德，这时正要报恩，抵抗得十分激烈。

这时同在现场的冷玄灵和明心雪，自然也责无旁贷，立即投入了战斗中。

不过，协助指挥进攻时，沧海侯冷玄灵的心里却直犯嘀咕。

"奇怪啊，这神侠难道转了性？"他心里想道。

原来，他观察风惊雨已久，便发现神侠以前每次行事时，都留有余地，总不会把事情做得太绝，更何况今天面对的还是势力深厚的天都王府。

这一点，也是冷玄灵看出来后，觉得现任光明神侠虚伪有问题的地方。

因为不管风惊雨做得再是小心，滴水不漏，洞察力极强的冷侯爷，还是看出他在收买人心、预留后路。

但刚才，他看到的一幕幕，却反而是神侠步步紧逼，又有勇有谋，还知道中途麻痹东方昌，让他不立即发难；反倒是因为孔贤那个没经验的文官，对神侠的警告不以为然，便坏了事。

结果到这时候，还是神侠当机立断，命令所有人往死里进攻。

于是，现在的冷侯爷真的如坠云里雾中，觉得本来已经看清的神侠，又开始变得模糊朦胧，不知道他到底是个什么样的人了。

这一场战斗，激烈程度绝不亚于那些人魔之间的死战。

蓄养已久的王府死士非同小可，虽然人数不算太多，却个个都是高手。

激斗之时，他们对云翻海尤其恨之入骨，因而此番乱战中，除了制造混乱、掩护主子逃走，另一个主要目标便是杀死云翻海。

在他们的理解中，如果不是"神侠"带人前来发难，就不会打破微妙的平衡，让皇帝下定决心彻底清算。所以在这些人眼里，云翻海的角色要比下令抓人的皇帝可恶得多。

被这么多高手恨之入骨，绝不是好事。

很快，无数条身影冲近云翻海，各施绝技，利箭劲矢破空而来自不必说，更有五颜六色的法术流光呼啸而至，甚至其中还有威力强大的魂火攻击。

面对这情形，无论羽林军士还是神侠卫武士，全都奋勇向前，保护光明神侠，双方一时打得难解难分。

这时候，官兵这一方已经看出来了，今日想要抓住抢了先机逃走的王爷非常困难，双方战斗的目的，已经从抓捕、拒捕，变成了保护或杀死光明神侠。

光明神侠的生死，重要性其实并不亚于是否能抓住天都王。

要是光明神侠在这场混战中身亡，将成为东华皇朝巨大的丑闻，在场的所有官兵都要倒大霉；而对于王府死士来说，虽然今日王府被破，逼得天都王出逃，但要是能杀死光明神侠，也将是巨大的胜利。

从这个意义上来说，双方的攻防地位完全调换，反而变成王府死士进攻，官兵一方防守。

双方打得越来越激烈，现场乱成了一团。

任何时候防守总比攻击要难，因为进攻一方十次中哪怕失败九次，只要有一次成功，就算胜利。

反过来对防守方便是，你哪怕守住了九次，只要有一次失败，便是彻底的失败。

对王府死士来说，成功一次的机会，终于来了。

混战当中，有个诡计多端的王府死士装作受了重伤，踉踉跄跄地朝战团后方的云翻海靠近……

第四十一章 烈焰成湖，一念灵机可渡

激斗之中，许多人只关注到眼前，对远处的事情变得不那么敏感。

不少官兵眼角的余光，也看到了有个王府死士好像受了重伤，在跟跟跄跄地走。

于是他们潜意识中便以为那人很快就要倒地，便不再关注，专心跟眼前的敌人厮杀战斗。

只可惜，那个王府死士却一直没倒，竟然在混乱无比的战团中，成功地接近了云翻海。

当郁愁归等人意识到危险时，已经来不及了，这个狡猾的王府死士狞笑一声，高喊一句"天都王万岁"，便猛然爆发出耀眼的强光，紧随着是一声震耳欲聋的爆炸声！

面对如此剧变，别说郁愁归、关山明等人了，就连和云翻海不对付的明心雪、冷玄灵，也都瞬间惊叫出声！

"完了！神侠完了，我们也完了！"目睹这情形的所有羽林军士和神侠卫武士，脑子里转的全是这个念头。

因为很显然，在如此出其不意的剧烈殉爆中，要生存下来，完全不可能，就算功法卓绝的神侠也不行。

而他们这时也看到，已经有几个邻近的羽林军士和王府死士，被这般剧烈的爆炸震上了半空，等再次落下来时，已是血肉横飞如雨，身上的零件儿散落了一地。

见此情形，连最乐观的人也都放弃了任何侥幸心理。

他们觉得神侠别说活了，连保个全尸都不可能。

虽然很难接受，但那些不知云翻海真实身份的官兵已经想到，朝廷又要开始费心寻找新一届的神侠了。

他们只想到这个，郁愁归的额头却早就无法自控地冒出豆大的汗珠来！

他心里清楚死去的这神侠怎么回事。

说难听点，如果是真神侠死了还好说，按照既定的程序遴选新一任神侠即可。

可是，现在死了个假神侠，要不要照规矩选新神侠？

如果不，等真神侠归来，那朝野军民必然知道，神侠卫居然用一个假神侠代替暂时失踪的真神侠，简直是闻所未闻的欺君骗民之罪！

到那时很明显，所有的黑锅只能他郁愁归一个人背，绝不可能说这是皇上首肯的。

这样的话，他郁愁归要能求个全尸，也已经是天大的幸运。

而如果顺水推舟，假戏真做，就当神侠风惊雨死了，开始遴选新一任神侠，但如果风惊雨归来怎么办？

按照郁愁归对真神侠的理解，他现在还真就只是失踪了，绝不是遭遇意外身亡。

他更明白，现任神侠风惊雨表面一如大众所愿的温文尔雅、侠骨柔肠，但内里却是极高傲、极不妥协之人。

要是让他发现自己居然"被死亡"，从此就消失在东华洲的历史洪流中，他一定会发狂。

郁愁归知道，到那时自己的下场也一样，同样是能求个全尸，就已经是天大的幸运。

如此两难，就连他这样城府深沉之人，也一时浑身冷汗直冒，整个人从里到外地发虚发寒，就差没抖若筛糠。

这时候，也不知那殉爆的死士有什么奇诡的独门功法，爆炸过后已经过了一小会儿，却依旧不停地响起更多的爆炸声。

一时间，原先云翻海站立之处，轰响一片，火光冲天。

见此情景，郁愁归等人再无任何侥幸之念。

这时候，眼见"神侠"惨烈身亡，明心雪和冷玄灵心里也有些不是滋味。

"就……就这么死了？"明知自己应该对云翻海恨之入骨，等亲眼看到他在眼前炸裂，明心雪的心中却没有大仇得报的快感，反而只是一片惘然。

冷玄灵的感觉也几乎一样。

千辛万苦看出神侠有问题，他以为自己能立下个惊天动地的独门功劳，却没想到"大奸若善"的虚伪神侠，竟然就在自己眼前死去了。

这种强烈的失落感，绝对比一拳打在棉花上还要无力和绝望。

爆裂声还在继续，火光灿烂如初燃。

就在郁愁归等人绝望惘怅之际，却忽然听得有人惊叫一声道："神侠！是神侠！"

"什么？"郁愁归一激灵，第一反应却是——"难道真神侠风惊雨现身了？"

没想到他抬头一看，整个人都惊得目瞪口呆！

原来，他正看到，漫天的烈火和爆炸之中，本应该死得不能再死的云翻海，竟然从漫天火光中施施然走出来。

那姿态从容、优雅，即使烟火绕身，仍似闲庭信步，那一刻真的宛若天神。

"怎……怎么会这样？"郁愁归和明心雪、冷玄灵等人喃喃自语，简直不敢相信自己的眼睛。

"见……见鬼了？！"王府死士们全都不肯相信这是真的。

"神侠！神侠！"羽林军士和神侠卫武士们则爆发出一阵惊天动地的欢呼！

这时烈火依旧猛燃，爆炸依然轰响，更加上如雷般的欢呼，但就是在这样纷乱嘈杂的喧嚣声中，从烈火中走出的云翻海，冷酷庄严地说出的那一句话，依然清晰无比地传入所有人的耳中：

"世事如冰，但心和魂永燃！"

同样一句话，配合上漫天缭绕的火焰浓烟，正显得从来没这么应景。

见此情景，虽然郁愁归还没反应过来，但眼眶已经不由自主地湿润。

这位以神侠卫为毕生事业的阴郁青年，此时只觉得，这就是他一直期望目睹的人生巅峰！

这一句话在场所有人听到，都仿佛在心魂中震响，感到一种前所未有的震撼。

对云翻海来说，今天这一句话也有些不同。

前两次在春慈院和芦花村，他虽然说得像模像样，但因为出于应付差事，不免说得浮夸；但这一回不一样，同样这句话，他每一个字都说得十分真切深沉。

如果不是这样，也不会惹得郁愁归热泪盈眶。

神侠卫的大总管分明已经听出了这里面的区别。对他来说，这一刻，云翻海就是真神侠！

云翻海奇迹般地从绝不可能生还的大爆炸中生还，还毫发无损，这情景对王府的死士们打击无比巨大。

此前他们整日都被洗脑，认定王爷取代当今的皇帝乃是天命所归，但现在看到神侠鬼使神差般毫发无损，他们的信念一瞬间就崩塌了。

对比之下，羽林军士和神侠卫武士们却是士气如虹，此消彼长之下，这场争斗的结局，可想而知了。

没过多会儿，所有王府死士都放弃了抵抗，手中兵器丁零当啷地扔了一地，十分顺从地跪倒在地，等待官兵们的捆绑。

作为地位超卓的光明神侠，这等庸常俗事，便不须做了。

云翻海记起郁愁归先前的特训，便悄悄地退到一旁，冷眼看着这一切，姿态低调而超然。

但显然他很难保持低调。

刚走到一旁，那大理寺少卿孔贤便凑过来，低声叫道："神侠救我！"

虽然这时众目睽睽，孔少卿无法下跪，但云翻海一瞥他的表情，那哭丧着的一张脸，简直比下跪还要惶恐卑微。

孔贤的意思他知道。

如果不是孔贤一时大意，东方昌也不会逃掉。

当时他云翻海还特地提了醒，可惜没用。

要按着云翻海的草莽性子，自当快意恩仇，要让孔贤为自己的错误付出代价。

不过他转念又一想："哈？我是谁？难道还是真神侠吗？算了，他一个文官，没太多经验，谁能想到大军压境之时，奸王还能从家中逃跑？"

"算了，我反正也就是个临时工，做个顺水人情吧，反正有什么事，让老郁头疼去吧，谁叫他付工钱不爽快啊。"

想到这里，他便温和一笑，低声道："无妨，你去跟郁统领说一声吧。"

"多谢神侠，多谢神侠！"孔贤如蒙大赦，赶紧一路小跑跑到郁愁归身前。

郁愁归正在指挥神侠卫抓捕奸王残余，见孔贤赶来，朝自己低低说了几句话，便脸现诧异。

他转过头望向云翻海，却见云翻海好整以暇，一脸慈悲地看着他，那救苦救难的表情，快赶上倒台前的"慈眉观音"桑红琼了。

看他这样，郁愁归一脸无奈，只得朝孔贤道："孔大人不必太过忧虑，奸王根深蒂固，也不是那么容易抓得住。放心吧，今日结果已经很好，最重要的就是让顶着贤王之名的奸王倒台。"

听他这么表态，孔贤这才放下心来。

至于羽林中郎将那边，孔贤毫不担心，因为在某种意义上，他两人一齐领受皇命，正是拴在一根绳上的两只蚂蚱，自己好，他也好，自己不好，他也跑不了。

这时候，被孔贤这一搅，郁愁归忽然想起一事来，便也急匆匆赶到云翻海身边来。

"老弟，怎么回事？"他压低声音问道。

"什么怎么回事？"云翻海眨眨眼睛道，"多一事不如少一事，孔大人乃是大理寺二把手，专审百官之罪，我倒没什么关系，主要是为你考虑，日后你要是抢了谁家的鸡鸭，调戏了谁家的媳妇，不就能让他网开一面了吗？嘿嘿！"

"我不是说这个。"听他开这般混账玩笑，郁愁归哭笑不得地道，"我问的是，刚才爆炸声势惊人，烈焰火光冲天，别说是人了，就是石头也得给炸飞，你怎么却毫发无损出来了？"

"这个啊……"云翻海挠挠头，想了想道，"我说是我那个红色的魂火救了我，你信吗？"

"这……"郁愁归一脸不信地道，"我信，你且说说。"

"你信，我就说。"云翻海不自信地道，"当时，也不知道怎么回事，我那魂火瞬间发动，不仅让我浑身布满细密炽烈的金色火焰，竟然将死士殉爆燃起的火焰瞬间扑灭，还将爆炸的气浪向外推挡，就好像将我跟火焰爆炸瞬间隔离。

"而且那时候，我感觉很奇怪，本来该是一瞬间的事情，我却好像过了漫长的时间——这真的不是错觉，因为我从从容容地看着金色的烈焰将身外的火焰和爆炸一个个地推挡扑灭。"

"怎么会这样？太奇怪了！"郁愁归一脸的不敢相信。

"对啊，真的很奇怪，"云翻海喃喃道，"那种感觉，就好像时间在我这里变慢了——不对，不仅仅是变慢了，好像还变得很聪明。"

"很聪明？"郁愁归惊奇地问道。

"对，很聪明。"云翻海道，"当我看得清楚时，时间立即就过去了；如果我看不太清，时间便放慢了，就好像让我慢慢看清一样。

"呀！"郁愁归闻言，也不禁遽然动容，脱口叫道，"还有这等奇事？就好像你能控制时间流逝的节奏一样！"

"不过不应该啊，我的眼力其实不凡，你上回那魂火，没什么特别啊——哎呀，我懂了，莫非有什么高人暗中相助？"

说到这里，郁愁归仿佛豁然开朗，自信地说道："这也是唯一的解释了。"

说话间，他还朝四周拱了拱手，向想象中隐身于空明中的绝世高手行礼道谢。

见他如此反应，本就心中存疑的云翻海，更加不自信了。

于是他顺着郁愁归拱手行礼的方向看去，便也觉得，仿佛那四周的空明之中，真的有绝世高手隐身其中，还朝自己温和友好地笑呢。

目光四顾之际，他正看到羽林军士们从后院提溜来一人。

云翻海一见，顿时哑然失笑，走过去朝那人道："鼠兄啊，别来无恙啊，想不到我二人这么快又见面啦。"

那个正被提溜着往外走的黄脸汉子，听到这声音，身子一震，转过脸来看到云翻海时，那张黄脸顿时变得煞白。

第四十二章　含情问雪，红粉幽处媚人

　　这时孔贤正找机会讨好神侠，好不容易逮到个机会，也根本来不及仔细分辨，便冲过来朝云翻海低声说道："神侠大人，这人是您的亲戚吗？"

　　见他这副鬼鬼祟祟的样子，云翻海有些好笑，不过也不点破，只道："孔大人想多了。此人乃是本神侠破获奸王一案的关键线索，大人之后可对他重点审问。"

　　说罢，他便一转身，走远了。

　　"是，是！"云翻海走出很远，孔贤这才转过身来，刚才一脸的谄媚，已变成凶神恶煞一般，冲着钻街鼠狞笑道："听到没，神侠大人亲自发话了，等到了大理寺堂上，我奉劝你有什么说什么，否则……嘿嘿！"

　　见他如此狠辣，钻街鼠一个哆嗦，脸色变得更加苍白了。

　　天都王之事，到此差不多便尘埃落定。

　　眼见王府被翻个底朝天，奸王的老巢被连根拔起，云翻海想起自己来这里的初衷，便如同做了一场梦一般。

　　不仅如同做梦，他还有些傻眼，因为老天爷再一次戏弄了他。

　　他傻眼，那个沧海侯冷玄灵也傻了眼。

　　本来冷玄灵听说神侠竟然胆大包天，去出了名的贤王府上搅闹，便以为得了机会，想乘机查办这个十分可疑的虚伪神侠。

　　没想到，最后的结果却是，贤王证明是奸王，皇上早就存心想查办，光明神侠不知道是运气好还是早有预谋，竟然又立了一次大功，让他这块金字招牌变得更加闪亮。

他们两个傻眼，那天河神女明心雪更是觉得匪夷所思。

如果一次两次也就算了，连着三次，自己推波助澜都失败，每次事件的结果都证明，反而是她显得有些小人之心，那个冒牌的山贼假神侠真的是一心为公、一心为民。

"莫非，真的是我弄错了？"看着眼前来回奔走的神侠卫武士和羽林军士，她怔怔地想，"难道，这个冒牌的假神侠、真山贼，真的是正义的化身？如果不是，为什么这三次，他的表现比真神侠还要更像神侠啊……"

正呆呆出神，想着心事时，忽然一个年轻女子的声音，在耳边怯怯地响起："明小姐，寒月有一事相求，不知您能否答应？"

"嗯？"明心雪回过神来，转脸一看，正是刚才出首大义灭亲的王爷义女巫寒月，正一脸患得患失地看着自己。

见她如此，明心雪有些奇怪，随口问道："什么事？"

"民女想追随神侠大人！"巫寒月一脸坚决地说道。

"随便吧。"明心雪根本没心情理这事，随口便答应了。

一听此言，巫寒月顿时神情雀跃，转身便朝云翻海跑去。

她的身姿极为娇柔，跑动之时那柔细的腰肢一扭一扭，就连明心雪这样的姑娘看着，也觉得很是养眼动心。

"嗯？"明心雪忽然心中一动，想道，"也许这是个好机会。这草莽山贼害我风郎，不就是很可能想霸占我吗？

"现在有巫寒月这样身段妖娆、满身风情的女子追随他身边，如果他真是个贪欢好色之人，一定会忍不住吧。

"这样的话，巫寒月不就是测试我猜想的试金石？"

想到这里，她再看着远处已经开始交谈的那两人，就变得若有所思；天河神女本来郁闷困惑的心情，忽然也变得有些开朗轻松起来……

天都王之事，至此彻底尘埃落定。

不过，有一件事，云翻海还是觉得很奇怪。

从郁愁归那里，他听说了天都王府的查抄情况。

奇怪就奇怪在这里。

这些天来，他纯粹出于个人兴趣，利用神侠的身份，去调查了一下天都王府历年的搜刮。

两相一对比他就发现，天都王东方昌这些年支出的总数，还是比历年的收入多出了一大截。

"入不敷出"也是常有的事，但那一定会存在借贷或者赊账的情况。

但东方昌从来都没有。

多年来，他蓄养江湖异士，训练死士私兵，或是在战略要冲广置田产，又或者花钱收买朝中同党，所有一切支出，都是真金白银地往外花。

看到这一点，云翻海就很奇怪。

"这些多出来的钱，天都王都是从哪儿弄来的？"

不过，这个差异，对朝廷来说，却是笔糊涂账。

负责查抄之人不是不懂这个道理，但觉得不可能有"不可能之事"，便主动穿凿附会，帮东方昌发现了许多赚钱的门路。

朝廷官员想得太多，对这个异常，反而没有云翻海这个旁观者看得清晰。

当然，能有这样的差异，最主要的原因还是，云翻海是个穷鬼。

为了维持山寨，养活老小，他想钱都想疯了，因此免不了对钱粮之事格外敏感。

"神侠大破天都王府"，事情平息了好几天之后，云翻海心中那种不真实感，依旧没有完全消除。

这天晚上，他头戴斗笠，身穿青衫便服，特地骑马走过天都王府。

路过王府时，他看到，只不过几日之间，气派的王府便已是一副败落的景象。

朱漆大门上，交错贴着触目惊心的封条；门前的台阶上，满是落叶，并无一人前来打扫。

见得此景，云翻海心中十分感慨，只觉得富贵繁华，果然犹如过眼烟云，富丽堂皇的高楼，真可能一夕之间倾倒。

想到这里，他的少年心境竟有几分悲凉，便对巍峨依旧的天都王府再无丝毫留恋，立即扬鞭催马，快步而回。

这一日夜晚，入睡前，想起"天都贤王"的败亡，云翻海的心中更加思念飞云山。

他也更加思念那个如水晶般纯净无瑕的小草儿，希望能早日见到她。

静夜之中，他摩挲着胸口装着五色土的水晶瓶，仿佛能感受到飞云山的亲人们对他的期望和牵绊。

夜深月凉如水，天地万籁俱寂。

静谧安宁的深夜里，云翻海的思绪变得格外清晰。

他想到了很多很多。

"为什么这三回只是想闯祸，想捣乱，却一捅一个准，都捅出惊天大案来？

"应该是生逢乱世。别看眼前这东华城依旧歌舞升平，却已显乱世糜烂之象。

"为什么先是春慈院，再到芦花村，只是碰巧而为，却都是东方昌暗中的武力和财源？

"实在是因为，奸王东方昌暗中的势力实在太大，竟然随便一碰，都是他的势力。

"可笑朝野那些官民百姓，都以为从春慈院，到芦花村，再到天都王府，都是我'神侠'细密布局，最后突然收网，要网住大鱼。

"不过，随便一碰便是东方昌的势力，他一个天都王，有这么大力量吗？总觉得这里面，有什么事情被我忽略了……"

想了一时，他忽然自己笑了起来，心想："云翻海，你还真以为自己是'神侠'？还想绞尽脑汁帮朝廷破案吗？先管好自己的事情吧！

"先前和春慈院、芦花村斗，没什么心理负担，是因为那时觉得这两股势力无根无绊；不过天都王可不同了，就连春慈院和芦花村，也不过是他暴露出来的冰山一角吧。

"如果说，东方昌死了也就罢了，偏偏他老奸巨猾，居然还跑了，那我就实在太危险了！"

想到这里，他不由得冷汗直冒，心说无论如何，自己还是要早日安全脱身吧。

再次下定决心时，他又想起那个宛如猫妖般的天都王义女巫寒月。

巫寒月的样貌，特征实在鲜明，真好似她的魂火"嗜血狞猫"那样，既妖娆，又幽冷。

所以想起她时，她的模样便瞬间无比鲜明地浮现在云翻海的眼前。

天都王府之事的最后，巫寒月问了明心雪一声后，便来到云翻海跟前，说想追随。

毫无疑问，云翻海立即拒绝了她——

笑话！自己身份尴尬，还时刻想逃，身边如果再带个拖油瓶，还是个眼力见儿极好的拖油瓶，肯定对自己脱身大业大大不利啊。

只是没想到，他断然拒绝，巫寒月却道："你同不同意，是你的事；我追不追随，是我的事。"

扔下这句话，她便随大理寺官员走了。

想到她这古怪话语，云翻海总觉得不太对劲。

"一个曾经刺杀过自己的女人，还要来追随刺杀对象，肯定精神不太正常；即使现在自称弃暗投明，谁知道以后会不会旧病发作？"

一想到这个，云翻海更加胆寒，速去之心更决。

如果不是想到不辞而别，那心狠手辣的郁愁归真会秋后算账，会把整个飞云山都灭了，云翻海还真的想连夜逃窜。

想到这个，云翻海忽然一脸苦笑，心想道："郁大总管啊，莫非当年令尊令堂给你起'愁归'之名时，就预计到今日你会让我归路发愁啊？……"

大约就在东方昌倒台后的第三天，正在东华洲北方海滨的风惊雨，便收到了消息。

听到这消息，风惊雨又惊又怒。

他惊的是，自己熟谙东华洲朝廷的运作，以前从没看出皇上想动东方昌，怎么一夕之间他就倒台了？

风惊雨可不像小民那般天真，以为真是一个神侠就能扳得倒堂堂天都王；那皇帝也不可能是心血来潮，听说神侠大闹天都府，就及时派人去抓天都王。

他怒的则是，其实这天都王和自己还很有关系——确切地说，是在他见过女魔将珐汐娜之后，就有了关系。

通过那一次密谈，他便知道，原来早在自己之前，寒渊帝国便已经和天都王东方昌暗中结盟了；东方昌暗中做的那许多不法之事，除了满足私欲之外，大多数都是为了配合寒渊帝国的东华攻略。

而上回密谈之中，珐汐娜明确地告诉他，从那以后，魔国的东华攻略就以他为主，堂堂的天都王东方昌也要在他之下。

得到这样的安排和许诺，风惊雨当时十分惊喜。

但这时候他却怒火中烧，心想道："可恶！魔国刚给了我这么大一个秘密强援，却连接头还没来得及，竟听说他倒台了！

"这个神侠假货，究竟是什么来头？先前觉得朝廷找人冒充我倒是好事，便让朝廷不着紧追究我的行踪，方便我暗中安排诸事。毕竟种种大事，都需要时间，需要我亲力亲为。

"但现在看来，这假货上岗没多久，就接连坏了本座三个好事——毕竟那春慈院、芦花村，都是东方昌的势力；坏了他们的好事，不就是坏了本座的好事？唔……这个假神侠，不简单。还有他背后的隐藏势力，也应该不简单。

"我该正视这件事了。以前我不当回事，甚至还当成好事，现在看来，不是这样了。"

正当他想到这里时，忽然从远方阴暗的云空中，扑喇喇飞来一只黑纹魔渡鸦。

见得这寒渊大洲常见的海鸟飞来，风惊雨一愣。

很快，高飞的魔渡鸦便降低了高度，在风涛浪尖中贴水飞来，转眼便到了风惊雨的眼前。

见魔渡鸦飞近，风惊雨心有所感，便伸出手去，那魔渡鸦便倒扇着黑翅，徐徐地落在他的手掌上。

这时风惊雨已经完全知道这魔渡鸦是谁派来的。

片刻之后，一枚光润晶莹的灰色纹章已经握在他的手心。

当他微运灵力，灌注在纹章中时，那纹章表面曲曲折折的复杂纹路，忽然闪耀起幽蓝色的荧光，如蛇般游动。

第四十三章 心清月路，无端剑光如怒

随着幽蓝荧光的蔓延，灰色纹章忽响起低微而清晰的声音。

这个声音，对风惊雨来说十分熟悉，正是那个女魔将珐汐娜的声音。

听着女魔将的声音，风惊雨的脸上渐渐流露出一抹快意而凶狠的笑容。

这天晚上，正躲藏在一处隐秘海滨小村的天都王东方昌，忽然也收到一只黑纹魔渡鸦的传信。

本来他惶惶不可终日，不是唉声叹气，便是恶毒地咒骂，总之无法平静。但看到这只魔渡鸦的传信时，他不仅变得正常，甚至还手舞足蹈，满心狂喜。

丧家犬一样的天都王，原本很难有如此的转变。实在是他看到，强大的寒渊帝国不仅没有将他抛弃，还给他安排了如此特殊的一个强援，他怎么能不喜出望外？

原本他以为，荣华富贵的日子已告终结，但现在忽然又被告知，他的权势生涯才刚刚开始！

欣喜一阵后，想起刚刚得知的真相，他心中忽又惊疑不定。

"拉我下马的神侠，竟然是假冒的？怎么会这样！"惊奇之余，他心里也顿时醒悟，"看来，那皇帝小儿要动我已不是一日两日；现在竟趁着真神侠不归，临时找来个冒牌货故意演这场戏，也亏得他们这般卖力！"

想到这里，他便怒火攻心，恨不得马上就去找那假货报复。

但这也就是想想，现在他的新上线，那个真神侠风惊雨，已经严令他不得轻举妄动。

"王爷放心，"他在传信中已经详细交代，"你现在只须按我的吩咐去做，大事要紧。至于害你到这等地步的假神侠，他自会有报应，不须你插手。

"相信我，连�¤陀诺大人都对此人十分恼火，毕竟你这个内应也是他的心血。

"现在你身份尴尬，出手不便，不必节外生枝。你只须静观其变、静候佳音即可。"

听到真神侠如此承诺，东方昌心中的怒火也就平息了。

他相信，正如风惊雨所说，那假神侠这一番折腾，损害的可不只是他东方昌一人的利益。

坊间有个俗语说，"挡人财路如杀人父母"，那挡了魔族国战之路呢，会是什么下场？

所以，东方昌一点都不担心。

片刻前他还咬牙切齿，时刻想着怎么复仇，现在他却一点都不想了。

因为他知道，接下来那冒牌货的下场，将比他自己出手还要惨。

这些天来，云翻海和明心雪的关系突飞猛进。

云翻海惊奇地发现，原先要明心雪跟自己在大庭广众下扮演恩爱伴侣，这女子总是强作欢颜，近处看她眼底里的神情，简直恨不得去死。

但在天都王府之事后，云翻海却惊讶地发现，明心雪竟然处处对自己十分友好，尤其当郁愁归安排下表现恩爱的活动时，她不仅毫不抗拒，还演得跟真的似的。

见此情景，云翻海就丈二和尚摸不着头脑，心想："难道这小娘们转了性？"

不管心中怎么疑惑，云翻海的原则都是"人敬我一尺，我敬人一丈"，更何况"伸手不打笑脸人"，他对明心雪的态度也友好了许多。

见他俩这样，那个经常在暗中观察他们的娇柔身影，便脸色很不好。

这一日，明心雪破天荒地邀请云翻海前去月湖畔的红袖庄园，参加她和女伴们的聚会。

听说要和更多的人接触，云翻海本能地就想拒绝，不过看着明心雪笑靥如花、盛情殷切，他也无法张嘴，便只得答应了。

等真正来到红袖庄园，云翻海震惊了。

他从没想到，在这世上，居然还有跟幻想中天界仙境一样的地方。

尤其当在波月台上凭栏，看眼前九曲长桥的灯笼一齐点亮，那千灯如梦、蜿蜒入空、几与星月相容的景象，更是如梦如幻，不知此身是在天上还是仍在人间。

看到这样如仙如幻的华丽场景，云翻海的情绪其实十分复杂。

他固然震惊，还有些欣羡，并勾起了内心的自卑。

不过更明晰的一种情绪，却是"愤怒"。

是的，他十分愤怒。

绿林道上，草莽之中，他见过太多路有饿殍的悲惨场面。

就算不说那些极端，就是他一个小小的飞云山寨，也过得十分艰难。

这并不是说，那些收容的老弱病残因为在飞云山寨才过得这么艰难，事实上，如果不是云翻海义薄云天地收留，这些人短则几日，多则数月，也全都会变成路边的饿殍、河里的流尸。

如果只是普通的年轻人，云翻海看到眼前醉生梦死的情景，还不会那么愤怒。

但他太特殊了，他是一个维持着五百个弱者生存的山寨寨主。

所以他对眼前的场景，感触如此强烈。

如果不是保持着理智，时刻告诫自己现在充当着什么身份，并且想到此间的主人也是出于好意邀请自己，他真的想一走了之。

不过，虽然还身在此间，但他的内心却十分深刻地发现，自己和明心雪，还有她那些女伴，有着深不可测的阶层鸿沟。

见他表情深沉，寡言少语，明心雪还以为他只是不适应这些生人，便也不去管他。

其实，见云翻海这样，她也乐得清净。

和这些天表现出来的不同，其实明心雪的内心对云翻海的态度从未改变。一反常态的热情，只不过是她为了麻痹他、接近他而采取的策略。

因此她便不再管他，而是和自己的姐妹们一如既往地谈笑风生。

而云翻海本以为只要自己少言寡语，眼不见为净，就可以了，但他发现，自己还是太天真了。

贵族千金们的话语无法避免地传入自己的耳中，让他越来越觉得不适。

比如那个兵部尚书的女儿袁兰蕙，一边大谈对街边流民的同情，但却无法自控地把谈论的重点，转向对那些流民破衣烂衫、身上气味的鄙视上去——而且，她还得到一众姐妹的附和。

这一类的话题还有很多很多，云翻海还都强忍着。不过，当莺莺燕燕们说到，那些所谓的绿林好汉虽然打着"替天行道"的招牌，其实一个比一个奸猾狠毒时，他便再也忍不住了。

他发现，这些千金小姐一个个都仿佛不食人间烟火，在表面谦逊有礼的教养之下，其实骄傲固执。

她们只相信自己的判断，并觉得做到这一点就不会被人左右，能够看清一切真相。

殊不知，她们所有判断的基础，却还是来自家族中位高权重的长辈。

所以，她们所谓的独立见解，只不过是另一种形式的人云亦云罢了。

可笑她们还不自知。

就如"穷人的孩子早当家"，虽然年龄和她们差不多，可云翻海对人世间的认识，比她们强得不是一点半点。

当终于到了他已经无法忍受、无法无视时，他便霍然起身，跟明心雪告辞，推说城中有事，便扬长而去。

可笑这些自觉见解独特的官家千金，居然自始至终都没察觉到云翻海的真实心态，这时还以为他真的有事告辞。

她们这时候唯一的想法就是有些后悔，后悔本来还想着要矜持一点，先高谈阔论，在神侠面前表现一番，然后再问他最近那几次英雄事迹；结果不凑巧，神侠居然有事先走了！

遗憾之下，她们便跟明心雪撒娇恳求，请她下次再带未婚郎君前来聚会。

明心雪一边笑着应付姐妹的恳求，一边却望着云翻海离去的身影，若有所思。

打马而去，不顾而回，云翻海心绪难平。

想起今晚所听所见，他只觉得，这些天来的一切，只不过都是幻觉；"梁园虽好，非久恋之乡"，华夏人说的这句话，简直正确无比。

皎洁的月华中，沿着驿路纵马狂奔的青年，终于前所未有地认识到究竟哪里才是自己真正的家园。

一路飞奔，直到远远看到东华城的轮廓时，他才放慢了速度，让马儿随意地踏步向前。

今夜的月色格外明亮，不仅照得路如银带，就连远处的城池和草木，也都看得一清二楚。

如水的月色，仿佛有一种安定人心的力量，刚才心绪难平的青年，也逐渐放松下来。

看着月下夜景难得，他索性跳下马来，牵着马慢慢地往前走，一边走，一边看月下清幽的风景。

彳亍前行，过了一会儿，他便离东华城还有五六里的距离。

这个距离不近不远，路上已经能偶尔见到一两个行人。

也就一两个行人了。

渐渐地，对面那两个行人，便快接近自己了。

刚开始云翻海还带着些诗意地想，和自己一样的夜行人，有着什么样的故事？不过，当那两人走近时，他便觉得有些奇怪。

这两个都是年轻人，其中一个怀里还抱着一只硕大的白瓷花瓶，在月色中泛着冷光。

奇怪就奇怪在这里。

大半夜的，谁没事赶夜路时，还抱着个大瓷瓶？

"也许东华人就这么做事的吧，"云翻海心里替他们解释，"他们可能搬家，或是送货，趁着夜晚清凉，便可躲过白天毒辣的日头。"

不过很快，云翻海就发现自己还是太天真了。

很快，那抱着白瓷瓶的年轻人，便走到云翻海近前。

其实根本没走太近，那年轻人忽然手一松，"咣当"一声，大白瓷瓶落地，毫无疑问地碎了一地。

"呃？"云翻海顿时愣住了。

还没等他反应过来，那两个年轻人便朝他逼近，嘴里还大嚷着："你撞坏了我家祖传的神州花瓶，这是从夏商周年代传下来的，老贵了！"

"哈？"云翻海一愣，有些哭笑不得，"这是碰上'碰瓷'的啦？还'夏商周'呢，你拿个陶罐也比这个大白瓷瓶符合史实啊。"

心里这么想着，他便以为自己遇上不开眼的小毛贼了，便毫不以为意地心想："这俩贼娃子还想诈我钱？你们却想岔了念头。

"一来老子没钱，二来你们碰上贼祖宗了！

"嗯，真得教训教训你们，老子一寨之主，还落魄至此，要靠打工赚钱，你们却走这样的歪门邪道。今日小爷我就要教教你们，什么叫'盗亦有道'！"

心里这么想着，他便认定眼前两人肯定是不入流的小混混而已，只要自己一顿拳脚，管教他们哭爹喊娘。

只是，就在他欺身向前之时，却忽觉得眼前寒光一闪，竟有一股劲风扑面而来！

第四十四章 魅影如侠，士可杀不可辱

　　"不好！"云翻海一侧身，一个斜插柳、大弯腰，整个人几乎都要侧翻到地上，这才堪堪避过了突如其来的袭击。

　　饶是这样，他忽然觉得右耳火辣辣地疼，一摸之下，满手温热，显然都是鲜血。

　　云翻海顿时又惊又怒，想要反击，却见摔瓶的年轻人一击不中，竟是蹿身而上，挥舞着利刃，继续杀来。

　　云翻海没办法，只得连续飞身后退，躲避杀手的追击。

　　这时另外那个年轻人口中低喝一声，跃身向前，双手挥舞，又是两道寒光朝云翻海夹击而来。

　　也亏云翻海见多了这类卑鄙的搏杀，狼狈急退时，他依然能勉强抽出东华神剑，一阵乱舞，希望能挡住杀手的攻击。

　　只可惜，这两个杀手绝不是一般人，后续的攻击如海潮一般绵绵不绝而来，既凶猛，又连续，四道寒光交错飞舞，几乎织成一张死亡之网，让人触之即伤，挡之则亡。

　　不仅如此，当云翻海挥起东华神剑紧急抵抗时，他们竟然在致密的攻击中，还有余暇飞起符，激发成流窜的火蛇，弥补利刃之网的空隙，让人防不胜防。

　　今夜月色明洁，也正因这样，才让云翻海在百忙之中，看清偷袭二人用的乃是一种奇形兵器，据说传自天竺的拳刃。

　　拳刃乃是带有尖锐短刃的钢环，对敌之时手握钢环，挥舞利刃来攻击，

所以拳刃一旦施展起来十分灵活，防不胜防，最适宜近身刺杀搏击。

本来云翻海一直在猜测这两个杀手到底是什么人。

他第一个想到的便是热血盟，今日之事可能是当日灯市刺杀的后续。

但当他看到这两人用这样罕见的兵刃，还能在双手舞刃之时，凭空炼化符，辅以火灵攻击，他对自己的猜测便动摇了。

虽然，有东方昌背景的热血盟是眼下东华国中闹腾得最厉害的反叛组织，但他们的档次其实并不太高。要是有今晚这样的杀手，不用说他这个假神侠，东华国中更位高权重的朝廷大员，早就死伤无数了。

"那会是谁呢？"云翻海很想弄清真相，但很快他就发现不可能了。

因为，就像他的判断一样，这两个杀手虽然以碰瓷出场，但一身功力非同小可，他只不过是个山寨头领，如何抵挡得住他们如大江大河般的攻击？

很快，他一个不小心，躲过了两人交错的拳刃锋芒，却不防开始碰瓷那人用的却是虚招，眼见云翻海勉力躲过刃锋，立即飞起一脚，重重地踢在云翻海腰眼，将他瞬间踢倒在地上。

"完了！"不用等到横飞出去摔在地上，当腰间传来一阵锥心的剧痛时，云翻海就已经知道完了。

他躺倒在郊野的荒草中，东华神剑不知道摔到哪儿去了，腰腹间的痛感越来越强烈，这时候先前右耳上被拉开口子而导致的痛楚，已经微不足道了。

不过腰间剧烈的疼痛和即将到来的死亡一比，也同样变得微不足道。

一招落败，摔倒在地，杀手踩身急进，在他身上几个部位猛打几拳，顿时让他浑身筋酥骨软，完全提不起任何力气来。

"彻底完了！"

就算云翻海混迹草莽，见多了鲜血和生死，当自己亲身濒临绝境，面对死亡威胁时，才知道什么是真正的恐怖。

死亡的阴影笼罩了整个身心，浓重的恐惧如黑夜一般降临。

他甚至不知道此时自己是否发出了呻吟。

他的脑海中一片空白。

相比败亡而言，他今晚唯一的幸运，是这两个莫名其妙的杀手并不急着杀死他。

昏昏沉沉之际，云翻海凭仅存的理智，猜测这两个年轻的杀手虽然武技高强，配合也很默契，但之前可能并没有多少机会像今晚这样实战。

所以，他俩才会珍惜这样戏弄猎物的机会。

"哈，神侠？"摔瓶的那个杀手走上来，用脚踩上云翻海的右手，使劲地一碾。

"啊——"神思已经游离的飞云山寨寨主，好像旁观着自己发出一声凄厉的惨叫。

而经过刚才一番紧张激烈的打斗，他们所处之地早已偏离了主路，离得东华城更远，正是一处荒草没膝的河滩旁。

这处应该是怒波川众多支流中的一条，离得东华城已经很远。

就算现在云翻海的惨呼高亢入云，传到东华城东门的守军那里，也比远处山村中时不时传来的犬吠高不了多少。

所以，这两个年轻杀手有恃无恐，尽情地羞辱折磨已经失去抵抗能力的猎物。

不过在云翻海猝不及防下发出一声呼痛后，他便任敌人碾压手掌，再也不吭一声。

但这时候他的脸已经痛得变形了。

毕竟夜色朦胧，云翻海不吭一声，那年轻杀手也觉得索然无趣。

又踩了手掌一阵，他终于将脚挪开。

这时候的云翻海已经完全失去了抵抗能力，年轻的杀手便肆无忌惮地蹲下，近距离看着他那张因为痛苦而变形的脸。

"啧啧，长得倒不错，可惜啊，一忍痛，这脸还不就跟怪物似的？"杀手肆意地嘲笑道，"呵呵，厉害啊，神侠呢，最近几次闹腾得够欢啊。可那时候趾高气扬，可想到也有今日？来，告诉我，告诉我，那时候想到没想到？"

问此话时，年轻杀手的神态极为狂妄轻佻。

荒草中，云翻海没有答话，但很明显，他那一双眼睛里，充满了愤怒和不屈。

这种眼神，让年轻的杀手很是不快。

他好像被冒犯一样，先是呼哧呼哧出了几口粗气，然后便抬起手抡圆了，重重地打了云翻海一个耳光！

顿时，云翻海已经因痛苦而扭曲的脸上，清晰地印出五根手指印。

而这掌打得实在太重了，虽然牙齿没被打落，但腮帮子和牙齿瞬间挤撞重压，顿时云翻海咧开的嘴角边便流出鲜血来。

"哟，原来你也会流血啊。"年轻杀手笑谑道，"还以为你这么厉害，这样硬汉，应该一掌打下去，反过来震折我的手指才是，怎么反而你流血了？

"没办法了，原来你也会流血啊。本来有人叫我来杀你，还怕你是铜头铁臂，完不成任务呢。嘿嘿，看来，今天走运的人是我，不是你啊。"

说着话，他目露凶光，扬起锋利的拳刃，猛地朝云翻海的喉咙挥去。

这时候云翻海真的毫无反抗能力了。

他眼睁睁地看着精美锋利的拳刃，反射着月亮的光华，在凄迷夜色中画出一个美丽的光环，转眼就要飞速切开自己的喉管。

只是就在这时，旁边那个一直没作声的杀手同伙，却忽然叫道："且慢！别急着杀他！"

"怎么了？"年轻杀手的功力显然极高，那拳刃已经离喉咙只有半寸的距离，就算只凭惯性，也必然划过喉管的皮肉了，但拳刃的主人却做到了心手合一，想停止便戛然停止。

"为什么别急着杀他？"他转过脸来，看着自己的同伴，"莫非来时，你还被交代了其他任务？"

"那倒没有。"同伙笑道，"纯粹我自己想叫你别这么着急杀人。你想想，'神侠'啊，多难得啊，你倒是一个耳光打得爽利，我却闷站在这里，成了看客啊。

"那回去以后，叫兄弟我怎么吹嘘？只能干瞪着眼，听你跟同门们说狠揍'神侠'耳光了。"

"那你想怎样？"开始摔瓶的杀手笑道。

"也不想怎么样，嘿嘿，"同伙一脸阴笑道，"只是刚才埋伏的时间有点久，兄弟我现在便有些尿急了。"

"哈！懂了，真有你的！"摔瓶杀手赞叹道，"别看你平时不作声，这坏主意比谁都多——好吧，来吧，我把地儿让给你，省得溅了我一身臊水，分了尿量，让这厮尝不够就不好了。"

"妙呀！"同伙闻言又惊又喜道，"啧啧！还是你鬼点子多，本来我只想尿在他身上，这么一看，哈，还是尿在他口中更痛快啊!"

虽说云翻海失去了抵抗能力，但却还耳聪目明，尤其浑身的疼痛反而让他的知觉更加灵敏。

所以，两个杀手的这番对话，一字不漏地听进了他的耳里。

这一刻，如果要用什么词来形容他心情的话，只有一个词最合适：

生不如死!

虽然，他愤怒挣动之际力气正在恢复，刚被诡异封住的筋脉也渐渐通畅，但最多只能让他在之后杀手痛下杀手时奋起反击，想要逃过这番可怕的羞辱，已经不可能了。

恶毒的杀手已经开始解他的裤腰带，眼看着就要对云翻海实施最严重的羞辱。

此刻夜色深沉，荒郊一望无际，偶尔夜风吹拂，只有野草摇动才发出沙沙的声响。

于是，看着地上的猎物徒劳地挣动，眼中如同要喷出火来，那个在一旁冷眼旁观的年轻杀手，说出了今晚最恶毒的话：

"认命吧，今晚你是等不到救兵了。"

说这话时，他同伴的裤腰带也已经差不多解完了。

这时头顶的天空飘过一朵阴云，遮住了月亮，仿佛老天也不忍心看到即将发生的惨剧。

只是，眼看着惨剧即将发生，两个肆无忌惮的年轻杀手，却忽然听到无人的荒野里，突然响起一个冰冷的呵斥声：

"不要脸!"

杀手闻声一惊，立即回头，想看看是什么不速之客。

但就和刚才云翻海面对困境一样，他们俩此时也来不及了!

才刚一转头，清冷的荒野里，竟是在咫尺之地猛蹿出一物，浑身喷着绿火，身姿无比灵活迅疾地向他们凶狠飞扑!

这两个杀手也都是高手，很难有什么人能在他们毫无察觉时靠近，因此突然从这么近的地方被袭击，他们毫无心理准备，顿时就蒙了。

哪怕只是片刻的迟疑都是致命的；先前摔花瓶的杀手，最先倒霉，被那喷绿火之物猛地扑上了头脸，瞬间便发出一声惨叫，倒地翻滚不已。

旁边那正解裤腰带的同伴一愣，本能地转脸朝滚地呼号的同伴看去，却在这时，在他的视野之外，也是极近的地方，忽然又蹿出一条黑影，眨眼之间便到了他近前。

这杀手身手也甚是了得。

即使所有的注意力都被号叫的同伴吸引，突遭此偷袭时，依然从那一缕轻微的风声中察觉出了危险。

这样的时候根本谈不上思考，完全是多年苦练的本能，让他下意识地随手一挥，那锋利的拳刃便朝那偷袭的黑影划去。

只是他的超常发挥，在来人眼里，却似是丝毫没当回事。

那黑影竟还有闲暇冷笑一声，然后便在电光石火之间，从从容容地一探手，已是叼住杀手手腕，然后用力一折——

"哇呀！"看似柔和的出手，力道竟是出乎意料的大，只是一折之间，便已将手腕折断，让它的主人发出杀猪般的嚎叫。

这还没完。

原本飞速挥出的拳刃，这时却被偷袭者利用，握住已经折断的手腕，往相反的方向一用力——

只听"噗嗤"一声，锋利的拳刃却已经刺入它原本主人的咽喉！

原本杀猪般的号叫戛然而止，只有喉头"嗬嗬"两声闷响，这猖狂的杀手便已经气绝倒地。

几乎与此同时，旁边地上那个努力和绿火魅影搏斗的同伴，生命也走向了终结，手扑脚踢的频率渐渐变慢，直至完全无力地平摊在地上。

就在他俩殒命之时，云翻海也恰好恢复了气力，一个鲤鱼打挺跃起，只可惜这时所有的战斗都结束了。

生死搏杀结束，天顶的阴云恰好飘开，那重新显露的月光，仿佛也变得比之前更加明亮。

皎洁的月光里，云翻海一眼便看清了救命恩人，顿时脱口惊呼道："怎么是你？？"

第四十五章 片语醍醐，寻迹威灵纯阳

"怎么不是我？"妖娆幽冷的女子一身黑衣，随口应答一声，便转过身，专心收起她的幽绿魂火。

拔刀相助的女子，正是巫寒月。

巫寒月的魂火，乃是嗜血狞猫，虽然只是四品魂火，但很显然，她这个魂火的种属很特别，倒是十分适合她以前神出鬼没的刺杀。

当她念出收回魂火的咒语，地上那只碧油油的狞猫光影，有些意犹未尽地撕咬了两口死尸，便纵身一跃，飞扑向自己的主人。

在飞扑的过程中，嗜血狞猫逐渐变小，等到了巫寒月怀里时，刚才小老虎一样的狞猫，却变得只有拳头大小，然后在巫寒月的双乳中倏然没入，消失不见。

以云翻海的见识，很难有机会看到完整的收放魂火过程，于是巫寒月回收魂火时，他不免看得有点入神。

见他两眼直勾勾地看着自己耸峙的胸脯，巫寒月也有点不好意思。

不过她心中一转念，并没有开口斥责，更没有转身躲闪，反而一挺胸膛，让本就落差较大的乳峰，显得更加耸峙巍峨。

这一挺胸，倒是让云翻海如梦初醒。

他连忙收起有些失礼的目光，看着巫寒月道："这就是你的嗜血狞猫？"

"是的。"巫寒月道，"原来大神侠也了解过小女子。"

"嗯，"云翻海一脸羡慕地道，"还是四品绿色魂火呢，真好。"

"哼！"巫寒月听了，哼了一声，不高兴道，"神侠大人，虽然你了不

起，但怎么还来取笑小女子？别忘了，刚才可是我救了你。"

"哦，对！"云翻海一拍脑袋，"差点忘了谢你救命之恩了。"

"不用谢。"听得神侠亲口道谢，虽然巫寒月还努力矜持，但脸上已经忍不住露出开心的笑容。

刚笑了没一会儿，她却听云翻海不满道："刚才怎么不早点出来？看那架势，你分明早就潜行到附近了。"

"当然不能早出来。"巫寒月直截了当道，"早出来，我怎么能救得了你？我要你先前看不起人！我就要向你证明，我巫寒月能救你的命！"

"哦，我明白了。"听她这么一说，云翻海便知道，女孩儿还是气自己上回在天都王府中对她的请求一口回绝，看来她对此一直耿耿于怀，憋着气儿呢。

"那，你为什么不索性再等等，亲眼看看看不起你的人，被人羞辱？"云翻海问道。

"那不行！"巫寒月下意识地捂住鼻子，"我可不想追随一个被淋了一头尿的臭人！现在你知道了吧，我可不像那些花瓶女人，我巫寒月真能救你的命！"

听到女子这样不太客气的话，云翻海不仅不生气，反而还有些感动。

并且巫寒月这番话，让他又想起刚才发生的事。

"还真的好险！"他心想。

于是，他忽然朝巫寒月郑重地弯腰拱手，行了个礼，然后语气真诚地说道："巫姑娘，多谢你！"

"不……不用谢……"刚才伶牙俐齿的女孩儿，忽见神侠如此郑重真诚地道谢，一时间变得有些结结巴巴，连话都说不利索了。

"巫寒月，你怎么这样！"心慌气短、结结巴巴之际，她在心里无比痛恨自己，"现在可是关键时刻啊，你怎么连话都说不好呢？要赶紧跟神侠说啊！"

心里紧张地想着，忽然间她便下意识地脱口叫道："神侠！你现在还接受我的追随吗？"

一句话说出，她胸膛中那颗心，扑通扑通地剧烈跳动，那紧张程度，简直比刚才潜藏偷袭敌人还要强烈百倍。

就在她患得患失之中，便听到云翻海温柔地说道："当然接受，因为接下来，我和你还有很多事要做。"

"啊？"因为过度紧张，巫寒月现在陷入了某种奇怪的状态，听到云翻海这么说，她竟鬼使神差地说道，"不，我不要做，我可是卖艺不卖身。"

"哈？想哪儿去了！"云翻海哑然失笑道，"巫寒月，就你这浑身是刺、反手就能杀人的样子，我就是有贼心，也没贼胆啊。你怎么会那么想？"

"哦。"巫寒月松了口气，不过好像又感觉有点失落。

心情矛盾之际，她便看到，神侠蹲下身去，翻动那两个杀手的尸体，仔细地检查。

看了一阵，他转过脸，招招手道："寒月，你过来，一起看看。"

"哦。"巫寒月走过去，在云翻海身边蹲下，也仔仔细细地检查这两具尸体。

"他们做事的手尾很干净，"反复检查了一阵，云翻海便慨叹道，"竟然连一点能透露身份的东西都没有。"

"那倒未必，我看出来一点东西。"巫寒月道。

"哦？我知道了，是东方昌的余党？因此你定然认识。"云翻海猜道。

"不是，"巫寒月摇了摇头，"他们不是奸王一党。"

"那你看出来了什么？"云翻海大奇，因为对这种事儿，他也是挺有经验的。

毕竟他以前劫富济贫，这种搜身之事做得太多，所谓熟能生巧，这方面他也算个专家，本事并不亚于官府的仵作。

但他刚才仔仔细细地一番搜检，确实没有看出任何有价值的线索。

"你看这里。"巫寒月没卖关子，一指杀手的手指。

"这手指，怎么了？"云翻海疑惑道。

"你看，这两人右手拇指、食指、中指都磨出了老茧，还有无名指的第一个关节处也有硬茧。这世上只有一件事，时间久了，会产生这样的效果。"巫寒月侃侃说道。

"书写？"云翻海有些醒悟了。

"对！"巫寒月道，"而且不是一般的书写，而是长年累月地执笔。"

"我懂了。"云翻海笑道，"这两人身手不凡，绝不可能是书生、文吏，那最可能的，就是佛道之流，他们需要常年抄经。再看他们蓄着长发，那就是道人了。"

"正是。"巫寒月道，"并且你看他们五指间还有焦痕，便不仅是抄经，而且还经常书写符咒作法、炼化符箓对敌。"

"对对！"云翻海恍然说道，"你说得没错，刚才他们偷袭我时，不仅拳刃如风，还激发火灵符向我攻击。"

说到这里，云翻海的思路也仿佛被打开了，立即若有所思地接着说道："他们的拳刃也是可疑之处。

"这拳刃，明显传自神州华夏之西的天竺，我等东华洲不是没有，但大多都是沿海通商之处才有。

"所以，这两个道人，应该来自于海滨的道门，至少应该也该离海不太远。再仔细看他们的肌肤，虽然不是太明显，但仔细看，也能看得出，应该经常受到海风的吹拂。"

"对！"巫寒月点了点头，深表赞同。

"可是……"云翻海迟疑道，"我东华洲道门昌盛，就算沿海之处，大大小小道门不下二十来个，怎么知道他们是哪一家？

"而且这拳刃，显然不是他们平时抛头露面时用的兵器，只拿来做刺杀不法之事用，所以也很难通过拳刃找到对应的道门。"

"那就看看他们的头发。"巫寒月一指说道。

"嗯？"云翻海疑道，"他们的头发怎么了？刚才仔细查过，并无特别之处。"

"嘻，原来神侠也有看走眼的时候。"巫寒月原本肃然的表情，忽然如春花绽放。

"哈哈。"云翻海干笑两声，心里却说道："当然，看走眼很正常，我不是真的神侠嘛。"

不过他口中却道："他们的头发有何异常？"

"也不算异常，"巫寒月捻着杀手的发丝道，"你看他们头发的形状，显然常年戴道冠，并且戴的还不是一般的道冠。"

"哦？"对这点，云翻海完全没概念了，便虚心道，"寒月，你快说说。"

"嗯。"对神侠的态度，巫寒月显然很受用，温柔地点点头，侃侃说道，

"东华洲的道门中人大多戴逍遥巾。

"逍遥巾只在头顶将头发扎个鬏儿，便能扎住头巾，让头巾布如荷叶般四下铺开。所以这逍遥巾主要还是为了遮住头顶，最多有两个布条儿垂于脑后。"

"哦，"云翻海闻言，若有所思，"那这两人，平常戴的都不是逍遥巾。"

"对！"巫寒月道，"你看他俩的发型，倒像整个头发都被道冠罩住，还在耳上发线那一圈被箍得更紧。因此这一圈头发，即使死了，还是紧贴脑袋，显然常年有一道帽箍箍住了发根。"

"我懂了。"云翻海恍然大悟道，"他们戴的，应该是纯阳巾！这个道冠，在我东华洲并不常见！"

"是。"一抹笑容，在巫寒月的脸上化开。

"既然如此，我回去后就好好查查，有什么靠海的道门，专戴纯阳巾。"云翻海信心满满道。

"倒不用回去查。"巫寒月笑道，"据我所知，沿海道门中，专戴纯阳巾的，只此一家，便是东南临海射潮山上的威灵宗。"

"哈？你确定？"云翻海又惊又喜。

"确定。"巫寒月自信地说道，"我先前受奸王之命，潜伏于热血盟中，专派来做刺杀之事，因此对天下武门多有研究。

"那东南射潮山威灵宗，因为教门上下修炼的都是火灵道法，崇尚阳刚之道，因此也不随东华大流去戴逍遥巾，而是戴了纯阳巾。"

"就因为纯阳巾的名字？"云翻海猜道。

"是的。"巫寒月道，"而且，海边多风，和逍遥巾只在头顶扎一下不同，纯阳巾乃是将上半个脑袋整个罩住，因此在海边行走时，不用担心被挺大的海风吹跑帽冠。"

"哈，你懂得不少啊。"云翻海由衷地说道。

"谢谢神侠夸奖。"巫寒月既开心又有些不适应地谢道。

想她当年，被奸王指派，从来都是疾言厉色，一年到头都得不到一个"好"字；结果今夜短短半个时辰中，神侠大人都已经谢了她三次，因此她实在有些不适应。

但内心里，其实她已经乐开了花儿，只觉得此生从未有现在这般幸福。

其实天都王府中那个被杀人灭口的首席幕僚说得没错，"士为知己者死，女为悦己者容"，得到云翻海的平等对待、真诚尊重，巫寒月虽然表面没有什么，但在内心里，已经决绝地发誓："我巫寒月一生，必将为神侠大人驱驰，即使赴汤蹈火，也在所不辞！"

内心明志后，她便开动所有脑筋，替云翻海思考整件事。

不过想了想，她却变得十分奇怪，确认般对云翻海问道："神侠大人，你曾经跟威灵宗结仇吗？"

"没有啊？"对神侠种种过往，云翻海已经在特训中被告知得一清二楚，便笃定无疑地说道，"本神侠不仅和威灵宗从未结怨，整个神侠府还和威灵宗友好。你可能不知道，神侠卫大统领郁愁归，师门便是威灵宗呢。"

这时候，他已经想起了威灵宗和郁愁归的渊源关系。

"对啊，那就奇怪了。"巫寒月一脸迷惑道，"就算不看这些渊源，威灵宗也不会干这种事啊。他们教门中，有无上绝学'九星神咒'作为镇派绝技，行事从来特立独行，谁的账都不买，怎么可能被人驱使，来暗杀你呢？此事大有古怪。"

"嗯。"云翻海点点头，道，"不要紧，接下来，我定会将此事查明白。嗯，他们未必是冲着神侠来。"

对这句话，巫寒月完全听不懂，却不知假神侠大人已经想到，今夜这两个刺客，未必就针对的是真神侠——

完全有可能，有人知道了他这个冒牌货的真实身份，针对的，就是他。

第四十六章 幽夜问情，语惊倩女之心

当然，这一点，无法让巫寒月知道。

看着月光中女子好奇地看着自己，他便好似不以为意地笑道："也是小事。若不是猝不及防，我怎可能被他们偷袭得手？

"而且刚才在你出手前，本神侠已经冲破桎梏，蓄势不发，只为了看看他们有什么阴谋。

"好了，今晚之事便到此为止。此事本神侠不想张扬，也怕打草惊蛇，便把这两个尸体处理了吧。"

这么说时，他是想去挖个大坑，将这两人埋了；没想到听他此言，巫寒月干脆地应了一声，便一边一个，拖起两具尸体，往旁边那河流走去。

"呃？"云翻海见状忙道，"你是要抛尸河中吗？不妥不妥。"

"神侠无须多虑，"巫寒月柔声道，"我知这河中有河马出没，埋在它们肚子里，可比刨个坑更可靠。"

说话间，她已经拿刀在两具死尸上又划了几道口子，让鲜血流出来，然后便用力一甩，将两具尸体抛入河中。

果不其然，尸体扑通扑通两声堕入河中，还没等多少时间，便有几头浑圆硕大的身影从河中翻滚喷浪而出。

很快，那两具尸体便被它们争夺撕扯，转眼粉身碎骨。

这时候，就算只是月光中，云翻海都看得十分清楚，本来清澈的河水，转眼就被鲜血染得猩红。

浓重的血腥味扑鼻而来，云翻海忍不住有些要作呕。

这时他看见，刚刚抛尸的前女刺客却站在河边方寸之地，冷然仁立，不为所动。

之后直等河马们将两具尸体全部扯成散碎肉块，再也认不出丝毫本来面目特征时，她才从容地转身，走到云翻海面前，柔软的腰肢一折，垂首行礼道："大人，已经毁尸灭迹，你不须再担心了。"

"好，很好。"云翻海口中勉强赞许，心里却道："哎，这巫寒月出身奇特，残忍起来，比我见过的最残暴的山匪头目都不逊色。不行，我必须将她带在身边。她就像一把刀子，如果落在恶人手里，必是一把极酷烈的凶器，我不能让这样的事发生。"

心中转念时，云翻海表情便有些深沉，看在巫寒月的眼里，不仅心生凛然，还满怀忐忑。

"大……大人，你在想什么？"她有些怯怯地问道，"是不是刚才寒月做得不对？"

她哪知道，就在这一刻，眼前之人才真正打心眼儿里决定让她跟随。

所以，面对少女患得患失的发问，云翻海露出一个十分温暖的笑容，蔼声说道："不是。你做得很好。夜已经深了，我们一起回城吧。"

"好！"巫寒月心中一块大石落地，整个人都变得轻松，那娇柔的身姿，便蹦蹦跳跳，十分灵动、十分殷勤地替云翻海去前面荒草中开路。

不多久后，他们两人便重新走在了宽大的驿路上。

这时云翻海才发现，先前自己的那匹白马还在道边悠闲地吃草。

"你这畜生，倒逍遥自在。"云翻海笑骂一声，便翻身上马。

"来吧。"他转过脸，一伸手，朝巫寒月招呼一声。

"嗯。"巫寒月也不忸怩，抓住云翻海的手一用力，便也上马坐在他的身后。

云翻海是江湖儿女，根本不在意这些小节；在飞云山附近的高山草甸牧场中，他也经常带寨中之人纵马飞驰。

所以上回与明心雪海船中问情，他才会说："真正的好儿郎，要喝着烈酒，骑着骏马，看中了哪家姑娘，便从她家门前打马而过，将她一把抱上马来。"

他便是这样的汉子。

巫寒月的性子，倒也和他差不多。

但等她坐到马上，紧挨着云翻海的后背，感受到一股扑面而来的男子热气，她这才恍然惊悟："这……这是光明神侠啊！"

于是，在云翻海看不到的地方，女孩儿受宠若惊，兴奋得满脸通红。

马蹄哒哒向前，在夜晚的郊野中显得格外响亮。

月光中两人同乘一骑，一路并无更多言语，沉默着直往西边的城池而行。

安详的静默，直到他们看到城门洞时，才被云翻海打破。

"呀！"他叫了起来，"有个重要的事情忘说了。"

"什么？"一直神思恍惚的巫寒月，立即变得十分紧张，连大气都不敢出。

"我忘说了，"云翻海郑重说道，"你跟我做事，可没工钱啊！"

"知道，没关系。"没想到他说这个，巫寒月有点哭笑不得。

见她如此干脆，云翻海倒变得有点不好意思，因为他刚才这么说，以为巫寒月肯定会还个价，要是看着金额还能接受，他也就顺势答应了。

他怎么想得到，巫寒月竟然这么干脆地说，可以不要钱。

穷疯了的飞云山大寨主一直到回到东华城中，都有个事情始终想不通：

为什么这世上居然还有愿意做白工的人？

今夜注定不平静。

和姐妹们在红袖庄园欢聚的明心雪，今晚便住在了庄园中。

作为世家大族的千金小姐，明心雪的条件，和云翻海相比，何止一个天上、一个地下。

只是偶尔度假的地方，都有专供她睡觉的楼台。

此楼名"枕流阁"，在红袖庄园的西南部，紧挨着月湖。

明月之夜，在枕流阁中休息，枕着月华之影和清波水声，真是极易入眠。

不过，当明心雪正要梳洗入睡时，却忽然看到门外临水的露台上，有什么黑影一闪而过。

此时，差不多正是东华城东郊外，两个年轻杀手用碰瓷这种另类方式，麻痹云翻海的时刻。

静夜诡秘身影闪过，换了一般女子，早就惊得大呼小叫，缩在被窝里蜷成一团。但明心雪是谁？"天河神女""紫霄神鸾"，一口天河洗月剑使得出神入化，如何会惧这等场面？

她立即不动声色，悄悄地提起天河洗月剑，一个闪身便追出门去。

当她追出时，那黑影并未消失不见，而是远远地吊在前面，时隐时现，仿佛在引着少女远离红袖庄园。

见得如此，明心雪冷笑一声，丝毫不惧，脚步如风地追去。

天河女侠的速度极快，而前面那黑影，好像在开始的劲头过去后，就逐渐慢了下来。

追上不速之客，看来只是眨眼间事。

这时不知不觉，他们一前一后，已经来到了一片远离月湖的山野。

就在到了一个山谷口，快要进山时，那黑影似乎已经跑不动了，气喘吁吁地停了下来。

见得如此，明心雪冷笑一声，环目四顾，见并无陷阱，便快步冲了过去。

对于追上不速之客后发生的事，明心雪想过很多种可能，有诡异的，也有血腥的，但偏偏没想到，这个戴着白银面具、一身黑袍的怪客，竟只是想跟她说说话。

虽然明月当空，但高大的山丘挡住了月光，在他们二人面前的地上，投下了暗黑的阴影。

那黑袍客就站在月影中，竟是从容转身，面对着提剑而来的明心雪，忽然开口，用一种奇怪的声音说道："姑娘，追踪我至此，为何？"

"为何？"明心雪笑了，"方才是谁在我房外窥伺？"

说话时，她在心中紧张地搜寻，要想想这声音自己熟不熟悉。

很可惜，这个略显奇怪的声音自己并不熟悉。

"我，只是想看看你。"这时那黑袍怪客幽幽说道。

"看我？"明心雪道，"你可知偷窥闺中女子，当枷号示众十天？"

"知道。"黑袍怪客竟有些傲然地道，"东华律法，我比你熟知。"

"那你还为何明知故犯？"明心雪喝问。

其实，按照她本来的性子，此时就该箭步上前，一剑制服这怪人。

但不得不说，这个月影中的黑袍男子，虽然没露出任何容貌，但却有一种奇特的气质，甚或说是"魅力"。

对这样的情况，明心雪比较奇怪，因为这世上大多都是平常人，她很少见到有把自己裹得严严实实的，却还能散发出独特魅力的人。

所以，她现在被勾起了好奇心，决定在确保自己控制局面的情况下，就和这黑袍人多说几句，看看他到底用意为何，又是何方神圣。

"明知故犯？"黑袍客在面纱后笑了两声，"没办法，实在因为你太美，即使有王法在上，在下也忍不住偷窥。"

"你——"虽然明知对方此言轻薄，明心雪也很生气，但按照她的教养，也确实不好对这种赞美自己的人立即恶言相向。

"呵，现在平静下来了？可以正常跟在下说话了？"黑袍客竟是十分贴心地说道。

"说吧。"明心雪简单应答，因为她忽然有些警觉，她发现虽然这个黑袍客话不多，但却有一种不动声色之间便控制了场面节奏的能力。

"你要相信，我一定是好心。"黑袍客侃侃说道，"有一言我想劝你，多事之秋，一动不如一静，不须和那神侠走得太近。"

"哦？"明心雪冷笑道，"呵，你可知，有句话叫'交浅言深'？"

"我知道。"黑袍客笑了起来，"谁叫我是天河神女的仰慕者、追随者呢？即使知道交浅言深，也忍不住出言相告。你只须知道，在下一定出于好心。"

"好心？"明心雪冷冷道，"我知道了。看你的身手也不是一般人，我也有一言想劝你。"

"哦？是什么？"黑袍客问道。

"多把自己的本事用在安世济民、锄强扶弱之上，别再学那些登徒子，什么事不好做，偏来偷窥女儿家香闺！下作。"明心雪很不客气地斥责道。

"知道。"黑袍客拱了拱手，"多谢神女教我。不过，在下还有个问题，不跟你问清楚，简直寝食难安。"

"说。"明心雪道。

听她首肯，黑袍客沉默了一下，忽然快语问道："你是不是喜欢现在那个人？"

"谁?"明心雪警觉地问道。

"就是那个人,"黑袍客悠然道,"捣毁春慈院、剿灭芦花村、大破天都王府——你知道我在说谁。所以我问你,你是不是喜欢上他了?"

"没有!"一直镇静从容的天河女侠,仿佛突然受了惊吓,脱口叫道,"怎么可能?!我恨死他了!他就是个混蛋、流氓、恶人!还说我喜欢他,我不恨他就算是客气的了!"

连珠炮般说到这里时,明心雪忽然意识到自己的失态,便立即脸色一寒,一双眸子紧盯着黑袍客,森冷如雪地道:"你是谁?为什么问这个?"

"我是谁?连我也不知道。"黑袍客有些癫狂地道,"为什么问这个?因为我是你的仰慕者啊!哈哈,哈哈!我知道了,原来你并不喜欢他,好,好,谢谢你的回答。"

这番话才说到中间时,明心雪已倏然发动,那把天河洗月剑激射而出,要射落黑袍客的白银面具。

突然出手,本应避无可避,但黑袍客的身躯好似忽然变得轻若无物,在天河洗月剑飞射而来时,似一片枯叶轻轻飘起,顺着激荡的剑风,便朝远处的山丘飘然而去。

远逝的身姿优雅飘忽,但速度却极为迅疾;当最后那句"谢谢你的回答"传来时,竟已变成了袅袅的余音,在月夜的空山中久久回旋……

"他……是谁?身法好强……"看着黑袍客飞逝的背影,明心雪的心里忽然生出一种很奇怪的感觉:

这身影,既陌生,又熟悉……

第四十七章 寒月有意，云无心而出岫

被疑似威灵宗的杀手暗杀，云翻海绝不会善罢甘休。

他的草莽江湖路，教育他要无情反击；他读的圣贤书，也告诉他"以德报怨，何以报德？必以直报怨，以德报德"。

威灵宗他肯定要去探一探，不过和前几回不同，这一次，他先去找了郁愁归，将自己的行踪略说了一说。

经过这几次事情，阴郁的神侠卫大统领倒对他有些刮目相看，因此听他说想去拜会一下威灵宗，便很尊重地请他自便。

要知道，郁愁归的师门便是威灵宗，他乃是威灵宗掌门乾灵真人的得意弟子。从他对云翻海这件事的态度可以看出，此人公私分明，极为克己自制。

当然，不知道云翻海是不是对郁愁归有偏见，他也有另一番理解。

对这件事，大总管公私分明不假，但从另一个方面也说明这人生性凉薄，有些六亲不认的意思。

不管怎么说，无人阻挠云翻海探访威灵宗，于是这一天上午，他便换了一身猎户装束，乔装出城，往东南海滨的射潮山而去。

因为暗杀之事，巫寒月挺身相救，威灵宗还是她分析出来的，因此云翻海这次毫无疑问地邀她同行。

开始巫寒月还一身劲装，但在郊外会合时，看到云翻海一身猎户装束，她便也在之后途中遇到的山民家中，买了一身山里民妇的装束。

不仅如此，她还拿热血盟中的姜黄秘药往脸上一抹，那张原本如花似玉

的脸顿时变得土黄无光，和她身上的新装十分相配。

他们此行要去的射潮山，乃是东华洲东南名山，位于东华城东南两百多里外的望海郡境内。

望海郡靠近海滨，大抵平坦如镜，唯有射潮山一带奇峰突起，俊秀东南，几乎百里之外，便能看见它群峰竞秀的风采。

射潮山并不甚高，但峰峦连绵不绝，谷中岭上松柏葳蕤，风景极为秀美。

威灵宗的主体位于最高的主峰，就叫射潮峰。

来之前云翻海已经跟巫寒月详细了解了威灵宗的情况，便决定从侧面的山峰潜入，逐渐朝主峰探察。

此时已入炎夏，东华虽是海洲，但依然酷热。不过进入射潮山后，两人就见满山松柏绿树，密布山路两侧，人行其间，如走绿幕之中，遍体清凉。

这时绿树丛中又雀跃着许多鸟雀，啁啾鸣时，脆若笙簧，极为动人。

在有声有色的山景中攀行了一阵，云翻海发现，越接近射潮峰，路边的巨石危岩越来越多，山路也越来越难行。

不过，这时他二人已经能看见对面峰峦中掩映的道观楼台。

再往前走了一阵，他俩离射潮峰越来越近，不仅能看到楼台，还能看见行走其间的道人。

到这时，他们不再急着往前走，而是找了一个便于观察的隐蔽位置，细致地观察这个威灵宗道门。

他们找的这个位置，是一处山峦背脊的豁口。

豁口本就不太大，旁边还有灌木掩映，隐蔽效果倒是好，但云翻海和巫寒月两人想一起观看，便有些挤。

见此情形，巫寒月纵然不拘小节，还是有些忸怩。

但云翻海却不同，他现在一想起那晚遭受的危险和羞辱，就满腔怒火，根本顾不及其他，把全副心神放在观察对面威灵宗的地形和人物上。

果然如巫寒月所言，威灵宗的弟子全都戴着纯阳巾。

这么大的太阳，他们衣冠整齐，也不怕热，三五成群地待在楼台间的空地上，或是山崖边的石坪上，一齐练剑。

来望海郡射潮山的路上，巫寒月便告诉他，威灵宗并不以剑术见长，而是以火灵法术闻名。

尤其是他们的绝学"九星神咒"，威力巨大，更是威震东华，威名甚至传到了西边的神州大陆上。

火灵一系的法术霸道威猛，杀伤力强，在此两国两族交战的特殊年代，极受东华朝野欢迎。

云翻海听说了，不仅郁愁归师出威灵宗掌门真人座下，连那沧海侯冷玄灵，虽未正式拜师，但也多得掌门乾灵真人和大长老灵火真君的悉心指点。

乾灵真人与灵火真君并称"威灵二老"，威名卓著；冷玄灵光区区一个火灵法技，便能得到这两位火系顶级高手的指点，也不得不让人赞叹他的家世深厚。

知道这些信息后，云翻海还以为威灵宗只擅长火灵法术，那剑术应该马马虎虎，并不如何突出。

但看了一阵后，他却沮丧地发现，也许对于剑道高手来说，威灵宗的剑技或有不足，但就他这个水平，看了这一阵，几乎自己视野中的所有练剑弟子，那剑技都远在自己之上。

云翻海也是好武之人，一看有高明的剑法，怎会不见猎欣喜？

他立即全神贯注地观看，将威灵宗的剑法和神侠府中的剑术特训两相对照，发现还真的获益良多。

他这时还真有些欣喜，觉得此番下山之行就算最后钱没赚太多，无论眼界还是战技，还真的突飞猛进。若是带着这样的见识回山去，以前那些自己仰望的草头王，恐怕就要败在自己的手上。

心里冒出这样想法之后，他想看到更多的高明剑招，却听得对面的道观楼阁之中，传来几下悠然空灵的钟声。

听得钟声，所有的威灵宗弟子一齐收剑，跟授业的师父行了个礼，弟子之间也互相行了个礼，便各自散去了。

见此情形，云翻海意犹未尽，仍然眼巴巴地望着，希望他们还有人出来耍一番剑术。

不过等了一阵，楼阁间几乎没有什么弟子出现了。

这时他看看头顶的日头，发现正是骄阳当空，那些威灵宗弟子应该是一齐回屋用饭去了。

"大人，你看出什么来了吗？"正专心眺望时，他忽听巫寒月开口问道。

"他们的剑招其实不错。"云翻海诚恳地说道。

"嗯。不过我不是问这个，"巫寒月看着他道，"你觉得是他们干的吗？"

"唔……"听她问起这个，云翻海微一沉吟，便道，"虽然他们无一人用拳刃，全都用道家长剑练习，但看他们的身手，我有一种感觉，那两个杀手，就是威灵宗弟子。"

"嗯。我也觉得是这样。"巫寒月点了点头道，"衣服、兵器都能替换，连战技功法也可以稍加伪装，但师门的东西长年累月练习，是很难掩藏的。"

"没错。"云翻海道，"如无意外，就是他们了。不过，还是很奇怪啊，为什么威灵宗会突然向我下手？

"没道理啊，这几天我在神侠府中已经查过，威灵宗和我神侠府一向友好，这几次虽然动了东方昌的势力，但天都王东方昌之前和威灵宗并没有特别的瓜葛啊。"

"是！"巫寒月肯定道，"虽然我那义父对我一直怀有戒心，许多事并不让我知道，但毕竟离他很近，他和威灵宗确实没什么关系。"

"莫非是他怀恨潜逃，雇威灵宗的人来报复我？"云翻海猜测道。

"不会。"巫寒月一口否定道，"别看东方昌贵为一方亲王，但威灵宗经营数百年，根深蒂固，朝中许多高官重臣，无论本身还是族中子弟，都曾受惠于威灵武学。

"所以别说东方昌现在事败逃亡了，就算他仍然得势时，也未必请得动威灵宗。"

"嗯，确实如此。"云翻海点点头，"那这就奇怪了。而且威灵宗派中弟子多上前线抗敌，也不可能和魔族勾结了。到底是什么人，想置我于死地？还不顾我'光明神侠'的身份！"

云翻海一脸疑惑，重又看向威灵宗的道场，百思不得其解。

虽然此时已是中午，但山间的天气阴晴不定。刚才没多会儿的工夫，云翻海还没注意到时，山间已是雨云密布。

这时那威灵宗道场中云气出没，雾岚蒸腾，更显得神秘莫测。

才看得一两眼云雾山景，山风骤然怒起，豆大的雨点转眼便砸在了身上。

见风雨来得如此之急，云翻海连忙一拉巫寒月，返身回到刚才来路上见到的最近的那个山洞，两人一起躲到洞中避雨。

看着洞外如丝的雨线，听着雨打树叶的沙沙声，云翻海想了想，便若有所思地说道："寒月，其实有一件事，我们不能弄错了。"

"什么？"巫寒月看着他，认真地听着。

"嗯，"云翻海沉声说道，"你有没有意识到，我们刚才所思、所想，无意中却在排除威灵宗的嫌疑？

"但其实很多事情，并非表面上看到的那样，甚至往往相反。

"为什么威灵宗就不会被奸王所用？为什么威灵宗不会和魔族勾结？毕竟这么大的教门，就算不是所有人这样，也难保其中不出几个败类。"

云翻海醇厚清亮的声音，充满了自信，在不大的山洞中回荡，听得巫寒月连连点头，双眸一转不转地看着他，眸子中异彩连连，充盈着崇敬和仰慕之情。

而刚才一路飞奔入洞避雨时，虽然时间很短，奈何山雨很大，只是短短一段距离，两人身上其实已经湿透了。

云翻海倒还好，但巫寒月穿着一身衣裙，被淋湿后便紧贴在身上，将她曲线婉转的身材显露无遗。

这时云翻海心中有事，根本无暇去看这样的秀色美景，但显然巫寒月没有他这样专心。

低头看看自己袒露无遗的凹凸身材，巫寒月反倒脸红了。

她的心开始加速跳动，都快赶上洞外暴雨的节奏了。

荒无人迹的山洞，狭小封闭的空间，总会让人浮想联翩，生出平时完全不可能想到的大胆想法。

于是，心情激荡之际，巫寒月捂住怦怦跳动的心脏，鬼使神差般问道："神侠，你纳妾吗？"

"呃？"云翻海转过脸，奇怪地看着她。

一旦说出口，巫寒月反而变得很大胆，身子一旋，在原地转了个圈，含羞说道："神侠大人，你别看奴家腰肢细柔，但却尻大臀圆，若收进门，好生养的。"

"这……"听得此言，云翻海十分尴尬，心想，"哎，果然曾是热血盟之人，还是这般有妖女之相。

"不过可惜啊，先不说其他的，我却是个假货，你问'神侠'纳不纳妾，我怎好回答？老郁他的特训也没跟我提过这个问题，更别说答案啦。"

心中这般想时，他只好含糊说道："寒月啊，纳妾这种事，我还没怎么想。不过我家中，负担很重啊。"

他说的倒是实话，不过猫妖一样的女子显然会错了意，一脸敬佩地道："当然啊，神侠府家大业大，还肩负着东华子民的期望，负担真的很重啊。"

"呃……"云翻海有些无语，只得打岔道，"大敌当前，我们还是别想这些杂七杂八的事了。"

"神侠教训得是，"巫寒月低下头，乖乖地道，"现在这时候，不该提得陇望蜀的事的。"

"哈？你也看'三国'？"云翻海惊喜地看着她。

"是啊。"巫寒月点了点头，"我识字不多，只能看神州传来的《三国英雄志》。这种最适宜，还望神侠大人不要嫌弃。"

"不会不会。"云翻海连连摇头道，"其实我私下觉得，《三国英雄志》最好看了。比如那……"

接下来，等雨停的这段时间，云翻海便跟巫寒月热火朝天地探讨起三国传奇的人物故事来。

十分投入地讨论时，云翻海心想："嗯，总算岔过了话题。"

说了会儿"三国"，洞外的暴雨便逐渐变小，渐渐停止。

出得洞来，云翻海忽然心中一动，对巫寒月道："突然想到，这威灵宗教门绝不一般。"

第四十八章 狭路相逢，心惊浩荡邪风

云翻海分析道："几天前那两个杀手，不仅武力高强，还心思缜密。若他们那夜只是扮作平民，随意地凑上来，我必有防备。结果他们却平白生事，用碰瓷的手法来接近我，反倒让我不那么警惕。"

"正是这样，"巫寒月点了点头，"他们这手法真不错，很值得我学习。"

"好吧。"云翻海无奈地道，"反正我们来查威灵宗一定要小心点，这门派透着诡异，连普通弟子的剑术都这么厉害，不能小看。"

"嗯！"巫寒月点头答应。看着万众景仰的神侠，背后却是如此的谦逊谨慎，巫寒月对神侠的敬仰之情，便百尺竿头，更进一步。

于是她想起自己之前的筹划，便觉得一切都是值得的。

这时云翻海还不知道，从上一次灯市随热血盟刺杀他起，巫寒月表面凶狠，其实暗地里已经在找一切机会想跟他说话。

只可惜身份特殊，时机太难，一直等到云翻海大闹天都王府，这才让巫寒月找到了机会，彻底跟奸王决裂。

此时二人出得洞来，虽然大雨已止，却又弥漫起乳白色的雾岚，拂在身上时霏霏如雨。

他们现在真的是坠入云雾之中了。

白雾弥漫，两人便不敢轻易行动，前行时身子紧挨着山壁。

很快，他们便转过一处山崖。

恰在这时，一阵猛烈的山风吹来，忽将眼前的迷雾吹散。

见视野重归清明，云翻海正要招呼巫寒月，刚张开的嘴却忽又闭上

了——

因为，他现在竟和威灵宗的一个年轻弟子，狭路相逢，大眼瞪小眼地对上了！

"你们是什么人?!"威灵宗弟子短暂的愣怔之后，立即按剑大声喝道。

"我们是北边山里的猎户。"云翻海眼也不眨，理直气壮地说道。

"哦?"威灵宗弟子怀疑地看着他们俩，上下不停地打量。

无论云翻海还是巫寒月，别看年纪不大，对这种事可都十分在行，刚才两人还眼珠乱转，十分精明的样子，这时却一脸憨然，完全像两个木讷老实的山民。

看他们两个这样，威灵宗弟子虽然心里仍有些怀疑，但一时并看不出什么破绽来。

这时候，反而又是云翻海愣头愣脑地反问他道："这小哥，你是什么人？穿了这样的白袍子，还绣着几团火苗儿，是戏班唱戏的吗？"

"没见识。"威灵宗弟子傲然道，"连我威灵宗风火袍都不知道，看来你们真是山里的猎户了。告诉你，别乱跑，这快是我威灵宗的道场了。"

"谁乱跑了，"云翻海嘀咕道，"要不是追一只黄羊，又遇上大雨大雾的，咋会到这里来？走错路真丢死人了！这位好心的小哥，能麻烦你给我们指指回北山的路吗？"

说此话时，巫寒月在旁边使劲朝他身上靠，一双水灵灵的眼睛怯生生的，都好像不敢和威灵宗弟子对视。

"往那边走吧。"威灵宗弟子一边指路，心里一边嘀咕："唉，想我清风修炼有成，却没个如意仙侣；反倒是这愣愣呆呆的猎户，有这么个小娇娘，虽然看她灰头土脸，举止胆怯，身材却好，这猎户丈夫，定是夜夜受用。

"唉，为什么我不能像那些游侠戏文里说的，入得道门，便能御剑遨游，逍遥天地，身边常有美貌鸳侣相伴？难道是因为我这'清风'道号，太过普通寻常？"

想到这些时，清风小道便有些落寞，路才指了一半，便随口说了句"千万别去东边临海后山"，便摇头晃脑地走了。

云翻海和巫寒月目送他走远，便相视一笑，几乎异口同声地说道："我们就去那东边临海的后山！"

这般说时，正巧云开日出，无论青空还是翠峰，全都澄碧如洗，山坡和崖壁上的野花正是缤纷烂漫，幽艳无比。

景色鲜明固然赏心悦目，但却对他们的行动十分不利。

视线如此之佳，空气能见度如此之好，再加上他们惊诧地发现，射潮峰东边靠近海边的那几座相对低矮的山峦，最临海的那座，竟是守卫森严。

他们远远地便看到，有十来个身穿风火袍的威灵宗弟子，看似随意地行走，但穿插之际，对外来的路线却封锁得极为严密。

再努力接近些，云翻海便看到，这些人脸上全都神色凝重，目光机警，手掌更是经常虚握成拳，仿佛随时便能打出一记炫烈的火球。

见得如此，虽然无法走到近前，但云翻海已经知道，这威灵宗的后山一定有什么见不得光的东西。

当他们之后努力接近到不被发现的极限距离，便更加肯定了他这种猜测。

即使光天化日，景物清明，他们依旧能看到，一缕缕奇诡的烟雾或紫或绿，不时从峰峦间飘出。

迷雾出没间，竟偶尔还听到孩童的哭号，声音极为凄厉。

但才有些惊心动魄，孩童哭声却倏然不见，再仔细听时，杳然无声，倒怀疑刚才是自己听错。

到这时，云翻海心中忽然升起一种奇怪的感觉。恰在这时，巫寒月朝他轻声说道："大人，你是不是觉得，有种……"

巫寒月欲言又止，声音中竟透着一丝不寻常的颤抖。

"嗯。"云翻海点了点头，"是邪恶，很邪恶，就是隔了这么远的距离，我还感觉遍体生寒，好像冬天吹了西北风一样。对了，你刚才听到小孩的哭号了吗？"

"啊？"巫寒月闻言，竟是一惊，"你也听到了？刚才不是我的错觉？"

"那就是了！"云翻海脸色铁青道，"我刚才也以为是自己听错了，看来是真的了。现在，就不仅仅是报我的私仇了！"

"明白。"巫寒月由衷地说道，"虽然以前我在你敌对的一方，但也知道，光明神侠从来都是惩强扶弱、怜惜弱小。"

"嗯?"听得此言，云翻海嘴上没再说话，但心里却忽然一动："咦? 从没想过啊，我冒名顶替这光明神侠，还以为自己除了长相，其他和他毫无相同；听巫寒月这么一说，'怜惜弱小'这方面，我倒还真和神侠大人心思相同。

"要不是这样，我那飞云山寨早就兵强马壮，怎么会像现在，倒成了孤寡弱小的义庄善堂。"

想到这里，他的心绪便有些悲凉，因为放眼整个东华国中，自己又何尝不是一个弱小。

在这次射潮山之行后，云翻海又几次独行，一次比一次接近那个不可言说的威灵宗后山。

虽然最终他还是没能目睹那里究竟有什么，但有一件事他十分笃定：

威灵宗的后山，一定隐藏着荼毒生灵的可怕秘密!

在这当中还发生了一个意外的小插曲，便是云翻海有一次离得太近，不小心正和一个守山弟子迎面撞见。

当时，他手心冒汗，心里已经做好了最坏的打算，却没想到，对方竟然比他还要惶恐，只看了他的脸两眼，便低头垂首，口呼"神侠大人玉趾亲临，惶恐惶恐"。

云翻海反应何等机敏? 立即打蛇随棍上，随口糊弄两句，便转身飘然而去。等拐过山角，估摸着对方看不到时，立即卸去了高人模样，足下飞奔，落荒而逃。

这一次虽然有惊无险，但却让云翻海的心里掀起了更大的波澜……

虽然守山弟子的反应也可以用一般道理来解释，毕竟光明神侠乃受天下之人景仰，但要想到，这些守山弟子神经如此紧绷，为什么见神侠忽然光临，只有惶恐和恭敬，却没有其他什么反应?

云翻海想努力想通这个疑点，但以他目前的认知，却根本想不到真正的事实……

不过，这些天来，他多加留意，倒是从神侠卫武士们的口中，听说最近几个月东华国中被拐的孩童数目明显超过了往年。

知道得越多，他便越心惊，本来只是想尽早脱身，这时心里却仿佛被压上一座新的大山。

其实他这时候完全可以想其他办法一走了之，他也不是没想过这种可能，但最终还是压下了这个念头。

在这期间，神侠卫此时真正的当家人、大统领郁愁归，一直在冷眼旁观着云翻海的动作。

一向低调冷静之人，这时候内心也开始如波涛般翻滚。

显然，相比临时工云翻海，郁愁归知道的事情远比他多。

即使两人掌握同样多的事实，郁愁归也能看出更多的问题，还看得更深、更远……

无论师门威灵宗，还是云翻海提及的那个被守山弟子以"神侠"恭谨对待的细节，全都让郁愁归那颗惯于深藏不露的内心掀起了惊涛骇浪。

而这时，云翻海忽然找上他，拉他到神侠府后花园一个僻静处，直截了当地道："郁统领，现在我查出威灵宗很可能不法，你要不要动它？"

郁愁归闻言，心说该来的还是要来了，但嘴上却冷淡地说道："哦？怎么，你这个神侠还当上瘾了，现在又要去找东南道门的碴儿？"

"不是我神侠当上瘾，是他们想杀我啊！"云翻海毫无保留地说道。

"呃？"这件事，郁愁归还从来不知道，一听之下遽然动容，忙问道，"究竟怎么回事？"

听他相问，云翻海便把那回东郊荒野中，差点被两个威灵宗杀手杀死的事情，详详细细地说了一说。

其实空口无凭，那两人的尸体也早入了野兽肚腹，郁愁归本可以不信。

但他经验何等丰富，听了一番描述之后，便知道，眼前这个山贼小子说的都是真实。

判定是真的，他便很愤怒。

对他来说，神侠卫是他一生的事业，夸张点说为了神侠卫他甚至可以六亲不认；结果现在居然有人想对云翻海动手，简直就是拆他的台！

"如果让他们得逞，会怎么样？"郁愁归心想，"要是云翻海身死，尸体被人发现，则无论会不会被人看出是假神侠，后果都不堪设想。

"被人看出，显然便是一桩天大的丑闻，我老郁家祖祖辈辈的事业和名声便毁于一旦；不被人看出，那就意味着神侠被杀死了！这将掀起的腥风血雨，简直不敢想象！

"而且这样我也对不起风大人啊，要是他只是暂时侠隐一阵，自有深意，这样一来弄得他骑虎难下，是出来还是不出来？

"总之这事若成真，我真是'进亦忧，退亦忧'，在皇上和风大人面前，一个'无能'的评语，是绝跑不了的。"

想到这里，郁愁归内心便忍不住一阵后怕。

不过他表面却反而比刚才还镇定，一双眼睛盯着云翻海，沉声问道："怎么，你这回又要用神侠身份，去威灵宗破案吗？"

"正是！"云翻海斩钉截铁道，"我心已决，若你不答应，我现在就脱了这身衣服，不干了！"

"我答应了。"郁愁归干脆说道。

"呃？"见他这般爽快，云翻海反倒有些不敢相信。

"真的吗？"他怀疑地问道，"我可知道威灵宗是你的师门，掌门还是你的师父，你真的答应我用神侠身份去找麻烦？"

"有什么不可以？我不仅答应，还会亲自陪你走这一趟。"郁愁归决然道。

"好！"云翻海闻言大喜，"那收拾收拾，明天就出发吧！"

"嗯。"郁愁归答应一声，便转身往远处月亮门洞走去。

不过，快走到门洞前时，他忽然转过身来，望着还在目送他的青年道："云老弟，奇怪啊，为何这一回，你不像前几次那样故意避开我，只带关副统领去胡闹？"

"这有什么奇怪的？"云翻海理直气壮道，"这次事情太大，射潮山上能玩火舞剑的凶人太多，只带关副统领的话，我索性别去了，难道嫌人暗杀不成，这次自己送上门去，被人明砍吗？！"

"粗鄙！不正经！忘了我怎么教你说话的吗？"嘴上叱责之际，郁愁归的脸上却带着笑意。

"不过，你真不怕我过去后徇私舞弊？"郁愁归目光炯炯地看着山贼青年。

"不怕。"云翻海笑道，"如果连你也靠不住，那这东华国也就烂透了，迟早大家都要当魔族的亡国奴，还有什么好怕的？"

"哼！你倒磊落，说这等大逆不道的话。不过……"紧绷着面皮的郁愁归，忽然笑了起来，"不过你这话，还真有几分道理。

"行吧，明日一早成行，本统领倒要让你看看，咱这东华国到底烂没烂透！"

第四十九章 山登射潮，交锋灵火真君

得到郁愁归的支持，接下来这一整天，云翻海的步履都变得格外轻快。

一直以来，别看郁愁归不声不响，对他也是好言相对，但对敏感的云翻海来说，神侠卫大统领一直像一个秤砣一样，沉甸甸地压在他的心上。

现在能得到他的首肯，云翻海的高兴劲儿不亚于他拿到这活儿的全款。

到了这日傍晚，有一个没想到的人主动来找他。

这人正是明心雪。

可能这还是天河女侠头一回主动来找云翻海。

现在云翻海终于明白什么叫"好事成双"。出乎他意料的是，这次明大小姐来，不是挖苦，不是恐吓，而是明确表明，明日射潮山之行，她也要去。

听她说出这样的要求，云翻海想了想，倒也觉得不奇怪。

前几回这位大小姐不也这样？各种变本加厉、推波助澜，就怕他祸闯得不大、死得不够难看。

想到这一点，他便有气无力地回答："可以吧。"

"哼，当然可以。"明心雪傲然道，"你别搞错了，今日我来是通知你，并非征求你的同意。"

"好吧，你说什么都行。"云翻海道，"只是大小姐啊，明天我可是办正经事去的，你别再在旁边煽风点火了。"

"哼！"明心雪哼了一声，却微微有些脸红，心说："原来这坏蛋什么都知道。"

心里这么想着，她便道："你可别想岔了，我这次去，是真想帮忙。

"我听关副统领说了你那些调查，虽然并无多少实据，但威灵宗确实可疑。

"威灵宗并不比一般教门，在我东华国中举足轻重，要是它真出了问题，却不查处，恐生不测之祸。"

"嗯？你这倒和我想到一处去了。"刚才随口应付的青年，听女孩儿说到这里，神色顿时严肃起来。

"我也是这么想的。"他十分郑重地说道。

见他这般正经，明心雪却变得有些奇怪，想了想问道："怎么？你也爱国？难道你忘了自己的本来身份？你可是专门跟朝廷官府作对的草寇山贼呀。"

"是又怎样？"云翻海摇了摇头道，"大小姐，你不知道，世上并不是所有的事，非黑即白。

"我云翻海虽出身草莽，但从来自比义匪；而就算不论这个，杀富济贫之余，我也知读书明智，便知道'覆巢之下，焉有完卵'。

"我从来相信，不要拆台，要是台子真垮下来，压着的人很可能就有自己。

"所以，我占山为王可以，跟朝廷针锋相对也可以；但要是有人想把整个东华闹得天翻地覆，让外族乘虚而入，我云翻海头一个不答应！"

"这……"听得云翻海这一番大义凛然，还很有新意的话，明心雪遽然动容，呆呆地看着他，好像头一回认识这人一样。

出神良久，她才仿佛回过神来，不自觉地喃喃说道："怎么会这样……表面看起来，你也不是十恶不赦的人啊……"

"咳咳，这话说的！"云翻海一脸苦笑，手舞足蹈地夸张说道，"什么叫表面看起来？我破云龙云翻海，本来就是大大的好人啊！"

见他这副装模作样的架势，从来矜持幽静的天河女侠，也忍不住扑哧一笑，一张俏脸宛如春花绽放。

"这就对了，"云翻海见状笑道，"虽然你不苟言笑也有韵味，但毕竟还是笑的时候好看啊。"

本来绽着如花笑靥的少女，听得此言，不知怎么忽然想起那晚黑袍客对自己的问话：

"你是不是喜欢上他了？"

已经过去好多天的问话，这时候却如同洪钟巨鼓，忽地轰然震响在她的心田脑海。

只是瞬息之间，本来绽放的如花笑颜倏然冰封。

"我走了。"沉着脸的女孩儿转身就走。

"呃？"见她如此，云翻海一愣，心道，"怎么回事？我刚才也没说什么啊，怎么她说翻脸就翻脸？"

正这么想时，那明心雪已快走出门，却忽然站住，回过头来说了一句："记得叫上我。"

"一定！"云翻海忙道，"谢谢你帮忙。"

"帮不上什么忙。"明心雪依旧冷冰冰地说道，"不过，万一你有什么不测，我可以帮你抢回尸体。"

"好吧，你费心了啊。"云翻海哭笑不得道。

"不客气。"明心雪扔下这句话，头也不回地转身出门离去。

第二天一大早，郁愁归便带上神侠卫中的十来个精锐，和云翻海、明心雪、巫寒月几人一起，往射潮山而行。

和以往几次不同，这一回云翻海再也不用偷偷摸摸了。

到了射潮山威灵宗的山门下，郁愁归便直接让属下递上官家文牒，说明这是官家公干，要立即上山。

神侠卫的威名谁不知道？即使威灵宗这些化外之人，也对神侠如雷贯耳。

一看神侠卫来人，还是神侠亲来，威灵宗镇守山门的弟子不敢怠慢，立即快步如飞地跑上山，替众人通传。

等待通传时，云翻海就驻足在白玉石筑成的山门下，抬头看上头用青泥镶嵌的匾额题字："神威如灵"。

这几个字写得刚猛遒劲，十分有气势，仿佛字本身就在告诉所有来人，此山的教门走的是阳刚一类的路子，万万不可小觑。

此后没多久，云翻海这行人就听得山上响起数下悠扬的钟声，紧接着刚刚负责通传的弟子又小跑着下来，十分恭敬地对众人说道："让诸位好等，我家大长老灵火真君有命，传请各位官爷上山一叙。"

云翻海等人听了便拾阶而上，跟在领路的威灵宗弟子后面，朝山上而去。

射潮山的山脚下只是第一道山门；此后他们又经历了两道山门，分明题名"大道无为""玉宇澄灵"，才真正到达了威灵宗的道场。

虽然已来过射潮山，但前面几次只是在旁边的山间远远窥伺，这回云翻海终于置身于威灵宗道场之中，这才发现，别看这教门的名字取得威猛，但道观的建筑却大多用了白墙黑瓦的配色，于是这里无论大殿还是小亭，都显得十分素雅清幽。

威灵宗的道场已建在了高山上，行走其间时，已是云雾绕身，清凉扑面；再转头看看周围幽雅素洁的亭台楼阁，简直让人以为自己已置身仙界。

看着这世外仙界一样的道场，云翻海心中忽然有些感叹："唉，有这么气派的道场，干吗还要干坏事？如果我飞云山的山寨有他们这么漂亮，做梦都会笑醒，哪还有心思想其他？"

正出神时，他忽听到一阵洪亮的声音传来："光明神侠今日玉趾亲临，大光我威灵宗道场。方外之人灵火真君，迎接来迟，万望恕罪。"

云翻海闻声一转脸，便看见一个上了年纪的红脸膛道人，笑容满面地从威灵宗主殿前的台阶上，健步如飞地走了下来。

灵火真君乃是"威灵二老"之一，在威灵宗中任大长老之职，地位仅次于掌门乾灵真人。

和云翻海来之前的想象不同，这灵火真君并不似一般干瘦清癯的道人，反而脸膛方正、身形壮硕，虽然少了道家的飘逸之气，却让人一看便知身体极好。

云翻海一直觉得"相由心生"有些道理。

一看灵火真君，他就觉得，这老道应该性格爽朗，不似要弄阴谋诡计之人。

他便心想："威灵宗成名已久，也是名门正派，虽然出了这等逆事，应该不是整个道门所为。今日之事，可能还要拜托这位面相正直的灵火长老了。"

心里这么想着，他也十分客气，依着神侠的做派，优雅地一拱手，说道："灵火真君太客气了，今日打扰贵派仙山，应该是我等先行告罪才是。"

"神侠大人哪里话，其实您虽非道门中人，但一心为民，行侠仗义，反倒合了我道家'无为无不为'的真义。"灵火真君由衷地说道。

顿了一顿，他便拱了拱手道："诸位贵客，我威灵宗其他别无所长，因为全年云遮雾绕，湿润清凉，正出好茶，俗名'射潮碧芽'。近日老道正新摘一篓，便请各位贵客，随老道前去清净茶室，一品清茗。"

"那倒不必。"虽然曾有特训，但云翻海一介混得极惨的山贼寨主，哪有什么品茶的癖好？兼之心中有事，他便不顾这些场面上应有的客套，一摆手道，"大长老，不急品茶，我来贵教门，却有其他事。"

灵火真君一愣，问道："何事？"

"是——"云翻海话到嘴边，却忽然心中一动，改口道，"这样吧，也不好辜负大长老美意，不过喝茶还显无趣，我想亲眼去看看射潮碧芽的茶园山场，还请大长老成全。"

"哦？"灵火真君有些诧异，不过还是笑道，"果然不愧为神侠大人，果然雅趣非凡。好，您这就随我来，我带您去山里的茶园。"

"嗯，多谢。"云翻海看似随意地道，"其实我事务也比较繁忙，没有太多时间盘桓。这样，我刚才大致观望了一下风水，正看到射潮峰东边临海的后山云出雾进，正是出产好茶的最好山场，你就带我们去那里看看吧。"

"呃？"一听此言，灵火真君略有些色变，不过很快便拱手道，"神侠大人，您有所不知，那东边后山名香炉峰，本是门中炼丹之所；但后来发现，本门还是适宜专精火灵之术，炼丹百年，却一无所成，那后山便渐渐荒废。

"后来时有犯禁的弟子，都被贬到后山香炉峰面壁思过，外人不宜打扰，渐渐变成了本门禁地。所以虽然其中略有茶田，不过是犯禁弟子劳作改过之用，无甚好看。神侠大人要看茶，还是去其他地方为宜。"

"哦，这样啊……"云翻海沉吟半响，若有所思。

他现在虽然表面平静，但内心却大起波澜：

"呀！果然人不可貌相，就看灵火真君刚才变颜变色，又说了这么一大通，总不让我去后山，便显得他对后山之事应是知情，便极力不让我去。

"唉，看他这一副正直的面庞，真想不到他会和那些不法之事有关联。

"可是大长老啊大长老，你却不知，我云翻海已经不是第一回来射潮山了。"

心中想到这里时，他便呵呵一笑，朝还在等他说话的灵火真君道："大长老，来之前我便听到你的大名，想必你也御下有术，那香炉峰很难关到你的弟子吧。"

"这……这……"灵火真君脸色有些尴尬，吭哧几声才道，"惭愧，惭愧，其实我痴迷法术，管教弟子却不在行，近半年间，却有八九个弟子被关入了后山。"

"哈？怎么会这样？"云翻海笑道，"大长老一定谦虚了，我是不信的。既然这样，我倒更有兴趣了，一定要去后山看看，看大长老是否跟我打诳语说笑。"

"这……"见云翻海竟然十分坚决，本来觉得没什么的灵火真君，脸色一下子郑重起来。

"神侠大人，"他十分隆重地躬身行了个礼，然后直起身来道，"我威灵宗毕竟乃方外教门，还望神侠大人能虑及老道的难处，不去门中禁地荒山，转去其他山头看茶吧。"

"哦？"云翻海的脸色，也一下子沉了下来，"大长老，其实不怕跟你说实话，近来多有望海郡的百姓，来我神侠卫举报贵道门欺压良善，我今日来此，便是要在贵道场里里外外好好查一遍。

"我只是提了想去后山，你便推三阻四，莫非那香炉峰后山，真有不可告人之秘？"

第五十章 快意恩仇，剑指灵山禁地

"大人言重了！"灵火真君的声音也大了起来，"谁人不知，我威灵宗乃东南名门，不仅洁身自好，还对东华抗魔之事，多有出力。

"神侠大人，我敬你为国为民，便不忍恶言相向，但你若置我威灵门规于不顾，一意孤行，那恕老道直言，此要求恕难从命！"

"大长老，"就在两人僵持之时，郁愁归忽然开口道，"神侠要去后山查看，自有他的道理，还望大长老成全。"

"嗯？"灵火真君惊讶地看着他，"师侄，你可是我威灵宗门下之人，还是掌门师兄的得意弟子，怎么也不知道门中规矩？"

"门中规矩自是记得，可门规再大，也大不过国法。"郁愁归不卑不亢地说道。

"哈哈！这么说，你们要去后山禁地一游，是王法了？"灵火真君面色不善道。

"可以这么说。"郁愁归依旧一副不温不火的样子。

说实话，如果他大声吵闹，灵火真君还没这么生气；越是这副半死不活的样子，他心中那股火儿便越大。

"郁愁归，"他厉声喝道，"别忘了，一日为师，终身为父，不管你现在位居何职，身处何方，你始终是威灵宗的人。

"你今日要坚持破坏师门规矩，异日难保不做出什么欺师灭祖的事来，小心身遭天打雷劈之劫！"

灵火真君这番话说得可谓极重，都有点上纲上线的意思。

但正是他这样的威胁，却反而无意中坚定了郁愁归对云翻海所说之事的信心。

他心想："灵火师叔脾气虽大，却不是认死理的人，从来处事灵活，若不是这样，威灵宗中人才辈出，也轮不到他做一人之下、千人之上的大长老之职。

"怎么，现在云老弟只是说去一个荒废已久的后山，他反应就这么大。而且刚才云老弟套他的话，他无意中说出不到半年就有八九个弟子犯事被放逐到那里。

"呵，灵火师叔的本事谁人不知？我就不信他的弟子有这么多人敢犯事，还集中在最近半年。"

想到这里，他心意已决，却反倒是笑了起来："灵火师叔，言重了，言重了。什么天打雷劈的，这么吓人。

"不过呢，师侄我最近倒是在神侠卫藏经中，发现了一本《避雷咒》，看着有趣，便开始修炼；若真有天打雷劈的那一天，弟子还真想试一试，看看这避雷咒究竟管不管用。"

"你！"见他这般油盐不进，还语带笑谑，灵火真君那张脸顿时气得更加红亮，一时间跺脚挥手，一副被气坏了不知道怎么发泄的样子。

云翻海这时却惊讶地看着郁愁归，心里偷乐道："哈，真是'近朱者赤近墨者黑'，跟我相处一段时间，这么正经无趣的老郁，也变得这般粗鄙不正经了。"

到这里，威灵宗大殿前好好一场欢迎，没说得几句话，已经弄得如此剑拔弩张的样子；眼见此情，当事人还没什么，其他人却都面面相觑了。

神侠卫武士们对此行任务的目的并不如何知情；作为武人，他们对威灵宗的威名早就如雷贯耳，今日前来，更多的倒是怀有崇敬参拜之情。

却没想到，两个主官没几句话却和威灵宗的二把手给呛上了。

这时他们中好些人便心中悲呼，心说怎么处事圆融的关副统领没来？

如果他来了，双方绝不致如此；自己还想日后有机会来威灵宗修习一二呢，要是今天弄崩了，异日还有什么脸面到射潮山来？

跟随灵火真君出来相迎的威灵宗弟子们更是面面相觑，不知道为何向来处事得当的大长老，竟然会为了一个荒弃的后山，跟朝廷官府呛上了。

正在双方剑拔弩张、气氛僵持时，忽然从山下又来了一群人。

那群人还没走到近前，为首那个华服公子便已是朗声叫道："灵火长老，弟子冷玄灵来了！"

云翻海等人闻声回头一看，却见又是沧海侯冷玄灵，带着他那帮护卫随从，从"玉宇澄灵"那座山门下，朝这边急急赶来。

"怎么又是他？"云翻海见又是这位冷侯爷，不由得哭笑不得。

"乖徒儿啊，你怎么来了？！"相比云翻海的尴尬，灵火真君却是又惊又喜。

这时候，冷玄灵刚过了白玉山门，还没走近，离大殿这边还有挺长一段距离；于是，往大殿这边赶的路途中，他在低声问身边那个中年文士："陆先生，你真的查清楚了？"

被他问话之人，相貌清癯，表情精明，正是沧海侯冷玄灵最信任的谋士，名叫陆文光。

听东主相问，陆文光赶忙低声快语答道："都查清楚了！之前神侠几次闹事得手，真的都是'瞎猫碰上了死耗子'，陆某不信他这次还能走运。毕竟威灵宗一向名誉很好，虽然东方昌也曾有香火支持，但还有更多的王侯将相供养，应该绝无问题。"

"嗯。"听他此言，冷玄灵彻底安了心，便寒声道，"一直关注这厮动向，他几番来此射潮山。本以为查不到什么东西他就该住手，没想到今日还拉起人马，真的上门搅闹。他这分明是不把我放在眼里！

"谁不知道我沧海侯受过威灵宗掌门和大长老两人的指点？尤其大长老灵火真君，对本侯指导尤其悉心，本侯心中早已把他当成恩师，不信风惊雨这厮不知道。今日他来射潮山搅闹，分明是打本侯的脸！"

说到这里，他更加怒不可遏，还不等走到云翻海近前，便朝他嚷道："风神侠，威灵宗道门净地，你带着这帮人前来吵闹，不要告诉我你是要来威灵宗中行侠仗义！"

"对啊！"灵火真君极为配合地叫道，"谁不知我威灵宗门下弟子，只要下得山去，都是一等一的侠客；神侠大人，你是不是走错地方了？"

面对两人的冷嘲热讽，云翻海却根本不为所动。

"冷侯爷，你真的要插手吗？"他微笑着看向冷玄灵，老神在在地问道。

"这……"刚才气势汹汹，被他一问，冷玄灵却还是愣住了。

还真别说，这几次他意图抓住神侠的破绽，每次都觉得自己笃定有理，风惊雨这厮无理取闹，没想到事情发展到最后，每次都证明自己错了。

不过，他转念一想，又想起刚才谋士跟自己信誓旦旦地保证，他便又有了几分信心。

尤其，这时他目光一扫，便发现明家的大小姐也正淡淡地看着自己。

没什么比心上人儿在场更能给自己动力了！

冷玄灵胆气顿豪，理直气壮道："姓风的，你不要故弄玄虚。威灵宗算我半个师门，它什么情况，本侯爷不比你懂？若是聪明的，你赶紧跟灵火长老道个歉，今日之事就算了结，我们还可以去后殿净室用茶品茗。"

"对啊！"灵火真君立即叫道，"玄灵啊，你不知道，刚才我就是以礼相待，请他们喝射潮碧芽茶，是他们咄咄逼人，油盐不进。老道本是不争之人，但为了教门颜面，也无办法了。"

"呵，这样啊。"云翻海见这两人唱起双簧，想了想，便对冷玄灵道，"冷侯爷，你敢不敢跟在下打个赌？"

"什么赌？"冷玄灵一愣问道。

"我说这威灵宗有问题，你说没问题，我们就来打个赌如何？"云翻海道。

"当然可以！"冷玄灵毫不犹豫道，"你想赌什么？珠宝、店铺、丫鬟、田地？还是什么神兵利器？"

"那些太俗了。"穷疯了的飞云山寨寨主，面不改色地说道，"我等什么身份，岂能赌这些俗物？"

"呃……"冷玄灵偷眼朝明心雪看去，却见女孩儿面绽微笑。

"呀，失策了！"他心中暗悔道，"我不是要把心上人从虚伪神侠的身边夺过来吗？那就要表现好啊。刚才一个不察，俗了，俗了。"

心里这么想时，他便谨慎地问道："那你说要赌什么？"

"赌什么？哈！"云翻海爽朗一笑，高声叫道，"如果风某赢了，以后你这人不得再来烦我！烦死了，每次我到哪儿做事都有你，就跟整天跟踪我似的，如果你不是堂堂侯爷之尊，我都要怀疑你是不是跟踪狂、有没有偷窥癖！"

此言一出，在场众人全都忍不住偷笑，就连灵火真君也忍不住咧了咧嘴，马上又发觉不对，连忙重新绷紧面皮，一副苦大仇深的样子。

冷玄灵却是闻言大怒，热血上头叫道："好！我答应你。不过要是你输了，需要向东华城全城宣告你风惊雨不如我冷玄灵，从今以后你服了我沧海侯！"

当然他也有心说，要是你输了，就跟明心雪解除婚约，让她跟我；但这样的话，虽然是他的最大心愿，却也万万说不出口的。

他坚信，只要今日赢了风惊雨，便能大大削他颜面，又大长自己的形象。长此以往，彼消此长，自己心目中的女神自然会改变主意。

想到这里时，他就满心紧张，生怕风惊雨不答应这个无理的赌注。

只是没想到，云翻海想也没想就叫道："好！我也答应你，要是今日查不出威灵宗的不法事，我风惊雨就向全京城人宣告，我风惊雨不如你，从此风惊雨服了你！"

"好，爽快！"冷玄灵大喜过望，连忙伸出手来，作势要跟云翻海击掌盟誓。

云翻海十分配合，也伸出手来，还配上台词，肃然叫道："我风惊雨今日跟冷玄灵击掌为誓，无论输赢，都不准反悔，要践行赌注！"

见他这般凛然，在场之人全都肃然相对。只有郁愁归和明心雪知道内情，看着云翻海"风惊雨"长"风惊雨"短，便忍俊不禁，暗自偷笑。

"好好好！"冷玄灵以前和神侠毕竟不熟，哪知这里的关窍？

他高声叫道："刚才我过来时，听到你们纠结后山禁地。不要紧，既然你这么爽快，我也不纠结，今日不仅是后山，只要这射潮山威灵宗有一处让你查出干犯王法之事，就算我输！"

"好！"云翻海击掌赞道，"没想到冷侯爷也是痛快人，之前还以为只会跟我捣乱、唱反调呢。"

"哼！我等少逞口舌之利，快开始吧！"冷玄灵迫不及待道。

"好！"云翻海抬脚便要走，却在这时，那灵火真君表情尴尬地道："玄灵，还有神侠大人，你们是不是把老道我给忘了？"

"嗯？"云翻海立即斜着眼睛看他道，"难道你也想跟我们一起来赌？"

"不是！"灵火真君着急叫道，"我威灵宗后山禁地，去不得！"

冷玄灵此时正在兴头上，闻言顿时不悦道："师傅，我知道有这规矩，可规矩是死的，人是活的，你也是修道之人，怎么如此不洒脱？

"再说了，你听我一言，今日你不让搜，反而给别有用心之人落下话柄；反倒是今日之后山，风大人说不搜咱还不答应，搜，一定要搜！搜了才能还威灵宗一个清白。"

"对啊，嘿嘿。"云翻海嘿嘿笑道，"看，侯爷就是侯爷，这见识，太高了！"

"玄灵，"到得此时，灵火真君也顾不得了，一脸苦涩地道，"其实，本长老曾听后山巡山弟子说碰到过神侠，可能便有些误会吧，现在神侠大人是不是心有芥蒂，才去后山搅闹？

"玄灵，你说的也很有道理，但毕竟威灵宗乃人间清净地，这么一折腾，有句俗语怎么说的？'黄泥巴掉在裤裆里，不是屎也是屎了'。

"须知光明神侠大人已俨如东华正义道德标杆，要是无知小民纷纷传说，说神侠大人大闹威灵宗，老道敢说，一百个人就有九十九个以为是咱们威灵教门真的干了什么见不得人的事。这以后我们还怎么招收弟子、教化世人？"

"唔……"听得这一番诚恳之言，冷玄灵也有些冷静了。

"风大人，"他有些改了主意，便看向云翻海道，"我师傅说的这话你也听到了，也不乏道理。要不咱今日还是喝茶？射潮碧芽香气清醇，确属茶中上品，也是不错的。"

见他转圜，云翻海面上只是冷笑。

今日之事，他怎么可能罢手？

一来江湖儿女，快意恩仇，威灵宗已经派人刺杀他了，要是今日不把毒瘤除了，后患无穷。

说真的，他不怕死，但飞云山那么多口贫弱之人指着他吃饭，用一句时下东华国中流行的话来说，"他不敢倒下，因为身后空无一人"。

二来，经过这些天的精心观察，他断定威灵宗的后山一定隐藏着惊天秘密，尤其是隐约不断的孩童哭声，让他一直非常揪心。

他是一个十分有爱心的人，否则也不会让堂堂一个草莽山寨变成了义庄善堂，以致成了所有绿林同行的笑柄。

如果不是有着强大的爱心，绝不可能如此。

而越是有爱心，越是疾恶如仇；而如果像前几回那样，只是想借捣乱脱身，他还真有可能顺坡下驴，立即一团和气。

　　但今日不是。

　　所以，听冷玄灵有讲和之意，他立即两眼一翻，冷笑说道："冷侯爷，你果然因为私情来拉偏架了。怎么？刚说的赌约，就算烫壶茶还没开始热乎，你就要反悔啦？好！你反悔也行，愿赌服输，刚才那赌约，算你输！"

　　"什么?!"冷玄灵一听，立即跳了起来！

第五十一章 弄巧成拙，惊睹九凤吸魂

作为高傲的沧海侯，冷玄灵其实是最要面子的人。

以往这一点没怎么显露出来，只是因为作为国中仅次于皇室的世家大族，又顶着东华国侯爵序列中最尊贵的"沧海侯"，实在是很难有人、很难有场合让冷玄灵难堪的。

但现在，云翻海这番话，还有一脸轻视的表情，正是摆明了要让他难堪。

他没有忍受羞辱的经验，所以，他真的猛然跳了起来，满脸愤怒，口中呼呼喷气，狠狠瞪着云翻海，如一头猛虎欲择人而噬。

但云翻海夷然不惧。

"我一个神侠假货，怕你作甚？结仇的另有其人，哈哈！"

见他毫不退缩，冷玄灵更加恼怒。

不过他这时什么话都没说，而是一转头，朝自己的护卫随从们叫道："小的们，你家侯爷的赌约，都听清楚了吗？想不让你们主子丢脸，就给我搜，狠狠地搜！"

说着话，他一马当先，就带着手下这批人，如狼似虎地朝威灵宗道场深处扑去。

而这时，云翻海还在后面，目送着沧海侯气急败坏的身影，大笑叫道："哈哈，冷侯爷，没必要这么拼命啊。不就是一个赌约吗？万一搜得太认真，真搜出威灵宗什么见不得人的事情，你多对不起师门啊。"

闻听此言，冷玄灵脸色铁青，对部下大叫道："搜，给我狠狠搜！"

见他如此，云翻海嘻嘻怪笑，灵火真君却一跺脚，赶紧追着侯府护卫随从们的脚步而去。

一旦搜查真正开始，云翻海也很紧张。

即使之前隐隐看到各种疑点又怎么样？毕竟没有真正靠近瞧个真实。

况且即使亲眼所见，也未必真实。所以，会不会自己之前的侦查、猜测，全都错了？

不过很快他便安慰自己："不要紧，如果错了，自己不就可以顺势被郁愁归驱逐？"

"不对，还是别猜错吧。"云翻海转念想道，"如果和我猜想的一样，那就能给东华洲失去子女的父母们一个宽慰。和这个相比，宁愿自己陷在虎狼窝，也比一桩桩小儿失踪案变成悬案来得好。"

因为之前的侦查，他和郁愁归、明心雪、巫寒月等人直接冲向了后山。

刚到后山，云翻海的心就凉了半截：

他看到，这后山竟是沟沟壑壑，草木稀疏，一眼望去，并没什么可疑。

这时那些先到的侯府护卫随从，也都一脸茫然，漫无目的地随处闲走，并看不出什么问题。

"大家都仔细找找！"冷玄灵一脸得意地叫道，"别偷懒，别疏漏，神侠大人既然那么说，就是有十成的把握！"

云翻海怎么听不出他这是在揶揄自己？

不过他也不恼，只是暗中观察灵火真君的表情。

他发现，相比之前的焦躁，这时灵火真君却镇静下来，面无表情地看着众人忙忙碌碌，也不知道心里在想什么。

"难道真的是我错了？"云翻海心想道。

"不会的。那一晚的威灵宗刺客，不会有假；那几次听到的孩童哭声，也不会有假；尤其两次遇见的威灵宗弟子，他们的反应真的很奇怪。问题出在哪儿呢？"

沉思之时，他的表情变得有几分沉冷；看在冷玄灵等人的眼里，都觉得"神侠"现在应该心情沮丧，不知道该如何面对灵火真君和冷玄灵。

见他如此，曾一心想让他出丑、让他露馅的明心雪，不知不觉间心中竟有几分同情。

巫寒月则毫不动摇，见搜索无功，依然毫不放弃，柔软的身子如山猫般敏捷，往后山的深处奔去。

沉默了一会儿，恰在灵火真君想要出言发难时，云翻海忽然看见，从靠近大海那边的山谷沟壑中冒出了一缕云雾。

山间云雾出没，本是十分正常，但云翻海眼皮子却忽然一跳！

"不对！"他立即心想，"如果平时还正常，但今天天气出奇的晴朗，不仅天上没什么云彩，射潮山到处都见不到什么山岚，怎么那儿忽然冒出一缕云雾来？"

他又仔细看了看，心中更疑："奇怪，那云雾却不像平常的水雾，而更像烟雾……我不会看错的，在飞云山长大的，什么是烟什么是云，一眼就看得出来。这就奇怪了，好好的山场，哪来的烟雾？难道那里有人做饭？"

心里这般想时，他便偷偷地瞥了灵火真君一眼，却见刚才好似波澜不惊的大长老，这时眼角的余光却也看向那缕烟雾，神色变得有些不自然。

"郁统领！"云翻海忽然手一指，叫道，"你师门乃是威灵宗，可知那缕云雾飘扬处，是什么地方？"

"嗯？"郁愁归一愣，顺着云翻海手指的方向看去，看了几眼，想了想道，"那里啊，应该是有些矿洞。"

"矿洞？"云翻海奇怪道，"射潮山不是东华道家的洞天福地之一吗？怎么还有矿洞？莫非威灵宗的洞府竟是矿洞？"

"禀神侠，"众人面前，郁愁归十分恭敬，"射潮山乃洞天福地不假，不过当地山民也得吃饭。二十多年前，这射潮峰临海的后山，还是矿山，其中多有银铜之矿，许多产出还供朝廷铸币之用。

"差不多二十年前，因为矿石日少，费力开采已不划算，便废弃了。大长老先前所说弟子面壁思过之所，有一些其实就在矿洞中。"

"哦，这样啊。"云翻海点头道，"没想到，这射潮峰后山还别有洞天。"

"冷侯爷——"他朝不远处的白袍公子叫道，"你把你的人撒向远处那边的矿洞，好好看看吧。"

"看就看。"这时候冷玄灵觉得稳操胜券，心情非常好，笑谑道，"神侠有命，敢不从命？要是不卖力，害得神侠输了，口服心不服，就不好了。"

见他讽刺，云翻海不以为意，转过脸来对郁愁归悄悄说道："那矿洞有古怪，你让兄弟们做好准备。"

"好！"郁愁归应答一声后，便忽地有些发愣："咦？我怎么听他的命令这么自然？嗯，应该是本统领训练有方，他不仅形似，还能神似，了不起。"

在心里给自己点了个赞，郁愁归便打了几个只有神侠卫之人才看懂的手势，让所有人多加戒备，随时准备应变。

明心雪一直在一旁冷眼观看，虽然来时还挺有信心，不过看了这么长时间，她其实心里已经有些气馁。

现在看郁愁归如此认真，她心想："哎，也是奇怪，小山贼胡闹也就罢了，怎么郁公子这样世家子弟中出了名的老成持重之人，也跟着他胡闹？看他这神情，莫非他还当真了？"

刚想到这里，却听得远处猛地有人大叫道："侯爷！这里有古怪！"

话音未落，就听这喊话之人又叫道："站住！哪里跑！——哎呀！"

随着这一声惨叫，刚才侯府护卫随从搜寻之处，猛地金铁之声大作，还有法术流光飞蹿，竟是转眼就打了起来！

到这时，任何人都知道有古怪了；早就蓄势待发的神侠卫武士，立即在郁愁归的带领下，朝打斗之处奔去。

云翻海倒没急冲过去，而是转头看向灵火真君，冷笑道："大长老，看到了吗？你要如何解释？"

"这……这……误会，很可能只是误会！"灵火真君脑门子上冒汗，急切间叫道，"神侠大人，我们先去看看，看看到底怎么回事。"

"好，你先走吧。"云翻海一抬下巴，努努嘴。

他这姿态颇为倨傲，本来以灵火真君的性子根本受不了，但这时他却咬咬牙，一句话也不说，飞身蹿出，跟在神侠卫武士后面冲了过去。

见他冲过去，云翻海朝明心雪和巫寒月说道："待会儿，麻烦二位看好了这个大长老。"

"嗯？"明心雪闻言一愣，心说难道威名赫赫的威灵二老之一，真有问题？

巫寒月却毫不犹豫，双手抱拳行了个礼，道了声"是"，就飞身而去，紧紧地缀在灵火真君的后边。

等云翻海等人到了近前，却看到神侠卫武士和侯府护卫随从们，已经和三十多个威灵宗弟子打成了一团。

云翻海没急着投入战斗，而是站在不远处，先仔细观察战场。

他这时才发现，以前几次观看之所以总是看不到什么，距离太远固然是一个原因，最重要的还是角度不对。

此刻到了近前他才发现，这后山果然别有洞天。想当初连年的挖矿开采，竟已把一半的后山挖空，所以，只有到了这后山的正面，才能看到这高耸的山崖底下，竟是一个巨大无比的石洞。

看到这石洞中的景象，云翻海顿时便明白了，为什么侯王府护卫随从一发现这里，就和威灵宗的弟子打起来。

巨大石洞的深处，竟建着三座高大精致的祭台，呈天地人三才之位精心布置。

祭台的附近，又按七星九曜的位置，燃烧着几个旺盛的火堆。

看起来烧的是一些树枝树叶，但散发出来的味道，闻到鼻子里却觉得不同于任何一种烟火味道，竟有一种说不出来的沉沦悲苦之意；若闻多了，便神情恍惚，充满戾气，却又被无形的巨力压抑，整个身心都如坠九幽地狱。

看到这些火堆，云翻海警醒之余，也知道刚才在远处看到的烟雾，便应该是从这些火堆中飘出来。

再看那三个祭台，却是通体由汉白玉筑成，本来应该看起来光明堂皇，但却从上到下密布着血红色的符咒徽纹，空白处还爬满了碧油油的苔藓——

仔细看，那并不是陆上的苔藓，竟好似大海深渊中某种类似苔藓的藻类。

而那些符咒徽纹，不仅颜色看着像鲜血描画，光是徽纹图形本身，就透露出一种浓重的邪恶气息。

这是很罕见的一种景象。

在云翻海等人的认知中，还从来没有一种符箓纹样本身就能让人看出浓重的邪恶感，看得人遍体发寒。

通体透着邪恶气息的祭坛上，正进行的仪式更加邪恶无比。

其中两座祭台，一座上捆绑着七八个童男，另一座上捆绑着同样数量的童女。

剩下的那座祭台上，却半空悬浮着一只带钮的黑玉之印，四面八方有不少飞腾的朱雀凤凰之影，颜色各异，细数正是九只之数。

很显然，这三座祭台存在着紧密的联系。并且那些奇异的树叶烟雾，大多飘上那两个捆着童男童女的祭台，让这些孩童迷迷糊糊。

而在三座祭台合围的中心位置，正有一个白袍道人闭目念咒。

这道人的白袍上，正用鲜血涂抹着同样邪恶的符咒纹路，丝毫不顾洞口的鏖战，整个人悬浮于半空，双目紧闭，念诵着奇诡的咒文。

当云翻海赶到时，听到他正念的是：

　　天蓬天蓬，

　　九玄杀童。

　　五丁都司，

　　高刀北翁。

　　七魂八灵，

　　太上皓凶……

随着他的念诵，竟有无数晶莹的光点从两座祭台上的童男童女头顶冒出，又逐渐凝聚，拉伸成线，最后被黑玉之印周围的九凤吮吸入口。

九凤吸吮之时，嘶嘶有声，宛如毒蛇吐信；每当一缕光线被九凤吸入，那黑玉印上便闪耀一次诡异的荧光，同时祭台上的童男童女喘息一声，神态变得更加萎靡。

看到这景象，任何人都知道，这些威灵宗弟子正在进行着某种邪恶的仪式。

他们正抽取童男童女的魂魄，改造成某种有着神秘特质和功用的灵气，然后注入黑玉之印中。

一见这景象，别人还没如何，明心雪却骤然眸子缩紧，脱口叫道："九凤吸魂术！九凤收魂印！"

第五十二章 奸心酷烈，难逃火网恢恢

"心雪，"云翻海闻言立即叫道，"这是邪术、邪器吗?"

"是! 这是异教邪典中所记之事。"明心雪笃定答道。

"灵火!"云翻海再也不客气，冲灵火真君叫道，"如果这还不算有问题，你们威灵宗要干什么天怒人怨的事，才算有问题?"

刚才到这矿洞，灵火真君已经面如土色，再听得云翻海这大喝，脸上更是红一阵白一阵，正是羞愧难当。

"老道也不知情!"他叫道，"只知后山乃放逐不肖弟子之地，谁承想这里何时竟立起祭台，还抓了这么多童男童女，行此邪恶典仪!"

"是吗?"云翻海一脸不信。

"神侠看来不相信老道了。"灵火真君凄然一笑，拔剑叫道，"为明心志，且看老道斩妖除魔!"

说话间，他已是跃身冲入战团，真的和神侠卫武士、侯府护卫随从一起，朝那些负隅顽抗的本门弟子杀去。

见此情形，云翻海也有些发愣，心说之前见这老道推三阻四，还以为他和凶徒一伙，没想到他竟然真刀真枪地，杀向那些暗行不法的威灵宗弟子。

这时候，冷玄灵赶到现场，看见眼前景象，猛地抽了口凉气，脸上顿时也跟刚才灵火老道一样，红一阵白一阵。

见他到来，其他人都想起先前他跟神侠的赌局，便下意识地用一种奇怪的眼光看着他。

"本……本侯其实早就看出威灵宗有问题。"哪怕再是自傲，到这时候，

冷玄灵也不顾什么脸面了，带着惭愧地强词说道，"但彻查威灵宗颇为不易，所以本侯才跟神侠大人演了一场戏。"

说到这里，他用一种哀求的眼光，看着云翻海。

这时，倒是有个刚刚前来的不知情的威灵宗弟子，下意识地叫道："不可能吧！"

"什么不可能？"云翻海立即眼一瞪，朝他喝道，"你是谁？道号叫什么？我们朝廷高级官员的计划，岂是你们这些民间宗教人士能知道的？"

此言一出，那小道连连告罪，其他众人也全都释疑。

这时只有两人脸色各异：

明心雪瞥向云翻海，略有惊异，而又若有所思。

冷玄灵则是一脸的感激，大喝一声，不仅命令手下护卫随从拼命攻击，自己也纵身一跃，亲自冲入战团中。

其实不用他下场，有了刚才灵火真君这个绝世高手的加入，本来勉强势均力敌的战局，一下子便被打破了。那些威灵宗弟子顿时支撑不住，瞬间便死伤十几人。

威灵宗弟子们见势不妙，连忙互相招呼，紧急结阵，互相掩护着朝后面的祭台退却。

也不知灵火真君是不是真怀着自证清白之心，在他加入战团后，出手竟格外狠辣。

别人对战，往往都是尽力打伤对方，让敌人没有再战之力即可；但他却丝毫不顾同门之情，招招朝威灵宗弟子的要害处招呼，转眼间便斩杀了七八人。

战局急转直下，守护邪恶祭名的威灵宗弟子很快溃败，就连那个可能因为邪教仪式无法终止，还在念咒的悬浮白袍道人，都被憋着一股气的冷玄灵给一道火焰斩劈落地上。

本来事情到了这里就该尘埃落定。但就在这时，却发生了一件奇怪的事。

那灵火真君本来已经通过自己的行动打消了所有人的疑虑，但就在战斗明显就快结束时，他做出了一个无比诡异的举动：

他返回身，一路挥剑如电，竟将一地受伤挣扎的威灵宗弟子，以迅雷不及掩耳之势，全部一剑封喉杀死！

"不好！"云翻海见状立即大叫，"是他！他要跑！"

说话时，他已经飞身朝灵火真君追去；其他人听到他的呼喝，也都朝灵火真君奔去。

只是赫赫有名的威灵二老之一，既然撕破了伪装，怎么可能这么容易被堵住？

动手之前，灵火已经勘察好路线；当众人听得云翻海呼喝，开始追赶时，他已飞身几个转折，转眼身影便如鬼魅一般飞逝。

而出洞下山，去往海滨的路上，还有几块高耸的巨石挡路；要是绕石而行，必定会耽搁许多工夫。

正当云翻海等人希望巨石挡他一挡时，灵火真君已是脚尖一点地，竟是飘身而起，如鸟飞天，飞浮在半空中，很快便能越过巨石。

眼见这样，云翻海等人已是鞭长莫及，即使想施远程法术，或是催动魂火，也是来不及了。

而这时感觉到众人拿自己没办法，灵火真君还在空中一转身，冲着这边得意大喝道："呔！尔等愚妄，竟不知古神归来，天地易主。今日蠢行，异日必遭百倍报之！"

这时他见云翻海等人拼命朝这边冲来，便又仰天狂笑："哈哈哈！果然愚妄。今日事已至此，谁能阻挡得了我灵火真君？哈哈哈！"

张狂大笑声中，他身形急转，便往远方浩大的海天飞去。

只是就在这时，却从山坡下不知何处忽然红光一闪，竟有一张火焰织成的大网冲天而起，无巧不巧地正罩住悬空疾飞的灵火真君！

灵火真君多年浸淫修炼，一身功法，但此刻火网罩身，挣扎不得，转眼已是轰然坠地。

见此剧变，云翻海等人又惊又喜，连忙赶过来时，正看到一个飘逸清瘦、鹤发童颜的老道人，从山下飘然而来。

"乾灵师尊！"郁愁归一见顿时惊喜交加，赶忙迎上前去。

"原来是威灵宗的掌门乾灵真人出手！"云翻海心中一声惊叹，也赶忙跑了过去。

"抱歉，神侠大人。"一教之尊的乾灵真人，面对云翻海时，却是十分谦逊。

只见他合手为礼，面带愧色地说道："威灵宗源远流长，传至老道手中，本想更加发扬光大；没想到我这好师弟、大长老，竟然干出这等有伤天和之事来，老道身为掌门，竟被蒙在鼓里，实在惭愧、惭愧！"

"掌门真人不必自责，实在是他伪装得好，才——"云翻海刚说到这里，还在地上挣动的灵火真君，却大叫道："师兄，我这么做，有什么不对？"

"我聆听了神谕，才为神做事；师兄你一直想光大门楣，那好，等真神归来，重降人世，我威灵宗别说东华第一教了，就算放眼整个天下神州，也得以我威灵宗为尊，有何不好？"

"孽障！还敢巧辩？你真是走火入魔了！"乾灵真人痛心疾首地一指，"你看看你，在后山禁洞中，做的什么祭台，行的什么法仪？竟然搜掠孩童，夺其心血魂魄，不是邪教诡术还是什么？那么多三清道德真经，你……你都读到狗肚子里去了?!"

乾灵真人也实在是气坏了，眼见师弟满口妄言，他也忍不住口出粗言。

"师兄！那是你一时没被真神开悟！"灵火真君不屈叫道，"别的不谈，那些孩童全都身有残疾。

"真神有言，'天生不足，不立于世；献身祭台，早入轮回'，我们这样做，既帮他们免了一生困苦，早入轮回，同时还能铸成'九凤收魂印'，以迎真神归来之用，一举两得，有何不妥？"

"你你你！真是无可救药！"见师弟执迷不悟，修养如此深厚的老真人，也忍不住动了真火！

他一拂袖，不再跟灵火多言，直接朝聚拢过来的威灵宗弟子叫道："来人，将你们这被邪神蛊惑的孽障师叔给捆起来！先回教门之中，尝天雷之苦；再交予神侠大人，受人间之刑！"

听得"天雷之苦"，威灵宗的弟子全都知道那意味着什么；虽然不是自己受刑，但他们还本能地身子一缩。

这时乾灵真人又朝云翻海一合掌，和声说道："神侠大人，国有国法，家有家规，你也看到，这灵火误入歧途太深，恐其流毒绵远，坏我威灵教门之基，便先受我威灵天雷之刑，之后再交予贵方，一应审问，悉听尊便，你看如何？"

他问这话时，灵火真君却一脸期盼地看着云翻海。

别看他中邪教之毒已深，但对自己门中的天雷之刑，可以说比任何人都清楚，毕竟他这个大长老便掌管对门中弟子的监察行刑之责。

所以别看他一直那么死硬，但听到天雷之刑后，身躯也无法自控地剧烈颤抖起来。

他把目光死死地盯在了云翻海脸上，希望他能严格执行朝廷律法，不答应威灵宗掌门行使私刑的非法请求。

蔑视王法的人，这时候却很可笑地希望别人能尊重王法。

在他的满满期盼中，沉思半晌的云翻海忽然开颜一笑，对老掌门说道："小事，没问题，只有一个要求。"

"什么要求？"乾灵真人紧张地问。

"记得交他给我们时，至少留半口气。"云翻海笑道。

"狗贼！我跟你拼啦！"灵火真君闻言气恼之下，竟不顾浑身火网，猛然弹身而起，冲云翻海撞来！

当然，乾灵真人的烈火之网何等威力？灵火真君急怒之下，又拼了一身功力，才堪堪跃起；只不过才离地半尺，便重又轰然坠地。

"哼，敢冲撞神侠，给你多加一道天雷！"乾灵真人愤怒叫道。

到这田地，灵火真君真如一条落水狗，已经玩不出什么花样来了。

很快，乾灵真人撤去火网之前，灵火真君已被四五个威灵宗弟子用门中特制的金丝钢索给捆得结结实实，尤其运用灵力的几个关键筋脉穴位处，全都贴上了禁法道符。

如此一来，灵火真君真成了一条死狗，纵然浑身火灵绝学，却连一个小火苗都冒不出来。

制住灵火真君，云翻海等人心中大感欣慰，毕竟以灵火的身份地位，肯定在这邪恶祭台之事中起着关键的作用，只要回去细细一审，就什么都知道了。

灵火真君已是死狗，神侠卫倒不急审问；郁愁归立即招呼神侠卫武士将祭台上的孩童救下。

而祭台一停，那九凤收魂印也咕噜噜滚到地上。

这时云翻海看到，纵然已经失去了祭台支撑，这黑玉石印的周围竟然还烘托着九凤的绚烂光影。

见此情形，云翻海心中一动，朝乾灵真人拱手道："掌门真人，这九凤收魂印显然是关键证物，我等要将它收走。"

"拿去，拿去！"乾灵真人挥着手，忙不迭地说道，"这邪物和本门没任何关系！"

"那就好，本神侠就收下了。"说着话，云翻海老实不客气地把九凤收魂印收入自己怀中。

今日他的表现如此出彩，就连知道他底细的明心雪和郁愁归，见他收起这不凡之物，也并不觉得有什么不妥。

而云翻海收起九凤收魂印之时，见仙风道骨的道家老真人对此物一副唯恐避之不及的样子，便心说："呵，灵火真君啊，你可把你的掌门师兄给坑惨了；今日威灵宗出了这样的恶事，肯定瞒不住，遍传天下，估计今后几年里，威灵宗在东华洲都抬不起头来啦。"

心中转念时，又听得有神侠卫武士来报，说是略一搜寻，又在两处山洞中找到更多的童男童女，加上刚刚祭台上拯救的，总数有六七十名之多。

听得这数目，乾灵真人等威灵宗之人脸色更加难看，看向地上灵火真君的眼神，也变得更是愤怒。

这时冷玄灵心里更不是滋味，简直觉得自己没脸留在现场。

于是，以他这尊贵身份，也连忙朝云翻海拱手说了一声"我去看看"，便急急转身，朝远处那两个山洞奔去了。

过了没多久，当冷玄灵和其他人护送着那些孩童过来时，云翻海便发现并不像灵火真君所说，这些孩童很多并没有残疾。

而稍微盘问几句，云翻海忽然得到一个更惊人的信息：

原来，这里面的大部分孩童，竟然都是先前那个春慈院桑红琼输送过来的！

"这里面，有什么关联？"

这个问题，浮现在云翻海等少数几个知情者的心头。

这时候，在场的大部分人都认为，后山邪恶祭台之事，乃是威灵宗的大长老灵火真君走火入魔，修炼走了极端，便堕入旁门左道，因此才瞒着掌门乾灵真人搜罗孩童，行此邪术。

不过在郁愁归和冷玄灵这些人的眼里，都觉得事情并不这么简单。

如果是这样，怎么解释灵火真君不惜暴露自身也要杀人灭口？如果他就是整件事的主使之人，以他这样的本事，事先肯定做好了准备，有足够的办法脱身。

但他还是选择了暴露自己，杀人灭口。

这种做法，唯一合理的解释便是，他在遮掩什么。

灵火真君已经身份卓绝了，连他都不惜牺牲自己，那所遮掩之人之事，绝对骇人听闻。

想到这里，郁愁归这些人对之后的审问，变得更加期待了。

第五十三章 关心则乱，纵情一段香魂

　　只是，他们想不到，这件事情却永远不会发生了。

　　就在他们押着灵火真君往前山行，觉得尘埃落定、一切顺利时，却在路过一片石林时，从乱石丛中突然闪出一个戴着青铜鬼面具的黑衣人！

　　按理说，云翻海这行人里，有着当世绝顶高手乾灵真人，就算明心雪、郁愁归、冷玄灵，也都是一等一的高手，而高手就是高手，即使心神放松，那反应灵敏度也绝对一流。

　　所以，当他们发现有不速之客倏然出现时，心情也极为轻松，直觉着一切都还在己方掌控中。

　　但谁能想到，倏然出现的黑衣人，却如一片坠地的乌云，看似缓慢轻盈，却在不经意间如同一阵黑风拂过，就连乾灵真人这些高手都完全没法感知他的速度是快还是慢！

　　这样的情况，完全违反了自然常识，乾灵真人等人震惊非常，但即使震惊，多年的刻苦修炼，也已经让他们的身体做出足够的反应。

　　一瞬间，乾灵真人飞火流光，明心雪出剑如电，郁愁归挥爪猛击，那冷玄灵更了不得，仓促间竟然完成了一次魂火的完整激发，那神首马身的踏天英招，一声嘶鸣，展开白羽蓝纹的双翅，朝那黑衣人飞空迅猛踢去！

　　但没人能想到，所有及时的攻击都落空了，看着身如乌云的黑衣人悠悠然而过，却没有一个迅疾的攻击打在他身上。这时众人已听得"扑通"一声闷响，心叫不好，低头再看时，那灵火真君的头颅已然落地，转眼咕噜噜地朝旁边山坡下滚去。

众人见状，又惊又怒。

这时竟是明心雪反应最快，叱喝一声，手腕急转，那天河洗月剑飒然舞动，飞卷起漫天森冷雪白的剑华，如落月宫之雪，朝黑衣人周身卷去。

面对这样如长江大河、日月交辉般的绞杀，所有人都觉得，这黑衣人身法再好，也绝无幸理；没想到，黑衣人的身姿再次出乎众人的意料，竟然在漫天剑气的间隙往来穿梭，如同闲庭信步！

他不仅间不容发躲过了残影蹁跹的剑芒，竟然还在漫天的剑气中，反扑向明心雪！

看着倏然扑来的黑衣人，明心雪本能地继续舞剑，但已然来不及防御了。

而在快扑近时，那黑衣人手一翻，已是一柄短刃露出，闪着幽幽的寒光，直刺向明心雪的胸口！

"小心！"云翻海一声惊叫，竟是不管不顾地扑过来以身相挡。

锋利的刀尖，闪耀着恶毒的光色，只在瞬息之后，便要刺入云翻海的胸膛。

"不——"不仅郁愁归，连冷玄灵都一瞬间惊声大叫！

谁知道，就在这惊叫声中，那锋利刀尖的走向，竟和它主人的身法一样诡异，都已经碰到云翻海的衣襟了，却突然违反常理地瞬间移开。

"想救她而死？你也配！"

一声阴冷怪异的呵斥声中，那黑衣人已是倏然远去。

转眼间，他已是消失在茫茫的荒野中，身后只留下老道人那无头的尸身。

飘然而来，一击而中，转又飘然而去。

射潮峰后山的山道上，众人回想起刚才发生的那一幕，全都不寒而栗。

回程的心情，十分沉重。

抛开功法奇诡的黑衣人不谈，郁愁归和冷玄灵已经和乾灵真人一起，详细研究过那三座祭台。

于是他们便发现，很多特征都表明，灵火真君和自己的亲信弟子们不仅是在祭炼那个九凤收魂印，还在召唤某种邪恶的势力——

问题就出在这里，经过乾灵真人确认，这些人召唤的并不是寒渊魔族，也不是这世上任何一种已知的种族和力量！

未知之事，最让人恐惧。

这样的结果便如一座大山，重重地压在所有人的心上。

亘古吹拂的海风，此刻依旧从东方吹来；但这时云翻海等人已经从这看似寻常的海风中，莫名地感知到一种不同寻常的味道。

这，是一种仿若穿透心魂的诡秘与邪恶！

云翻海完全没想到，自己主动追查了一次刺客，就捅出来一个超乎想象的惊天大事。

尤其他感觉，他正掀开一角的神秘大事，很可能在此之前，东华洲上所有的光明力量对此从未知晓……

他心情沉重，却不知这时候，先前那离开的黑衣人，却孤身一人站在一座万仞孤峰之巅，摘下了青铜鬼面具，朝云翻海等人所在的射潮峰冷冷看去。

云翻海心中浮想联翩，黑衣人的心里却也不平静。

毫无疑问，无论上回的黑袍客还是这次的黑衣人，全都是真正的光明神侠风惊雨。

如果说，在今日之事前，他还用一种轻蔑耻笑的态度看待云翻海，但从今日之事后，他的态度来了一个大转变。

独立孤峰，他心潮起伏：

"不曾想到，一个替身假货，竟然搅风搅雨，坏我迎接古神归来的大事！

"同样不曾想到，假货这几次胡闹，竟让东华国的那些百姓，对这个假神侠十分拥戴。

"哼！亏得我曾对东华民众全心守护，如今看来，他们只不过是一群愚妄！

"既然愚妄，便证明我迎接古神回归、自身成就千年之王的正确。

"如此看来，便不应生气，只可惜啊，你这飞云山来的小贼头，你这四件事，却正好都坏了本公子的大事。

"本来也只有今日之事相关，可魔帅罄陀诺已将他们的内应天都王交给我驱使；那春慈院财源、芦花村武力，便都是天都王所有，更别说天都王本人了，却全都被你这个冒牌的小贼给搅得天翻地覆！

"嘿嘿，本来毫不在意，但现在便不一样了：你成了我的绊脚石了呀。那，一切就都不一样了。"

想到这里时，惊才绝艳的一代神侠风惊雨，便在心中对云翻海做了一个重大的决定。

一旦下定决心，他的嘴角便流露出一缕诡秘阴冷的笑容，开始对着寒冷的天风喃喃自语：

"心雪，心雪，我的心雪，你跟我说，你不可能喜欢那个假货，可现在，有一件事却确定了，那假货喜欢你啊！

"嘿，心雪，我的未婚妻，你可知道，我有多爱你！

"正因为如此爱你，我便要将那个假货彻底毁灭！

"杀了他吗？呵，太仁慈。我要夺走他最心爱的东西，我要让他的心和魂彻底毁灭！

"心雪，我的未婚妻，千年王后的位置，还等着你呢。

"相信我，从小到大，只要我想，所有事都能成功！"

自言自语到最后时，他的神态已近似癫狂，一个人张开双臂，对着空荡荡的云天手舞足蹈。

可能连他自己也不知道，从来丰神俊朗的自己，此刻的面容却要多扭曲有多扭曲，要多狰狞有多狰狞。

沉埋于悖乱深渊的上古邪神，终于开始细致入微地影响他，并终将影响整个世界。

癫狂傲慢的风惊雨心态已经完全膨胀。

他心里全都是成就"丰功伟业"的欲望和毁灭仇人的冲动。

在这两种情绪之外，其实还有一丝异样的情绪，被他的内心刻意地忽略。

这是一种恐慌。

同时也是个可怕的问题。

对于一直安身立命的"光明神侠"，他忽然发现，是不是对东华朝野官民来说，这光明神侠究竟是他风惊雨还是云翻海，已经不重要了？

这样的想法和情绪实在太过有损他的骄傲和自尊，因此他的潜意识便启动了某种本能的防御机制，完全视而不见了。

但即使忽略，也并不是不存在；这种恐慌，反而让他下意识地做出对云翻海更疯狂的报复计划……

当然，他现在告诉自己的明确想法是：

多年筹谋的大事，千年难遇的机遇，已经到了实施的最后阶段。

他需要光明神侠这个身份，否则那精心策划的一击，完全无法实行。

所以这个冒牌的假神侠，已经成了他必须除掉的对象。

风惊雨这样的想法多么符合逻辑啊；但将来他便会知道，他真的把一个简单的事情人为地复杂化了。

从这一点也可以看出，虽然这个世所罕见的天才这些年暗中努力地接近异神，也真的受了他们的影响，开始所谓的"进化"，但终究，他并没能学得和他的新神灵一样，能为了一个冰冷的目的，不仅彻底地残忍、无情，还要变得可怕的理智，不被任何情绪影响……

现在，他不仅内心滋生一种恐慌，更对自己心爱的未婚妻和那人的感情，开始变得不自信。

风惊雨确实是个天才。

他的直觉非常准确。

自射潮山归来，明心雪忽然发现了自己内心深处的感情变化。

她惊恐地发现自己竟然没那么讨厌那个假神侠，并且，她已经好几天没想念风惊雨了！

对她来说，这太可怕了，简直比身陷寒渊帝国还要可怕！

明心雪从来是个镇静的女孩子。

无论出身、教养，还是鹤立鸡群的卓绝力量，都让她有一种别人难以模仿的超然定力。

但现在，发现了内心深处的这丝变化，她却心神震颤、浑身发抖。

这种感觉让她很难受。

生理上的不适也还罢了，最让她难以容忍的是，真假神侠那两张看起来一样的脸，却在她脑海中泾渭分明地轮番变幻，让她心神纷乱，不用说做事了，连好好想一件事都变得很困难。

尤其到最后，红袖庄园月夜出现的黑袍客，威灵宗后山忽然现身的黑衣人，也不知何故，掺杂在本就纷繁的思绪中，让她变得更加烦乱。

身心煎熬，强忍了一整天，到这天傍晚，她终于忍不住，长街飞马而过，往神侠府奔去。

到了神侠府，她稍一询问，便长驱直入，直接闯入后院的书房中。

这时候的云翻海正在书房中"附庸风雅"，按照郁愁归的提醒，翻看真神侠平时爱看的那些诗词歌赋。

本来风雅安宁都让云翻海有些发困，却听得门帘一响，抬头看时，正看见明心雪风风火火地闯进来。

"明小姐，这么晚过来，什么事？"无人之时，云翻海对明心雪的称呼极为恭敬。

"哼！"面对他的恭敬，明心雪却冷哼一声，喝道，"姓云的，你到底想怎么样？"

"想怎么样？"云翻海一愣，想了想，虽然觉得有点莫名其妙，还是认认真真道，"我想怎么样……我只想早日把这活儿干完，早点拿完全部报酬，回我的家乡去。"

"家乡？"明心雪冷笑一声，"真这么简单？好，我不管你这些，现在我只问你，你到底有什么目的？"

"目的？"云翻海越发迷糊了，"我的目的，刚才不是已经说了吗？明小姐，你今晚突然前来，到底有什么事啊？"

"什么事？好，我也不跟你兜圈子！"明心雪怒声叫道，"我只问你，你到底把风惊雨关哪儿了？"

"啊？！"云翻海吃了一惊，连忙压低声音急声道，"我的大姑奶奶啊，你可小声点！即使是神侠府，也人多耳杂，谁知道这话会不会被什么人听去？那样就知道我是假冒的啦。"

"呵，你也知道不可告人？"明心雪的眼神愈加森冷，"告诉你，今日这事情必须了结；你快告诉我，到底你们把我的未婚夫关在了哪里？"

"什么关在哪里？"云翻海一脸茫然，"难道神侠大人他不是暂时找不着，却被人关起来了？"

他真心地发问，但看在明心雪的眼里，却无比可恶和虚伪。

心中那股急怒之气，被这种虚伪可恶的态度一激，顿时明心雪便不管不顾，快语说道："好！本小姐知道你的目的了，不就是觊觎我这个人吗？好！

我可以跟你一夕之欢，清白之身给你，但只求你停手，停了所有阴谋，把我的风郎快点放回来吧！"

云翻海闻言，一脸震惊，不敢相信地看着眼前的少女。

第五十四章 晚来对酒，闲语若隐雷霆

见他如此神情，明心雪心中更恼，更加讥诮道："嗯？看看这一副正人君子的样子，谁能想到，背后的目的那么不堪和龌龊！

"不就是冲着'天河神女'的虚名，就想霸占我吗？来吧，你想要的，我今晚给你，但求你快把风郎给放回来。"

"你说什么呐？"云翻海叫道。

"我说得不清楚吗？别假装了！"明心雪冷笑道，"如果不是为了这个，你这样的人，处心积虑干这个，难道还有其他目的？"

多日来的压抑和自疑，其实让明心雪痛苦不堪；这时她仿佛找到了宣泄的出口，冲着云翻海连声叫嚷，言语间充满嘲讽和鄙视。

面对她连珠炮般的言语攻击，云翻海却一时陷入了沉默。

说实话，明心雪这些话如同刀子一样，一句句戳在他的心口上。

但他还是忍住了，心想，可能贵族大小姐就是这样看不起人，爱胡思乱想，对她们来说这样的表现都正常。

而自己不过是一个见不得光的山贼，误打误撞下讨了这份差事，还指望着赚俩钱呢，所谓"赚钱三分低"，看在这分上，有什么屈辱就都自己承受着吧。

本来云翻海这么想，默不作声，但没想到他这样的态度，却反而更加激怒了明心雪。

她发泄般的话语越来越难听，简直把云翻海色胆包天、暗害神侠、霸占未婚妻说得言之凿凿。

云翻海终于忍不住了。

"住口！"他猛地大喝一声。

正说得痛快的少女，被他冷不丁一声大吼吓了一跳。

她下意识地住嘴，看向云翻海。

她看见的是一张强忍愤怒的扭曲的脸。

"大小姐！"愤怒的话语从颤抖的嘴唇中喷薄而出，"你以为的真相就是真相？你以为别人跟你一样，整天这样无聊地幻想？

"是，我虽然出身不好，但从来行得正走得端，我的心灵比你想象的要高贵一百倍！

"你以为只有你才有整日牵挂的人？老子也有！

"你要献身给我，简直是对我的侮辱！"

骂到这里，脸色铁青的云翻海一指门口，大吼道："滚！"

面对他的怒吼，明心雪愣住了。

自打出生以来，长这么大，还从来没人像这样骂过她。

她的脸涨得通红。

她的理智告诉自己应该发作，应该杀了眼前这个胆敢冒犯贵族尊严的贱民。

她的手已经朝天河洗月剑伸去。

但她的目光正看到那张既熟悉又陌生的脸，布满了愤怒和鄙夷的表情。

忽然间，她感觉到一阵无力。

她没再说话，一低头，转身跑出了门外。

"呃？"见此情景，云翻海反倒有些愕然，"难……难道我的话这么好使？名动东华的大小姐，竟真的'滚'了？"

他担心有异，连忙追了出去，却直追到神侠府的大门外也没追上。

暗夜里，他只听见一阵哒哒的马蹄声，朝东渐渐地远去。

昏暗的光线中，他也只来得及看见那抹娇柔灵动的身影，很快地消失在凄迷的夜色里……

见此情形，云翻海摇了摇头，返身回到了神侠府的书房里。

这时候，哪见得到之前一丝半毫的风雅？

他整个人都跌坐在椅子里，大口大口地喘着气。

如果这时候有人进得房门来，便能看见他脸红脖子粗，表情可怕得吓人。

差不多这时，纵马而去的少女一直努力憋住的眼泪和哭声，忽然间肆意而出。

明心雪哭了。

而且哭得很伤心。

再说云翻海。

明心雪的失态，除了激起云翻海的怒火，还让他心中升起疑团。

"那神侠究竟干什么去了？"他想，"本来以为明心雪肯定知道，但看她这模样，显然她也不知道。难道老郁他们的说法是真的？连朝廷都不知道神侠在干什么？

"那，他究竟在干什么呢？"

大约就在明心雪过来吵闹的第三天，这一天傍晚，私人时间从不找云翻海的神侠卫统领郁愁归竟然来请他出去喝酒。

有免费的酒，干吗不喝？尤其还是这死抠的家伙请。于是云翻海一听，欣然应允。两人便一起换了常服，青衣小帽地出得神侠府，来到一个叫"酒香居"的路边小酒铺喝酒。

这酒铺并不大，虽然装修得古色古香，但在东华城中也只算得一般。

从郁愁归和酒铺老板的熟稔模样来看，他应该常来此处喝酒。

察觉这一点，云翻海便在心中再次埋怨了一下郁愁归的抠门。

他心说，这么大的一个朝廷军官，饷银肯定不少，居然喝酒也不找点豪华的地方。

其实云翻海本人死穷死穷，现在如此豪客心态，完全是因为这一顿别人请客。

找一个临街的包厢雅座坐下，郁愁归便对云翻海道："云老弟，你该尝尝这里的'春露烧'。"

"哦？很好喝吗？"云翻海好奇道。

"当然。"郁愁归自得道，"别看这家门脸小，可有祖传的春露烧。这酒乃是米酒，酿制发酵过程中，却不添水，而是添的上好烧酒，还有甘甜的果酿汁液。

"因此酒成之时，这酒既有米酒的醇香，又有烧酒的烈性，还带着花果之香，正是甘烈浓郁，十分好喝。"

说到这里，他有些意味深长地看着云翻海，说道："其实，我偶尔厌倦了公务，就来这里逃情避世。"

"哈哈！你也会厌倦公务？"云翻海大笑道，"说这样奇怪的假话来给这家酒铺吹嘘，那看来确实有花头，我可得好好尝尝！快，快让老板上酒菜吧！"

"好！"郁愁归一招手，便叫来那个长相憨厚的中年店掌柜，客气地说道，"张掌柜，今儿我和朋友来喝酒，酒菜和前日的一样，上两份就行。"

"好嘞——"姓张的掌柜拉长声音应了一声，便转身亲自去准备了。

很快，春露烧和一些下酒的卤菜便被店掌柜亲自端了上来。

云翻海很快便发现，郁愁归还真不是空口吹嘘，这春露烧一尝之下，兼得米酒、烧酒、果酒之妙，加之色泽浅褐深红，倒在白瓷盏中宛如雪伴红梅，卖相也极好。

酒好，便不免喝得急，很快二人便喝得醉醺醺了。

当然他们两人的酒量都不差，虽然喝得有点急，毕竟还只算微醺。

虽然未能全醉，却正是助长谈兴的最佳之时。

"云老弟，前几天你和明大小姐，究竟怎么回事？"郁愁归抿了一口酒，看着云翻海问道。

"也没什么，就是吵了点架。"云翻海也闷了一口酒，苦笑道。

"你要让着她。"郁愁归道。

"知道。"云翻海道，"我只是雇工而已，哪能和东家顶嘴吵闹？已经努力忍住了。

"再说了，我也看过那些小说戏文，里面凡是开头吵架的年轻男女，最后都勾搭成奸了——我什么身份？哪敢对'天河神女'有什么非分之想？所以，不吵，不吵，万分小心了，实在忍不住，才回嘴了一两句吧。"

"哈哈，"郁愁归忍不住笑起来，"你这人说话倒有趣，就是用词不推敲。什么叫'勾搭成奸'？你这么说，就对明大小姐不敬了。不过，对你二人的关系，你能心里有数就很好。"

"那当然，"云翻海得意道，"我可是江湖儿女，这点不懂咋能行走江湖？"

"嗯。对了，"郁愁归喝了一口酒，好似不经意地问道，"上回射潮山那个黑衣人，你有什么感觉？"

"他啊，"云翻海想了想道，"他个子和我差不多高，但武功却强太多了。那时候乾灵真人可都在啊，愣是被他一击得手，飘然远去，好可怕啊……咦？"

说到这里，云翻海忽然心中一动，脱口问道："老郁，按说这么厉害的人，你这神侠卫大统领不可能不知道。告诉我，他是谁？究竟什么来路？"

"我也不知道。不过，我一定会把他查出来。"郁愁归这话好像是在对云翻海说，但更像是在对自己说。

又闷头喝了会儿酒，他忽又问道："那个冷侯爷，你觉得如何？"

"啊？"云翻海一惊一乍道，"郁大人，我只不过一介小民，怎敢妄议朝廷侯爷呢？你这是害我啊！"

"别装了！"郁愁归笑骂道，"你以为我不知道你是什么人？快说说，否则，这顿酒菜你请。"

"那我就说说，"一听要自己付账，云翻海立即知无不言道，"我觉得吧，他那个人很有意思，就好像我的吉兆福音一样。前面那几次事情，每次他来就峰回路转，坏事变成好事。我看啊，他不要叫'沧海侯'了，直接叫'福音侯'吧。"

说到这里，他的神情不自觉地有些苦涩。

要知道，除去威灵宗不算，至少头三回，他是一心想"干坏事"，趁势脱身的。

只是很可惜，每次真的都"坏事变好事"，弄得他居然在冒充神侠期间还大显神威，一副越陷越深、要在冒充神侠的错误道路上越滑越远的架势。

正心中郁闷，他便听郁愁归道："这话可不对，吉兆福音什么的，大抵是神鬼不经之说。云老弟，你可别跟本统领打马虎眼；先前那几次事情，本统领已经仔细查问过，那沧海侯每次到你跟前，可都对你不怀好意啊。"

"不怀好意？有吗？"云翻海对这事不想多谈，便随口应付道，"不怀好意……嗯，仔细想想，好像还真是。"

"那你说，他究竟为什么对你不怀好意？"郁愁归目光忽然放亮，盯着云翻海道。

"应该是他觉得没我帅吧，嘿嘿！"云翻海怪笑道。

"哦?"郁愁归没有笑，只是盯着云翻海，直盯得他心里直发毛。

"你是个聪明人。"盯看良久后，他忽说道，"别忘了，冷侯爷也是个聪明人。"

"你这话，是什么意思?"云翻海忽然没来由地感觉到有点不自在。

"你自己想吧。"郁愁归说着，将杯中酒一饮而尽。

阴郁的年轻统领即使喝了这么多酒，脸色却依旧苍白如纸，没有一丝红润。

郁愁归心中有事，云翻海也若有所思，此后这两人便沉默无言，你一杯我一杯、你一筷我一筷地喝酒吃菜。

春露烧甘烈爽口，带来的一个副作用便是，喝酒之人不知不觉，很容易喝多。

云翻海和郁愁归两人酒量都不小，但就在这闷头喝酒之中，不知不觉便喝得有点多了。

酒酣耳热之际，一直没说话的郁愁归忽然开口道："云老弟，我想问你个问题。"

"问……问吧。"云翻海结结巴巴道，"反……反正你……你已经问了我好……好几个问题了。"

"我问你啊，你这辈子，最……最想干的事是什么?"郁愁归道。

这样的问题，云翻海始料未及，酒意反而醒了几分。

"我啊，最想干什么?……当一个画师！"云翻海叫道。

"画师?"郁愁归惊讶地看着他。

"当然！"云翻海趁着酒劲叫道，"你不知道，每到春天，我那飞云山漫山遍野，开满了野花，不知道有美！

"那鲜黄色的金羽花，天蓝色的百子莲，粉白色的胡麻花，红通通的炮仗竹，漫山遍野地开着，整个山坡都好像变成了一条很贵的大花毯！

"可惜的是，春天过去，苦夏和冷秋到来，多美的山花也都凋谢了。所以我从小就想当个画师，要把这美丽的山景画下来，永久保存！"

"不错，不错，永久保存……"听得云翻海所言，性情沉郁的郁愁归也禁不住心动神摇，喃喃自语。

"老郁，问过了我，我也问你，你最想干的事是什么？升官？杀人？"云翻海好奇地问道。

"都不是。"郁愁归摇了摇头，"我想当个诗人……"

"哈？诗人？哈哈哈！老郁要当诗人！哈哈哈！"云翻海仿佛听了世上最好笑的笑话，哈哈大笑个不停。

此际笑得放浪形骸，但多年以后，每当云翻海再回想起此夜的情形，心情就和此时迥异。

那时候，他变得十分后悔。

第五十五章 邪灵有迹，风起翠瀑之峡

云翻海后悔当年那个夜晚，郁愁归都晓得问他个为什么，自己却只顾着笑，偏偏没问他，为什么杀人从不眨眼、政争从不含糊的郁愁归，最想干的事，却是当诗人。

等笑声停住，云翻海便对郁愁归说道："你今晚总是在问我，我也问你个问题。"

"说。"郁愁归道。

"我问你啊，还记得你我二人第一次相见，你在街头抓我的差，我想知道，如果那时候，听了你要我做的事，我因为害怕，直接跑了，你会怎么办？会杀人灭口吗？"

"会。"郁愁归毫不犹豫地点了点头。

"哦，我猜对了，那时候你当然会。"云翻海道，"不过，现在咱俩这么熟了，我想再问问，如果现在，就现在，酒香居，我在你面前逃跑了，你会怎么做？还会和当初一样，翻天覆地揪出我，然后杀人灭口吗？"

听得此言，郁愁归并无刚才的干脆利落，而是笑而不答。他低下头，猛饮杯中酒，那醺醺然的眼神，变得有些复杂。

见得如此，云翻海点点头，笑道："老郁，够朋友！有你这半刻的迟疑，就算咱俩没白认识。

"既然你有情，我也有义，有一件事，我一定要告诉你。"此刻的飞云山寨寨主头脑无比清醒。

不过郁愁归却依旧不为所动，一口一口地喝着酒，好像对云翻海要说的事情并不太感兴趣。

见他冷淡，云翻海仿佛视而不见，朝前探了探身子，凑近郁愁归，压低了声音，说道："在你我去威灵宗之前，我曾几次前去射潮山一带探访。有一回，我在靠近射潮峰后山的地方，曾与一个威灵宗弟子相遇。他看见了我，却见怪不怪，还十分敬畏，口称'神侠'——你说奇怪不奇怪？

"这件事一直压在我心里，总觉得不太对头。今天终于说给你听，你说说，到底会是怎么回事？"云翻海一脸期待地看着郁愁归。

谁知，他没等听到郁愁归的真知灼见，却看见他酒杯脱手，嘟囔一声，颓然地倒在桌案上。

很快，醉倒的神侠卫大统领便打起了呼噜。

"唉！"见此情景，云翻海便十分无奈，抱怨道，"还拉我来喝酒，对什么春露烧如数家珍，还以为乃是酒中豪杰，没想到就这点酒量啊。

"喂，醒醒，刚才我的话，你到底听到了没有啊？"云翻海伸出手去，使劲地推郁愁归，却没想他的呼噜声变得更响，根本叫不醒。

"喂喂！"云翻海终于慌了，嚷道，"刚才还好好的，怎么说醉就醉啊？哦！我知道，你不会是这个什么酒香居的酒托吧?!"

这一晚，静谧的东华城长街上，云翻海背着郁愁归，步履沉重地往神侠府走。

微茫的月色，将他二人重叠的身影投射在青石板路的长街上，影子拉得好长好长。

终究，今晚戛然而止的饭局，还是云翻海付账。

所以背上驮着沉重的身躯时，云翻海的心情同样沉重。

"不行，明天等你酒醒了，一定要找你报销啊！"

立下坚定的誓言时，晚风正吹过街道，拂动了婆娑的月影，便为京城的夜色平添了迷离。

第二天上午，等酒一醒，云翻海便火急火燎地去找郁愁归，交涉报销酒钱之事。

没想到，赶到神侠府的前厅中，不用等他找人去叫郁愁归，却发现他已经在那里。

不仅他在那里，连最近几天没见踪影的副统领关山明，也在那里。

一看见关山明，云翻海便觉得气氛有些不对。

平时这个神侠卫副统领总是笑容可掬，但现在他却一脸凝重，看向郁愁归，好像在等他的指示。

郁愁归这时也一副若有所思的样子，连云翻海到来都没第一时间察觉，显然所思之事颇为重大，让他一时难以决定。

见得如此，云翻海只好把报销的事情先放一放，走近说道："两位大人，有什么为难之事吗？"

"你来得正好。"郁愁归看向他道，"有件事，正好你也一起来参详参详。"

"哦？什么事？"云翻海问道。

"山明，还是你来说吧。"郁愁归转向关山明道。

"是。"关山明点点头道，"是这样，这些天来，属下一直在追查威灵宗之事。只是此事很难查，比如那祭台的样式和符文，看起来就觉得诡异，查起来更觉得诡异。"

"怎么诡异法？"云翻海紧张地问道。

"一查之下，竟然既不属于东华众教，也不属于神州诸子百家。"关山明道。

"那就是魔族的了？"云翻海道。

"诡异就诡异在这里，"关山明心有余悸地道，"本来以为最可能属于魔族，但仔细查证，竟然也不属于现世任一魔族！"

"怎么会这样！"云翻海倒吸了一口凉气。

"祭台和符纹查不出，我便换了方向，着重追查那个九凤收魂印的来历。没想到这一查，真查出了一些有意思的线索。"关山明道。

"什么线索？"云翻海精神一振。

"我发现，原来这九凤收魂印的黑玉材质十分特殊，看起来似黑玉，但若仔细看却隐含着墨绿色的带着金光的斑点。

"这样的玉石材质非常特殊，放眼整个东华洲，却只有一处出产，那便是东华洲最东南角的翠瀑峡中。"关山明道。

"嗯？"云翻海脱口奇道，"为什么这玉印材质如此特殊？灵火真君不怕别人一查便查出来吗？"

"这个便不知道了，"关山明苦笑道，"也许，那什么九凤吸魂邪术，需要对应使用这样的特殊材质吧。"

"对！一定是这样。"云翻海急吼吼道，"那我们赶紧去看看吧，我想立即弄清楚威灵宗那帮贼人到底想干什么，弄什么邪教祭台法器就罢了，为什么还要来刺杀我?!"

听他这么说，关山明立即一副"果然如此"的表情，笑着朝郁愁归道："大人，您看，属下说得没错吧，他一听我的话，肯定等不及，马上就要去看。"

"我知道。"郁愁归也舒展了眉头，点点头道，"我知道事不宜迟，只是此事重大，不宜轻举妄动。

"从种种迹象来看，灵火老道的身后一定有庞大的势力支持。我担心若是行动太急，轻举妄动，反而坏事。"

"但我们也不能不行动啊。"关山明据理力争道，"大统领，您想想，正是因为对方势力庞大，若有充足的时间反应，肯定什么蛛丝马迹都能掩盖掉了。到那时我们再要查，就千难万难，甚至变成悬案了。"

"你说得有道理。"郁愁归终于下定决心道，"就依你说的，我们即刻动身，前往翠瀑峡。云老弟——"

他转过脸来，朝云翻海压低声音道："此行也想麻烦你一同前去，毕竟此事你知之最多，牵涉较深，说不定到那里，你能看出我们看不出的线索。"

"没问题！"云翻海正想弄清疑团，本来还要主动请缨，一听郁愁归主动邀请他去，哪还不立即答应？

见他答得爽快，郁愁归倒有些歉意，说道："不好意思，本来只请你来当个替身，没想到枝节横生，将你牵扯进来。"

"没关系！"云翻海拍着胸脯道，"兄弟我什么出身你也知道，正是天不怕地不怕的主，要是没事发生，我还怕自己闲得发霉呢！"

"那就好。"郁愁归笑道，"你能这么想便最好。其实几次事情，都证明云老弟可不是一般的草莽，竟是智勇双全的绿林豪杰。所以等此间事了，只要云老弟有意，本统领定会上书朝廷招安，到时候保证老弟一生富贵无忧。"

"是吗?!"云翻海又惊又喜，"你说的可是真的？我富贵不富贵无所谓，只要能养活全寨子的人，已经是谢天谢地了！"

"大统领怎么会骗你？"关山明在一旁笑道，"云兄弟，虽然咱俩相处时间不长，但老哥已经知道你是什么样的人；既然你做事痛快，帮了咱神侠卫的大忙，统领大人自然有功必酬，怎么会骗你呢？"

"那……那太好了！多谢多谢！都这么说了，那你们的事就是我的事，这次就是要我上刀山下火海，小弟我也是万死不辞！"云翻海欣喜若狂，连声赌咒发誓。

到这时，他已无惹事逃跑之心，满心只想着郁愁归刚许下的诺言。

当他之后回到神侠符书房，稍微冷静下来，便心想道："看来，神侠卫的两个老大对我印象都很好。关山明就不说了，一直都是老好人，还跟我以兄弟相称。倒是这郁统领人如其名，一直不冷不热的愁苦样子，要他真心称赞人，实在难得。

"不过他今天对我态度这么好，也不只因为我答应得爽快吧？恐怕和昨晚酒香居喝酒谈天，推心置腹，也很有关系吧。

"嗯，这么一想，老郁这人也不算坏，就是以前算计多了点，给钱不痛快，其他倒也没什么太大的缺点。

"更何况今天还许诺要招安，其实别看绿林道中英雄好汉成千上万，个个都拍胸脯要跟官府斗到底，可暗地里别以为我不知道，想被朝廷招安却找不到门路的，简直能从飞云山顶，一直排到山脚下！"

三四天后，云翻海便跟随着郁愁归、关山明，还有神侠卫的二十来个好手，来到了翠瀑峡。

翠瀑峡在东华洲的最东南方，但还不是最东南角。

真正的东华洲东南角，是一座名叫东极山的高崖。

翠瀑峡就在东极山的西北方一线展开，严格来说属于东极山余脉中分形成的峡谷。

东极山本身紧邻大海，山脚下并无沙滩，直接便是碧波荡漾的大海。

这一处大海并不寻常，有着专门的名字，名叫青璃海。

海如其名，东极山下的这片海水，可能水温甚暖，其水倩碧清灵，如一块澄澈的碧色琉璃，和周边湛蓝的海水形成鲜明的对比，便有"青璃"之名。

青璃海如此清澈透底，偶尔有渔船航行其上时，从旁边观时，便好像渔船悬浮于一片空明之上，那感觉十分奇异。

相比空灵的青璃海，东极山另一侧的翠瀑峡，风景也十分秀丽。

翠瀑峡绵延有十多里，中间是一片乱石溪流，两边的石壁上长着当地特有的草藤。

这里的草藤从高崖上垂下，枝蔓何止万缕。

人行峡中时，看向两边，像极了一缕缕翠色的流瀑，正从两边的石壁上漫流下来。

碧藤如瀑，而翠瀑峡两边的石崖上，还真的遍布奔流直下的水瀑。

可能因为这里的瀑布含了某种微小的海藻，正呈现青碧之色。

所以，这"翠瀑峡"名字的由来，还真搞不清是因为垂藤如绿瀑，还是因为飞流直下的瀑布本身就带有青绿之色。

翠瀑峡风景优美，但地形却极为险峻。

峡谷之中到处乱石嶙峋，尖锐的石笋犹如犬牙交错，甚是凶险。

即使没有乱石之处，也多水泽，长年累月下来，散发着一种腥气十足的瘴气。

当然，翠瀑峡人迹罕至，便多野兽出没；野兽的尸体腐烂在乱石水泽中，也成了此地瘴气的一个重要来源。

本身便凶险，再加上东华洲的东南方相对荒僻，外界到翠瀑峡的路径十分艰险，因此这翠瀑峡算得上是东华洲南部的一处秘境。

有关它的传说，让它更符合秘境之名。

关山明提及的九凤收魂印的材质，便是翠瀑峡中的一个特产，名为点翠黑金玉。

这点翠黑金玉在附近土著的传说中，竟是上古神魔大战中古魔用来修筑防线的石材。

材质特异，本来世人应该趋之若鹜，但这翠瀑峡实在路途艰险，到达已属不易，更别提开采矿石了，因此这点翠黑金玉，在世上的留存并不多。

很明显，既然九凤收魂印采用了这里的玉矿石，那实地来走一趟，是十分必要的。

第五十六章 危崖夜宿，惊起血战八方

本来在云翻海的想象中，只要到了翠瀑峡，仔细一搜寻，以神侠卫卓异的能力，线索肯定手到擒来。

没想到，等费尽千辛万苦到了翠瀑峡，又在峡谷中披荆斩棘地搜寻了很久，别说线索了，连点翠黑金玉的矿石脉络都没发现。

一整天搜寻下来，偶然碰见的几条矿脉却非常原始，根本没有被刀砍斧斫的痕迹，便谈不上根据开采痕迹发现幕后真凶的端倪。

折腾了一整天，一无所获，神侠卫便退出了翠瀑峡，往东边的东极山上去。

此举并非他们想去搜查东极山，而是他们想在东极山顶落脚。

到了夜里，翠瀑峡这里是万万不能歇下的。

白天翠瀑峡便险象环生，沼泽丛林中不停传来叵测难明的猛兽低吼声，要是到了夜里，简直不敢想象。

本来云翻海做好了露宿的准备，没想到在爬山过程中关山明便跟他说，这里的地形他在来之前便查好，此刻在东极山的山顶，有几座遗弃多年的石屋，今晚他们这几个首脑之人便住在石屋里。

其实按云翻海的真实身份，如果要他在这荒山顶上露宿，完全没问题。

这样的事对他以前来说，完全就是家常便饭。

不过别忘了，现在他扮演的可是这行人的首脑，就算他自己愿意，郁愁归和关山明也肯定不会答应。

一番喧闹，在临海的山顶石屋中休息，也是十分舒服的事。

虽然石屋外表斑驳古旧，但关山明已经预先派人准备好干燥整洁的木床，安放在石屋中。

对云翻海来说，这还是他第一次在海边的礁岩悬崖顶上入睡，因此并不是那么容易睡着。

即使到了深夜，青璃海的波涛依然没有停止对东极山崖的冲刷。

而东极山并不算太高，即使住在山顶的石屋里，那山崖下"哗哗"的水声，依然清晰无比地传入云翻海的耳里。

枕着涛声，云翻海浮想联翩，神思摇摇：

"这石屋，是谁人遗弃？是猎人，还是东极山曾有的灯塔守夜人？

"这山崖，有百丈高吗？要是掉下去，摔得死人吗？

"唔……应该这么想，如果下面是海波，便大抵摔不死；如果是乱石礁岩，别说百丈高了，就十丈高，也死得透透的。

"可惜来到这山顶，已过了黄昏；夜色黯淡，便没看得清楚。

"……咦？我为什么想这个？

"莫非……我感觉到有危险，深夜的东极山顶，会出什么事，所以总是去想退路？

"呵，应该还是我想多了。这里地处荒远，地形又十分凶险，根本不是魔族合适的登陆地点。

"难道魔族大军从海上来，登上光秃秃的百丈东极山崖，然后冲进更加凶险的翠瀑峡，艰难跋涉十几里，然后向百里之外的东华郡县进攻吗？简直不可能。

"既然魔族不可能来，那还会有什么危险？我们可有二三十个神侠卫最顶尖的高手呢。

"再说了，来之前关大哥已经做足了功课，要真有危险，也不可能让我们来这里了。"

因此转念一番，他便确定此处应该绝无危险。

不过，既然想到这些，云翻海便很自然地想起最近经历的这一连串事来。

海波之声衬托得暗夜更加静谧，便让他的思绪变得更加清晰。

他想到了桑红琼，想到了芦花村，想到了天都王府，想到了威灵宗。

这些人，这些事，他以前已经反复想过很多遍，但直到躺在这静夜之中的东极山顶，他才灵光一闪，忽然意识到，所有这些事背后，都有一条看不见的线条暗暗串联。

桑红琼的春慈院，是东方昌的财源；闻人龙的芦花村众匪，是东方昌暗蓄的打手；哪怕是威灵宗的后山邪坛，看起来与东方昌并无直接关联，但别忘了，有许多用作邪恶典仪的孩童，由之前的春慈院提供。

"真的有这么多巧合吗？"云翻海心想，"为什么这一连串事，明里暗里都和东方昌有关？

"那是不是说，东方昌就是这一切的幕后主使？

"可是又不像。"

虽然没有什么明确的理由，但云翻海回想自己和东方昌对峙之时的情形，总觉得这个前王爷虽然位高权重，但其能力权谋并不像能真正操控大局、撒下惊天大网的人。

云翻海虽然混迹草莽，可也见过绿林江湖中那几个枭雄。

于是他觉得，那奸王东方昌机变有余，却缺乏一种为达目的，真正六亲不认的狠劲儿。

这一点有点像神州奇书《三国英雄志》中对袁绍的评价：

"干大事而惜身，见小利而忘命。"

这样天马行空地想了一会儿，他忽然自己笑了起来。

"哈，云翻海，你以为自己是谁？"他自嘲道，"你还真以为自己是救苦救难、为国为民的光明神侠了？不过是个冒名顶替的假神侠、真替身而已，就别操这份心啦。"

想到这里，云翻海便抚摸了几下胸前的水晶瓶。

本来清凉的水晶瓶，带着他的体温，正是入手温润。

隔着水晶瓶壁，他仿佛能感受到瓶中的五色土，于是那些熟悉的飞云山父老亲人，又浮现在他的眼前。

"老张头的老寒腿好了没？孙大娘的嗓门是不是还是那么大？李老四还喜欢喝酒耍钱发酒疯吗？小草儿妹妹这时会听话睡着了吗？"

想到这些，他本来焦躁的心情，不知不觉变得平静下来。

他走到窗前，看到外面暗夜无垠，夜色凄迷，如此荒远的海隅，根本看不到一丝渔火的光芒，只听得见风中传来的怪声，也不知是涛声还是海妖的鸣叫，衬着迷离的夜色，显得神秘且不怀好意。

"算了，睡吧。"他困意渐浓，便返身回到床上，和衣躺下。

恰在躺倒之时，他忽然听到，在海浪涛声的背景下，从翠瀑峡的方向，传来了几声夜枭刺耳悠长的鸣啼。

不同寻常的夜鸟鸣叫，却仿佛洪钟巨鼓，在瞬间开启了云翻海的灵思！

他脑海中忽然灵光一闪，便好似有一道电光闪过。

他猛然想道："呀！那一晚京城东郊道上，那两个行刺我的威灵宗弟子，从种种细节流露出来的态度看，竟没有把我当成真正的光明神侠！"

"怎么会这样？"他吃惊地想道，"顶替之事属绝密，就连神侠卫之中，也只有郁愁归和关山明两人知道。

"那明心雪，事关自己名节，更不可能出去乱说，那为什么两个威灵宗刺客却分明没把自己当真神侠？！

"如果知道自己是真神侠，一来他们不可能来行刺，二来更不可能如此托大！"

灵光激发之下，这时候云翻海的神思格外清明，当日那晚被行刺前后的种种细节，全都如走马灯般在眼前鲜明浮现。

他立即确定，那两个刺客绝没有把自己当成真神侠，反倒是好像知道自己是个武功不高的冒牌货一样！

而他们的判断也确实十分准确；那晚要不是后来巫寒月意外出手，他根本不可能活着见到第二天的太阳。

"怎么会这样？"他猛然从床上坐起来，想道，"不对！听郁愁归说，威灵宗以前和风神侠也没什么接触，那他们怎么会知道自己是假的？

"要知道别说一般人了，自己和真神侠长得实在太像，郁愁归又训练得好，前面几次，可是连那么聪明的沧海侯冷玄灵都没看出来自己是假冒的啊！

"不对，大大的不对！"

他忽然遍体生寒，不由自主地跳下床来，走到石屋的窗前，看着外面苍茫黝黑的夜色，整个人好像木雕泥塑，一动不动，呆呆地出神。

暗夜之中，危崖之上，发呆沉默了很久，他心里便默默地想："一定是有什么地方，被自己遗漏了，忽视了。"

多年夹缝中生存的草莽生涯，锻造出云翻海一种对危险惊人的直觉。

一旦想通，他似乎感觉到，这暗夜的东极山下，有某种可怕的危险正悄悄地逼近。

没有任何理由，只凭着直觉，他立即冲出石屋，跑向郁愁归所在的那间屋子。

来不及走近，他就大叫："郁统领，郁统领，快醒醒，出事了！"

深夜之中，他这扯着嗓子的喊叫，极为清晰响亮；而那郁愁归也存着心事，虽然睡着，但睡得并不实，云翻海只叫唤了一两声，他便醒了。

他不知道出了什么事，立即披衣而起，拿起黑铁爪，如一阵旋风般冲出了房门。

云翻海这一嗓子，几乎如同一个信号，从那东极山坡上，忽然"嗖嗖嗖"蹿上来许多条人影。

也幸亏云翻海鬼使神差般这一喊，所有的神侠卫武士都被惊动起来，否则后果更加不堪设想。

没有任何过渡，没有任何对话，一场血战猛然爆发！

今夜星光黯淡，残月无光，但本来沉寂昏暗的东极山顶，很快就被无数道灿烂犀利的法术流光照亮。

才片刻工夫，已是惨叫声连连响起。

这时云翻海也绝不可能置身事外，挥舞起东华神剑，掺之以日冕魂火，加入了战斗。

强敌趁夜而来，自然早有预谋，战局很快便对神侠卫不利。

更让云翻海吃惊的是，这些暗夜强敌围攻朝廷要员，竟然丝毫不加掩饰，没有一个人面蒙黑巾。

"他们这是要鱼死网破、不死不休了！"云翻海暗自心惊。

正想时，他却忽听一个熟悉的声音吼道："狗贼，拿命来！"

云翻海吃了一惊，扭头一看，却见法术灵光的耀映下，竟是那芦花村走脱的仇沧江，正高举一柄开山巨斧，朝自己猛劈过来！

风声呼啸而至，云翻海急忙一闪身，堪堪躲过这迅猛一击。

"保护神侠！"有神侠卫武士见此情形，立即高呼一声，冲到两人中间，替云翻海挡下了仇沧江第二波攻击。

虽然躲过了仇沧江的偷袭，暂时也有神侠卫武士保护，安全无虞，但云翻海的心里却翻起了惊涛骇浪。

战团中，他默不作声，努力保持镇静，借着满天飞窜的流光，仔细观察眼前的战局。

很快他便发现，今夜突然来袭的贼人中，熟人并不止仇沧江一个。

那个身姿妖娆的女贼人，分明就是春慈院逃脱的桑红琼；本来她善使一双短刀，但左臂在春慈院一役中被明心雪砍掉，此刻便换了一柄长刀，右手握住上下翻飞，杀伤力着实不低。

云翻海才看得一两眼，那桑红琼仿佛心有感知，立即转脸朝这边看来，于是云翻海立即看见了一双充满了恶毒怨色的眼睛。

很快，桑红琼便手一扬，一团黄绿色的迷药撒出，正和她对敌的神侠卫武士猝不及防，顿时眩晕倒地。

桑红琼根本顾不上上前再补一刀，便单手挥刀，如一头发狂的母狮一般，朝云翻海这边凶猛扑来。

只可惜，这时神侠卫已经反应过来，早就在云翻海面前防守得密不透风，很快桑红琼的势头便被挡住，双方又陷入了缠斗。

突如其来的战斗，陷入了短暂的胶着，但很快就有一个无比妖媚、却语调奇特的女声，高声下令道："速战速决，尽快夺印！"

话音刚落，围攻的贼人中便升腾起十来个形象鲜明的光影，带着腾腾的杀气，朝神侠卫战阵扑来。

毫无疑问，这些贼人正激发出魂火，想要速战速决；比如那仇沧江，便满脸狞笑，施展出他那凶厉无比的"碧眼花斑豹"，让那头上古的凶兽魂灵，带着凄厉的呼啸，朝面前的敌人如风扑击。

见对方发狠，神侠卫也不示弱。

在郁愁归一声喝令下，二十多个神侠卫精英几乎人人都激发出绚烂的魂火光芒，与敌人的魂火对冲。

这次偷袭夺印的贼人四十来个，数量将近神侠卫两倍；但他们拥有魂火的数量却远远不及，只有七八人拥有，并且，看品相，也并不及神侠卫武士。

其实这也很好理解，像仇沧江这样的江洋大盗，即使能找来不错的魂火，却怎能和朝廷最精锐的神侠卫相比？神侠卫之人可以堂而皇之地进入天墟，从容不迫地寻找趁手的魂火。

于是，魂火的数量和质量弥补了人数上的不足；刚才猝不及防吃了点亏的神侠卫，自双方开始用魂火对攻时，反而稳住了阵脚。

这时郁愁归也定下心来，操纵"啸月青狐"的魂火攻敌时，还有余暇大叫道："对面贼人，还不弃械投降？识相的，只要好好认罪，本统领保证将你们从轻发落。"

听他们这么说，仇沧江、桑红琼那伙人却好似没听到一般，继续闷着头向前攻击。

见他们如此死硬，郁愁归也动了真火，向来阴柔冷淡的大统领，猛地大吼道："兄弟们，既然这些奸王余孽执迷不悟，全都格杀勿论吧！"

死命令一下，神侠卫武士个个发狠，踊跃向前；虽然一时并没能斩杀一二贼人，但显然双方的拉锯战线，正在向贼人一方的山下移。

形势如此有利，神侠卫人人心头轻松。

不过这时候，云翻海却总觉得有哪里不太对。

第五十七章 暗箭难防，豪杰时穷节现

和眼前单纯奋战的神侠卫武士不同，云翻海冥冥中确实比他们多知道一个十分关键的信息：

自己假冒风惊雨一事极为机密，只有寥寥几人知悉；但为什么上一次威灵宗的灵火真君一党暗中却仿佛已经知道自己是假神侠?!

如果不是知道这一点，刚才他也不会突然惊心动魄，充满了危机感，便鬼使神差般冲出石屋，及时示警。

再看眼前，打得越是热闹便越证明，自己那些怀疑绝不是他的胡思乱想，神经过敏。

现在，虽然神侠卫一方占了上风，但他心中这种莫名其妙的危机感，却再次笼罩了身心。

越是纷乱，他的思路反而越变得清晰：

"为什么那些人知道我是假神侠？刚才总是想知道过程，却忘了，只从结果看，既然有人知道了，那最大可能便是有知情者泄露。

"是谁泄露的呢？郁愁归？不可能。神侠卫就是他的命根子。神侠卫对他来说，就跟飞云山对我一样。

"明心雪？也不可能。她的家族，可是东华国排名第三的家族，如果她拆台捣乱，拆的就是自家的台啊。

"是皇上？据郁愁归所说，此事极为机密，除了他们几个，也就皇上知道了……哈？我在想什么？明心雪不可能，皇上就更不可能了，哪有自己坏自己的事的？

"哦，对了，还有一人知情，那便是关山明。

"可据说关山明是神侠卫的老人了，也是郁愁归的左右手，为人忠厚老实，与人为善，绝不似背叛之人。

"更何况，看眼前这些贼人，应该是奸王东方昌的余党，这关山明我仔细留心过，和东方昌可从来没什么关联。

"都不可能，那会是谁呢？"

"哎呀！"刚想到这里时，他脑海中忽然灵光一闪，猛然想道，"罢了，有一件事，我怎么自始至终没想到？！我想遍了所有知情的人，以为想全了，却忘了还有一个人，一定知情！

"风惊雨！真正的光明神侠，他一定知道我是假冒的！我怎么把他给忘了？

"只是……他可是咱东华国最光明正义的侠客啊，怎么可能和这些奸党贼人有关联？

"是我想多了吧。"云翻海这样安慰自己。

想了一通，还是没想出其中的关节，云翻海便准备专心于眼前的战局，不再胡思乱想。

只是，有些事情一旦开了头，就很难完全停止。

他的思绪如同眼前纷乱的战局，根本难以理清，就好似一头失控的野马，很难彻底控制。

于是他忍不住顺着刚才的思路想下去："假如，只是假如，假如真的神侠变成坏人，那前后这些事说得通吗？

"还是说不通。如果是风神侠暗中作梗，绝不是这样的做法，应该还有其他人。

"限于身份，这个人，作为风神侠做坏事的'替身'，也只能做出眼前这些事。"

"眼前这些事吗……啊？！"一个普通的问题，竟是如同一道晴天霹雳，击在了云翻海的天灵盖，让他整个人瞬间呆若木鸡！

"我怎么没想到他？"

就好像一瞬间，一道闪电劈来，将他脑海中乱作一团的思路瞬间焚毁，只留下那个苦苦寻觅不得的真相！

这一刻，他的身躯不受自控地颤抖起来！

他并没有意识到自己的颤抖，而是下意识地猛然一回头，朝刚刚想到的那个人看去——

却见漫天流光下，这人正面露凶光，悄悄地举起一柄护身尖刀，朝近在咫尺的那人捅去！

"小心！"云翻海大声叫道。

却是有点晚了。

郁愁归猝不及防之下，已被那人持刀捅着！

还是幸亏云翻海大叫提醒，郁愁归本能地一闪身，毕竟没被刺个正着，而是被戳在了左臂上。

虽然依旧鲜血淋漓，但要是没这一个急闪身，这锋利的尖刀会正扎在郁愁归的心口上！

"怎么会是你?!"很明显，郁愁归现在根本不关心自己胳膊受伤，而是惊诧无比地看着刺伤自己的凶手。

"怎么不会是我?"行凶者嘿嘿一笑，"别忘了，我关山明始终是效忠'神侠'的！"

这一句话，给郁愁归造成的伤害，简直比刚才的尖刀还要大。

关山明，他一直以来赏识、信任的左膀右臂，却在关键时刻，出其不意地捅了他一刀。

而这，在这时却也没那么重要了。

对郁愁归而言，关山明这句意味深长的话，却像一道九天神雷，轰得他霎时眼冒金星，几乎站立不住！

"效忠'神侠'"，这句简单的话，究竟意味着什么，郁愁归一下子就理解了。

一瞬间，对这位以神侠卫为命根子的年轻统领来说，简直如同整个天塌了下来……

这时候，他宁可关山明是那奸王东方昌一党。

"嗯！应该是东方昌一党，"郁愁归对自己道，"一定是他故意胡说八道，扰我心神。"

这般想时，他勉强稳住了阵脚。

这时关山明已扔下短刀，换了那口长柄铁流刃，朝郁愁归猛劈过来。

郁愁归见状，深吸一口气，强忍着刺骨的疼痛，也挥起黑霜玄铁爪，毫不畏惧地迎击。

郁愁归和关山明斗在了一处。

本来关山明的战力并不及郁愁归，但刚才出其不意的偷袭，郁愁归已经受了伤，左臂上破了一个洞，大大影响了他的灵活性。因此这两人一时打得难解难分。

云翻海眼见关山明背叛，正是满腔怒火，现在见他不停地挥刀猛击郁愁归，心中火苗更盛，便挥剑朝那边杀去。

这时神侠卫武士只要还有余暇的，全都和云翻海心思一样，极力朝关山明那边冲杀。

虽然朝叛徒怒冲过去，满心都是怒火，但云翻海还是察觉到一件事。

他发现，见众人朝自己汇聚而来，关山明却丝毫没有惧意，根本没有暂时避让的打算。

不仅如此，见自己朝他看去，那关山明在战斗间隙，百忙之中，还朝自己投来一个诡秘的眼神。

"什么意思？"云翻海立即惊疑想道，"看他不慌不忙，眼神古怪，莫非神侠卫中还有他的同伙？"

一念及此，他不由自主地放慢了脚步。

激斗的战场瞬息万变，许多变化都发生在电光石火间。

他这一放慢脚步，神侠卫武士却依旧拼力朝关山明汇集，转眼之间，本来被神侠卫武士护在人群中的云翻海，就和所有人都拉开了距离。

说时迟那时快，就在山坡某处岩石后的阴影里，骤然蹿出一条黑影，以常人无法想象的惊人速度，猛然冲向了云翻海！

骤起发难之人，本身速度已是如此之快，但却还不满足，竟在身上施加了某种不属于东华洲的奇怪魔法，窜动之时如有一团黑雾笼罩，不仅模糊了别人的视线，还让自己的身形变得更快。

处心积虑的出手，目标赫然直指云翻海！

这时云翻海虽然迟疑，但也快到了郁愁归和关山明缠斗的近前。

但他和神侠卫武士都拉开了距离，孤零零地暴露在攻击者的视野里。

这一刻，他就像一只离群的小鹿，身后有一头阴险的黑豹迅猛扑来。

云翻海愣住了。

他听到了身后的风声，却来不及做任何反应。

那诡秘的黑雾，已经先于它的主人萦绕上云翻海的双足。

他顿时便感到双腿一阵麻痹，想要迈步逃跑，却丝毫提不起力气。

一种浓重的恐惧之情，笼罩了云翻海的身心。

"不！"郁愁归见状，猛地一声狂吼，拼得背上被关山明砍上一刀，也要猛地朝云翻海这边扑来！

"舍身相救"，并不出奇的词儿，真正实施起来，却是如此动人心魄。

郁愁归身上血流如注，挥舞着黑铁爪，想挡住偷袭者的攻击。

但很快他就发现，因为自己受伤，根本没能力和那人一招一式地招架攻防。

而那偷袭者显然功力高强无比，很快就看出了郁愁归的窘状。

"嘿，"她冷笑一声，朝郁愁归吼道，"滚开！本座要的是他。"

虽然言止于此，但她细长如蛇的眼眸中显露出的眼神，却在明白无误地警告郁愁归，要是他多事，立即便能要了他的性命。

这时，关山明并不急于追击郁愁归，而是返身挥刀挡住了那些试图救援的同僚。

很显然，关山明知道来人是谁，便根本不担心她想做的事情还会有任何问题。

这时郁愁归也看清了来人。

"珐汐娜！"他又惊又怒，脱口叫道，"你来这想干什么?！"

"想干什么?"妖媚的女魔将阴阴一笑，用一种猫戏老鼠的神态，看着郁愁归道，"我想干什么，你应该最明白。啧啧，像，真像，你也真能找。不过，以后他就属于我们伟大的寒渊帝国了！"

说话间，珐汐娜便飞卷出她那条著名的灵蛇白骨鞭，真如一条柔软的灵蛇一样，转眼就要将云翻海拦腰环绕。

已浑身是血的郁愁归，忽然长声大笑，然后猛地飞身而起，扑向了珐汐娜。

"蠢货！"珐汐娜不屑地看了一眼，便继续专心席卷云翻海。

女魔将算得很清楚，郁愁归这一击根本来不及，自己完全有余暇先擒下假神侠，扔在一旁，再从容地杀死袭击者。

　　只是，出乎她意料的是，飞身扑来的人国统领，猛然爆发出一片青碧色的光焰，充盈了整个视野，也让自己挥出的灵蛇白骨鞭瞬间失去了方向。

　　等珐汐娜回过神来时，却发现自己竟然已经被郁愁归抱住，正冲向不远处的山峰边缘——

　　对这里的地形，蓄谋已久的珐汐娜，可以说比在场任何一个人都更加清楚。

　　看清楚郁愁归抱住自己冲的方向，她顿时魂飞魄散！

　　因为，那里正是直面东海的百丈悬崖，下方礁岩交错，要是摔下去，任你有通天的本事，也必当场粉身碎骨！

　　强烈的恐惧，一瞬间攫住了珐汐娜的心魂。

　　她迅速凝聚起浑身的魔力，想要挣脱郁愁归的环抱。

　　但无济于事。

　　这是郁愁归以燃烧生命为代价，激发出来的最璀璨的魂火。

　　当然，即使作为不错的五品魂火，"啸月青狐"要拿来战胜凶名卓著的女魔将，还是不够。

　　但又有什么关系呢？现在郁愁归想要的只是死死抱住女魔头，坠下高崖，和她同归于尽！

　　就这样的目的，足够了，太足够了。

　　很快，不可一世的女魔头已经和神侠卫统领一起，听着耳边"呼呼"的风声，迅速地坠落了。

　　"为什么？为什么要这么做?!"凶悍无比的女魔头，在面对即将到来的死亡时同样变得恐惧无比。

　　她惊恐的喝问声都变了形，往日充满诱惑的动听声音，却在呼啸的海风中变得如同鬼哭。

　　相比她而言，另一位同样面临可怕死亡结局之人，却显得格外的优雅和从容。

　　"为什么，你应该最明白。"他还有心引用了珐汐娜刚才对他说的那句话，笑着说道，"没有人能动摇神侠卫，没有人能要挟东华国。"

　　"他……他是假的啊！"女魔将惊恐地吼道。

她这么说，实在是前后矛盾。

要知道，是她不顾这个神侠是假货，打着弄假成真的主意，把云翻海当真神侠劫持回寒渊帝国；如此一来，便能在即将到来的侵攻行动中，对东华国全体军民造成莫大的打击。

但这时候，她却万分希望郁愁归能正视这个真相，不要为了一个假神侠就平白舍出生命，和自己同归于尽。

毕竟，只要郁愁归收起禁锢自己魔力的魂火之力，然后两人同舟共济，一起想想办法，未必没有挽救的机会。

对这个可能，她充满了希冀。

事实上，在崇尚强者的魔国之中，她珐汐娜一路走到今天，也很不容易。

于是她不相信自己这样一个充满着智慧、一直在成功甚至成为帝国传奇的美貌女人，会这么轻易地死在远离故土的蛮荒角落里。

况且，她很清楚，但凡有灵识的生灵，尤其位高权重的生灵，都怕死。

不是吗？对面这位狠人，其实情况和自己几乎一样啊；既然已经这么位高权重，活着多好啊！

所以，对敌人的回心转意，珐汐娜充满了信心。

在满腔自信之中，她终于等到了对方的回应："没有人能伤害光明神侠，他是我东华万千子民的希望，即使，他是假冒的。"

一言听罢，珐汐娜觉得对方箍住自己的手臂，反而还更加紧了。

"疯子！"珐汐娜顿时暴怒，暂时忘却了惊恐，口中不断地冒出最恶毒的咒骂。

咒骂了片刻，她忽然号啕大哭，又开始极尽卑微地哀求。

就这样在她时哭时笑、时闹时骂中，相互纠缠的两人如一团流星，划过了青璃海的夜空，即将堕入永恒的黑暗。

珐汐娜毕竟是珐汐娜。

当她终于意识到不可抵抗的命运时，她忽然平静下来。

在彻底坠落的前一刻，她平静地问道："阁下，我真的很想知道，为什么一个假货，值得你以命相拼？"

"嗯，也许以前不值得，但从今夜起，他成了我们所有人的希望。"

第五十八章　金乌腾焰，光耀末路穷途

云翻海作为神侠卫这一方对局势最了解的人，在郁愁归抱着珐汐娜坠崖前的那一刻，不顾一切地冲了过去。

他用最快的速度伸出手去，想拉回郁愁归。

但他没抓住，只扯下了一小片衣襟。

他冲到悬崖边，看到的却只是一团模糊下坠的身影。

他的视野也开始变得模糊。

头顶的夜空也变得模糊。

忽然间大雨倾盆而至。

"混蛋！"大雨中，他泪流满面地低吼，"你还没报销我的酒钱……"

他举起了手中的衣襟残片，那云龙对绕东华剑的神侠卫徽纹，正在法术流光的映照下，发着微微的光芒。

"神侠卫、神侠卫……"他喃喃低语，一时竟似呆了。

就在这时，西边山坡下忽然又杀声大起，紧接着便听到神侠卫武士们惊声大叫："魔族！是魔族！"

云翻海怔怔地转过头去，天际正有一道电光闪过，便照出头生双角的魔族武士狰狞的面容。

突然到来的魔族武士，数量并不多，只有七八个。

毕竟这里是东华洲，魔族远道而来，还要潜入到陆地上，不可能太多人。

但从另一个方面来说，能来的，都是精锐。

而神侠卫这一方，经过刚才的战斗已经死伤了一半，只剩下十四五个人。

因为魔族的出现，关山明一方要重新结阵，双方短暂地分离。

残存的神侠卫武士现在全都撤回聚拢到云翻海的身边，和山下的贼人隔着大雨对峙。

现在的形势，对神侠卫极为不利。

大统领郁愁归已和女魔将同归于尽；副统领竟然是叛徒，站到了敌人一方。

要不是"光明神侠"大人还在，这些神侠卫武士早就想跳崖殉国了。

其实今夜之事，作为强国一方的首领，珐汐娜还是有点托大。

她没有采取最稳妥的方式。

如果这时候她才和魔族隐藏的生力军一起出现，她个人的结局就很可能不一样。

但也就是她个人了；从总体而言，偷袭围攻一方，已经占尽了优势。

"怎么办？"神侠卫所有人的目光，都聚在了云翻海的身上。

云翻海苦笑。

关山明隔着大雨，对着他冷笑。

云翻海知道他在冷笑什么。

他知道自己是个远不及风惊雨的假货，根本无力应对眼前的战局。

不过，他忽然心中一动："咦？这关山明并没有大喊戳破我是假神侠，为什么？"

"哦，我明白了。"他很快想通，"原来这叛贼，打的和珐汐娜同样的主意。

"今日之事，已经可以断定，乃是寒渊帝国主使。魔国之人即使知道内情，也希望云翻海被大家认为是真神侠吧。

"他们将我抢过去，再一番操作，比如到各处战场巡回演讲，发布降敌宣言，那对东华国全体军民士气的打击简直不可想象，可能比任何一场具体的大战杀伤力还要大！"

想到这里，一种莫大的责任感开始沉甸甸地压在他的心头。

"我不能死！更不能被恶魔抓去！"抹了抹脸上的雨水和泪水，云翻海看着远处虎视眈眈的强敌，面容无比刚毅。

神侠卫残存的所有人都在看着他。

见他表情忽然刚毅坚定，众人慌乱的心神稍稍安定下来。

只是就在这时，却有一只夜枭，竟是冒雨落在远处一座石屋顶上，"呜咕""呜咕"地叫了两声。

见得如此，刚刚鼓舞起士气的神侠卫武士，全都脸色煞白。

原来，在东华国中，夜枭的叫声向来被认为不吉，那"呜咕"之声犹如"无骨"，便被理解为"尸骨无存"。

尤其在战场上，夜枭鸣啼被视为最大的凶兆，注定夜枭降临一方，要有很多人战死沙场。

神侠卫武士脸色煞白，就是因为他们看到，这只突如其来的夜枭降落的那座石屋，正是之前安排神侠大人睡下的石屋！

本来就大大地落在下风，这时又见这样再明显不过的凶兆，神侠卫武士的士气瞬间落到了冰点。

作为草莽中刀头舔血的山贼头领，云翻海怎会不知道夜枭鸣啼的含义？

但这时，他却高声大叫："诸位，大吉啊！博彩中枭牌彩头最大，若摸到就必赢啊！现在夜枭鸣于神侠卧房，昭示我方必赢，大伙儿跟我一起杀啊！为郁大人报仇！"

"还能这么理解？"虽然神侠卫武士们未必认同这个道理，但被云翻海这么一喊，刚才低沉的心情没来由地放松起来。

当他们再听到"为郁大人报仇"时，则人人热血沸腾，跟在云翻海身后朝山坡下杀去！

当然，冲杀之时，他们心里也有些奇怪："从来谦谦君子、情趣高雅的神侠大人，怎么会知道市井博彩之事？"

这时候，关山明那一方也完成了集结。

云翻海故意曲解夜枭鸣叫时，关山明也在做最后的战斗动员。

"拼了！"关山明不顾雨水，面色狰狞，疯狂吼叫，"咱们都得拼了！珐汐娜大人生死不知，估计已经殉国，如果今天不成功，不抢回宝印，不夺走神侠，立下绝世大功，所有人都会死！大伙儿不为自己的前途，为了自己的身家性命，也得拼了！"

双方的战斗动员都十分成功；而且无论哪一方，到这时都属于"背水一战"了。

于是，一方俯冲，一方仰攻，两支杀红了眼的队伍再次冲撞在一起，很快便陷入了你死我活的决战！

到了这时候，云翻海也豁出命去了。

自冒充神侠以来，他骨子里那股草莽绿林固有的铁血狂野劲儿，一直都被压抑。

但如此生死时刻，尤其一想到郁愁归刚刚为救他而死，云翻海便发了狂，所有被刻意压制的疯狂劲儿，一瞬间全都释放。

他不再保留，也不再"害羞"，默念了一句"诸神保佑"，便拼尽全身的灵力，极力激发天墟之中得来的古怪魂火。

本来他没存多少希望。但刚才濒临绝境的心境，却让他忽然有一种感觉：

那个最低档的红色魂火，仿佛在自己的心魂深处隐隐地召唤自己。

"我能信赖它。"

在这种奇怪感觉的驱动下，他毫无保留地激发起最低品级的魂火。

常识中，"赤橙黄绿青蓝紫"，仿佛赤红色的魂火，便是最低品的魂火。

却不知天道轮回，终点又回到起点，这天地不仁，又何时有过真正的高贵与低劣之分？

于是来自天墟的神秘魂火，就在这生死时刻，在它的主人苍莽与悲凉、渴望与绝望交织的奇异心境下，终于向这个世界展露了它的真面目：

东帝朱雀，舒展起炫烈的火羽；

羲和金乌，飞腾起烈日的光焰；

日轮之冕，给神鸟们戴上至刚至阳的金色王冕。

它们一起发出闪耀瑰丽的光芒，向这个极度堕落沉沦、昏沉暗黑的世界，宣告光明力量的归来！

云翻海便披着如此瑰丽灿烂的魂火，冲向了仇沧江。

"神侠大人！神侠大人！"刀头舔血杀人无数的大盗悍匪，面对宛如神灵的云翻海，眼见抵抗无望，竟抛下巨斧，跪地磕头如捣蒜，不断求饶。

但带着日冕光焰的神剑，瞬间无情地刺入他的胸膛，很快就将他浑身的鲜血烤干!

满手鲜血、凶险残暴的江洋大盗，在东极山的危崖上，迎来了罪恶一生的终结。

朱雀焰羽飞舞，金乌火眸睥睨，云翻海又盯上了桑红琼。

虚伪残忍的妖女，和她刚死的同伴一样惊恐。

她"啊"地大叫一声，战意全失，竟晕头转向地冲向了云翻海身后。

云翻海见状，冷笑一声，暂时收敛了金乌朱雀的羽翼，待她跑过身边时，随手一剑挥出，精准无比地刺瞎了她的一只眼。

失去一只眼睛的妖女，痛苦地大叫，更是失去了方向，很快脚下一滑，摔下了百丈危崖，瞬间被狂风暴雨中汹涌咆哮的海浪卷走。

显然，曾经的"慈眉观音"桑红琼，估计是活不成了，因为腥气十足的鲜血，定会帮她引来凶猛的鲸鲨和海怪。

虽然云翻海激发了魂火，威风八面，杀死了两个死对头，但整体上的战局，却对他这一方极度不利。

新来的那七八个魔族，显然都是珐汐娜鬼怒滩大营中的高手。双方才接战还没多久，他们便怒吼连连，挥舞着带着碧色光焰的大斧，将一个个敌人劈翻在地，真可谓所向披靡。

见得如此，关山明看着云翻海，狞笑叫道："神侠大人，收手吧! 光杀两个人，还是救不了你们! 看在我俩的交情上，我保证，要是你现在扔下武器，乖乖就范，我们饶过所有还活着的兄弟。"

"呸!"云翻海朝他啐了一声，然后也大声叫道，"兄弟们，一时解释不清，但要相信我，即使我投降，他们也不会放过你们的!"

"誓死追随神侠大人!"残余的神侠卫武士们毫不迟疑地大叫道。

"好!"云翻海豪气顿生，吼道，"要死，咱也要死得爷们点! 都跟着我冲啊!"

说着话，他一马当先，便带着残存的神侠卫武士做决死的冲锋。

其实这时候，神侠卫这一方所有人都知道，这可能是他们最后一次冲锋了。

就算光明神侠有奇异的魂火又怎么样? 己方已是强弩之末，对面别的不谈，可还有七八个可怕的魔族生力军呢。

显然关山明也对场上的局势心知肚明。

见他们还不知死活地冲锋，他也目露凶光，神色狰狞地大吼道："好！想死就成全你们！各位听好了，除了神侠，其他人一概格杀勿论！"

一听这命令，所有围攻之人，包括那些助战的魔族，全都狂呼乱吼地朝山崖上凶猛地冲锋。

"没想到，我云翻海却死在了这里。"已知宿命的云翻海，朝山下一马当先地冲锋时，已经做好了决定。他先要尽量杀敌，但当终于到了最后一刻时，他绝对会自杀而死，绝不让魔国的阴谋得逞。

做出这样的决定，他却奇怪地发现，自己的内心中竟无一丝的恐惧，而只有满满的遗憾。

他真的很想念飞云山。

以前，他曾经开玩笑般，集了一句，叫："位卑未敢忘忧国，吾将上下而求索。"

随着身边的战友不断倒下，这个杂糅的句子忽然蹦了出来，无比鲜明地在脑海中回旋。

这时候，之前绚烂灿烈的魂火光辉，渐渐熄灭；身边的同袍，也所剩无多。

于是他便笑了。

"没想到，一语成谶啊。"他笑容满面，高举着东华神剑，冲向那一堆魔族："东华国万岁！"

这时几乎战局已定，数量依然众多的魔国一方便停下手来，静静伫立，充满嘲讽地看着云翻海自杀式的冲锋。

就在他快冲近魔族时，那一直向前的锋利剑尖，却忽然倒转，便要朝自己的胸膛扎去。

"不——"这时反而是那关山明大叫出声。

"不？"云翻海轻蔑地笑道，"你知道我是谁。我天生反骨，你说不，我偏要。"

说话间，他便准备自杀而死。

不过，剑尖才前进了一两寸距离，还没扎进胸口时，云翻海却忽然停了手。

"咦？我怎么听到了魔族的惨叫？真难听！"

"……啊?!"愣怔了片刻，云翻海忽然反应过来。

转眼间，他就和残存的那五六个神侠卫战士，几乎泪流满面！

因为，他听到了利箭破空的声音，听到了魔族刺耳难听的惨叫声，最重要的，他们看到了刚才不可一世的敌人，不断有人倒下去！

"援……援兵到了！"这一刻，云翻海等人几乎要喜极而泣！

不过云翻海心中很快便不由自主地升起一个疑问："不对啊，我等来此翠瀑峡东极山，事属机密，朝廷应该没人知道啊，怎么会有援兵？"

他急忙睁眼观瞧。当他看到两个熟悉的面孔时，心中所有的疑问便解开了。

他看到了谁？

冷玄灵，明心雪。

这一刻，虽然依旧战火纷乱，血肉横飞，但他却忽然领悟了一个道理：

那些看起来有敌意、始终盯紧你的人，却很可能是你的"真爱"啊！

当然此刻没工夫细想。

心情大好之下，刚才已经耗光了的灵力，居然有回光返照的迹象，平白地多出了一些。

于是云翻海的东华神剑再次泛起了神光，他便挥舞着，冲向了那个早就想对付的人。

关山明，这个隐藏得极深的奸细，这时候腿脚上已经被沧海侯府的卫士射中了几箭，虽然都不是致命伤，但已经足以让他寸步难行。

眼看着云翻海执剑朝自己冲来，关山明惊恐无比！

当云翻海终于冲近，已经高高扬起了利剑时，关山明再也忍不住，破口大骂道："贼子，混蛋，你不过是个假货、西贝货，是个小小的山匪蟊贼，凭什么敢杀我？"

战局纷乱，关山明这句叫骂，其实没多少人听清；但他这一变声变调的叫唤，已经吸引了其他人的注意。

不仅是仅存的那几位神侠卫武士，就连刚刚赶到战场的沧海侯府生力军，也都朝这边看来。

　　见得如此，云翻海俯下身去，凑到关山明近前，竟是面带笑容，低声说道："关山明，你最好承认我是神侠，这样你死后，我还会用光明神侠的权力善待你的家人。"

　　刚才跟疯子似的神侠卫副统领，一听此言，一下子就平静下来。

第五十九章 凶讯焚心，不向人间皱眉

"我必须死吗？"关山明平静地问道。

"嗯。"云翻海点点头。

"那就来吧。"关山明低声说了这一句，忽然扬起脸，语调变高，大声咒骂道："混蛋！狗贼！什么狗屁光明神侠？别人都当你是救世主，我关山明就不受你的骗！只有魔皇傲湃霆，才是千族万国的真神！我关山明——"

他的话，到这处戛然而止。

因为云翻海已经挥起一剑，瞬间洞穿他的胸膛，鲜血喷涌之时，整个身子都颓然歪倒，就此气绝。

看着关山明倒地的尸体，云翻海忽然想到，就在春慈院桑红琼之事前，自己还和此人称兄道弟。

不仅如此，自己还对他吹嘘，说自己"识人本领很强"；现在想来，只觉得无比讽刺。

也许那时候，地上这个人，看着正自大吹嘘的自己，心中应该正在轻蔑无比地冷笑吧……

就和云翻海对付威灵宗的动机一样，这次冷玄灵及时赶到，却也和前几回故意找麻烦不同。

来此之前，对冷玄灵来说，还发生了一件小插曲。

本来，风流倜傥的冷侯爷在暗恋的明心雪之外，却还有一个心仪很久的女孩儿。

当然，在冷玄灵的心目中，明心雪还是排在第一位，只不过她现在已为别人的未婚妻，他也只能把这份爱恋深深地藏在心里。

那个排在第二位的女孩儿，身份却也十分不一般。

东方瑶，当今皇帝的幼妹，封号"瑶华公主"，也是国色天香，才貌双绝。

本来东方瑶对冷玄灵几次传递的好逑之心并不如何放在心上，但无巧不巧的是，就在冷玄灵听得手下来报，说神侠一行人秘密往东南而行，那瑶华公主却忽然有些心软，吩咐宫女来告知冷玄灵，说已答应了他的游园邀约。

若放在以前，瑶华公主态度软化，答应游园，沧海侯冷玄灵还不喜出望外，立即答应？

但这时，他却犹豫了。

作为开府建牙的沧海侯，他的资源何等深厚，他的耳目何等灵通？

无论郁愁归等人怎么掩藏行迹，冷玄灵还是知道了他们此行的目的。

不知怎么，冷玄灵综合了前后诸多信息后，心里总觉得不是滋味。

那种感觉，就好像做梦之时悬在半空中，上不得上，下不得下，十分不踏实。

于是，当他接到瑶华公主的回音时，犹豫了片刻，却让传报的宫女回去转达他的歉意。

他让宫女捎的话是："本来此约本侯朝思暮想，但现在却时机不对，不能赴约，对不起。"

知道他俩情况的宫女，听到这样意外的回复，便十分惊讶，忍不住问道："冷侯爷，为什么会这样？"

"没什么。"沧海侯淡淡地回答，"有一个很重要的人，去做一件很重要的事，我便想要去看看。"

小宫女带着遗憾和不解，回去复命。

冷玄灵在出发之前，思量一番后，便叫人也去通传明心雪，问她去不去。

就感情纠葛来说，他这么做，简直是主动帮助情敌。

但这样的行为却证明，能成为东方皇朝世代不倒的沧海侯，冷氏家族的子弟自有其大气磅礴处。

之前被蒙在鼓里的明心雪，听到冷玄灵的传报后，毫不犹豫，便跟着侯府的卫队，一齐赶往东南海角的东极山。

事后想来，也幸亏他们及时赶到，否则关山明这内奸精心设计的圈套，云翻海等人根本逃不脱。

只可惜，虽然最后逃脱，还全歼来犯之敌，但神侠卫这一方也是死伤惨重。

魔国一方，并没有留下任何活口。

并不是云翻海等人嗜杀，而是眼见大势已去，东方昌那些余孽，还有魔族来助战的高手，全都自杀而死。

战斗结束时，大雨也渐渐止住。

风起东海，吹散了漫天的流云，露出了淡月疏星。

星月之光重照大地，但原本景色幽雅清明的东极山顶，此时却已变成了人间地狱。

而冷玄灵从云翻海口中听说了郁愁归之事，还不待战斗完全结束，他便命人腰捆绳索，从悬崖上坠下去，想找到郁愁归的尸骨。

只是，等那侯府护卫下到悬崖下的海边，借着火灵法术的光芒，却只看到礁石林立，海涛拍岩，不仅看不到任何尸骨，便连半点血迹也无。

对这样的结果，众人都心里有数；下去查找，只不过尽一尽人事，希冀万一的可能。

个性特别的神侠卫大统领真的就这样走了，还尸骨无存。

面对这个结果，神侠卫幸存的汉子们全都泪水滂沱。

这时反倒是云翻海只是眼含泪光，脸色铁青，并没有哭。

他只是站在危崖的最高处，看着远方的暗夜波涛，怔怔地出神。

这时，正是黎明前最黑暗的时候。

沉默了片刻，云翻海忽然仰首向天，一声长啸。

那啸声，声嘶力竭，于此暗夜之中，宛若狼嚎。

冷玄灵、明心雪和云翻海的关系很特别，甚至可以说，暗中和他敌对。

但这时，看到孤星寒夜中云翻海独立危崖，面对着黑沉沉的暗夜波涛，如一头受伤的孤狼嚎啸，二人的心中，忽然都觉得有些不是滋味。

直到回程中途休息之时，云翻海才在没人处对冷玄灵郑重道谢。

他眼角含泪地笑着说道："冷侯爷，先前东极山顶上，见你们突然出现，我忽然悟出，原来看起来有敌意、但一直关注你的人，最可能是'真爱'啊。"

"真爱？呃，这词万不可乱用。"冷玄灵摇摇头道。

听了云翻海的话，冷玄灵倒还没如何，但在一旁的明心雪却忽然心弦震动，转而变得有些不自在。

"冷侯爷，"只听云翻海又道，"我害死了郁大哥，我……我不配做神侠！"

他这话自然是一语相关，但冷玄灵听了，却抓住他的手，郑重说道："不，你千万别这么想。虽然以前本侯对你也有些误解，但现在本侯却觉得，这世上没有人比你更胜任神侠了！"

听了这话，知道内情的明心雪有点想笑，但却没有笑出来。

心情复杂之际，女孩儿便听得沧海侯顿了顿，仿佛下了很大决心般，语带悲伤地说道："经历这几次事情，我冷玄灵不仅对神侠大人心服口服，也觉得明姑娘她跟你最为良配。"

东极山之行后，东华皇朝内部极为震动。

当然这样的震动只局限在小范围，因为这次的事情出得太大。

神侠卫出了副统领一级的内奸？魔族精英潜入了东华洲？神侠卫大统领和女魔将同归于尽，壮烈殉国？无论哪一件事泄露出去，都可能掀起轩然大波，引起民众巨大的恐慌。

于是，云翻海这个临时工，被极为郑重地对待。

让他没想到的是，郁愁归生前几次觐见皇帝东方明时，居然都对他这个临时工多加美言。

于是当沧海侯和明心雪出面上报了此次事件后，皇帝破天荒地颁发密旨，让云翻海这个冒牌货一定要先顶住，其他诸事待风波平息、查明真相、神侠回归后再说，保证到那时必有重赏。

这样的事情，若放在以前，无论是皇帝密旨还是重赏许诺，都足以让云翻海欣喜若狂。

但现在连他自己都觉得奇怪，自己的心态竟然变得有些淡然。

重赏，已经不重要了；报仇，才是快意恩仇的飞云山寨寨主现在最着紧的事。

当他听到皇帝密旨中提到"神侠回归"时，他内心就十分纠结。

他纠结要不要说出对那个真神侠风惊雨的怀疑。

东极山顶大战爆发前，他脑海中闪过的灵光，有怀疑是不是真的神侠变了节。

如果是这样，所有的一切都解释得通，而且十分顺理成章。

但，也仅仅只是怀疑。

因为他作为推理论据的种种疑点，却都不是唯一的解释，神侠变节，只是众多可能中一种答案而已。

最简单的，假如魔国势力发现了风惊雨在别处的踪迹，稍加推断，便能猜出云翻海的假神侠身份，从而一切也都能说得通。

但他还是很怀疑那个真神侠啊！

他的直觉告诉自己，所有这些事，如此大的局，不仅东方昌没这么大气魄，连女魔将要在东华洲做成功也十分困难。

从这一点推断，最合适的幕后掌控者，就属那个惊才绝艳的风神侠了。

这一切都只能放在心里；他现在手头要做的事，便是和那位新来的神侠卫大统领沟通磨合。

新任大统领不是别人，正是郁愁归的亲弟弟郁愁远。

东华王朝中不成文的规矩，神侠卫向来是郁氏家族的势力范围，因此郁愁归出事后，东华帝东方明并没有趁机伸手，而是因循旧例，让郁愁归的弟弟郁愁远顶替。

郁愁远的年纪很轻，才十七八岁，也就是半大的少年。

不过可能老郁家的人都这样，即使是少年，郁愁远也显得十分老成。

云翻海看出来，才刚刚上任，郁愁远便显得对神侠卫各种事务如数家珍，甚至对聘用云翻海的分期付款，每一期的支付时间、金额，都知道得一清二楚。

这一点，让云翻海很是欣慰。

比这个更欣慰的是，作为接替者，郁愁远对云翻海十分尊重。

他已经听说了云翻海开工以来创下的那些事迹，因此佩服之情时时流露。

这些只是俗务。这些天来，云翻海最着紧的，却是另外一件事。

当日在东极山顶，发现敌人除了要抢他这个人，还要夺那颗印，云翻海便对九凤收魂印上了心。

威灵宗之事后，他就将此印上缴给神侠府，郁愁归对此也极为看重。

东极山之行前，郁愁归似乎说过想带上此印，以便于到翠瀑峡中，和那些点翠黑金玉的矿脉对照。

但奇怪的是，东极山之战后他搜遍了战场，却并没有找到九凤收魂印。

回到神侠府中他也第一时间寻找，同样没有找到。

"难道已经被夺走了？还是郁愁归带在身上，和他一同坠落大海？"云翻海想道。

不过他很快否定了这个想法。对郁愁归，他从来没像现在这样有信心过。他相信以郁愁归的谨慎不会出现这样的失误，会让自己的死亡连累这样重要的宝物失踪。

"那到哪儿去了呢？"云翻海迷惑不解。

不过也就两三天后，忽然有人传信，说酒香居的张掌柜来跟神侠卫的卫兵说，郁大人在他那儿的酒账还有不清楚之处。

一听到这消息，云翻海立即就跳了起来！

他二话不说，立即飞马奔向酒香居。

这一路上，郁愁归那晚在酒香居中跟他说过的一句话，反复盘旋在他的心头：

"偶尔厌倦了公务，就来这里逃情避世。"

和他猜想的一样，果不其然，一到酒香居，张掌柜便暂时关门歇业，将云翻海让到了后屋。

在那里，张掌柜将包在黄绸布中的九凤收魂印双手奉上，另外，还有郁愁归留下的亲笔信。

到这时云翻海才知道，酒香居这位叫张锦成的卖酒掌柜，居然是郁愁归当年的神侠卫心腹，后来被郁愁归故意安插在市井间，以备不测之需。

这样的暗桩，郁愁归以前跟云翻海提过，叫"神侠密卫"。

所以，那天郁愁归忽然带云翻海来这酒香居，便是要让张锦成张掌柜先认认脸。

知道了这一点，云翻海心中震惊不已。

他忽然想到，也许，对古怪神秘的局势，郁愁归心中也一直透着怀疑。所以，即使那次关山明言之凿凿，没流露出任何疑点，郁愁归还是把如此重要的证物托付给他最信任的人收藏好。

想到这里，已经将玉印收在怀里的云翻海，又将它拿出来，还给张锦成道："张兄弟，这玉印还放在你这里。现在乃非常之时，其他人我信不过。"

"是！"张锦成没有一丝犹豫，拱手称是，便重又将玉印包好，放在屋角一个不起眼的破木箱里。

当云翻海离开酒香居时，将他送到门口的神侠密卫说了一句意味深长的话："大人，不管您是什么身份，我和神侠卫众兄弟都支持您！"

此后，当云翻海翻身上马，沿着长街回神侠府时，他脑海里反复想起张锦成的这句话。

"也许，老郁他跟自己的心腹们说了我什么吧。"

想到这一点，自东极山出事以来，从无笑容的云翻海，嘴角终于流露出一丝欣慰的笑颜……

第六十章 芳心暗系，情不知其所起

东皇节，传说中东皇太一也就是东华帝君的诞辰之日，是整个东华洲最盛大的节日。

在这一天里，东华皇朝会举行盛大的庆祝活动，主体是祭祀天地、祭祀东皇，其余还有各种官方和民间的欢庆活动。

虽然东华国深受神州华夏的影响，也过春节，但实际上，对东华人来说，一年中最隆重的，却还是东皇节。

而东皇节中，光明神侠和他的伴侣甚至是东皇祭祀大典的主角。

在皇宫前广场上举行的典礼仪程中，太常寺卿会将事先由国中文学大儒写成的祭文交给神侠夫妇，然后由神侠夫妇向皇帝陛下奏请审核。

审核通过后，皇帝会走下宝座，由神侠夫妇左右护持，一起到那座东华宝鼎中焚烧祭文。

而在这个仪式上，神侠夫妇本身也有节目，在传递东皇祭文前，神侠和伴侣之间会互赠礼物。

这样的礼物，需要体现柔情蜜意，向东华帝君表明神侠鸳侣互敬互爱，会在神灵的庇佑之下阴阳和谐，为天下夫妇垂为典范，也更好地保护东华子民。

当然，今年的东皇节，对这一对神侠鸳侣来说，变得不一样了。

此时真神侠还未归来，只能由云翻海顶替，和神侠未婚妻一道，完成在东皇节上应该完成的一切。

本来因为是假货，根本不需要云翻海像真神侠那样，精心准备满含情意的礼物，只要跟郁愁远说一声，让神侠卫有关人等准备即可。

但云翻海还是决定亲自准备。

他感念明心雪几次出手相助，无论她一开始是否出于真心，但从结果来看，云翻海还是满心感激。

因此，他亲自去城中的武器店中挑选了上好的鲨皮剑鞘，然后还在细长的黄金饰片上，用寒铁小刀一钩一画地刻下十六个字的剑铭：

　　天河洗月，福寿安宁；

　　上应星宿，下辟不祥。

明心雪为"神侠"准备的东皇节礼物，是一个自制的香囊。

和云翻海不同，她倒是觉得，今年的东皇节上，自己和神侠只不过是假凤虚凰，所以不需要用心准备。

但可能连她自己都不知道，在自制香囊时，她所花的精力，显然比她自己以为的要大得多。

她缝的是一个鱼形的香囊，上面也绣着鲤鱼游弋于荷花之间的形象。

香囊底下的坠物，则用的是一串五色璎珞珠串，其中穿缀的，全都是上好的南海明珠和西域琉璃。

香囊中的香料，她加了白芷、菖蒲、佩兰、薄荷、藿香、香橼、辛夷，还调以苏合香和冰片。

无论坠物还是香料，从材料和种类上来看，便足以看出她的用心；而在绣香囊绸面上那一幅鱼戏莲叶图时，她一丝一线，一针一钩，都充满了情意。

这种用心和情意，明心雪并不自知，但却被一人偷窥看见。

此人脸罩白银面具，浑身裹着一袭黑袍，藏在一座假山石后。从潜伏和偷窥的鬼魅般身形来看，此人武功绝高。

毫无疑问，此人便是上回红袖庄园暗夜潜来质问明心雪的真神侠风惊雨。

今夜，红袖庄园，当他看到明心雪在灯火之下一针一线地用心刺绣时，他不由得惊怒交加，心中对云翻海刻骨地仇恨。

他是一个自控力很强的人。

纵使云翻海几次歪打正着，坏了他的事，他都没这么激动。

但这一刻，看着眼前这幅充满了温馨安详的画面，他的身躯却不由自主地剧烈颤抖起来！

天河神女是何等人物，风惊雨才一颤抖，那引起的气流不寻常的细微波动，立即就引起了明心雪的注意。

"谁？"一个"谁"字刚吐出口时，她已经搁下香囊，飞身而起，如一只轻盈的雪雁穿窗而过，往风惊雨藏身之处飞扑。

只是，她飞身来到假山前却没看到任何人影，只有一只黑色的狸猫"喵"地叫了一声，弓着身子飞快跑远。

"原来只是只小狸奴。"自言自语说了一声，她便返回屋里，继续绣她的香囊。

烛影摇红，纯情的少女专心地做着女红，场面温暖而安详；不过刚刚偷窥的风惊雨却是心潮跌宕，狂怒不已。

只不过片刻工夫，他已经退到旷野荒郊外。

沉沉的夜色里，他临风伫立，心潮起伏，许多事情就这样猝不及防地涌上心头。

他想起，因为珐汐娜尸骨无存，魔族元帅罍陀诺暴怒无比，甚至想迁怒在他的头上。

即使满心不愿，觉得时机并没有完全成熟，面对魔帅的怒火，他也只能硬着头皮许诺，魔族的大军很快就能踏上东华洲的土地。

他想起，当自己做出这样的承诺时，刚才还怒火冲天的魔帅忽然一时平静，十分冷静地问他，"很快"是多快。

见罍陀诺如此表现，风惊雨当时心中凛然，便不再保留，将自己的计划全盘告知。

想到自己那个计划，独立荒郊、怒气攻心的风惊雨稍稍平静了些。

因为他对自己这个计划极为得意。

这个计划也很简单，他要在东皇节的祭祀东皇的环节上，揭穿云翻海假神侠的身份，自己回归，然后用光明神侠在祭祀大典中的便利，轻而易举地刺杀皇帝，引起国中大乱。

到那时，自己收买的内应和暗桩，接到信号后一齐打开要隘城关，便能让魔军大举进攻。

当时，跟罂陀诺说出这个计划时，罂陀诺沉吟不语，片刻后提出了自己的疑问："要刺杀皇帝，以你的身手，应该不难，私下回归也可以，为何一定要选在东皇节上？"

对这个问题，风惊雨的心声其实是：

我要在举国关注、万众瞩目之下，当着所有人的面，最深刻地羞辱和伤害那个假神侠！

但心里这么想，他却不能这么说。

当时他对魔帅的回答是："启禀魔帅大人，我国之东皇节万众瞩目，在如此举国关注的大典上，一举杀死皇帝，能最大限度地打击军心民心，引起滔天的大动乱！"

听他这么一说，魔族元帅罂陀诺深以为然。

当独立暗夜荒郊，想到这里时，风惊雨先前偷窥时引发的怒火，渐渐平息。

他愤怒的表情隐去，取而代之的，是一副冷酷残忍的表情……

就在这一夜，风惊雨再度出海，前往悖乱深渊。

在那里，他向深海中的邪恶阴影虔诚地祈祷，祈求他们赐予自己莫大的智慧和力量，以保证这次关键行动的成功。

隐匿于海渊深处的异神从来冷酷而矜持，风惊雨来了这么多回，甚少得到回应。

但这一次，难得回复的上古异神，对他的请求全部答应……

这时候，红袖庄园深闺中的少女，还在一针一线用心地绣制香囊。

她心无旁骛，以前时不时想念的神侠爱郎，心中再未出现。

这便如春潮远去，秋水无踪，即使思念再久，如水的时光也能淹没所有尘封的往事。

这一刻，她放下了所有，放下了郁积的忧伤，放下了徘徊的思念，甚至放下了曾经无悔的爱恋，只是专心地，简单地，一钩，一抹，一针，一线，绣着心目中早已构好的画面。

这一刻，天地俱寂，情无归路，唯有流光飞舞……

经历一系列事情后，云翻海这个冒牌货，不知不觉中竟受到神侠卫上下前所未有的尊敬。

当然，他们尊敬的还是光明神侠，但无疑云翻海最近有些歪打正着的种种正义之举，将光明神侠这块本就光鲜的招牌擦拭得更亮。

而当关山明叛变、郁愁归身死后，新来的神侠卫统领又太过年轻，神侠卫武士们便几乎把全部的忠诚都留给了云翻海。

这种变化，看似微妙无声，但很多时候，正是这样无声无息的变动，会在将来对有些事情的走向产生奇妙的影响。

眼前这种变化，给云翻海带来一个实质的好处，便是当他开始怀疑那个无端失踪的真神侠时，可以如臂使指地调查。

当然，夹缝中求生存的弱势义匪的经历，让胆气豪迈的云翻海有着出人意料的谨慎。

在命人调查时，每一位神侠卫武士只调查一个局部的线索，比如，西北蛮族人的异常动向，东北海妖出没的显著频繁，以及在东方的远洋外海有渔民目击了神秘人踏浪急行。

每一个执行任务的神侠卫武士，都是只见树木，不见森林；但当他们把自己的调查结果汇总到云翻海这里时，却让他对整个事件的真相开始有了一个完整而清晰的观感。

其实，虽然风惊雨做事极为谨慎，但有果就有因，除非他什么都不做，否则必然能留下能够追查的蛛丝马迹。

以前偌大的东华国，那么多才智之士、朝廷大员，却没有一个人能察觉。

现在让云翻海一个临时工查出来了，说出来都没人相信。

但从另外一个方面，这事也非常好理解，道理有点像破解骗局。

世上所有骗局，几乎毫无例外有个特点，便是当你对骗局制造者营造的种种理由没有任何怀疑之心，顺着去想时，毫无破绽，毫不怀疑。

但只要不是过于蠢笨的人，一旦他起了怀疑，反过来一想，很多看似牢不可破的谎言，便一下子都能看破戳穿。

云翻海便是现在整个东华国中，唯一对真神侠起了疑心、有了逆反思维的那个人。于是，风惊雨精心掩饰的种种行动，便在他的面前一览无遗。

虽然早有预感，但当云翻海真的发现真神侠风惊雨可能就是一切异动的源头时，他还是极度震惊。

他完全想不通，那风惊雨有如此地位，如此人望，还有那么出类拔萃的未婚妻，可以说是整个东华国中除了皇帝之外，最让人艳羡的一个人，那他为什么还要这么做？

如果他云翻海能有风惊雨那样的身份地位，简直做梦也要笑出声来啊！

很快就来到了东皇节的前一天。

按照惯例，在真正举行官方祭祀大典的东皇节前一晚，会有朝廷官方和民间富商，一起出资，在东华城东郊外的怒波川边，举办一场盛大的烟花大会。

对很多小老百姓来说，尤其是那些小娃儿，一年之中对东皇节的期待，却还不如对这场前夜的烟花大会的期待。

毕竟，这场烟花大会宣扬的是"与民同乐"，虽然皇帝和朝廷大员们不会出现，但老百姓们更期待的光明神侠夫妇会出席。

如此轻松惬意，不用避讳，不用山呼万岁，还能看到偶像神侠的娱乐盛会，老百姓们怎么会不喜欢？

某种意义上，云翻海也是老百姓，还是个很特殊的老百姓；那个要让他"装神弄鬼"、跟皇帝大臣近距离接触的祭祀大典，对他这么个山大王来说，实在是一种煎熬。

所以，对东皇节前夜的烟花大会，他其实比一般小民更加期待。

终于到了这一天。

整个白天，云翻海都怀着轻松快乐的心情，直到这一天下午就快从神侠府中启程时。

这时他已穿戴好神侠出席仪典时专门的华贵绸袍，正准备上马出门，却在这时，一名神侠府守卫从门口匆匆而来，将一个卷得很紧的白绢纸卷呈给云翻海。

"此物从何而来？"云翻海打开前，皱着眉问道。

"有一孩童递来，说是有人请他相助，将此纸卷递与属下。"神侠府守卫恭敬地说道。

"哦。那这个小儿有无可疑？"云翻海问道。

"并无可疑。"守卫答道，"他是邻近街坊家的小童，我们都熟识，家世清白，并无可疑。"

"好，我知道，你先去吧。"云翻海道。

"是。"守卫拱了拱手，重又回到神侠府大门站岗去了。

云翻海经验也算老到，尤其如此多事之秋时，在打开纸卷时，他立即屏住呼吸，以防其中冒出什么致命的毒烟。

并没有。

但纸卷中那几行字迹对云翻海造成的震动，却比毒烟还要凶猛！

第六十一章 花开良夜，誓愿群星天际

"君已知我。

"谢君代我苦劳。

"致君二选择：即刻走；东皇节上，接祭文前，走。"

这样的话，半文半白，云翻海用老家的话翻译过来就是：

"你小子在查我，老子已经知道了。看在你假冒老子卖苦力的分上，现在开恩给你两个选择：现在滚！或者东皇节上滚！"

不管怎么说，光看这传信的内容，风惊雨还是对顶替自己的冒牌货，网开一面。

那难道说，惊才绝艳的风神侠真的开恩让云翻海逃离是非？

绝不是。

刻骨的仇恨已经种下，要成为千年之王的高贵天才，怎么可能会不报刻骨的深仇？

无论云翻海怎么选，风惊雨已经策划好的可怕报复，一样都不会少。

现在这两个选择唯一的作用只不过是，想让那个暂失迷途的亲密女子，看清这个人根本就是个懦夫！

不过，风惊雨不知道的是，对这两个选择，云翻海却一个都不会选。

他已隐约知道风惊雨的惊天阴谋，并且从这个传信内容来看，很可能在东皇节上会有所动作。

所以，明知自己现在的决定很可能会遭受天大的危险和伤害，他还是选择一往无前，决不退缩。

这时候，他又想到神州华夏那个叫苏渐的前辈常挂在嘴边的那句话：

"勇气固然不能让你所向披靡，但胆怯根本无济于事。"

以前没怎么在意的话，这时候，却给了他莫大的鼓励。

无论风惊雨的威胁，还是云翻海的选择，明心雪全都被蒙在了鼓里。

这一晚，怒波川边，她一袭白衣，如约而至。

她和云翻海用一种适度亲昵的姿态，在所有观赏烟花的百姓面前出现。

怒波川畔，所有的百姓都在朝他们欢呼，场面热烈而祥和。

烟花的燃放，在怒波川的南岸，按惯例在戌时之中开始。

所有观赏的人都在怒波川北岸翘首南望。

云翻海和明心雪两人到得并不算早，戌时之初时登上了专门给他们准备的观礼台。

观礼台的位置反而在观赏人群的背后最北方的地方，不过台子搭得很高，几乎有三四层楼高，前面那些百姓绝不会影响他俩的观赏。

这样的安排十分有心，自然是为了等烟花大会开始时，神侠和伴侣两人的观赏不会暴露在众目睽睽之下。

不过离烟花正式燃放，毕竟还有一段时间，云翻海和明心雪两人便保持着优雅的坐姿，静静地等待。

说起来，聪明的女子对相熟之人情绪上的变化有一种惊人的感应本能。

于是等待之时，明心雪忽然对身边人低声说道："你是不是有什么事情瞒着我？"

"没有。"云翻海道，"我能有什么事情瞒你？"

"哼。"对他的不坦诚，明心雪冷哼一声。

"你记不记得你我二人的初相见？"沉默了片刻，云翻海忽然说道。

"嗯？不记得了。"不知道他为什么说起这个，明心雪随口答道。

"你不记得，我可记得。"云翻海微笑说道，"妙香园中，桃花林前初相见，我记得你也是穿的现在这身白裙。那天你立在粉红色的桃花林前，就好像天边的白云落在眼前，又好像万里红霞中升起一轮明月。"

听他这么说，明心雪有些不自在，正要开口让他别再说了，却听云翻海已继续说道："你知道吗？我第一次见到你时，就觉得以前从来没见过这么漂亮的女孩子，那一刻我的耳边，都好像响起了丝竹的音乐。"

"呵，这么说来，"他带着些自嘲地说道，"我对你，闻之以丝弦；你对我，却报之以刀剑。"

听他说到这里，明心雪也想起自己当初在桃花林前的那愤怒一剑。

当时自己的出剑有千万条理由，不过这时被云翻海提起来，明心雪还是觉得有些羞愧。

想了想，她便道："你现在可别怪我。当时我一剑飞来，你就该知道我是何用意。你可以退缩的。谁叫你硬撑着，始终要冒充我的风郎……"

"退缩?"听到这个词，云翻海今晚格外感慨。

"我不能退缩。"他道，"那飞云山有许多人等着我的这笔钱。"

"原来你为了那笔钱?"明心雪冷笑着压低声音道，"为了钱，你就来冒充我的未婚夫?怪不得好几次争斗搏杀，你都奋不顾身，还以为你天性勇敢，原来只是为了钱啊。"

"你不懂。"云翻海摇了摇头，"我不能退缩，我不敢倒下，因为我的身后，空无一人……"

"什么空无一人?你那座山寨，人不是很多嘛。哼，装神弄鬼，我走了。"说着话，不知怎么就变得气呼呼的少女，站起身来，就要离开观礼台。

反正，这时候也快到戌时之中，所有人都在伸长脖子看向南天，等待第一枚烟花的绽放，并没有人注意北边黑漆漆的观礼台上多一个人还是少一个人。

见她要走，云翻海倒是一愣，问道："你不看烟花了?"

"不看了。"明心雪没好气道，"又不是没看过。谁要和你看啊。"

正说时，却听得"砰"的一声，一朵彤红色的巨大烟花，忽然在南天黑暗的苍穹中爆开绽放。

夜愈黑，苍穹中绽开的火焰之花愈美。

一朵烟花凋谢了，另一朵又开了；一朵烟花绽开了，另一朵又凋谢。

在这些美丽的星空之花面前，刚才说走的明心雪终究没有走。她和云翻海肩并肩，看了一朵又一朵，又一朵，不知不觉，看了很久很久。

绚丽的焰火，宛如寂寞的空花，在漆黑的夜空明明灭灭。

夜空如水，摇曳的焰火仿若游鱼，在天空之水中摇头摆尾。

它们借着温柔的风声，穿透了云雾的冰层，带来梦的呓语。

光焰熄灭时，便仿佛天国的游鱼渐渐远逝，消失在悠远的海底。

明丽的彩焰，在苍穹生生灭灭，看得明心雪如痴如醉。

看得入神时，恍恍惚惚间，她好像觉得自己的心儿也飞到了那如水的苍穹，和那些美丽的烟火一起绽放、流曳、幻灭……

看着焰火的生灭，明心雪看到的是梦幻和浪漫，她身边那个飞云山来的青年，却看到了生命的脆弱、人生的无常，不免便在心中悲伤地感叹。

> 人世皆攘攘，
>
> 花火默然瞬逝，
>
> 相对唯顷刻。

对云翻海来说，过去宛如夕阳流水，那未来是否是朝霞晨风？

一切皆未知。

烟花大会结束时，已到了亥时。

夜已深沉，几乎所有民众都已散去。

因为心中感慨，无论明心雪还是云翻海，都回去得很晚。

一齐回城时，他俩并肩而行，默然无语。

今夜残月如钩，天空黑暗，异于往日。

深邃的黑暗苍穹显得群星更亮，灿烂的繁星布满天际，正是明河如雪。

在某一刻，彳亍而行的两个人，就如同约好了一般，一齐发现了眼前如此美丽的星空，便不约而同地停下脚步。

"今夜的星空，真美。"明心雪由衷地说道。

"是的，天很黑，便显得星辰更亮、更美。"云翻海若有所思地说道。

停了停，他仿佛自言自语般说道："嗯，无论这个世道有多黑暗，只要无所畏惧地面对，便可能争取灿烂的结果……"

听他这句话若有所指，明心雪愣了愣，便要追问。

不过正在这时，她忽然眼睛一亮，急急地一指南天，惊喜地叫道："看，快看，流星！"

云翻海早就从她的眼眸中看到了一片亮光，便赶忙回头一看，正看到南方的天穹正是流星如雨。

这不是一颗两颗流星，而是无数颗流星划空而过。

这样的景象，壮丽而唯美，就好像千百条银色的丝线，飞过天际，织成天地间最巨大、最轻灵、最灿烂的流苏之网。

"这……这就是'灿烂的结果'吗？"云翻海看着漫天的流星雨，一时间呆住了。

"快！快许愿！"明心雪的声音在他耳畔响起。

对着流星许愿，这是明心雪和她的女伴间的游戏，这时面对着壮观的景象，一时忘情，便对云翻海叫了出来。

"好！"云翻海立即有些紧张地叫道，"苍天在上，愿流星保佑我，不管敌人有多少、有多强，我也要揪出源头黑手，让天道重光、我心重明！"

"呀，干吗说出来？"明心雪笑话他道，"对流星许愿，要在心中默念，说出来就不灵了。"

"必须灵！必须灵！"云翻海怒声叫喊，口中呼呼地喘着粗气，表情竟有些吓人。

见他如此认真，明心雪莫名地有些被震动。

默然片刻，她轻声问道："你刚才所许的愿望，其实华夏圣人说过类似的话。"

"什么话？"读过一些书的云翻海，立即问道。

"便是：自反而缩，虽千万人，吾往矣！"明心雪轻声念诵道。

"自反而缩？什么意思？"云翻海疑惑道，"难道是自己反悔，而缩头了？不，不会！我云翻海顶天立地，认定了的事，这辈子都不会缩头反悔！"

"没文化。"明心雪嗤之以鼻道，"'缩'在这里为'理直'意。这句话便意为，如果自我反省后理直气壮，那即便要面对千军万马，也都勇往直前，决不退缩。"

听她说到这里，云翻海好似受到莫大的震动。

"自反而缩，虽千万人，吾往矣！"

他开始喃喃自语，开始重复这句话，到最后在这郊野中，声音越来越大，顺着东华原野上的夜风，传得很远、很远……

见他如此，明心雪摇头叹息，心说这人果然是个山野粗汉，简直疯了。

心里这么想着，她便一转身走了。

而这时，云翻海正面向满天的繁星，看它们如一只巨大的眼，便仰首向天，认真说道："苍天在上，神目如电，愿诸神见证我云翻海：自反而缩，虽千万人，吾往矣！"

说罢，他也低下头，看清脚下的路，快步返回神侠府。

这一夜，对着梦幻的星光，许下锋利的誓言，对云翻海来说，并不寻常。

但后来当他再回忆起来时，却记不清任何细节了。

他只记得，在那个夜晚，开满了绚丽的花朵，弥漫着灿烂的星光……

东皇节的祭祀大典，在皇城南侧的朱雀广场上。

东华国基本秉承了华夏文化，因此皇城四个方向上，东西是青龙、白虎大街，南方是朱雀广场，北侧是玄武之池。

到了这一天，卯时之中，正是旭日初升，霞光满天之时，朱雀广场上除了北侧，其他方向上全都挤满了观礼的百姓。

朱雀广场与皇城之间是一条护城河，引的是城外怒波川的活水，名为玉液河。

玉液河环绕皇城，在北侧自然便扩展成玄武池。

某种意义上，玄武池便是皇家护城河的水库，利于旱涝不同时的水量调节。

东皇节的这一天，皇城南侧的玉液河上，已经南北凌空飞架起一座阶梯，下方以特殊的魂火之力承托，北高南低地连接朱雀广场和皇城城楼。

这样临时的浮空之桥，名为"飞虹桥"。

届时，东华帝东方明的宝座就设在皇城城楼上，两侧则是文武重臣的观礼台。

像烧化祭文的东华宝鼎，还有其他仪仗，都设在朱雀广场上邻近飞虹桥的地方，统称为东皇祭台。

到时候，云翻海便要和明心雪一起，在东皇祭台上接过太常寺卿递来的东皇祭文，然后踏上飞虹桥，将祭文珍而重之地呈交给皇帝。

待皇帝象征性地审核祭文字句，并无冒犯天地神灵之处后，便由神侠夫妇一左一右护卫着皇帝，用一种风度翩翩的优雅姿态，走过飞虹桥，来到东皇祭台上，将祭文投入烛火熊熊的东华宝鼎中炼化。

这样的过程，其实都是例行公事，但要的就是这种仪式感，以及彰显东华民族向来追求的那种优雅华贵之美。

这种美好的感觉，在人魔交战的乱世已成了东华军民的精神支柱。

哪怕局势再是困苦，敌人再是强大，他们也可以在心中说一句："就算你们魔族武力强悍又如何？终不如我东华之人优雅文明。"

所以，即使本质上只是形式主义，但这种形式，对东华子民来说极为重要，甚至可以直接提振人心。

也正因如此，才会由东华国中三个极为重要且特殊的人物，来承担这样的"表演"。

从这一点来说，也知道为什么真神侠奇异失踪后，不仅郁愁归，连一国之主的皇帝都急着找人来暂时顶替。

位于东华洲东部的东华城，本来湿热多雨，但今天的运气不错，一大早便天清气爽，霞光万里。

红彤彤的朝霞，将眼前所有的一切都涂抹上一层彤红的颜色，倒让朱雀广场至少从颜色上更加名副其实。

沐浴着彤红的霞光，云翻海便在礼乐官的引导下，和明心雪一起来到东皇祭台上。

早就在广场上等了很久的京城百姓们，一见神侠鸳侣出现，全都爆发出一阵高过一阵的欢呼。

很快皇帝和文武大臣们也全都在城楼上就座，又引起一阵阵热烈高昂的欢呼。

今日无论神侠鸳侣还是君王大臣，全都一身盛装。这时从围观百姓们的视角看去，无论东皇祭台上的神侠鸳侣，还是更远处城楼上的君臣等人，被金红色的朝霞一映，那华丽的袍服和饰物，正散射出瑰丽的光芒，衬托得他们宛如神仙中人。

外人看来，神侠今日宛如玉树临风，说不尽的优雅潇洒，道不完的器宇轩昂，但其实他自己却十分紧张。

　　他总觉得心里不踏实。

　　他一向贼大胆，这时却忍不住扑通、扑通地心跳个不停。

　　本来美丽温暖的朝霞晨光，看在他眼里却如同天宇上凌乱涂抹的鲜血。

第六十二章　凶机乍现，难辨真假神侠

察觉到他的局促和紧张，明心雪有些诧异地看向他。

在她心目中，云翻海不像是个会有现在这样表现的人。

广场上的人多他就会紧张？城楼上有君臣他就紧张？

完全不可能！

连光明神侠他都敢冒充，还有什么事他干不出来？

想到这些，明心雪没来由地一阵烦乱和生气，便对云翻海的局促和不安袖手旁观，视若无睹。

相比宏大的场面，这样微妙的细节根本微不足道。

很快，就到了神侠未婚夫妇二人互赠礼物之时。

随着太常寺奉礼郎的引导，云翻海和明心雪来到东皇祭台上的最高处。

此时，偌大的朱雀广场鸦雀无声，一个再寻常不过的互赠礼物，却被所有京城民众瞪大眼睛注目。

万众瞩目中，先是由明心雪款款向前，向云翻海递上那个自己千针百线绣成的香囊。

东皇祭台经过特殊的设计，能让台上之人所说之言几乎传遍整个朱雀广场。

于是，明心雪轻灵温柔的声音，在所有君臣民众的耳边响起："妾身明心雪，奉上亲制鱼戏莲叶五色璎珞清味香囊一个，愿佑郎君诸事遂心，百邪不侵。"

听着轻柔的声音，看着优美的情影，许多京城男女已是感动得满含热泪。

当然他们赶紧擦擦热泪，让视线重新明晰，便看到英气勃勃的神侠拱手一礼，接过了香囊，佩戴在身上。

接着他从身旁的侍从手捧的玉盘里取过一口精致的剑鞘，口中朗声说道："我光明神侠风惊雨，赠卿饰金鲨鱼皮剑鞘一柄，并亲刻剑铭曰：'天河洗月，福寿安宁；上应星宿，下辟不祥。'吾之祝语，与剑铭同。"

说罢，他便双手将剑鞘递与明心雪。

明心雪极为配合，也双手接过剑鞘，然后抽出自己那把天河洗月剑，将旧剑鞘递与侍从，把剑插入新剑鞘中，重新在腰间系好。

完成了赠礼，他们二人便相对躬身，互相行了一个大礼——那场面，郎有情，妾有意，既优雅，又温馨。

就是这样温馨无华的场面，却激起东华民众天大的热情。在二人行礼之时，朱雀广场的人群中，爆发出一阵有节奏的欢呼声：

"神侠！神侠！神侠！"

热烈的欢呼震耳欲聋，如浪潮一般席卷了整个朱雀广场。

这时候，知道内情的东华帝东方明看云翻海表现得比预期的还好，忍不住脸上流露出欣慰的笑容。

"云翻海，云翻海。"他在心中默念着这个名字，忽然心里一动，"嗯？那风惊雨不告而别，久不归来，真是太不像话，真当历来东华之主优容神侠，便恃宠而骄吗？哼，若是再不归来，那这个假神侠，朕便让他变成真的！"

他心里这么想时，那太常寺卿老人家便颤巍巍登上了东皇台，准备将博学鸿儒准备的祭文交给神侠。

没想到，就在这时，一件所有人都想象不到的事情，发生了——

刚才，东华帝还在惦记的那个人，竟突然现身了！

此时，已是霞光隐退，日向中天，阔大的朱雀广场上，正是阳光明亮。

一身华贵白袍的光明神侠风惊雨，就在众目睽睽之下，从东方凌空而来，那潇洒神异的姿态，犹如他凭虚御风，背后正衬托着丽日金阳，整个人如同神人一样。

光明神侠的样貌，即使是京城小老百姓，也是熟知的。

风惊雨一出现，他们就惊呆了。

而风惊雨踏风而来时，还宏声叫道："光明神侠风惊雨，特来参与东皇盛典！"

可以说，之前朱雀广场庄重之时"鸦雀无声"，说得有些夸张了；但听到风惊雨这一嗓子时，整个广场却真的万籁俱寂，鸦雀无声了。

这么大的广场，这么多的人，一下子陷入一片死一样的沉寂。

但这样可怕的死寂安静并没有持续多久。

很快那窃窃私语之声，如同春蚕食桑叶，窸窸窣窣地蔓延，军民百姓们七嘴八舌的惊异议论声，就如浪潮般席卷了整个广场。

"怎么会这样？有两个神侠？"

"究竟谁是真的、谁是假的？"

"祭台上站的肯定是真的！难道皇帝陛下和满朝文武都瞎了？"

"那倒不一定。这两人太像了，而且据小老儿看，刚来的那个神侠，怎么看怎么真。"

"是啊是啊！虽然两个人很相像，但你这么一说，我也觉得新来的那个，和以前我看到的神侠更相像呢！"

这样的议论声，虽然本身并没有什么杀伤力，但皇城城楼观礼台上，那知道内情的少数几个人却如坐针毡。

那东华皇帝东方明心里便急得如同热锅上的蚂蚁！

"风惊雨！"很长时间以来，他无比热切地希望风惊雨归来，但今天这一出，可真的给了他一个大大的"惊喜"啊。

其实并没有喜。

帝王心性，天子之心，考虑事情岂会与小民等同？

眼前这样状况，对东方明来说，简直恨不得那个真神侠就此消失，以后就让云翻海一直冒充下去好了。

风惊雨今天这事做得确实太过了。

或者不客气地说，他今天如此高调地现身，太恶意了。

知道内情的帝王和重臣全都意识到这一点。

但现在他们却保持了沉默。

他们不得不沉默。

换了其他场合，他们可以把几方人拉到一起私下勾兑，讨价还价，甚至说难听点。如果事情有可能闹得不可收拾，有人不知进退，以至于影响了举国利益，那"杀人灭口"一事，也不是做不出来。

但今天不行。

风惊雨十分聪明，选了一个根本不能暗箱操作的时刻，就这样万众瞩目地出现了。

所以，东方明等人立即就判定，风惊雨今日绝对不怀好意。

但无奈就在这里，明知他不怀好意，却一时拿他也没有办法。

现在唯一能做的就是，祈祷东皇太一、东华大帝，能保佑他们渡此难关。

这时候，东方明等人心里还隐隐期盼着，希望首当其冲的那个假神侠、真山贼，能够像最近几次那样，再次创造奇迹，把这个大家的难关一个人渡过去。

如果说朱雀广场上的千万人里，有谁此刻最难受、最煎熬，那定非云翻海莫属。

他是山贼没错，但他是一个要脸的人，并且有着自己的精神家园。

但现在，"假货"这么一个充满羞辱的身份，就在这样千万人注目之时，逃无可逃、避无可避地，扣在了他身上。

当然，他还想挽救一下。

毕竟，现在这件事，已经不是他一个人的荣辱了。

他觉得，现在皇城城楼上的那些人，比自己更希望自己能顶住。

于是，当风惊雨凌空飞度，已经在东皇祭台上飞身落下时，一身玄黑劲装袍服的云翻海，强撑着说道："你是何人？为何要冒充本神侠？念今日举国大典，恕你无罪，快快退下吧！"

"哈？"风惊雨失声冷笑，"恕我无罪？冒充神侠？"

他用一种最恶意的语调，朗声叫道："怎么这年头山寨的假货都这么猖狂了？居然还敢质问冒充的真身？"

听得"山寨"二字，云翻海忍不住浑身一抖。

只从这一个字眼，他便知道今日风惊雨绝对是有备而来。

他的底细，已经被真神侠知道了！

没有什么比这个更打击云翻海了。

谁叫他真实身份尴尬特殊呢？

刚才还勉强凝聚的气势，其实暗地里已经垮塌了一半。

这时候，云翻海无比后悔。

"人为财死，鸟为食亡。"

他今日死亡不死亡不知道，一场天大的羞辱，是绝逃不掉了。

就算苟且偷生，他也会被万众唾弃——

今天他的面前，真的有超过万众在目睹这件事啊！

而更大的打击，已经接踵而至。

风惊雨清朗的声音，暗中渗透着异神之语的奇异能量，传遍了整个广场，甚至在整个东华城每一个人的耳边，清晰无比地响起："好，事情未有明判前，我也不说谁真谁假。

"真假常常难辨，只是今日，我要告诉各位东华父老，要判明我与此人谁是真神侠，却是太容易了。

"此人的底细，我已查清，竟是个横行不法的山贼头目。

"事急从权，我就不追究他的过往罪责，先说判明真假之事。

"既是山贼，之前定然奔跑山野，脚底定结厚茧；而草莽绿林，定经常好勇斗狠，身上伤痕定然不少。

"而真神侠系出名门，身娇体贵，自幼便有法力傍身，说是细皮嫩肉并不过分。真神侠纵横多年，对敌从无落败，身上光滑嫩洁，绝无疤痕。

"所以，要判明真假神侠，一脱便知。"

此言一出，众皆哗然。

不过很快，等他们反应过来时，全都双眼冒光，极为热切地盯着东皇祭台上。

说真的，对很多小老百姓来说，光明神侠谁真谁假固然重要，但看一场古今罕有的闹剧笑话，更重要啊！

很多人已经想到，今天自己正在目睹之事，可谓惊天动地，很可能将载入东华的史册；而自己，一定能拿目睹这件事跟子孙吹嘘一辈子。

也不知是谁起了个头，很快整个朱雀广场上，响起了震耳欲聋的呼喊声：

"脱！脱！脱！"

对这样的呼声，云翻海自然迟疑不动；但让他觉得奇怪的是，如此简单有效的办法，那提出之人，却也没有袒胸露怀的意思。

"难道他身份尊贵，不愿在大庭广众下袒露身体？"云翻海有些侥幸地猜想。

看见他的表情，风惊雨都能猜得到他在想什么。

于是他轻蔑一笑，那和异神之语暗中相通的话语，又开始传遍每一个角落，即使现在朱雀广场上还是呼声如潮。

在风惊雨清晰的话语声中，热切呼喊的人们逐渐平静下来。

这次说话前，他先朝皇城城楼上躬身一礼，然后才转身朝向南边广大民众，大声说道：

"诸位东华父老，虽然刚才本神侠给出一个辨别方法，但真的有必要施行吗？诸位都是明眼人，就看刚才我与此人的反应，已经昭然若揭了。"

听得此言，很多百姓先是一愣，然后一副恍然大悟的模样。

有许多人已经彻底相信了风惊雨。

这时候，可能只有在春慈院或天都王府前目睹云翻海出手的少数京城百姓，还存着一丝疑虑。

风惊雨虽然立在东皇祭台上，离百姓还有不小的距离，但仿佛对在场所有千万个民众的反应，都尽收眼底。

看见少数人还在犹疑，他冷笑一声，暂时视若无睹，转身朝着那个呆若木鸡的少女，柔声说道："心雪，这些日子，辛苦你了。

"你应该也是被奸人蒙蔽了吧？毕竟你是个天真单纯的女孩儿啊。

"嗯，一定是这样。否则也不会有好几回在大庭广众下露面时，你都和这位假神侠卿卿我我，难分难离。

"唉，真是难为你了。"

温柔的声音，依旧传到了每一个人的耳朵里。

而说话的内容听起来也是充满了柔情蜜意，一副万分体谅、无比怜惜的样子。

但听到这番话时，明心雪的身子却不由自主地剧烈颤抖了起来。

第六十三章　舍生取义，千万人吾往矣

先前风惊雨刚出现时，明心雪的心绪就极为复杂。

她曾经无数次预想过神侠归来、两人重聚时的情景。

那本是多么令人惊喜激动的事啊！

她甚至想过哪怕当时是大庭广众，自己也要鼓起勇气，羞涩地献上深情的一吻。

但这时她才发觉，想象和现实多么不一样。

当风惊雨踏着明灿的阳光从天而降时，她却整个人愣住，一步也移动不得。

这不能怪明心雪。

她绝不是傻瓜。

别人能看出来的一切，她都能看出来。

甚至她比别人更了解这个神侠，所以她看出来的东西还要比别人更多。

所以她愣住了，不仅一步移步不得，连一句话也说不出口。

她是如此冰雪聪明，所以当现在听到风惊雨这番听起来柔情蜜意的话语时，她却浑身颤抖起来。

她听出来，表面甜如蜜糖的话语之下，却隐藏着深深的恶意，还有浓重的怨气。

谁人不知道，她天河神女明心雪虽然生性纯良，但却天资聪颖，否则也不能练就一手出神入化的剑技。

这一点很多人可能不清楚，以为只要下笨功夫，就能达成任何绝高的成就。

但事实上并不是这样，即使是武力范畴的剑技，如果真是一个笨蛋，练十年也练不到那个境界。

如果说这一点有点不容易理解，但对于京城百姓来说，近十几二十年来，他们经常能听到有关明家那个掌上明珠的趣闻轶事，无一不是在说明心雪的种种聪明过人事迹。

如果不是这样，明心雪也不会在激烈的神侠伴侣竞争中脱颖而出，众望所归地成为风惊雨的未婚妻。

所以，只要是京城之人，不是太傻的，立即便从风惊雨的话里听出了问题。

"天真单纯？"如果说明心雪性格善良还好，但"天真单纯"这种事，是无论如何不可能和明心雪搭上关系。

所以问题就来了。

别人还好，但以明心雪的冰雪聪明，怎么可能看不出熟悉无比的爱郎变成了个假货？

既然如此，她怎么还好几次在公开场合和假情郎卿卿我我，难分难舍？

远的不说，就在昨晚的烟花大会上，这广场上大部分人可都看到了，明心雪和假神侠在怒波川北的观礼台上，可真的是表现得柔情蜜意，并肩遥看烟花，丝毫看不出是假装啊。

古人说，"片语能杀人"，刚才风惊雨这番绵里藏针的话，几乎起到了同样的效果。

很快，朱雀广场上许多人的脑海里就蹦出了"水性杨花""奸夫淫妇"这些龌龊可怕的字眼。

很多人看向明心雪的眼神立即就变了。

有些话，此时不方便宣之于口，但已经在这些人的心中反复转念："对啊，以明小姐的聪明劲儿，怎么可能看不出那人是假货？但看出来了，也不揭穿，还如此亲热，为什么会这样？"

"难不成她骨子里竟是个淫荡贱妇？说不定已经背着人，把身子贞操送给冒牌货了？"

"如果是这样，那她和假神侠便是同流合污、沆瀣一气，一起骗人啊。"

"啊！难道真神侠大人的失踪和明心雪有关？"

各种诛心的想法，在许多观礼百姓的内心闪现。

这时就连城楼观礼台上的不少不知情官员，心里都涌起同样的心思。

特别是那些和明家不对付的大臣，甚至已经开始暗暗酝酿计谋，要以此为突破口，将占据高位的明家长辈一举拉下马。

眼前这些人的心理，明心雪怎么想不到？

但她颤抖痛苦的，并不是因为他们。

"天真单纯"，这句话风惊雨说出来，就跟他说自己"不知妻美"一样，无比荒唐。

所以明心雪立刻便明白了，这是风惊雨对她在这件事中秉持暧昧态度、友好配合的报复和惩罚。

一瞬间，明心雪满心屈辱，有心想辩白，但当她看到风惊雨那张脸时，却一个字都说不出来。

因为她发现，自己曾经如此迷恋的人，此刻沐浴着金色阳光，依旧恍若神人，但自己却觉得他如此的可怕、如此的陌生……

忽然间，明心雪想起那晚红袖庄园的黑袍客。

"是你？"她脱口惊问。

风惊雨依然满面微笑，并不答话，但已经用嘴型回答了一个"是"字。

一瞬间，明心雪伤心欲绝。

"我心向山。"

"君心向水。"

明心雪忽然觉得，曾经和他心意相通，这一刻却好像从来没认识过他一样。

其实这世上，除了那深渊中的可怕怪物，几乎没有人能真正了解风惊雨。

高贵、优雅、仁慈、侠义，只不过是他精心包装的华丽外衣。

某种程度上，自打一生下来，就按照"光明神侠"要求去培养，反而让他的心理从小就开始偏差。

细微的偏差，日积月累，造成了可怕的扭曲。

所以，即使明心雪几乎什么都没有做，依然一颗真心都系在他身上，他还是说出了刚才那样阴险的话。

他的心理已经扭曲了。

他其实看到了明心雪对他的日思夜想，但他现在对那一切好像都忽视了。

充斥在他内心的，只是明心雪因为身份需要对云翻海的那种种虚情假意。

对风惊雨来说，惩戒的理由，只要这些，就足够了。

只要曾对他的自尊有过一丝一毫的侮辱，他都会用自己的方式疯狂地报复。

就连明心雪也不例外。

云翻海也是聪明人，纵然处境极为不妙，他还是意识到风惊雨对明心雪的伤害。

不管怎么说，相处这么久，还好几次并肩作战，昨晚还在一起赏烟花，是人都会产生点感情。

所以云翻海很自然地，对风惊雨怒目相向。

见他这般反应，风惊雨的眼眸中终于流露出快意的表情。

他忽然用类似江湖中"传音入密"的功法，让自己的声音在云翻海的耳中响起：

"小贼，今日我风惊雨不仅要拿回所有属于我的东西，还要让你失去所有你曾拥有的东西！"

听得此言，云翻海一愣。

很快他便看见风惊雨转脸，示意他往西南方向看。

他转过头，看见那方向，正是由羽林军隔开的观礼人群，黑压压地挤成一片。

就在他转过目光时，视线的方向上，原本密集的人群仿佛被某种无形的力量分开，稍稍往两边疏散。

一个带着山野气息但却天真可爱的小少女，出现在人群之间，正睁着乌溜溜的大眼睛，好奇地朝这边看。

"小草儿！"云翻海几乎脱口叫出声来！

原来那忽然出现的小少女，正是他朝思暮想的小草儿妹妹！

而这时候，女娃儿也正看到了他，立即欢呼雀跃。

小草儿看见他十分惊喜，云翻海却相反，不仅没高兴，反而整个人都为之一滞。

"风惊雨这是何意？难道是要拿小草儿的命要挟我不要反抗？"他心想。

这时候，风惊雨忽然打了个奇怪的手势；云翻海正奇怪时，却忽然看见，正朝自己欢呼雀跃的小草儿胸前竟冒出一段雪亮的剑锋，转眼间，殷红的鲜血弥漫了小女孩儿整个胸前。

刚才还充满活力的小少女，那天真可爱的小脸蛋儿，一阵扭曲，整个小小的身子慢慢地倒下……

她很快死去，眼神很快黯淡无光。

但云翻海清楚地看见，小女娃儿最后眺望的方向，是他。

风惊雨的狂笑声再次传音到他的耳里："哈哈哈！心痛吗？她也一定很痛吧。几次三番坏我好事，现在知道失去所有的痛苦了吧！"

传音入密的声音，在云翻海的心底隆隆震响。

但云翻海好像完全听不见了。

他整个的心魂中回荡着悠长悲伤的叹息。

他想起，以前面对从未走出过大山的好奇小妹妹，自己经常跟她说，她还小，以后有的是机会去见识这个世界。

现在，她倒是第一次出山，来到万千繁华的京师了。

但她幼弱的生命，却在第一次出远门后戛然而止。

多年性命相依，云翻海几乎能想到，纯真善良的小妹妹临死前最可能说的那句话：

"哥哥，这一路，我看到了你所说的大好世界，我满足了。就是时间，有一点短……"

悲伤的泪水，瞬间弥漫了视野。

记忆如秋叶枯萎，美丽的往事在眼前凋零。

胸前的鲜红染成思念的霞色；风声悲咽成惆怅的回音。

黑压压的人群忽然消失不见，整个视野里，好像只剩下了苍茫的大地和那片触目惊心的殷红。

这一刻，云翻海忽然想通了那一晚郁愁归未曾回答的问题。

郁愁归说，他其实最想当个诗人。

当时自己追问，郁愁归没有解释。

但现在云翻海忽然懂了。

"诗言志"，表面老练深沉的郁愁归，一定接触了许多阴暗无奈的事，他的心里一定积累了很多话想说，所以，他想当诗人。

泪眼模糊，心绪烦乱，云翻海的手已经伸向了腰间的东华神剑。

但这时风惊雨的声音又及时地在他的心中响起："别急。这就想动手？还早。哈哈，我说过，我要让你失去所有！嗯，你再朝那边看看——"

云翻海闻言暂时停住了动作，木然地朝西南方看去。

动作木然，但眼神忽然震惊！

云翻海终于明白风惊雨为什么正一副洋洋得意的神情。

因为他竟然在西南方的人群中，看到了飞云山的数十个老弱妇孺！

和刚才不一样，目睹了小草儿的死亡之后，他已经没有了任何幻想。

他再也不会认为所有这一切只是巧合，是飞云山的父老来看他了。

果然，很快，那群人的声音响亮无比地回荡在整个广场上。

"我，飞云山匪寨的李老四，指证台上那个黑衫之人，正是我们的头领云翻海！"

雷同的话语，一句接一句地回响在整个朱雀广场的上方。

这一刻，连高坐城楼、见惯风浪的东华皇帝东方明，都惊呆了！

第六十四章 世事如冰，唯我心魂永燃

光明神侠果然是光明神侠，做事滴水不漏。

他说要在最关键的时刻羞辱那个冒牌货，便做得一丝不苟，还淋漓尽致。

在这世上，云翻海心目中可以没有家国，但不能没有飞云山寨那帮老弱妇孺。

在他心目中，这些人是自己的亲人，是自己赖以生存于世的精神家园。

他在东华城中所做的这一切，不就是为了养活这些亲人？

但现在，自己朝思暮想的亲人们，却说出了最伤他心的话。

刚开始时，这些人只是指认云翻海的身份；渐渐地，后面那些人已经开始揭发云翻海"无恶不作"的恶行！

当然，这些自然都是捏造。

至于是谁指使他们捏造，昭然若揭。

云翻海也没心思去追究为什么平时自己视为父老之人，会一个个慷慨激昂、情真意切地指证自己、污蔑自己。

他知道，只要风惊雨想做，他有一百种方法做成。

但他还是很伤心，因为他不止一次地想过，他可以为了飞云山的这些亲人，付出一切，哪怕生命。

但现在，他们却用一句句狠毒的话儿来回报自己。

这时候，整个广场上的观礼人群全都在窃窃私语，比如许多人在说，"原来他就是那个怪胎和奇葩啊"。

但这时候对云翻海来说，已经没有意义了。

他好像已经什么都听不见了。

他觉得自己已经变成了一个谎言家，还被在大庭广众下戳穿，如同被剥得赤条条地示众。

他知道这时候任何辩驳都没有用，更别说把皇帝陛下拉进来，那样只会让事情更糟。

所以他陷入了极度的沮丧、羞愧、绝望，还有悲伤。

只不过一瞬间，云翻海的世界就这样塌了。

这时正站在他身边的明心雪，却因为一段时间的相处，比较了解他。

见他如此颓丧模样，明心雪便于心不忍。

纵然自家的事情已然不堪，她踌躇再三后，依旧毅然决然地开口，朝风惊雨低三下四地恳求："风郎，求求你，纵然你再生我的气，但真的不关他的事。"

这时广场上飞云山众人的指控还在进行，风惊雨在这样的背景音中，冷笑着低声回应："不关他的事？原来你真的'天真单纯'！你不知道，他已经坏了我好几桩事？你若真的聪明，现在就给我闭嘴。只要你今日好好配合，以后我后宫的首位，依然是你！"

停了停，他看了看神色吃惊的少女，不由得心肠暂时一软，刚才冷硬的声音，也变得有几分温柔："心雪，相信我，你的风郎，从来都是这世间最厉害的人。

"只要事成，后宫之首的位置，非你莫属。你我都知道对方是什么样的人，我想，以你的才气和心性，也肯定想要这样的结果。"

这时的风惊雨，一副"我都是为你好""我给你安排好一切"的样子。

但明心雪听到这里，却已是伤心欲绝。

她伤心的，不是别的，是伤心相处了这么多年，自己一直以为对面的这个人是世间最懂自己的那个，但现在，竟让她发现事实并非如此。

她想要的，并不是这些。

她想爱的人，也不是这样的人。

一瞬间，明心雪一直以来的世界也塌了。

云翻海，明心雪，这两个昔日某种意义上的冤家对头，在这一刻却同时觉得被整个世界抛弃。

同是天涯沦落人。

还通过不同的方式，都知道风惊雨在实行着一个惊天大阴谋。

尤其云翻海，听到刚才风惊雨跟明心雪说的那番话，便知道这个真神侠不仅可能里通外国，还要谋朝篡位！

无论公心还是私情，云翻海和明心雪都已经被逼到了绝境。

东皇祭台外的朱雀广场上，来自飞云山的控诉还在进行，但云翻海好像已经什么都听不到了。

一种巨大的孤独感笼罩了两人。

到这时候，云翻海和明心雪才惊异地发现，在这个世界上，能信任和倾诉的，只剩下了身边这个人。

于是云翻海苦笑着，对明心雪道："看起来，我们的世界只剩下了彼此。"

如果放在往日，这样明显暧昧的话定然会遭到少女的反击；但这时候，听话之人却只是幽幽地一声叹息，万般惆怅地说道："我明明一直很努力，到头来却什么都没有了……"

"我也什么都没有了，"云翻海道，"但我却终于知道了一件事。"

"什么？"明心雪问道。

"我知道了，我来到这世上，生命中最重要的那个人正站在我身边。"云翻海真诚地说道，"谢谢你刚才帮我求情。"

二人对话时，风惊雨却冷笑着看着他们，并没有打断。

他知道，这时候魔族统帅罍陀诺正在鬼怒滩集结大军，千帆竞发；蛮族和海妖正带着蘸毒的兵器和可怖的妖术，潜近人类的城镇和村庄；还有那些早就买通的内应，正在关隘要塞中等待他的信号。

所以他一点都不急。他也需要时间，包括欣赏仇敌惨状的时间。

这时候，已经穷途末路的云翻海却忽然对万念俱灰的少女说道："你还记得昨夜你跟我说的那句话吗？"

"呃？！"听他这么一说，风惊雨眼皮子一跳，立即又惊又怒地想道，"难道他们真的有私情，上床了？"

正龌龊地想时，却听颓唐的少女迷茫地问道："我说的哪一句？"

"便是：'自反而缩，虽千万人，吾往矣！'"刚才无比低沉的云翻海，忽然铿锵说道。

"你要做什么？"明心雪惊讶地看着他。

"不做什么，"云翻海微笑道，"我只是想说几句话。神侠，可以吗？"

他看向风惊雨问道。

见他忽然变得有些从容，风惊雨一愣，心说你能说什么？以往自己的很多敌人可都是死于话多。

于是他立即大度地道："可以。说吧，本神侠倒想看看你能说些什么。"

"好，谢谢你。"云翻海按照郁愁归的特训，优雅地一礼，然后便挺起胸膛，朝四方按剑大声说道："诸位东华城的父老乡亲、善长仁翁，不错，我云翻海行不更名，坐不改姓，正是飞云山寨的大头领。"

虽然这一点刚才被飞云山众人反复指证，但这时听他亲口说出来，所有人还是一阵惊叹。

云翻海不管人群的骚动，继续昂然说道："我云翻海虽是山贼，但从来劫富济贫，扶助弱小。这么多年来，我从未抢过一个不该抢之人，从未杀过一个不该杀之人。

"刚才指证我的那些人，你们都看到了，正是我云翻海历年收留周济的可怜人。

"我云翻海冒充这神侠，图什么？就希望能借此更好地庇护这群在乱世之中已经活不下去的可怜人。你们知道，飞云山的这些人有多少吗？"

冒充神侠的经历，尤其是郁愁归的特训，让云翻海说出这一番话时有一种无形的魅力，让人不知不觉便听了下去。

于是当他问出这个问题时，朱雀广场上有很多人都不约而同地一齐问道："有多少？"

"五百！"云翻海大声叫道。

"呀！"朱雀广场上顿时响起一片惊叹之声。

"所以，"只听云翻海昂首叫道，"所以我自有我的人间正道！我是云翻海，飞云山的一个山贼！

"今日，虽然真神侠现身，但是我要告诉你们，刚才他们所说的那个云翻海，不是他真实的样子；你们现在看到的光明神侠，近半年都失踪不见，做了什么勾当，可能也不是你们能想到的——他在勾结魔族！"

听得此语，朱雀广场上所有民众表情木然，好似不为所动。

云翻海见状有些气馁，但还是努力振作，继续朗声呼喝：

"你们知道吗？其实，自从捣毁春慈院开始，所有你们看到的神侠行事，都是我，云翻海！"

"啊?!"听到这里，许多知情的东华民众终于动容，许多人倒吸一口凉气，吃惊不已。

这时云翻海的话还在滚滚传来："我已决意，用我的死来洗刷对所有信任自己之人的欺骗！"

云翻海这时心里打的主意是，接下来，自己愿意用生命为代价，揭穿自己查明的风惊雨的阴谋，这下，大家应该更愿意相信吧？

说实话，他并没有信心，因为他觉得自己的信用，在真正的神侠揭发他的山贼身份时便已经破产了。

这时他只能转向明心雪，对她轻声说道："明姑娘，如果我说你那风郎有个惊天阴谋，事涉王国和万民的生死，你会信吗？"

"信。"明心雪流着泪，回答得毫无迟疑。

"哈!"他们这样的情态，风惊雨看在眼里，却是不屑一顾，嗤之以鼻。

他的判断和云翻海差不多，相信此事绝不可能翻盘。

于是他带着智者的骄傲和胜利者的快意，用上了异神之力，朝四处宏声叫道："好，本神侠行事向来公平。刚才本神侠之言、飞云山贼的指控、云翻海的话，你们都听清了。所以，现在我要问，你们究竟相信谁？"

光明神侠风惊雨问出这一句话时，恰巧那千里之外，凶猛的魔族军最后一名士兵正登上巨大的舰船；东华国怒波川入海口的第一道要塞"人威闸"外，也已经有相貌诡异的海妖奸细，抱着蕴含巨大爆炸力量的火灵法器，正顺着涨潮的海水，悄悄地潜近高大的要塞船闸。

神秘的异神之语已经将这一切动向，顺着风声带给了风惊雨。

于是他脸上的表情变得更加从容，脸上那抹嘲讽的笑容也变得更加畅意。

这时候，唯一有点出乎他意料的，便是朱雀广场上的东华民众竟没有很快喊出那个注定的答案。

偌大的皇家广场，一时竟陷入了沉默。

云翻海有些诧异。

风惊雨并不担心。

沉默的朱雀广场，渐渐地，有个声音开始响起。

这声音，开始极为细微，就好像淅淅沥沥的春夜细雨，开始只是零零星星。

但很快，无数个细微的声音如同涓流汇成了江海，转而掀起了惊雷般的巨涛轰鸣！

这一刻，几乎所有人都在轰然大吼一个名字：

"云翻海！"

听到这个名字，风惊雨愣住了。

得意的表情，瞬间凝固。

听到这个名字，云翻海也愣住了。

悲观的表情，也瞬间凝固。

这答案，梦寐以求，但始料未及。

云翻海陷入了沉默。

沉默了片刻后，他转过脸来，眼睛中闪着光，笑着问明心雪道："明姑娘，你介不介意我的世界里，在你之外再加上一些人？"

明心雪热泪盈眶，笑答："不介意。一切愿与君同。"

柔声说完，她抿了抿嘴，敛了敛眉，略低一低头，流露出刹那的水样温柔。

她的心中忽然再无丝毫畏惧。

已经濒临崩溃的身躯，一瞬间好像重新充满了力量。

她沉稳而又轻灵地拔出了那口心爱的天河洗月剑。

而这时，已经仗剑而立的云翻海手中那柄东华神剑，也忽然发出一片灿烂光明的奇异光芒……

"世事如冰，还有心和魂永燃！"

"即使弱小，没关系，我们还有伙伴！"

第六十五章　光腾苦海，风波再起尘缘

东华神剑，人间神兵，当它握于云翻海手中，感应到主人的豪情万丈、义气干云，忽然发出一片灿烂光明的奇异光辉。

奇异的光辉，不仅是神剑之光，竟然还触发了从未被人知晓的神异功能：

它破解了异神之语！

要知道此刻的朱雀广场，风中正回荡着异神之语，正是悖乱深渊中的邪恶异神们，给风惊雨传递着实时的军情：

千里之外汹涌的魔军，已在鬼怒滩登上了巨大的舰船；

阴险的海妖突击者，已携带威猛的火灵法器，趁着潮水潜近"人威闸"；

风惊雨费心搜罗的蛮族战士和海妖武士，正在向人类城镇村庄潜行进发；

早就收买的奸细内应，正在东华国的关隘要塞中，等待最后的信号……

这些异神传讯中的场景，竟然通过东华神剑绚烂的剑光形成的巨大光幕，在朱雀广场上播放！

这还不算。最特别的是，这样的演绎，竟然还追溯了一个过往异神之语的小小片段。

也只能是小小的片段了。神剑之光的破译，所耗费的冥冥中的神秘力量实在巨大，所以也只是一个小小的片段了。

但这就足够了。

因为在这个小片段中，朱雀广场上的所有官民都看到了，给海妖布置潜伏突击任务的那个人，竟然极似风惊雨！

当然，和云翻海也挺像。但这已经足以让朱雀广场上的君臣子民，震惊之余，对风惊雨大生疑虑。

云翻海对眼前发生的这一幕，也很吃惊。

他本来已经抱着"舍身取义""虽死犹荣"的决心，但目睹这一幕，除了最开始片刻的惊诧，很快就反应了过来！

在这关键时刻，他的急才发挥了作用；并且因刚才小草儿妹妹之死产生的刻骨仇恨，让这一刻的云翻海，神思无比清明。

他没有犹豫，立即抓住机会，运足气力，朝四方大声吼叫：

"东华国的君臣子民，请听我云翻海一言！"

"我们是诗与火的国度！

"我们是东华帝君的子民！

"我们是神州华夏的光辉一脉！

"既如此，我们想要被这些野蛮人奴役吗？"

"不！"刚才陷于震惊中的民众，这时候如梦初醒，发出惊天动地的齐声怒吼！

"可恶！"到这时风惊雨已见势头不对，立即打起手势，让暗藏在朱雀广场周边的死士朝广场中央扑击。

立于高台的云翻海，看到了这一幕，却毫不惊慌。

他挺身仗剑，瞪着风惊雨，大吼道："这个真神侠、真反贼，开始动手了！你们相信我吗？我出身不如他、学问不如他、战技不如他，但我有永燃不灭的热血之魂！"

说此话时，风惊雨已经攻了过来，他立即挥剑招架。

他奋力劈出一剑，怒吼："为了吾皇！"

朱雀广场军民随之怒吼："为了吾皇！"

他又劈出一剑，再怒吼："为了家园！"

更多军民随之怒吼："为了家园！"

朱雀广场上的正义之声，浪奔潮涌，滚滚如雷。

这时候所有的正义军民，已经跟四周那些风惊雨的奸细死士，搏杀到一处。

努力对敌的云翻海，眼角的余光看到这一幕，猛然间脑海中灵光一闪。

他忽然觉得，眼前这个场景，很像是在神威山脉天墟之中，看到的那个神魔之战的场景。

只不过那时的神魔，换成了现在的东华子民和偷袭的奸细；那时"为了吾王"的战吼，换成了现在自己引发的"为了吾皇""为了家园"的声浪。

如此相似的情景，触动了云翻海，一瞬间他有些茫然。他不知当时天墟所见，是过往的幻象，还是未来的预言……

猛然间，这样神秘的灵机，提醒了云翻海；冥冥中，虽然他说不清，道不明，但忽然觉得，天墟幻象中魔族偷袭东华帝君的事情，会重演，只是现在双方换成了寒渊魔族和东华国。

他立即做出了决断。

他要拯救这个大家深爱的诗与火的国度。

福至心灵，这一刻他的心魂，与东华剑魂完全相融；传自东华帝君"引仙照魂灯"的东华神剑，瞬间发出奇光，点燃了朱雀广场中央那根高耸的朱雀神柱顶端的"光之烽火"。

朱雀光之烽火，开始向东发出一束光束，犀利地点燃另一根烽火之柱；示警烽火之光变得更多，它们交错，中继，不断朝异神之语中暴露的问题之地传送发射。

于是，本来会吃大亏的东华军，竟然及时地得到了预警。

他们不仅在战略，也在战术上，挫败了魔族和海妖的突击偷袭。

那些潜行的海妖，被守军及时发现，遭到守军凶猛地攻击；部分海妖逃走，更多的海妖随火灵法器殉爆。

从鬼怒滩出发的魔族大军，则意图攻击东华国东方海中最主要的大岛：东灵岛。

以魔将凶离为首的魔军，从海面铺天盖地而来，登陆东灵岛滩头。

他们以为是奇袭，却没想到意外地遭遇到守军极为强力的阻击。

魔军很意外，但其实东灵岛守军也很意外。

他们不知道为什么突然传来烽火报警之光，更不知道在他们认为不可能有危险，但既然烽火来了就虚应故事地出兵海滩一下，竟然真的碰上了前来偷袭的魔族大军！

双方滩头血战。

因为守军及时地出现，又依托岛上严密的防御工事，寒渊魔军虽然在初期取得一点进展，但毕竟不可能像原计划那样拿下东灵岛了。

于是虽然心有不甘，魔族主将凶离还是当机立断，下令撤军。

一次大张旗鼓的灭国之战，几乎还没怎么打响，便胎死腹中。

现在无论敌我，大部分人还没意识到，这一场滔天大事的熄灭，竟然只是因为那个叫"云翻海"的冒牌货……

事后，当鬼怒滩出击的大军无功而返，魔帅罂陀诺为了脸面，便对寒渊国内说，此次出征，只为了剿除海面骚扰魔族运输线的人族海盗而已。

但暗中，他开始寻人。

他要找来风惊雨，问他到底怎么回事。

他要问清，当时在东华皇城前，究竟发生了什么，为什么和风惊雨之前承诺的不一样。

但风惊雨已销声匿迹。

魔帅罂陀诺还在找女魔将珐汐娜。

罂陀诺直觉珐汐娜坠崖未死，想听她说说东极山发生的事。

他认为，这一点，对弄清整个真相，很重要。

相比他而言，风惊雨要难受得多。

事实上，当时在东华皇城前、朱雀广场上，风惊雨和云翻海过了几招，虽然在剑招上多有胜出，但他的眼角余光一看广场上的动向，便知事不可为。

光明神侠风惊雨，有一种可怕的冷酷和理智；为今日之事，处心积虑了这么久，铺垫了这么多，一见事不可为，他竟然说走就走，虚晃了一招后，纵身便逃。

见他如此果敢决绝，云翻海十分吃惊。

愣了片刻，预计自己绝不可能追上，他也果断地偃旗息鼓。

这时候，神色紧张的君臣们，也匆匆赶来。

云翻海收起剑器，朝他们苦笑："吾皇陛下，诸位大人，你们真有眼光。你们选出的这光明神侠，真叫可怕。他日后必为我东华最大强敌！"

听他此言，东华皇帝东方明，先是一愣，转而竟是并不惊慌。他只是意味深长地一笑，说道："不怕，我们还有光明神侠。"

云翻海闻言一愣，转而一抹明亮灿烂的笑容，在他那张年轻英俊的脸上，如水波涟漪般荡漾开来……

这时，在那人群之后，明家的族长拉过明心雪，对她低低地训斥："小丫头，这么大的决定，竟然预先不跟我们说！"

明心雪闻言，有些茫然，也觉得有些冤枉。

毕竟她在今日之前，从未想过在感情生活方面，要有什么改变和决定——

嗯，至少她自己是这么认为的。

几日后，就在东华洲东南方向，数百里外的风波大洋深处，白衣翩翩的风惊雨倏然现出。

他仿佛一位洞察先机的先知，在惊涛骇浪中如履平地，径直向两个正在大浪风涛中浮沉挣扎的人走去。

"郁总管？"

"珐汐娜？"

看着虚弱茫然的两人，风惊雨那张邪气渐显的英俊脸上，流露出一抹意味深长的笑意。

邪异的笑容中，他俯下身，优雅无比地向二人伸出手去……

初心不灭，我心永燃

——《燃魂传》创作后记

《燃魂传》第一部写完了。想跟您说说心里话。

创作的最后十五天，我在杭州，真正地闭关了。

我是在杭州钱塘江畔一间小小的公寓里，写《燃魂传》的。

这公寓，也就三十来平方米，真正的"斗室"。

我家也在杭州，离公寓开车十来分钟。

就是这么短短的距离，两周时间内，我就是没回家。我的换洗衣物，全由家人来拿回去更换洗涤。

我的身体是公寓斗室的囚徒，但我的思绪和灵魂，却一直在《燃魂传》的瑰丽世界中自由翱翔。

《燃魂传》诞生的缘起，可以上溯到 2016 年。

早在那一年，在广东佛山召开的"第二届中国网络文学论坛"上，我作为嘉宾，在一个主旨论坛上，提出网络文学发展到一定阶段时，其中一部分作品应该朝"降速、减量、提质"发展。

这就是说，写作速度要慢下来，不要再日更几万字了；整本书的篇幅要减下来，不要再动辄几百上千万字了。而降速、减量的目的，就是为了提高质量。

一句话表达，就是我认为网络文学也需要精品化！

《燃魂传》就是在这个理念下，我做的第一个尝试。目前看，效果还不错。

《燃魂传》的运气也不错。

这本书的创意，2016 年年底在我的脑海中形成。到了 2017 年 3 月时，我因为《血歌行》入选了中国作协 2016 年度优秀小说作品榜，便去北京领奖。借这个机会，我在万达新媒诚品的北京办公室里，把自己精心构思的《燃魂传》故事，讲给新媒诚品的尹香今尹总听。

《燃魂传》的故事深刻地打动了她。我们当场便签署了影视改编协议，宾主俱欢。

那一天我还在同一间办公室里，见到了著名的香港导演吴锦源老师。这是我第二次见到他，上一次我们相遇于北京工体一家 KTV 里，一起引吭高歌。

在万达影视办公室相遇时，我还不知道，《燃魂传》的电视剧，就由吴锦源老师来导演。

如果那时我知道，我会高兴得蹦起来！

因为吴锦源先生不仅是近年热播剧《楚乔传》的导演，还是大火的《仙剑奇侠传》电视剧的执行导演。

虽然签了改编协议，但我并没有立即开始创作《燃魂传》。

当时我仍在写作《血歌行》的最后部分，正因为我真的在用精品态度对待每一本书，所以又过了两三个月，我才开始创作《燃魂传》。

从这一点看，说句需要让尹总见谅的话：

写书这件事，我不会被资本绑架。

这就是《燃魂传》诞生的幕后故事。

好吧，写到这里，我谈兴渐浓，也顺便跟您说说"管平潮"这个作家诞生的故事吧——这其中有很多话，我以前从来没有跟人说过……

在读书阶段，我其实一直都是理工科生。高中选择的理科，本科、硕士毕业于中国科学技术大学电子工程与信息科学，然后获得日本文部省奖学金，飞跃重洋去日本国立情报学研究所读博。

那我是怎么转向文学之路的呢？

回头看看，偶然中蕴含着必然，很多线索，已经埋伏在我的成长过程中。

　　我生长在 20 世纪 80 年代的江苏乡村。从很小的时候起，和其他同龄人不大一样，每当爸妈要进城去，我叮嘱他们的都是，不要给我买好吃的、好玩的，我只要好看的书。

　　我爸妈，也从来不禁止我看闲书。只要我在看书，就认为我在"学习"，便不会打扰。甚至还记得，当晚上停了电时，他们还会点起煤油灯，陪我继续看武侠书……

　　我想，至少在那个年代，很少有家长能这么做。

　　这是一个线索。

　　我在 1996 年参加江苏省高考，作为理科生，总分获得通州市第二名，文理科同卷的语文，则荣获江苏省第一。

　　这也算是一个线索。

　　更重要的线索，是我从小就热爱这个世界，喜欢用感性的、有温度的目光，去看待这个人间。

　　我喜欢在仲夏的晚上，一家人在漫天繁星下乘凉；看着父亲吹笛和弹电子琴，笛声悠扬，琴声跌宕；更喜欢听妈妈在笛声和琴音中歌喉婉转，美妙的歌声顺着晚风，传出去很远、很远……

　　我喜欢观察村路边不起眼的野花；我不关心它身上体现出来的分形学、自相似性、斐波那契数列，我只关心它的美丽、娇弱、芬芳，关心它即使无人关心也要盛放的小小灿烂，还会为美好的事物总是脆弱易逝而感伤。

　　我也喜欢，初中时远离家乡在外求学，周末一个人骑自行车回家时，在没有路灯、漆黑一片的乡间夜路上，看远处陌生村庄中亮起的寥寥几朵灯火，体会那种让我感动的人间温暖。

　　所以偶然中终有必然，混乱无序的噪音中早已蕴含雷鸣呐喊！

　　再说个小八卦：您知道我"管平潮"这个笔名的由来吗？

　　当然，它来自于名句"潮平两岸阔，风正一帆悬"。

　　它更来自于我儿时的一个梦想：

　　我家所在的那个镇子，叫"平潮镇"；我长大想当镇长……所以当一天天长大，知道儿时的梦想只是不可能的妄想时，我就用"管平潮"来纪念儿时的一个幻梦……

听完这个您笑了吗？我打赌您一定笑了！别这样，我已经觉得很羞耻了，哈哈……

再说回《燃魂传》。

其实在创作《燃魂传》时，我觉得自己进入了一种奇妙的境界。

怎么说呢？它如同一只"薛定谔的猫"，处在一种我可以把控，又好像失控的不确定量子状态。

说我可以把控，这很容易理解，毕竟我精心筹划了它的人物故事。

但在实际写作时，它又是失控的。

当我用文字编码创造了《燃魂传》的人物、世界，当他们开始演绎故事时，就好像那些人物、那个世界，有了自己的灵魂，并不完全在我的掌控之下。

几乎所有角色、所有情节，都在反过来带动着我往下写；他们都是在用自己的思想、自己的规则，往后行动，往后发展！

这应该属于一种"失控"，但作为创作者，这种失控的感觉，却是我梦寐以求的。

这意味着当我创造了一个虚拟世界后，她有了自己的灵魂，有了自己的生命力，会按照自己的逻辑、规律、轨迹，再加上应有的不确定性，去演绎自己的喜悦、悲壮、精彩、美丽……

作为学院派出身，我也想虚张声势，用学术性的语言来剖析《燃魂传》深层次的东西，跟您一起探讨。

总的说来，《燃魂传》升级和逆反了"身份替换"这个文学母题。

全书的终极目标，不再是戳穿冒牌者云翻海的身份，反而是大众和这个世界更认同"冒充者"；作为被冒充者的未婚妻，明心雪也不再像传统认知和期待的那样，去隐忍不懈地找回真身，反而是渐渐地爱上了替身。

通过这样的升级和逆反，《燃魂传》映射了一种现实社会的寓言，便是有关身份的焦虑。

"身份"到底是什么？身份重要，还是人重要？如果看不穿这一点，就不能理解假的比真的还要真，假作真时真亦假。

我们现代人，有太多这样的身份焦虑了。

比如社会上很多人，都要印个名片，顶个某某经理的身份。

或者作为年轻人，我们总是很勤奋、很疲惫地努力成为父母心中想要的那种身份。

所以，看《燃魂传》，在享受故事之余，还是在看人际，看人心，看人和世界的关系，看人情事理、恩怨情仇，但披以癫狂梦幻的外衣，并借此放大前面的所有。

虽然是虚构类题材，但《燃魂传》也饱含现实性。她弘扬了主流价值观，反映了新时代的精神，主角云翻海本质上也是一个充满正能量、负责任、有担当的当代英雄。

当危难来临，面临痛苦的抉择，咱们的云兄弟从不含糊；他绝不是那种"路见不平一声吼，吼完扭头绕着走"的人！

除了云翻海，书中其他人物，我都很喜欢。

比如郁愁归，他其实外冷内热，有着大智慧。当我写到他为救云翻海，不惜和强敌同归于尽时，我真的忍不住热泪盈眶了……

比如明心雪，虽然受制于世俗，对云翻海有着诸多误解，但后来的所作所为，尤其是最后关头的抉择，都证明她不仅有颜值有能力，还十分正义、善良，充满仁爱怜惜之心。

比如咱们的沧海侯冷玄灵，虽然有些"逗趣"，但他每一次弄巧成拙的背后，不也是彰显一颗揭穿阴谋、铲除邪恶的正义之心？他缺的，只是运气……

我真心希望，您能喜欢《燃魂传》的每一段故事、每一个人物。

我也向您保证，在这个越来越多元、越来越快节奏的社会里，我会耐住寂寞，精益求精地写作，在写书读书这件事情上，一直陪您走下去。

我的心态会很好。

我知道，多元社会，英才辈出，娱乐翻新，焦点分散，那就算功不成名不就，我也不会着急。

我会"管他天下千万事，闲来轻笑两三声"。

我会"名不显时心不朽，再挑灯火看文章"。

嗯，我管不了平潮镇，管不了世界，管不了他人，我还管不了自己吗？

我会继续沉迷写作，不解风情。

我会把所有的灵气和风情，都用在书里。

我们不要相忘于江湖，我们期待相逢于下一本书里。

我，管平潮，在这里给您诚恳地抱拳、作揖，奉上最诚挚的谢意……

管平潮

2018 年 5 月 30 日

于杭州白马湖畔